"中国现当代名家散文典藏"编辑委员会

主　任：阎晶明
副主任：丁　帆
委　员（以姓氏笔画为序）：
　　　　止　庵　孔令燕　何　平　何向阳
　　　　李红强　张　莉　周立民　施战军
　　　　贺绍俊　臧永清

陈忠实散文

人民文学出版社

图书在版编目（CIP）数据

陈忠实散文/陈忠实著. —北京：人民文学出版社，2022（2025.1重印）
（中国现当代名家散文典藏）
ISBN 978-7-02-017110-1

Ⅰ.①陈… Ⅱ.①陈… Ⅲ.①散文集—中国—当代 Ⅳ.①I267

中国版本图书馆 CIP 数据核字（2022）第 057876 号

责任编辑　黄彦博
装帧设计　陶　雷
责任印制　宋佳月

出版发行　人民文学出版社
社　　址　北京市朝内大街 166 号
邮政编码　100705

印　　刷　河北环京美印刷有限公司
经　　销　全国新华书店等

字　　数　260 千字
开　　本　880 毫米×1230 毫米　1/32
印　　张　11.875　插页 4
印　　数　8001-11000
版　　次　2022 年 5 月北京第 1 版
印　　次　2025 年 1 月第 3 次印刷

书　　号　978-7-02-017110-1
定　　价　40.00 元

如有印装质量问题，请与本社图书销售中心调换。电话：010-65233595

作者像

人民文学出版社《白鹿原》1993年6月初版本书影

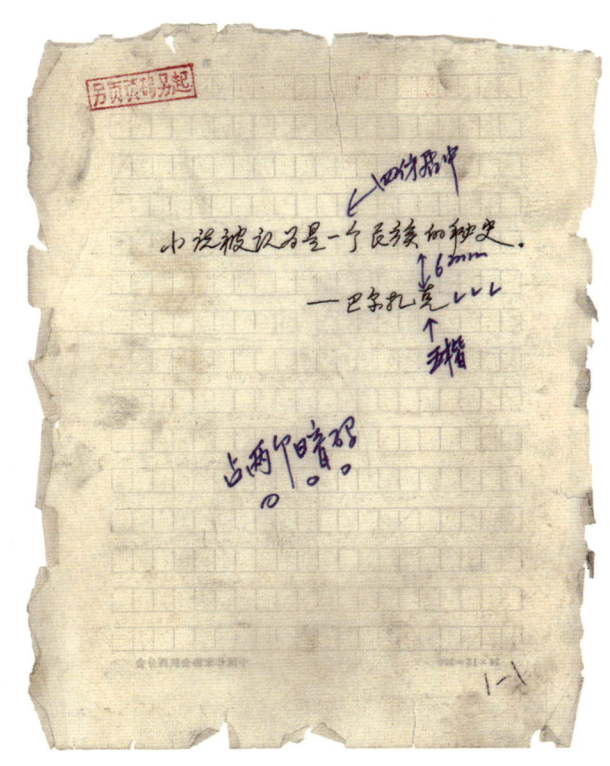

《白鹿原》手稿之一

一丝不挂滴滴乱跳。女人把他锁在柴禾房里，整整锁了半年之久。他却到晚上就嚎着叫着唱着，村里人已经头疼死了。入冬后第一次寒潮侵袭白鹿原的那天夜里，岛半夜还听见岛子娃的嚎叫声，后半夜却屏声静气。天明时，他的女人才发现他已经僵硬，剥掉身上的棉袄之后原来他成黄鼠儿般的瘦筋筋……

1988.4——1989.元.草拟 ✓✓
1989.4——1992.3.成稿 ✓✓

《白鹿原》手稿之二

出版缘起

中国现代文学开启自一百多年前的一场文学革命。从此,与社会现实密切相关,普通大众可以接受、可以欣赏、可以从中得到思想启蒙和艺术享受的新文学,就如雨后春笋般生长,涌现出一篇又一篇、一部又一部影响当时、传之久远的经典作品。自"五四"新文学以来的中国现当代文学发展进程中,散文无疑是耀人眼目的明星。

散文既能直抒胸臆,又能描摹万物,因此被视为自由多样的文体;散文语言贴近日常,最易触动人们的情感,可以直接地陶冶人们的心灵。这也是经典散文被誉为美文、拥有广泛读者、历经岁月更迭仍让人捧读的原因。百余年来的中国现当代散文创作云蒸霞蔚,已莽莽如浩瀚的文学森林,人们若贸然闯入这片森林之中,时有乱花迷眼、茫然难辨之困扰。为了让广大喜爱散文的读者能够更迅捷地读到中国现当代散文的经典性作品,我们精心编选了这套"中国现当代名家散文典藏"丛书。本丛书编选过程中,我们邀请了文学界的专家学者组成编委会,在认真商讨的基础上,汇集、编选了20世纪以来中国现当代散文史上的名家、名作。目的就是方便广大读者感受散文经典的艺术魅力,有利于集中欣赏、比较阅读、收藏,以及进行相关研究。

在研究、讨论过程中,编委会形成了经典性的编选宗旨。卷帙浩繁的现当代散文作品中，以经典作家、经典作品的筛选为编选原则，是为读者提供阅读便利的需要，也是为百余年散文创作所做的某种回顾和总结。我们深知，任何一部文学经典都并非一蹴而就，也非任由某个权威命名而成，文学经典是经过时间的淘洗，经受了社会和读者等各个方面的考验，自然形成的。这个淘洗和考验的过程就是一部文学作品被经典化的过程。经典，是经典化过程的结晶。中国现代文学是中国当代文学的前身，当代文学是活在我们身边的文学，这是一件非常有趣的事，因为这样一来，我们也许就能亲眼看到一部文学作品是如何诞生的，又是如何引起社会的热议、得到不断深入阐释的，我们对一部当代散文的喜爱，往往也是在这一过程中不断地得以强化。经典便是在这样不断被阅读、被热议、被阐释的过程中得到人们的广泛肯定从而成为大家公认的经典。当我们要编选一套现当代散文经典的丛书时，就应该考虑到当代文学的这一特点，要意识到当代文学的经典并不是凝固不变的，它仍处在不断丰富和不断成熟的经典化过程之中。这就确定了我们的基本编辑思路，即我们自觉地将"中国现当代名家散文典藏"的编选和出版，视为参与到现当代散文的经典化过程的一次积极行动。经典化，为我们的编选打通了一条通往经典性的最佳通道。我们从经典化的角度来审视现当代散文，就要更强调发展和辩证的眼光，更需要发现和辨析那些正在茁壮生长中的新现象和新作品；这也提醒我们，在经典标准的确认上不能墨守成规。我们既要关注作为文学史的经典，同时又要更看重历经岁月变幻始终在广大读者中拥有良好口碑的作品。我们认为，读者是经典化过程中不可忽视的参与者，因此也希望这次"中国现当代名家散文典藏"的编选和出版，能够为广大读者参与到现当代散文经典化进程中来提供一次良好的机会。

经典化的编选思路,自然决定了这套丛书有另一特征:开放性。中国现当代文学作为活在我们身边的文学,这就意味着它是一种具有旺盛生命力的,仍在茁壮生长的文学。回望过去的一百余年,现当代散文已经产生了不少的经典性作品;凝视当下的现实,仍有许多正行走在经典化道路上的优秀作品;放眼未来,我们相信,将会有更多的经典脱颖而出。我们这套散文典藏丛书不光要"回望",而且还要有"凝视"和"放眼",也就是说,我们不光要推出已有定论的经典性作品,而且还要把那些正行走在经典化道路上的,以及刚刚萌芽即将脱颖而出的优秀作品也纳入丛书的视野,因此我们必须采取开放性的编选方针。我们不是一次性地编选数十本书就宣布大功告成了,我们还要在此基础上继续延伸下去,把在经典化进程中逐渐成熟了的作家和作品吸纳进来,作为系列丛书、长期工作、"长河"计划而接连不断地出版下去。

　　本丛书编辑过程中,坚持优中选优原则,同时也充分尊重作家意愿和相关版权要求。在编辑"中国现当代名家散文典藏"过程中,由于版权限制等因素,使得一些名家名作还没有如期纳入丛书当中,我们也将努力创造条件,争取将更多的优秀散文佳作奉献给读者,以呈现中国现当代散文创作的整体成就和总体风貌。

　　感谢广大作家的支持,感谢广大读者的厚爱。

人民文学出版社
"中国现当代名家散文典藏"编辑委员会

目 录

1　　　导读

第一辑　关中热土，生命之原

3　　　故乡,心灵中最温馨的一隅

7　　　家之脉

10　　麦饭

13　　原下的日子

21　　在河之洲

25　　关于一条河的记忆和想象

36　　回家折枣

41　　我的秦腔记忆

47　　原上原下樱桃红

53　　我看老腔

62　　愿白鹿长驻此原

66　　儿时的原

第二辑　致敬这活泼的生灵

85　又见鹭鸶

89　拥有一方绿荫

93　绿蜘蛛, 褐蜘蛛

101　绿风

106　告别白鸽

115　拜见朱鹮

119　家有斑鸠

123　种菊小记

126　火晶柿子

134　遇合燕子, 还有麻雀

143　两株玉兰树

148　年年柳色

153　难忘一种鸟叫声

第三辑　漫游与归程

159　汽笛·布鞋·红腰带

165　贞节带与斗兽场

171　北桥, 北桥

177　口红与坦克

180　追寻貂蝉

183　伊犁有条渠

187　在乌镇
191　永远的骡马市
195　从大理到泸沽湖
208　再到凤凰山
212　林中那块阳光明媚的草地

第四辑　舒悦里的亲情和友谊

221　第一次投稿
227　默默此情谁诉
232　别路遥
235　晶莹的泪珠
243　秦人白烨
252　旦旦记趣
257　何谓良师
273　舒悦里的亲情和友谊
275　父亲的树
283　毛乌素沙漠的月亮

第五辑　生命对我足够深情

291　生命之雨
298　五十开始
310　人生九问

315　三九的雨

319　六十岁说

322　老陈与陈老

326　接通地脉

330　饭事记趣

347　白墙无字

350　回家　回家

导　读

陈忠实（1942—2016），陕西籍著名作家。在谈到自己的文学写作时，他在《寻找属于自己的句子——〈白鹿原〉创作手记》里告诉人们："我在'文革'前一年刚发表散文处女作。"那篇散文处女作，便是发表于一九六五年三月八日《西安日报》的《夜过流沙沟》。这说明，作为陈忠实最先掌握的文学文体，散文在他的文学写作进程中，具有着十分重要的意义。

陈忠实从一九六五年开始写作，到二〇一五年因病搁笔，创作持续了整整五十个年头。但他追求高远，态度严谨，勤于思忖，慎于动笔，所创作的作品，无论是散文，还是小说，数量都并不很多，甚至屈指可数。一部长篇，九个中篇，三十多个短篇，六十多篇散文随笔，几乎就是他的全部文学家当。可以说，在当代作家中，他应该算是低产又高质的作家的一个典型。

在散文方面，陈忠实之前陆续出版过一些集子，此次收入这本散文集中的一些篇什，在当时发表时候或结集出书之后，都陆陆续续读过，大都有一定的印象。这次又重温重读，不仅感受依然熟稔和亲切，而且又有不少新的感触与新的启悟。陈忠实的散文写作，涉及的题材相当广泛，时间的跨度也比较漫长。但他的散文作品，有一个清晰可见的脉络，那就是围绕着家乡的各种记述，有关儿时的往事回顾，以及与此相关的说长道短。因此，他的散文写作，整体来看，乡土记忆是主线索，乡土情思是主旋律。

陈忠实是从位于西安郊区的西蒋村走出来的，西蒋村离西安市区五十多里，背后有黄土高原，门前有潺潺灞河，属于半丘陵地带的乡间农村。生于斯、长于斯的陈忠实，本质是一个农家子弟。因此，他的许多散文篇什，诉说儿时的生活也罢，忆述青春的苦涩也罢，都带着浓郁的泥土的味道。如，小时候从"能吃一个馍"开始，学做各种农活，既要"割草"，又要"搂麦子"（《儿时的原》）。还有，骑在父亲的肩头，到原上原下去看秦腔小戏（《我的秦腔记忆》）。开始上学之后，父亲冒着大雪跋涉五十多里路把馍馍送到学校（《家之脉》）。在这些往事记述中，不仅儿时的生活、家乡的一切，栩栩如生、活灵活现地呈现在人们面前，而且内中溢渗着的深挚的亲情，浓郁的乡情，令人可触可摸，可亲可感。如在十二岁时，带着母亲给自己织就的"一条红腰带"走出家乡，到三十里外的灞桥区投考中学（《汽笛·布鞋·红腰带》）。又如作为地道农民的父亲，为了供孩子们读书，卖粮卖树卖柴，陈忠实颇有意味地称这可看作是"没有文化的父亲"的"文化意识"，而这才是家里最可称道的东西（《家之脉》）。还如父母每次送自己出门的眼神，都有一个永远不变的警示，"怎么出去还怎么回来，不要把龌龊带回村子带回屋院"。（《三九的雨》）。真实的往事陈述与意味深长的话语中，内含着一种深切的怀念,真心的钦佩,无言的感恩。

由西蒋村到灞桥区的二十年,陈忠实从中小学生到民办教师,从公社干部到文化馆员,身份几次转换,但家乡作为"心灵中最为重要的一隅",始终是他乡情的寄托,心灵的归依,乡愁的港湾。他在八十年代之后,全家搬到了市区里居住,但他还要经常回到西蒋村的祖居老屋,或拔草,或折枣,或与乡党说说家长里短,心里顿然就沉静了下来。"沉静",是陈忠实谈到回家时使用频率最高的词汇。追求沉静,享受沉静,是身心放松的需要,是甘于寂寞的需要,更是接通地气、系连乡情的需要,乃至是情感回家、精神回归的需要。

这些文字记述,你慢慢咂摸,会从中领悟到更为深层的意蕴。那就是在诉说乡情、寄托乡愁的叙述中,还在讲述着家乡对于自己成长的哺育,乡土对于个人性情的陶冶,生活对于文学追求的成全。这种哺育,无所不在;这种陶冶,无时不有;这种成全,细雨无声。它既体现于麦收时节来自土地最为诱人的香味,以及乍暖还寒时,斑鸠以"咕咕咕"的叫声"催发生命运动的春的旋律";还体现于困难时期"母亲的苜蓿麦饭槐花麦饭",父亲卖柴供儿子念书的举动。当然,也包括了上小学时,因供不起学费,无奈休学一年;上高中时,想去当兵,却因种种原因与军徽擦肩。对于生活中的这些酸甜苦辣,陈忠实渐渐把它们看作是"只有自己可以理解的生命体验",一面承受着生活困窘与困惑,一面把目光投向文学。这些来自家乡与家庭的点点滴滴,来自少年与青年时代的磕磕绊绊，深刻影响着陈忠实的人生成长，锻造着他的性格与性情，使他成为大千世界芸芸众生里的"这一个"。西蒋村——陈忠实，陈忠实——写作者，就这样密切地相互系连，就这样浑然地密不可分。

　　陈忠实的老家，有一条沙石路。陈忠实说："我的一生其实都粘连在这条已经宽敞起来的沙石路上。我在专业创作之前的二十年基层农村工作里，没有离开这条路；我在取得专业创作条件之后的第一个决断，索性重新回到这条路起头的村子——我的老家。我窝在这里的本能的心理需求，就是想认真实现自己少年时代就发生的作家之梦。从一九八二年冬天得到专业写作的最佳生存状态到一九九三年春天写完《白》书，我在祖居的原下的老屋里写作和读书，整整十年。这应该是我最沉静最自在的十年。"行走于沙石路上，写作于原下老屋，由此去感知生活和侍弄文学，这在一定程度上也向人们诠释着一个作家的行进旅程乃至成功秘诀，那就是不弃乡土，不离家园，以乡土的舞台、乡民的立场、平民的美学，在文学写作中"寻找属于自己的句子"。

　　在陈忠实的散文作品里，人们读到了乡土对于作家无形的培植，生活对于文学无声的滋养，也能从他的另外一些作品的文字里，读到写作对于现实的自然反馈，文学对于生活的应有反哺。如《我看老腔》一文，讲到他把感动了自己的华阴老腔引入到《白鹿原》的话剧与同名电影中并为之改编唱词的经过，这使鲜为人知的华阴老腔空前活跃起来。而这个不经意间的小举措，之后更是发生了出人意料的大成效，华阴老腔由此得以复兴，获得新生，被人们誉为令人震撼的"乡间摇滚"。文学作品的能动性与影响力，也于此得到充分显现。更令人为之称奇的是《愿白鹿长驻此原》一文里，他扼要讲述了家乡狄寨原改名白鹿原的经过。作者说道："汉文帝葬在白鹿原西北的原坡上，原坡根下流淌着灞水，文史典籍称为灞陵，这道原也被改名为灞陵原，民间却少有人说。自北宋大将军狄青在原上屯兵驯马，这道原又被改换为狄寨原，一直沿用至今，白鹿原的名字早已湮灭以至消亡了。近年间，因为拙作《白鹿原》的发行，这个富于诗意也象征着吉祥安泰的白鹿原的名字又复活了。白鹿原名称的重新复归，恰当其时，多少代人期盼向往的富裕和平的日子已经实现，却是改革开放的科学而又务实的富民国策实施的结果。"这一表述实在过于低调和自谦，实际上现实的狄寨原改称白鹿原之后得以不断兴盛的首功，当属小说《白鹿原》及其影视改编作品发生影响的催生与促动。这也是作家陈忠实从自己的角度，以文学的方式，对养育了自己的家乡故土，所做的自觉的反馈与主动的回赠，并以这种方式彰显文学的力量所在，同时他也由此续写了自己的文学追求，延续了自己的文学生命。这些，看似有些偶然，实则内含必然。

陈忠实的散文，大多属于叙事性散文，他无论描写什么，叙说什么，都有自己的大致路数，这就是不事雕饰，直抒胸臆，本色为文，披心相付。因此，质朴与清奇相兼备、澄明与醇厚相融汇，就构成他散文写作从叙事到语言的鲜明特色。这看起来寻常又平易，但却别有文章，自具内力。清代著名文史学者章学诚在《文史通义》里关于写作有一段名言，极力赞誉作文的清奇与清真。他说："仆集文律，不外清真二字。清则气不杂，真则理无支也。此二语知之甚易，能之甚难。"章学诚的这段有关文章的名言与评语，有助于我们理解陈忠实的文风与文气。可以说，陈忠实在他的散文写作中，以袒露本真的心境和持守本色的追求，营造出了自己的一方天地。

从以上的阅读感受和诸多意涵来看，陈忠实的这部散文集，无论是对于人们了解陈忠实其人其文，还是知晓生活与作家的关系、乡土与文学的奥秘等，都自有所获，大有裨益。

白　烨

第一辑　关中热土，生命之原

故乡，心灵中最温馨的一隅

看到编撰整齐的《历代诗人咏灞桥》书稿，心灵深处的某一根最灵敏也最绵软的神经便发出颤音来。及至读完，依然不肯释手，稍有闲适，便由不得拿起来吟咏品哂。有贵人来要我的拙笨的字儿，便把其中我最喜欢的诗句写下来，竟然觉得是一种情感释放而很愉悦，很自豪。

这种情绪说来十分简单十分单纯，这是一本汇集了历代诗家词人吟咏灞桥风物的诗集，灞桥是我的家乡。这种单纯甚至幼稚的儿童心理情感，不应看作是某种自私或狭窄心理吧？窃以为是最纯净最虔诚也最令人心动的情愫。无论普通人乃至将军总统，无论操哪种语言着哪一种肤色的种族，无论他在人类社会哪个领域做出过怎样杰出的贡献，对于故乡的虔诚的情怀都是一脉相通的，可谓人类共性之一。这是一个人的"根"，是一个人丰富的感情世界里的带共性的"结"。我以为"故乡情结"这个词是生动准确极了，反过来说"情结故乡"也更具意味。即使那些在故乡受过苦甚至遭过罪的人，可能在他贫困潦倒不堪罪罚的困境里诅咒过故乡，然而多年以后，仍会发觉心灵深处最温馨的一隅，依然还是自己的家园自己的故乡。

去年和今年的陕西电视台的春节晚会节目很精彩，然而留下深刻记忆的却是两个回归故土的老汉。一个是去年春季从台湾回到西安的吼过秦腔的黑发瘦老汉，开口一句"我是长安人"，便把几十年的离苦离情倾泻出来。另一个是今年从吉尔吉斯陕西村归来的白头发老汉，堪称一绝的关中小曲儿，令人倾倒也令人热泪滂沱。

往昔里，我也零星获得过一些古代文人歌咏灞桥的诗词，尤其是关于灞桥柳色的辞章，从来也没有机缘读到如此集中的关于家乡灞桥的华簇锦章。与那些介绍灞桥历史沿革人文地理物产的史志不同，这些历代诗家词人留下的诗词所展示给我们的，完全是一幅幅灞桥风光的立体图画，能够让今天的灞桥人了解一两千年前的家乡的风物人情世态，心灵中那根结着故乡情愫的神经便颤颤发音了。

"山开灞水北，雨过杜陵西。"以边塞诗称著的唐代诗人岑参眼里笔下的灞桥河水山原自然气象，恰如大写意的泼墨画。唐明皇李隆基以风流天子的眼光看取这块皇天后土时，更是一片明媚："洛阳芳树映天津，灞岸垂杨窣地新。"这位留下千古传诵的爱情悲剧的皇帝，在他处于王权鼎盛和爱的胶漆状态时，自然免不了对于贵妃池的迷恋："远看骊岫入云霄，预想汤池起烟雾。"而更多的文人墨客都以各自的心态和独特的艺术感觉，写下了这块美丽的土地在昔日的万种风情。王昌龄在白鹿原故居安贫乐道凭吊孔子的弟子颜回和原宪，"偃卧滋阳村"时，所透见的便是"空林网夕阳，寒鸟赴荒园"的清淡到几近凄凉的景象。而杜甫的笔端反倒流泻出少见的柔情："紫燕时翻翼，黄鹂不露身。"勾出来灞河两岸柳林田畴一幅动静有致的生动活跃的图景。"芳秀惬春目，高闲宜远心。"（严维）"读书三径草，沽酒一篱花。"（许浑）"鸭卧溪沙暖，鸠鸣社树春。"（温庭筠）"和烟和雨遮敷水，映竹映村连灞桥。撩乱春风耐寒令，到头赢得杏花娇。"（郑谷）"一条灞水清如剑，不为离人割断愁。"（沈彬）且不说这些诗的美好含蕴，单是诗中所描绘的令人向往的美好境界，就可以了知作为王都的京畿之地灞桥的生态环境多么可人。灞桥在汉属于上林苑——御家自然公园的腹地，严维笔下灞陵地区"坐鸣松下琴"的环境已无法想象。我自小所见的灞陵山便是秃的。我现在可以以诗索图，灞陵山上，古松参天，溪流潺潺，灞水浐河，杨柳依依，紫燕呢喃，黄鹂隐现，鸟唱于林梢，鹿鸣于原畔。这是多么让人神往的生存佳境。

然而，建安七子之一的王粲的诗，却给我们留下了一幅惨景："西京乱无象，豺虎方遘患。""出门无所见，白骨蔽平原。""路有饥妇人，抱子弃草间。""驱马弃之去，不忍听此言，南登灞陵岸"，"喟然伤心肝"。这是汉献帝时董卓部将在长安作乱时制造的恐怖景象。灞陵是我的家乡，即现今的灞陵乡。而西汉司马相如所描绘的上林苑内八水绕长安的气象却是："纡馀委蛇，经营乎其内。荡荡乎八川分流，相背而异态。"到东汉末年那种恢宏壮阔的景象已不复现，而是遍地哀鸿白骨蔽野的悲惨世界了。战乱毁灭一切生灵，包括人也包括大自然。

这些诗词里提供了许多与灞桥相关的历史典故和美好传说。秦始皇焚书坑儒的坑就在铜人原上，邵平店有关东陵瓜的美丽传说，灞水浐河初春三月水边采兰的动人情景。尤其是灞陵乡韩康，避官避名隐居灞陵山采药救治平民的传说，委实令人感佩。一句"卖药不二价，有名反深耻"的诗，把一个秉正刚直的形象活托出来，成为灞桥人形象的传统典型，真可谓山好水好人亦好。

灞桥是我家乡，生我，养我，培育滋润了我。我有幸在家乡工作二十年，服务不够，却得益匪浅。正是那里的如韩康一样"卖药不二价"的父老乡亲，给我以深刻的影响；在那二十年的乡村基层工作中,我才逐渐加深了对社会和人生的了解和体验;完全可以这样来概括,如果没有那二十年的乡村工作实践,我的全部文学创作都是不可想象的,或者说完全会是另外一种面貌。基于这样一种情怀,我向你们鞠躬了,故乡的父老乡亲。

祝愿家乡灞桥再铸辉煌。

1994 年 3 月 21 日

家 之 脉

女儿和女婿在墙壁上贴着几张识字图画，不满三岁的小外孙按图索文，给我表演：白菜、茄子、汽车、火车、解放军、农民……

一九五〇年春节过后的一天晚上，在那盏祖传的清油灯下，父亲把一支毛笔和一沓黄色仿纸交到我手里：你明日早起去上学。我拔掉竹筒笔帽儿，是一撮黑里透黄的动物毛做成的笔头。父亲又说：你跟你哥合用一只砚台。

我的三个孩子的上学日，是我们家的庆典日。在我看来，孩子走进学校的第一步，认识的第一个字，用铅笔写成的汉字第一画，才是孩子生命中光明的开启。他们从这一刻开始告别黑暗，走向智慧人类的途程。

我们家木楼上有一只破旧的大木箱，乱扔着一堆书。我看着那些发黄的纸页和一行行栗子大的字问父亲，是你读过的书吗？父亲说是他读过的，随之加重语气解释说，那是你爷爷用毛笔抄写的。我大为惊讶，原以为是石印的，毛笔字怎么会写得和我的课本上的字一样规矩呢？父亲说，你爷爷是先生，当先生先得写好字，字是人的门脸。在我之前已谢世的爷爷会写一手好字，我最初的崇拜产生了。

父亲的毛笔字显然比不得爷爷，然而父亲会写字。大年三十的后晌，村人夹着一卷红纸走进院来，父亲磨墨、裁纸，为乡亲写好一副副新春对联，摊在明厅里的地上晾干。我瞅着那些大字不识一个的村人围观父亲舞笔弄墨的情景，隐隐感到了一种难以言说的自豪。

多年以后，我从城市躲回祖居的老屋，在准备和写作《白鹿原》的六年时间里，每到春节的前一天后响，为村人继续写迎春对联。每当造房上大梁或办婚丧大事，村人就来找我写对联。这当儿我就想起父亲写春联的情景，也想到爷爷手抄给父亲的那一厚册课本。

我的儿女都读过大学，学历比我高了，更比我的父亲和爷爷高了（他们都没有任何文凭，我仅有高中毕业）。然而儿女唯一不及父辈和爷辈的便是写字，他们一律提不起毛笔来。村人们再不会夹着红纸走进我家屋院了。

礼拜五晚上一场大雪，足足下了一尺厚。第二天上课心里都在发慌，怎么回家去背馍呢？五十余里路程，步行，我十三岁。最后一节课上完，我走出教室门时就愣住了，父亲披一身一头的雪迎着我走过来，肩头扛着一口袋馍馍，笑吟吟地说：我给你把干粮送来了，这个星期你不要回家了，你走不动，雪太厚了⋯⋯

二女儿因为误读俄语，补习只好赶到高陵县一所开设俄语班的中学去。每到周日下午，我用自行车带着女儿走七八里土路赶到汽车站，一同乘公共汽车到西安东郊的纺织城，再换乘通高陵县的公共汽车，看着女儿坐好位子随车而去，我再原路返回蒋村——正在写作《白》书的祖屋。我没有劳累的感觉，反而感觉到了时代的进步和生活的幸福，比我父亲冒雪步行五十里为我送干粮方便得多了。

我不止一次劝告女儿和女婿，别太着急了，孩子三岁还不到，你教他认什么字嘛！他现在就应该吃饭、玩耍甚至捣蛋，才符合天性。女儿和女婿便说现在人对孩子智商如何如何开发，及至胎儿。我便把我赌上去：你爸爸八岁才上学识字，现在不光写小说当作家，写毛笔字偶尔还赚点润笔费哩！

父亲是一位地道的农民，比村子里的农民多了会写字会打算盘的本事，在下雨天不能下地劳作的空闲里，躺在祖屋的炕上读古典小说和秦腔戏本。他注重孩子念书学文化，他卖粮卖树卖柴，供给我和哥哥读中学，至今依然在家乡传为佳话。

我供给三个孩子上学的过程虽然也颇不轻松，然而比父亲当年的艰难却相去甚远。从私塾先生爷爷到我的孙儿这五代人中，父亲是最艰难的。他已经没有了私塾先生爷爷的地位和经济，而且作为一个农民也失去了对土地和牲畜的创造权利，而且心强气盛地要拼死供给两个儿子读书。他的耐劳他的勤俭他的耿直和左邻右舍的村人并无多大差别，他的文化意识才是我们家里最可称道的东西，却绝非书香门第之类。

这才是我们家几代人传承不断的脉。

1999 年 8 月

麦　饭

——关中民间食谱之一

按照当今已经注意营养分析的人们的观点，麦饭是属于真正的绿色食物。

我自小就有幸享用这种绿色食物。不过不是具备科学的超前消费的意识，恰恰是贫穷导致的以野菜代粮食的饱腹本能。

早春里，山坡背阴处的积雪尚未退尽消去，向阳坡地上的苜蓿已经从地皮上努出嫩芽来。我掐苜蓿，常和同龄的男女孩子结伙，从山坡上的这一块苜蓿地奔到另一块苜蓿地，这是幼年记忆里最愉快的劳动。

苜蓿芽儿用水淘了，拌上面粉，揉、搅、搓、抖均匀，摊在木屉上，放在锅里蒸熟。出锅后，用熟油拌了，便用碗盛着，整碗整碗地吃，拌着一碗玉米糁子熬煮的稀饭，可以省下一个两个馍来。母亲似乎从我有记忆能力时就擅长麦饭技艺。她做得从容不迫，干、湿、软、硬总是恰到好处。我最关心的是，拌到苜蓿里的面粉是麦子面儿还是玉米面儿。麦子面儿俗称白面儿，拌就的麦饭软绵可口，玉米面儿拌成的麦饭就相去甚远了。母亲往往会说，白面儿断顿了，得用玉米面儿拌；你甭不高兴，我会多浇点熟油。我从解知人言便开始习惯粗茶淡饭，从来不敢也不会有奢望寄予；从来不会要吃什么或想吃什么，而是习惯于母亲做什么就吃什么，没有道理也没有解释，贫穷造就的吃食的贫乏和单调是不容选择或挑剔的，也不宽容娇气和任性。

麦子面拌就的头茬苜蓿蒸成的麦饭，再拌进熟油，那种绵长的香味的记忆是无法泯灭的。

按照家乡的风俗禁忌，清明是掐摘苜蓿的终结之日。清明之前，任何人家种植的苜蓿，尽可以由人去掐去摘，主人均是一种宽容和大度。清明一过，便不能再去任何人家的苜蓿地采掐了，苜蓿要作为饲草生长了。

苜蓿之后，我们便盼着槐花。山坡和场边的槐花放白的时候，我便用早已备齐的木钩挑着竹笼去采捋槐花了。

槐花开放的时候，村巷屋院都是香气充溢着。

槐花蒸成的麦饭，另有一番香味，似乎比苜蓿麦饭更可口。这个季节往往很短暂，家家男女端到街巷里来的饭碗里，多是槐花麦饭。

按照今天已经开始青睐绿色食品的先行者们的现代营养意识，我便可以耍一把阿Q式的骄傲，我们祖宗比你阔多了，他们早早都以苜蓿槐花为食了。

到了难忘的六十年代，被史称"三年困难"的六十年代初，家乡的原坡和河川里一切不含毒汁的野菜和野草，包括某些树叶，统统都被大人小孩挖、掐、拔、摘、捋回家去，拌以少许面粉或麸皮，蒸了，食了，已经无油可拌。这样的麦饭已成为主食，成为填充肚腹的坐庄食物。男人女人老人小孩都别无选择，漂亮的脸蛋儿和丑陋的黑脸也无法挑剔，都只能赖此物充饥，延续生命。老人脸黄了肿了，年轻人也黄了肿了，小孩子黄了肿了，漂亮的脸蛋儿黄了肿了时尤为令人叹惋。看来，这种纯粹以绿色野菜野草为食物的实践，却显示出残酷的结果，提醒今天那些以绿色食物为时尚为时髦的先生太太们切勿矫枉过正，以免损害贵体。

近日和朋友到西安大雁塔下的一家陕北风味饭馆就餐，一道"洋芋擦擦"的菜令人费解。吃了一口便尝出味来，便大胆探问，可是洋芋麦饭？延安籍的女老板笑答，对。关中叫麦饭，陕北叫洋芋擦擦。把洋芋擦成丝，拌以上等白面，蒸熟，拌油，仍然沿袭民间如我母亲一样的农家主妇的操作规程。陕北盛产洋芋，用洋芋做成麦饭，原也是以菜代粮，变换一种花样，和关中的麦饭无本质差别。不过，现在由服务生用瓷盘端到餐桌上来的洋芋擦擦或者说洋芋麦饭，却是一道菜，一种商品，一种卖价不低的绿色食品，城里人乐于掏腰包并赞赏不绝的超前保健食品了。

家乡的原野上，苜蓿种植已经大大减少。已经稀罕的苜蓿地，不容许任何人涉足动手掐采。传统的乡俗已经断止。主人一茬接着一茬掐采下苜蓿芽来，用袋装了，用车载了，送到城里的蔬菜市场，卖一把好钱。乡俗断止了，日子好过了，这是现代生活法则。

母亲的苜蓿麦饭槐花麦饭已经成为遥远而又温馨的记忆。

2001年7月

原下的日子

一

新世纪到来的第一个农历春节过后，我买了二十多袋无烟煤和吃食，回到乡村祖居的老屋。我站在门口对着送我回来的妻女挥手告别，看着汽车转过沟口那座塌檐倾壁残颓不堪的关帝庙，折回身走进大门进入刚刚清扫过隔年落叶的小院，心里竟然有点酸酸的感觉。已经摸上六十岁的人了，何苦又回到这个空寂了近十年的老窝里来。

从窗框伸出的铁皮烟筒悠悠地冒出一缕缕淡灰的煤烟，火炉正在烘除屋子里整个一个冬天积攒的寒气。我从前院穿过前屋过堂走到小院，南窗前的丁香和东西围墙根下的三株枣树苗子，枝头尚不见任何动静，倒是三五丛月季的枝梢上暴出小小的紫红的芽苞，显然是春天的讯息。然而整个小院里太过沉寂太过阴冷的气氛，还是让我很难转换出回归乡土的欢愉来。

我站在院子里，抽我的雪茄。东邻的屋院差不多成了一个荒园，兄弟两个都选了新宅基建了新房搬出许多年了。西邻曾经是这个村子有名的八家院，拥挤如同鸡笼，先后也都搬迁到村子里新辟的宅基地上安居了。我的这个屋院，曾经是父亲和两位堂弟三分天下的"三国"，最鼎盛的年月，有祖孙三代十五六口人进进出出在七八个或宽或窄的门洞里。在我尚属朦胧混沌的生命区段里，看着村人把装着奶奶和被叫作厦屋爷的黑色棺材，先后抬出这个屋院，再在街门外用粗大的抬杠捆绑起来，在儿孙们此起彼伏的哭号声浪里抬出村子，抬上原坡，沉入刚刚挖好的墓坑。我后来也沿袭这种大致相同的仪程，亲手操办我的父亲和母亲从屋院到墓地这个最后驿站的归结过程。许多年来，无论有怎样紧要的事项，我都没有缺席由堂弟们操办的两位叔父一位婶娘最终走出屋院走出村子走进原坡某个角落里的墓坑的过程。现在，我的兄弟姊妹和堂弟堂妹及我的儿女，相继走出这个屋院，或在天之一方，或在村子的另一个角落，以各自的方式过着自己的日子。眼下的景象是，这个给我留下拥挤也留下热闹印象的祖居的小院，只有我一个人站在院子里。原坡上漫下来寒冷的风。从未有过的空旷。从未有过的空落。从未有过的空洞。

　　我的脚下是祖宗们反复踩踏过的土地。我现在又站在这方小小的留着许多代人脚印的小院里。我不会问自己也不会向谁解释为了什么又为了什么重新回来，因为这已经是行为之前的决计了。丰富的汉语言文字里有一个词儿叫龌龊。我在一段时日里充分地体味到这个词儿的不尽的内蕴。

　　我听见架在火炉上的水壶发出"噗噗噗"的响声。我沏下一杯上好的陕南绿茶。我坐在曾经坐过近二十年的那把藤条已经变灰的藤椅上，抿一口清香的茶水，瞅着火炉炉膛里炽红的炭块，耳际似乎萦绕着见过面乃至根本未见过面的老祖宗们的声音，嗨！你早该回来了。

　　第二天微明，我搞不清是被鸟叫声惊醒的，还是醒来后听到了一种鸟的叫声。我的第一反应是斑鸠。这肯定是鸟类庞大的族群里最单调最平实的叫声，却也是我生命磁带上最敏感的叫声。我慌忙披衣坐起，隔着窗玻璃望去，后屋屋脊上有两只灰褐色的斑鸠。在清晨凛冽的寒风里,一只斑鸠围着另一只斑鸠团团转悠,一点头,一翘尾,发出连续的"咕咕咕……咕咕咕"的叫声。哦!催发生命运动的春的旋律,在严寒依然裹盖着的斑鸠的躁动中传达出来了。

我竟然泪眼模糊。

二

傍晚时分,我走上灞河长堤。堤上是经过雨雪浸淫沤泡变成黑色的枯蒿枯草。沉落到西原坡顶的蛋黄似的太阳绵软无力。对岸成片的白杨树林,在蒙蒙灰雾里依然不失其肃然和庄重。河水清澈到令人忍不住又不忍心用手撩拨。一只雪白的鹭鸶,从下游悠悠然飘落在我眼前的浅水边。我无意间发现,斜对岸的那片沙地上,有个男子挑着两只装满石头的铁丝笼走出一个偌大的沙坑,把笼里的石头倒在石头垛子上,又挑起空笼走回那个低陷的沙坑。那儿用三脚架撑着一张钢丝罗筛。他把刨下的沙石一锨一锨抛向罗筛,发出连续不断千篇一律的声响,石头和沙子就在罗筛两边分流了。

我久久地站在河堤上,看着那个男子走出沙坑又返回沙坑。这儿距离西安不足三十公里。都市里的霓虹此刻该当缤纷,各种休闲娱乐的场所开始进入兴奋期。暮霭渐渐四合的沙滩上,那个男子还在沙坑与石头垛子之间来回往返。这个男子以这样的姿态存在于世界的这个角落。

我突发联想,印成一格一框的稿纸如同那张罗筛。他在他的罗筛上筛出的是一粒一粒石子。我在我的"罗筛"上筛出的是一个一个方块汉字。现行的稿酬标准无论高了低了贵了贱了,肯定是那位农民男子的石子无法比的。我自觉尚未无聊到滥生矫情,不过是较为透彻地意识到构成社会总体坐标的这一极。这一极与另外一极的粗细强弱的差异。

这是新世纪的第一个早春。这是我回到原下祖屋的第二天傍晚。这是我的家乡那条曾为无数诗家墨客提供柳枝,却总也寄托不尽情思离愁的灞河河滩。此刻,三十公里外的西安城里的霓虹灯,与灞河两岸或大或小村庄里隐现的窗户亮光;豪华或普通轿车壅塞的街道,与田间小道上悠悠移动的架子车;出入大饭店小酒吧的俊男倩女打蜡的头发涂红(或紫)的嘴唇,与拽着牛羊缰绳背着柴火的乡村男女;全自动或半自动化的生产流水线,与那个在沙坑在罗筛前挑战贫穷的男子……构成当代社会的大坐标。我知道我不会再回到挖沙筛石这一极中去,却在这个坐标中找到了心理平衡的支点,也无法从这一极上移开眼睛。

三

村庄背靠白鹿原北坡。遍布原坡的大大小小的沟梁奇形怪状。在一条阴沟里该是最后一坨尚未化释的残雪下,有三两株露头的绿色,淡淡的绿,嫩嫩的黄,那是青蒿,长高了就是蒿草,或卑称臭蒿子。嫩黄淡绿的青蒿,不在乎那坨既残又脏经年未化的雪,宣示了春天的气象。

桃花开了,原坡上和河川里,这儿那儿浮起一片一片粉红的似乎流动的云。杏花接着开了,那儿这儿又变幻出似走似驻的粉白的云。泡桐花开了,无论大村小庄都被骤然爆出的紫红的花帐笼罩起来了。洋槐花开的时候,首先闻到的是一种令人总也忍不住深呼吸的香味，然后惊异庄前屋后和坡坎上已经敷了一层白雪似的脂粉。小麦扬花时节，原坡和河川铺天盖地的青葱葱的麦子，把来自土地最诱人的香味，释放到整个乡村的田野和村庄，灌进庄稼院的围墙和窗户。椿树的花儿在庞大的树冠和浓密的枝叶里，只能看到绣成一团一串的粉黄，毫不起眼，几乎没有任何观赏价值，然而香味却令人久久难以忘怀。中国槐大约是乡村树族中最晚开花的一家，时令已进入伏天，燥热难耐的热浪里，闻一缕中国槐花的香气，顿然会使焦躁的心绪沉静下来。从农历二月二龙抬头迎春花开伊始，直到大雪漫地，村庄、原坡和河川里的花儿便接连开放，各种奇异的香味便一波迭过一波。且不说那些红的黄的白的紫的各色野草和野花，以及秋来整个原坡都覆盖着的金黄灿亮的野菊。

五月是最好的时月，这当然是指景致。整个河川和原坡都被麦子的深绿装扮起来，几乎看不到巴掌大一块裸露的土地。一夜之间，那令人沉迷的绿野变成满眼金黄，如同一只魔掌在翻手之瞬间创造出来神奇。一年里最红火最繁忙的麦收开始了，把从去年秋末以来的缓慢悠闲的乡村节奏骤然改变了。红苕是秋收的最后一料庄稼，通常是待头一场浓霜降至，苕叶变黑之后才开挖。湿漉漉的新鲜泥土的垄畦里，排列着一行行刚刚出土的红艳艳的红苕，常常使我的心发生悸动。被文人们称为弱柳的叶子，居然在这河川里最后卸下盛装，居然是最耐得霜冷的树。柳叶由绿变青，由青渐变浅黄，直到几番浓霜击打，通身变成灿灿金黄，张扬在河堤上河湾里，或一片或一株，令人钦佩生命的顽强和生命的尊严。小雪从灰蒙蒙的天空飘下来时，我在乡间感觉不到严冬的来临，却体味到一缕圣洁的温柔，本能地仰起脸来，让雪片在脸颊上在鼻梁上在眼窝里飘落、融化，周围是雾霭迷茫的素净的田野。直到某一日大雪降至，原坡和河川都变成一抹银白的时候，我抑制不住某种神秘的诱惑，在黎明的浅淡光色里走出门去，在连一只兽蹄鸟爪的痕迹也难觅踪的雪野里，踏出一行脚印，听脚下的雪发出"铮铮铮"的脆响。

我常常在上述这些情景里，由衷地咏叹，我原下的乡村。

四

漫长的夏天。

夜幕迟迟降下来。我在小院里支开躺椅，一杯茶或一瓶啤酒，自然不可或缺一支烟。夜里依然有不泯的天光，也许是繁密的星星散发的。白鹿原刀裁一样的平顶的轮廓，恰如一张简洁到只有深墨和淡墨的木刻画。我索性关掉屋子里所有的电灯，感受天光和地脉的亲和，偶尔可以看到一缕鬼火飘飘忽忽掠过。

有细月或圆月的夜晚，那景象就迷人了。我坐在躺椅上，看圆圆的月亮浮到东原头上，然后渐渐升高，平静地一步一步向我面前移来，幻如一个轻摇莲步的仙女，再一步一步向原坡的西部挪步，直到消失在西边的屋脊背后。

某个晚上，瞅着月色下迷迷蒙蒙的原坡，我却替两千年前的刘邦操起闲心来。他从鸿门宴上脱身以后，是抄哪条捷径便道逃回我眼前这个原上的营垒的？"沛公军灞上"。灞上即指灞陵原。汉文帝就葬在白鹿原北坡坡畔，距我的村子不过十六七里路。文帝陵史称灞陵，分明是依着灞水而命名。这个地处长安东郊自周代就以白鹿得名的原，渐渐被"灞陵原""灞陵""灞上"取代了。刘邦驻军在这个原上，遥遥相对灞水北岸骊山脚下的鸿门，我的祖居的小村庄恰在当间。也许从那个千钧一发命悬一线的宴会逃跑出来,在风高月黑的那个恐怖之夜,刘邦慌不择路翻过骊山涉过灞河,从我的村头某家的猪圈旁爬上原坡直到原顶,才舒出一口气来。无论这逃跑如何狼狈,并不影响他后来打造汉家天下。

大唐诗人王昌龄,原为西安城里人,出道前隐居白鹿原上滋阳村,亦称芷阳村。下原到灞河钓鱼,提镰在菜畦里割韭菜,与来访的文朋诗友饮酒赋诗,多以此原和原下的灞水为叙事抒情的背景。我曾查阅资料企图求证滋阳村村址,毫无踪影。

我在读到一本《历代诗人咏灞桥》的诗集时,大为惊讶,除了人皆共知的"年年柳色,灞陵伤别"所指的灞桥,灞河这条水,白鹿(或灞陵)这道原,竟有数以百计的诗圣诗王诗魁都留了绝唱和独唱。

> 宠辱忧欢不到情,
> 任他朝市自营营。
> 独寻秋景城东去,
> 白鹿原头信马行。

这是白居易的一首七绝。是诸多以此原和原下的灞水为题的诗作中的一首。是最坦率的一首,也是最通俗易记的一首。一目了然可知白诗人在长安官场被蝇营狗苟的龌龊惹烦了,闹得腻了,倒胃口了,想呕吐了,却终于说不出口呕不出喉,或许是不屑于说或吐,干脆骑马到白鹿原头逛去。

还有什么龌龊能淹没脏污这个以白鹿命名的原呢?断定不会有。

我在这原下的祖屋生活了两年。自己烧水沏茶。把夫人在城里擀好切碎的面条煮熟。夏日一把躺椅冬天一抱火炉。傍晚到灞河沙滩或原坡草地去散步。一觉睡到自来醒。当然，每有一个短篇小说或一篇散文写成，那种愉悦，相信比白居易纵马原上的心境差不了多少。正是原下这两年的日子，是近八年以来写作字数最多的年份，且不说优劣。

我愈加固执一点，在原下进入写作，便进入我生命运动的最佳气场。

2003 年 12 月 11 日二府庄

在河之洲

    汽车驶出古城西安东门,不久就进入麦深似海的关中平原的腹地。时令刚交上五月,吐穗扬花的小麦一望无际,眼前是嫩滴滴的密密匝匝的麦叶麦穗,稍远就呈现为青色了。放开眼远眺,就是令人心灵震颤的恢宏深沉的气象了。东过渭河,田堰层叠的渭北高原,在灰云和浓雾里隐隐呈现出独特的风貌,无论立陡的险垴,无论舒缓的慢坡,都被青葱葱的麦子覆盖着,如此博大深沉,又如此舒展柔曼,无法想象仅仅在两个月之前的残破与苍凉,顿然发生对黄土高原深蕴不露的神奇伟力的感动。

    我的心绪早已舒展欢愉起来,却不完全因为满川满原的绿色的浸染和撩拨,更有潜藏心底的一个极富诱惑的企盼,即将踏访两千多年前那位"窈窕淑女"曾经生活和恋爱的"在河之洲"了。确切地说,早在几天之前朋友相约的时候,我的心里就踊跃着期待着,去看那块神秘莫测的"在河之洲"。

    我是少年时期在初中语文课本上,初读那首被称作中国第一首爱情诗歌的。无须语文老师督促,一诵我便成记了,也就终生难忘了。"关关雎鸠,在河之洲;窈窕淑女,君子好逑。"许是少年时期特有的敏感,对那位好逑的君子不大感兴趣,甚至有莫名的逆反式的嫉妒,一个什么样儿的君子,竟然能够赢得那位窈窕淑女的爱?在河之洲,在哪条河边的哪一块芳草地上,曾经出现过一位窈窕淑女,而且演绎出千古诵唱不衰的美丽的爱情诗篇?神秘而又圣洁的"在河之洲",就在我的心底潜存下来。后来听说这首爱情绝唱就产生在渭北高原，却不敢全信，以为不过是传说罢了，而渭河平原的历史传说太多太多了。直到朋友约我的时候，确凿而又具体地告诉我，在河之洲，就是渭北高原合阳县的洽川，这是大学问家朱熹老先生论证勘定的。朱熹著《诗集传》里的《关雎》篇，以及《大雅·大明》的注释，有"在洽之阳，在渭之涘"可佐证，更有"洽，水名，本在今同州合阳夏阳县"，指示出不容置疑的具体方位。合阳即今日的合阳县，二十世纪五十年代还沿用古体"郃"字作为县名，后来为图得简便，把右边的耳朵削减省略了，合阳县就成今天通用的合阳县了。洽水在合阳县投入黄河，这一片黄河道里的滩地古称洽川，就是千百年来让初恋男女梦幻情迷的"在河之洲"。我现在就奔着那方神秘而又圣洁的芳草地来了。

　　远远便瞅见了黄河。黄河紧紧贴着绵延起伏的群山似的断崖的崖根，静静地悄无声息地涌流着。黄河冲出禹门，又冲出晋陕大峡谷，到这里才放松了，温柔了，也需要抒情低吟了，抖落下沉重的泥沙，孕育出渭北高原这方丰饶秀美的河洲。这是令人一瞅就感到心灵震颤的一方绿洲，顿然便自惭想象的狭窄和局限。这里坦坦荡荡铺展开的绿莹莹的芦苇，左望不见边际，右眺也不见边际，沿着黄河也装饰着黄河，竟有三万多亩，那一派芦苇的青葱的绿色所蕴聚的气象，在人初见的一瞬便感到巨大的摇撼和震颤。我站在坡坎上，久久说不出一句话来，那方自少年时代就潜存心底的"在河之洲"，完全不及现实的洽川之壮美。

　　芦苇正长到和我一般高，齐刷刷，绿莹莹，宽宽的叶子上锈积着一层茸茸白毛，纯净到纤尘不染。我漫步在芦苇荡里青草铺垫的小道上，似可感到正值青春期的芦苇的呼吸。我自然想到那位身姿窈窕的淑女，也许在麦田里锄草，在桑树上采摘桑叶，在芦苇丛里聆听鸟鸣，高原的地脉和洽川芦荡的气韵，孕育出窈窕壮健的身姿和洒脱清爽的质地，才会让那个万众景仰的周文王一见钟情，倾心求爱。我便暗自好笑少年时期自己的无知与轻狂，好逑的君子可是西周的周文王啊，哪里还有比他更能称得起君子的君子呢！一个君王向一个锄地割麦采桑养蚕的民间女子求爱，就在这莽莽苍苍郁郁葱葱的芦苇荡里，留下《诗经》开篇的爱情诗篇，萦绕在这个民族每一个子孙的情感之湖里，滋润了两千余年，依然在诵着吟着品着咂着，成了一种永恒。

雨下起来了。芦苇荡里白茫茫一片铺天盖地的雨雾，腾起排山倒海般雨打苇叶的啸声，一波一波撞击人的胸膛。走到芦苇荡里一处开阔地时，看到一幅奇景，好大的一个水塘里，竟然有几十个人在戏水，男人女人，年轻人居多，也有头发稀落皮肉松弛的上了年岁的人。这个时月里的渭北高原，又下着大雨，气温不过十摄氏度，那些人只穿泳衣在水塘里戏闹着，似乎不可思议。这是一个温泉，名处女泉，大约从文王向民间淑女求爱之前就涌流到今天了。温泉蒸腾着白色的水汽，像一只沸滚的大锅，一团一团温热湿润的水汽向四周的芦苇丛里弥漫，幻如仙境。洽川人得了这一塘好水，冬夏都可以尽情洗浴了，自古形成一个风俗，女子出嫁前夜，必定到处女泉净身，真是如诗如画。洽川这种温泉在古籍上有一个怪异的专用汉字——瀵。自地下冒涌出来，冲起沙粒，对浴者的皮肤冲击搓磨，比现代浴室超豪华设施美妙得远了。在洽川，这样的瀵泉有多处，细如蚁穴，大如车轮。《水经注》等多种典籍都有生动具体的描绘。现在成了各地旅客观赏或享受沙浪浴的好去处了。

这肯定是我见过的最绝妙的温泉了，也肯定是我观赏到的最壮观最气魄的芦苇荡了，造化给缺雨干旱的渭北高原赐予这样迷人的一方绿地一塘好水,弥足珍贵。我在孙犁的小说散文里领略过荷花淀和芦苇荡的诗意美,前不久从媒体上看到有干涸的危机,不免扼腕;从京剧《沙家浜》里知道江南有一处可藏匿新四军的芦苇荡,不知还有芦苇否?芦苇丛生的湿地沙滩,被誉为地球的肺。无须特意强调,谁都知道其对于人类生存不可或缺的功能。

我便庆幸,在黄河滩的洽川,芦苇在蓬勃着,温泉在涌着冒着,现代淑女和现代君子,在这一方芳草地上,演绎着风流。

2004年9月21日雍村

关于一条河的记忆和想象

在我写过的或长或短的小说、散文中，记不清有多少回写到过这条河，就是从我家门前自东向西倒流着的灞河。或着意重笔描绘，或者不经意间随笔捎带提及，虽然不无我的情感渗透，着力点还是把握在作品人物彼时彼境的心理情绪状态之中，尤其是小说。散文里提到这条河，自然就是个人情感的直接投注和舒展了，多是河川里四时景致的转换和变化，还有系结在沙滩上杨柳下的记忆，无疑都是最易于触发颤动的最敏感的神经。然而，直到今年三月一日，即农历二月二的"龙抬头"日，我站在几万乡民祭祀华胥氏始祖的祭坛上的那一刻，心里瞬间凸显出灞河这条河来，也从我已往的关于这条河的点滴描述的文字里摆脱出来；我才发现这条河远远不止我的浮光掠影的文字景象，更不止我短暂生命里的沙金碎花类的记忆。是的，我站在孟家崖村的华胥氏始祖的祭台上，心里浮出来的却是距此不过三里路的灞河。

锣鼓喧天。几家锣鼓班子是周边几个规模较大的村子摆下的阵势，这是秦地关中传统的表示重大庆祝活动的标志性声响，也鼓着呈现高低的锣鼓擂台的暗劲儿。岭上和河川的乡民，大约四万余众，会集到华胥镇上来了。西安城里的人也闻讯赶来凑热闹了，他们比较讲究的乃至时髦的服饰和耀眼的口红，在普遍尚顾不得装潢自己的乡村民众的旋涡里浮沉。前日刚刚下过一场大雪。北边的岭和南边的原坡，都覆盖着白茫茫的雪，河川果园和麦田里的雪已经消融得坨坨斑斑。乡村土路整个都是泥泞。祭坛前的麦田被踩踏得翻了浆。巨大的不可抑制的兴奋感洋溢在男男女女老老少少的脸上，昨天以前的生活里的艰难和忧愁和烦恼全部都抛开了，把兴奋稀奇和欢悦呈现给擦肩挤胯而过的陌生的同类。他们肯定搞不清史学家们从浩瀚的故纸堆里翻检出来的这位华夏始祖老奶奶的身世，却怀着坚定不移的兴致来到这个祭坛下的土壕前投注一回虔诚的注目礼。

华胥镇。以华胥氏命名的镇。距现存的华胥壕遗址所在地孟家崖村不过一华里，这个古老的小镇自然最有资格以华胥氏命名了。这个镇原名油坊镇，亦称油坊街，推想当是因为一家颇具规模的榨油作坊而得名。然而，在我的印象里，连那家榨油作坊的遗迹都未见过。这个镇紧挨着灞河北岸，我祖居的村子也紧系在灞河南岸，隔河可以听见鸡鸣狗叫打架骂仗的高腔锐响。我上学以前就跟着父亲到镇上去逛集，那应是我记忆里最初的关于繁华的印象。短短一条街道，固定的商店有杂货铺、文具店、铁匠铺、理发店，多是两三个人的规模，逢到集日，川原岭坡的乡民挑着推着粮食、木柴和时令水果，牵着拉着牛羊猪鸡来交易，市声嗡响，生动而热闹。我是一九五三年到一九五五年在这个镇的高级小学里完成了小学高年级教育，至今依然保存着最鲜活的记忆。我在这里第一次摸了也打了篮球。我曾经因耍小性子伤了非常喜欢我的一位算术老师的心。因为灞河一年三季常常涨水，虽然离校不过二里地，我只好搭灶住宿，睡在教室里的木楼上，夜半尿憋醒来跑下木楼楼梯，在教室房檐下流过的小水渠尿尿，早晨起来又蹲在小水渠边撩水洗脸，住宿的同学撩着水也嘻嘻哈哈着。这条水渠从后围墙下引进来，绕流过半边校园，从大门底下石砌的暗道流到街道里去了。我们班上有孟家崖村子的同学，似乎没有说过华胥氏祖奶奶的传说，却说过不远处的小小的娲氏庄，就是女娲"抟土造人"的神话发生的地方。我和同学在晚饭后跑到娲氏庄，寻找女娲抟泥和炼石的遗痕，颇觉失望，不过是别无差异的一道道土崖和一堆堆黄土而已。五十多年后的二〇〇六年的农历二月二，我站在少年时期曾经追寻过的女娲神话发生的地方，与几万乡民一起祭奠女娲的母亲华胥氏，真实地感知到一个民族悠远、神秘而又浪漫的神话和我如此贴近。我自小生活在诞生这个神话的灞河岸边，却从来没有在意过，更没有当过真。年过六旬的我面对祭坛插上一炷紫香弯腰三鞠躬的这一瞬，我当真了，当真信下这个神话了，也认下八千年前的这位民族始祖华胥氏老奶奶了。

在蓄久成潮的文化寻根热里，几位学者不辞辛苦劳顿溯源寻根，寻到我的家乡灞河岸边的孟家崖和娲氏庄，找到了民族始祖奶奶华胥氏陵。

历史是以文字和口头传说保存其记忆的。相对而言，后人总是以文字确定记忆里的史实，而不在乎民间口头的传闻；民间传说似乎向来也不在意史家完全蔑视的口吻和眼神，依然故我津津有味地延续着自己的传说。这里发生了一件有趣的事，史家的文字记载和民间的口头记忆达成默契，互相认可也互相尊重，就是发生在灞河岸边创立过华胥国的华胥氏的神话。

这点小小的却令我颇为兴奋的发现，得之于学者们从文史典籍里钩沉出来的文字资料鉴证的事实。华胥氏生活的时代称为史前文化。有文化却没有文字。没有文字，反而给神话传说的创造提供了空前绝后的繁荣空间。等到这个民族创造出方块汉字来，距华胥氏已经过去了大约五千年，大大小小的史圣司马迁们，只能把传说当作史实写进他们的著作。面对学者们从浩瀚的史料典籍里翻检钩沉的史料，我无意也无能力考证结论，只想梳理出一个粗略的脉系轮廓，搞明白我的灞河川道八千年前曾经是怎样一个让号称作家的我羞死的想象里的神话世界。

据《山海经·海内东经》说："华胥履大人迹，于雷泽而生伏羲。"据《春秋世谱》说："华胥氏生男名伏羲，生女为女娲。"在《竹书纪年·前篇》里的记载不仅详细，而且有魔幻小说类的情节，"太昊之母，居于华胥之渚，履巨人之迹，意有所动，虹且绕之，因而始娠"。华胥氏在灞河边上，无意间踩踏了一位巨人留下的脚印，似乎生命和意识里感受到某种撞击，那一美妙时刻，天空有彩虹缭绕，便受孕了，便生出伏羲和女娲两兄妹来。

据史圣司马迁《史记·五帝本纪》说，华胥氏生伏羲、女娲，伏羲、女娲生少典，少典生炎帝和黄帝。这样，司马迁就把这个民族最早的家庭谱系摆列得清晰而又确切。按照这个族系家谱，炎帝和黄帝当属华胥氏的嫡传曾孙，该叫华胥氏为曾祖奶奶了。被尊为"人文初祖"的轩辕黄帝，埋葬于渭北高原的桥山，望不尽的森森柏树迷弥着悠远和庄严，历朝历代的官家和民间年年都在祭拜，近年间祭祀的规模更趋隆重更趋热烈，洋溢着盛世祥和的气象。炎帝在湖南和陕西宝鸡两地均有祭奠活动，虽是近年间的事，比不得黄帝祭祀的悠久和规模，却也一年盖过一年地隆重而庄严。作为黄帝炎帝的曾祖母的华胥氏，直到今年才有了当地政府（蓝田县）和民间文化团体联手举办的祭祀活动，首先让我这个生长在华胥古国的后人感到安慰和自豪了，认下这位始祖奶奶了。

我很自然追问，华胥氏无意间踩踏巨人的脚印而受孕，才有伏羲、女娲以至炎、黄二帝。那么华胥氏从何而来？古人显然不会把这种简单的漏洞留给后人。《拾遗记》里说得很确凿，华胥是"九河神女"。而且列出了九条河流的名称。这九条河流的名称已无现实对应，具体方位更无从考据和确定。既是"九河神女"，自然就属于不必认真也无须考究的神话而已。然而，《列子·黄帝》篇里记述了黄帝梦游华胥国的生动图景："其国无帅长，自然而已，其民无嗜欲，自然而已。不知乐生，不知恶死，故无夭殇。不知亲己，不知疏物，故无所爱憎。不知背逆，不知向顺，故无利害。都无所爱惜，都无所畏忌。入水不溺，入火不热，斫挞无伤痛，指擿无痟痒。乘空如履实，寝虚若处床。云雾不碍其视，雷霆不乱其听，美恶不滑其心，山谷不踬其前，神行而已。"这是一种怎样美好的社会形态啊！其美好的程度远远超出了几千年后的现代人的想象。黄帝梦游过的华胥国的美好形态，甚至超过了世界上的穷人想象里的共产主义的美妙图景。华胥氏创造的华胥国里的生活景象和生活形态，不是人间仙境，而是仙境里的人间。这样的人间，截止到现在，在世界的或大或小的一方，哪怕一个小小的角落，都还没有出现过。黄帝的这个梦，无疑是他理想中要构建的社会图像。然而要认真考究这个梦的真实性，就茫然了。我想没有谁会与几千年前的一个传说里的神话较真，自然都会以一种轻松的欣赏心情看取这个梦里的仙境人间。我却无端地联想到半坡遗址。

　　黄帝梦游过的华胥氏创建的令人神往的华胥国，即今日举行华胥氏祭祀盛会的灞河岸边的华胥镇这一带地域。由此沿灞河顺流而下往西不过十公里，就是中国第一座史前遗址博物馆——西安半坡遗址。这是黄河流域一个典型而又完整的母系氏族公社时期的生活图景。有聚居的村落。有用泥块和木椽搭建的房子。房子里有火道和火炕。这种火炕至今还在我的家乡的乡民的屋子里继续使用着。我落生到这个世界的头一个冬天就享受着火炕的温热，直到二十世纪八十年代初用电热褥取代了火炕。半坡人制作的鱼钩和鱼叉，相当精细，竟然有防止上钩和被叉住的鱼逃脱的倒钩。他们已经会编席，也会织布，这应该是中国最早的编织品，编和织的技术是他们最先创造发明出来的。他们毫无疑义又是中国制陶业的开山鼻祖，那些红色、灰色和黑色的钵、盆、碗、壶、瓮、罐和瓶的内里和陶盖上单色或彩绘着的张着大嘴的鱼，跳跃着的鹿，令我叹为观止。任你撒开想象的缰绳张开想象的翅膀，想象六千多年前聚集在白鹿原西坡根下浐河岸边的这一群男女劳动生产和艺术创造的生活图景。他们肯定有一位睿智而又无私的伟大的女性作为首领，在这方水草丛林茂盛、飞禽走兽鱼蚌稠密的丰腴之地，进行着人类最初的文明创造。这位伟大的女性可是华胥氏？半坡村可是华胥国？或者说华胥氏是许多个华胥国半坡村里无以计数的女性首领之中最杰出的一位？或者说是在这个那个诸多的半坡村伟大女性首领基础上神话创造的一个典型？

　　这是一个充满迷幻魔幻和神话的时期。半坡遗址发掘出土的一只红色陶盆内侧，彩绘着一幅人面鱼纹图案，大约是魔幻现实主义的创始之作，把人脸和鱼纹组合在一幅图画上，比拉美魔幻小说里人和甲虫互变的想象早过六千多年，现在还有谁再把人变成狗的细节写出来或画出来，就只能令当代读者和看客徒叹现代人的艺术想象力萎缩枯竭得不成样子了。我倒是从那幅人面鱼纹彩绘图画里，联想到伏羲和女娲。华胥氏无意踩踏巨人脚印受孕所生的这一子一女，史书典籍上用"蛇身人首"来描述。"蛇身人首"和"人面鱼纹"有无联系？前者是神话创造，后者却是半坡人的艺术创作。我在赞叹具备"人面鱼纹"这样非凡想象活力的半坡人的同时，类推到距半坡不过十公里的华胥国的伏羲、女娲的"蛇身人首"

的神话,就觉得十分自然也十分合情理了。浐河是灞河的一条较大的支流,灞河从秦岭山里涌出,自东向西沿着北岭和南原(白鹿原)之间的川道进入关中投入渭河,不过百余公里,浐河自秦岭发源由南向北,在古人折柳送别的灞桥西边投入灞河。我便大胆设想,在灞河和浐河流经的这一方地域,有多少个先民聚集着的半坡村,无非是没有完整保存下来或未被发现而已,半坡遗址也是在二十世纪五十年代初兴建纺织厂挖掘地基时偶然发现的。华胥国其实就是又一个半坡村,就在我家门前灞河对岸二里远的地盘上,也许这华胥国把我的祖宗生活的白鹿原北坡下的这方宝地也包括在内。据史家推算,华胥氏的华胥国距今八千多年,半坡村遗址距今六千多年,均属人类发展漫长历程中的同一时期。神话和魔幻弥漫着整个这个漫长的时期,以致五千年前的我们的始祖轩辕黄帝,也梦牵魂绕出那样一方仙境里的人间——曾祖母华胥氏创造的华胥国。

告别华胥氏陵祭坛,在依然热烈依然震天撼地的锣鼓声响里,我陡增起对祭坛前这条河的依恋,便沿着灞河北岸平整的国道溯流而上。大雪昨日骤降骤晴。灿烂的丙戌年二月二龙抬头日的阳光如此鼓荡人的情怀。天空一碧如洗。河南岸横列着的白鹿原的北坡上的大大小小的沟壑,蒙着一层厚厚的柔情的雪。坡上的洼地和平台上,隐现着新修房屋的白色或棕色的瓷片,还有老式建筑灰色瓦片的房脊。公路两边的果园和麦地,积雪已融化出残破的景象,麦苗从融雪的地坨里露出令人心颤的嫩绿。柳树最敏感春的气息,垂吊的丝条已经绣结着米黄的叶芽了。我竟然追到蓝田猿人的发现地——公王岭——来了。

这是一阶既不雄阔也不高迈的岭地,紧依着挺拔雄浑的秦岭脚下,一个一个岭包曲线柔缓。灞河从公王岭的坡根下流过,河面很窄，冬季里水量很小，看上去不过像条小溪。就是这个依贴着秦岭绕流着灞水的名不见经传的公王岭，一日之间，叫响了整个中国，乃至世界，进入中学历史课本，把公王岭发现的蓝田猿人铸入一代又一代人的常识性记忆。这是在中国迄今发现最早的人类化石遗存，刚刚从猿蜕变进化到可以称作人的蓝田猿人，距今大约一百一十五万年。

这个蓝田猿人化石的发现，带有很大的偶然性，或者正应了"踏破铁鞋无觅处，得来全不费功夫"的老话。一九六三年春天，中科院古脊椎动物与人类研究所的一行专家，到蓝田县辖的灞河流域作考古普查。这是一个冷门学科里最冷的一门，别说普通乡民摇头茫然，即使有一定文化知识的当地教师干部，也是浑然不知茫然摇头。他们用当地人熟知的龙骨取代了化石，一下子就揭去了这个高深冷僻的冷门里神秘的面纱，不仅大小中药铺的药匣子里都有储备，掌柜的都精通作为药物的龙骨出自何地，蓝田北岭和原坡地带随处都有；被他们问到的当地识字或不识字的农民，胳膊一抡一指，烂龙骨嘛，满岭满坡踢一脚就踢出一堆。话说得兴许有点夸张。然而灞河北岸的岭地和南岸的白鹿原的北坡，农民挖地破山碰见龙骨屡见不鲜，积攒得多了就送到中药铺换几个零钱，虽说有益肾补钙功效，却算不得珍贵药材，很便宜的。农家几乎家家都有储备，有止血奇效。我小时割草弄破手指，大人割麦砍伤脚腕，取出龙骨来刮下白色粉末敷到伤口上，血立马止住不流，似乎还息痛。我便忍不住惋惜，说不定把多少让考古科学家觅寻不得的有价值的化石，在中药锅里熬成渣了，刮成粉末止了血了。

这一行考古专家在灞河北边的山岭上踏访寻觅，终于在一个名叫陈家窝的村子的岭坡上，发现了一颗猿人的牙齿化石，还有同期的古生物化石，可以想象他们的兴奋和得意，太不容易又太意外地容易了。由此也可以想到这里蕴积的丰厚，真如农民说的一脚能踢出一堆来。这一行专家又打听到灞河上游的古老镇子厚镇周围的岭地上龙骨更多，便奔来了。走过蓝田县城再往东北走到三十多里处，骤然而降的暴雨，把这一行衣履不整灰尘满身的北京人淋得避进了路边的农舍，震惊考古史界的事就要发生了。

他们避雨躲进农舍，还不忘打听关于龙骨的事。农民指着灞河对岸的岭坡说，那上头多得很。他们也饿了，这里既没有小饭馆就餐，连买饼干小吃食的小商店也没有，史称"三年困难"的恶威尚未过去。他们按"组织纪律"到农民家吃派饭，就选择到对面岭上的农家。吃饭有了劲儿，就在村外的山坡上刨挖起来，果然挖出了一堆堆古生物化石，又挖出一颗猿人牙齿。他们把挖出的大量沉积物打包运回北京，一丝一缕进行剥离，终于剥离出一块完整的猿人头盖骨化石，震惊考古学界的发现发生了。这个小岭包叫公王岭。我站在公王岭的坡头上，看岭下公路上川流着的各种型号的汽车，看背后蒙着积雪的一级一级台田。想着那场逼使考古专家改变行程的暴雨。如果他们按既定目标奔厚镇去了，所得在难以估计之中，这个沉积在公王岭砾石里的猿人头盖骨化石，可能在随后的移山造田的"学大寨"运动中被填到更深的沟壑里，或者被农民捡拾，进了药铺下了药锅熬成药渣，或者如我一样刮成粉末撒到伤口永远消失。这场鬼使神差的暴雨，多么好的雨。

我在公王岭陈列室里，看到蓝田猿人头盖骨复原仿制品，外行看不出什么绝妙，倒是对那些同期的古生物化石惊讶不已。原始野生的牛角竟有七十多厘米长，人是无论如何招不住那犄角一触的。作为更新世动物代表的猛犸象，一颗獠牙长到二十多厘米，直径粗到十余厘米，真是巨齿了，看一眼都令人毛骨悚然。还有剑齿虎、披毛犀，单是牙齿和犄角，就可以猜想其庞然大物的凶猛了。我便联想到二十世纪七十年代初，我下乡驻队在白鹿原北坡一个叫龙湾的村子里。那是一个寒冷异常的冬天，在北方习惯称作冬闲季节，此时倒比往常更忙了，以平整土地为主项的"学大寨"运动正在热潮中。忽一日有人向我通报，说挖高垫低平整土地的社员挖出比碾杠还粗的龙骨。随之，打电话报告了西安有关考古的单位，当即派专家来，指导农民挖掘，竟然挖出一头完整的犀牛的化石，弥足珍贵。龙湾村距公王岭不过四十公里，当属灞河的中偏下游了。可以想见，一百万年前的灞河川道，是怎样一番生机盎然生动蓬勃的景象。这儿无疑属于热带的水乡泽国，雨量充沛，热带的林木草类覆盖着山岭原坡和河川。灞河肯定不止现在旱季里那一绺细流，也不会那么浑，在南原和北岭之间的川道里随心所欲地南弯北绕涌流下去。诸如剑齿虎、猛犸象、原始野牛和披毛犀等兽类里的庞然大物，傲然游荡在南原北岭和河川里。已经进化为人的猿人的族群，想来当属这些巨兽横行地域里的弱势群体，然而他们的智慧和灵巧，成为生存的无可比拟的优势。他们继续着进化的漫漫行程。

  从公王岭顺灞河而下到五十公里处，即是灞河的较大支流浐河边上的半坡氏族村落遗址。从公王岭的蓝田猿人进化到半坡人，整整走过了一百多万年。用一百多万年的时间，才去掉了那个"猿"字，成为真正意义上的人，真是太漫长太艰难了。我更为感慨乃至惊诧的是，不过百余公里的灞河川道，竟然给现代人提供了一个完整的从猿进化到人的实证；一百多万年的进化史，在地图上无法标识的一条小河上完成了。还有华胥氏和她的儿女伏羲、女娲的美妙浪漫的神话，在这条小河边创造出来，传播开去，写进史书典籍，传播在一个有五千年文明史的民族的口头上。这是怎样的一条河啊！

这是我家门前流过的一条小河。

小河名字叫灞河。

2006 年 4 月 12 日二府庄

回家折枣

在巷子的水果摊上看到红枣摆上来。自然想到又到枣月了，也自然想到该回家折枣了。妻子肯定也知道了枣子开始上市，催促我说，抽空回家折枣。在关中乡村，一般不说"摘"字，凡用"摘"字的地方，大多数时候用"折"，譬如折豆荚、折桑叶、折棉花等，摘一切水果都说折。

"在我的后园，可以看见墙外有两株树，一株是枣树，还有一株也是枣树。"这是鲁迅《秋夜》开篇的绝句。我已记不得什么年纪读的，却记得是一遍成诵，自此便把一缕无尽的意味绵延到现在，也把一种文字的魅力绵延到现在。在我的前院中院和后院，栽了七八种树，有南方和北方的两种白玉兰，粉红色的紫薇，黄色的蜡梅，紫荆花树有红、白两株，石榴树，火晶柿子树，还有三株枣树，都是我十余年间先后栽植的。几种花树依着各自的习性在不同季节开花，柿树和枣树也都挂果。每当花开或果熟时月，得空回到原下老屋小院，或赏花闻香，或攀枝折果，都是一种难以表达的清爽和愉悦。今天又要回家折枣了。虽然都是面对自家院子里的枣树，我已很难体验先生在"风雨如磐"的"秋夜"里的那种忧思的情境了。

正是秋高气爽的好季节。树依旧很绿。天空是少见的澄澈和透碧。可以看到远方影影绰绰起伏着的秦岭的轮廓。左首的北岭和右首的南原沉静地摆列在两边，清晰透彻，不时现出掩蔽在村树里的一角红瓦屋脊或一方净白的檐墙。路两边的樱桃园里显示着收获过的败落和冷寂。这条在我生活历程中走得最多也最熟悉的回家的土路，却从来都不曾发生熟悉里的厌倦，视力触摸到任何一个角落，都会在昨天的记忆里泛出新鲜的差异性意味来，夏收后泛着白光的麦茬地，采摘樱桃时不慎攀折断了的枝条，从路边野草丛中突然蹿飞的野鸡，都会把我在城市楼房里的所有思绪排解到一丝不剩，还有乡野的风对城市的污染空气的排除与置换。

　　进得我原下的村子，再踏进村子里我祖居的院子，先来到柿树下，缀满枝头的柿子，深绿渐变为浅绿，尚不到成熟的时月，似乎比往年结得稀。穿过前屋到了中院，扑面而来就是满树的枣子了。今年的枣子结得顶繁了，细软的枝条不堪重负，一条一条垂吊下来，像母亲过去挂在明柱上的蒜辫儿。且不说品尝吧，单是看见这缀满枝条的枣子，就令当初栽树的我有一种实现期待收获果实的无以名状的舒悦和幸福了。枣子已从绿色蜕变出鲜亮的乳白，果皮上有一坨一丝紫红色，尚未熟透到通体变成红色，完全可以折来品尝了。这种枣子比红透的枣子更脆更甜更有水津味儿。东墙根下一株，西墙根下两株，都把蒜瓣似的枣子展现在我的眼前，一派来自土地结晶而成的鲜活，一派无遮无喧亦无言的丰盛，真是让种植它的我感受体验到无与伦比的欢欣了。亲友已搬来梯子。我听到一声吃枣子的咔嚓的脆响，还有对枣子美味的欢叫声。

　　七八年前，我在早春的时候回家，路过一个业已城市化了的乡村，正逢着传统的庙会，顺便到会场去溜达，到处都摆着乡村人生产和生活的用品，庙会已无庙无神可敬，纯粹变成商品交易市场了。到处都摆着树苗，北方乡村适宜种植的柴树果树和花树秧子，成捆成捆堆放在路边，我总是忍不住在那些有树秧的摊儿前驻足停步；总是在抚摸那些树秧嫩秆的时候忍不住心动，绝不弱于面对稿纸拔开笔帽时的冲动和激情。也许是自小跟着喜欢栽树的父亲受到的影响，也许是应了一个乡村"半迷儿"卦人给我算就的木命，我确凿爱栽树。和我一起溜达的妻子更喜欢那些民间编织的生活用品，装馍用的竹篮和装筷子的箸笼儿，还有装提水果的竹编长条笼。她不时拽我并提醒我，不要再买任何树苗了，屋前院内再找不到栽树的空地了。其实我心里也明白，能容得我栽树的地皮，只有老家庄前屋后和小院里那几分庄基地了，早被我栽得满满当当的了。不经意间，碰见一位老相识，他也曾弄过文学，却仍然在乡间种地，还在业余写着剧本。我看见他就有说不出口的话，城里有十余家专业剧团，或排场或别致的舞台整年都凉着，一年也敲响不了几回梆子锣钹，他把剧本写给鬼演呀！他的架子车厢里放着一捆打开的枣树秧子，是他培育的一种新品种，比普通枣子个儿大，味更脆更甜，名曰梨枣，却与梨不相干。他卖得很好，满满一车只剩下半捆了。他一边给我说他正在写作的剧本，一边往我手里塞枣树秧子。他知道我乡下有屋院。再三谢辞不掉，我便拿了三株梨枣回家，下决心把中院一株老品种的樱桃和一株太泼也太占地盘的花树挖掉，给这三株枣树腾出空位。令人惊诧的是，这枣树一年就长到齐墙头高了。直到这枣树秧委实出脱成茁壮的枣树，而且挂了果，赠我枣树的朋友打电话说，他的剧本早已写完，请几位高手名家看过，都在说写得不错的同时，也都说着遗憾。不是剧本能不能排，而是专业剧团根本就不排戏演戏。他问我能不能帮忙想点办法。我不仅没有办法可支，连安慰他的话都说不出口。

在新世纪到来时，我终于下决心回到乡下久别的老宅新屋住下了。枣树是我的院子里最晚发芽的树。当那嫩芽在日出日落的日子里蓬勃出鲜绿的叶子，我发现了短短的叶柄根下的花蕾，不过小米粒大小，锈成一堆。我在那个早晨的心情顿然变得出奇地好。每天早晨起来，我都忍不住到枣树下站一会儿，看那小米粒似的花蕾的动静。直到有一天早晨，我刚走到屋檐下，便闻到一缕奇异的香气儿，凭直觉就判断出枣花开了。小米粒似的花苞绽放开来的花儿自然不起眼，比小米的黄色浅些，接近于白色，香味却很浓郁，枝条上稀稀拉拉的枣花，却使整个小院都弥漫着清香。蜜蜂先我绕着枣树飞舞了。枣花蜜是蜂蜜中的上品。

　　眼看着那枯萎的枣花里挣出一只枣子来，恰如刚落生的婴儿，似乎可以听到那进入天地之间的啼哭。小米粒大的枣子，似乎一夜或两夜之间就长到扁豆粒大了，豌豆粒大了，花生粒大了，最后就定格在乒乓球那般大小了，个别枣子竟然有柴鸡蛋的个头。在桌子前在椅子上坐得久了，无论读着什么或写着什么，走出屋子走到枣树下，看着隐蔽在枝杈叶丛里的青枣，那正在你眼皮下丰满和长大的果实，一种蓬勃的生命的活力便向人洋溢着。枣子青绿的颜色，在我日复一日的注视下，渐渐淡了，泛出乳白色了，又浮出一丝一坨的紫红，它成熟了。我折下最先显出红色的一颗，咬了一口，便确信是我有生以来吃到的最好一颗枣子了。这枣子皮薄肉细，又脆，满口竟有一股蜂蜜味儿。我便不忍心再吃第二颗，给家人品尝，也给那些从城里跑到乡下来找我的朋友享一回口福，让他们知道还有这样好吃的枣子。我给他们宣布政策，每人只能品尝一颗。无论年轻朋友，无论德高望重的老教授，都是咬下一口便禁不住声地赞叹起来。我便相信我的口感不粘连栽种者的偏爱因素，也毫不动摇地拒绝要吃第二颗的申求——总共只结了六七十颗，该当让更多的远道来客添一份情趣……后来几年的枣子，结得多了繁了，味道却大不如头一年。今年是前所未有的丰年，味道更差了，有点干巴。我心知肚明，肯定是干旱造成的。没有办法，我住了两年又离开原下的院子，一年回不来几回，枣子在每年伏天的旱季能保存不落，已属幸事了。

我已经不太在意枣子的多少和品味的差别了。我只寻找折枣的过程。常常庆幸得意我尚有一坨可以栽植枣树的院子，以及折枣折柿子的机会。这心理往往是瞅见城里人悬在空中阳台上盆栽的花草而生发的。他们已无可以栽一株树或一窝花的土地，只能栽在盆里悬在楼房的阳台上。我在被晒得烫烧脚心的水泥路和被油气污染的空气里憋得透不过气时，得空逃回乡下的屋院，拔除院子疯长的草，为柴树花树和果树浇一桶水，在树荫里在屋檐下喝一瓶啤酒，与乡党说几句家长里短的话，尤其是回来折一回枣儿，心里顿然就净泊下来了。

今年回了家，折了一回枣。

明年还回家折枣。

2006年9月23日夜雍村

我的秦腔记忆

在我最久远的童年记忆里顶快活的事,当数跟着父亲到原上原下的村庄去看戏。

父亲是个戏迷,自年轻时就和村子里几个戏迷搭帮结伙去看戏,直到年过七旬仍然乐此不疲。我童年跟着父亲所看的戏,都是乡村那些具有演唱天赋的农民演出的戏。开阔平坦的白鹿原上和原下的灞河川道里,只有那些物力雄厚而且人才济济的大村庄,不仅能凑足演戏的不小开销,还能凑齐生、旦、净、末、丑的各种角色。我们这个不足四十户人家的村子,演戏是连想也不敢想的事,我和父亲就只有到原上和原下的那些大村庄去看戏了。

不单在白鹿原,整个关中和渭北高原,乡村演戏集中在一年里的两个时段,是农历的正月、二月和伏天的六月、七月。正月初五过后直到清明,庆祝新年佳节和筹备农事为主题的各种庙会,隔三岔五都有演出,二月二是传统习惯里的龙抬头日,形成演出高潮,原上某个村子演戏的乐声刚刚偃息,原下灞河边一个村子演戏的锣鼓梆子又敲响了,常常发生这个村和那个村同时演出的对台戏。再就是每年夏收夏播结束之后相对空闲的一个多月里,原上原下的大村小寨都要过一个各自约定的"忙罢会"。顾名思义,就是累得人脱皮掉肉的收麦种秋的活儿忙完了,该当歇息松弛一下,约定一个吉祥日子,亲朋好友聚会一番,庆祝一年的好收成。这个时节演戏的热闹,甚至比新年正月还红火,尤其是风调雨顺小麦丰收家家仓满囤溢的年份。

我已记不得从几岁开始跟父亲去看戏,却可以断定是上学以前的事。我记着一个细节,在人头攒动的戏台下,父亲把我架在他的肩上,还从这个肩头换到那个肩头,让我看那些我弄不清人物关系也听不懂唱词的古装戏。可以断定不过五六岁或六七岁,再大他就扛架不起了。我坐在父亲的肩头,在自己都感觉腰腿很不自在的时候,就溜下来,到场外去逛一圈。及至上学念书的寒暑假里,我仍然跟着父亲去看戏,不过不好意思坐父亲的肩膀了。

　　同样记不得跟父亲在原上原下看过多少场戏了,却可以断定我那时候还不知道自己看的戏种叫秦腔。知道秦腔这个剧种称谓,应在上世纪五十年代中期离开家乡进西安城念中学以后,我十三岁。看了那么多戏,却不知道自己所看的戏是秦腔,似乎于情于理说不通。其实很正常,包括父亲在内的家乡人只说看戏,没有谁会标出剧种秦腔。原上原下固定建筑的戏楼和临时搭建的戏台,只演秦腔,没有秦腔之外的任何一个剧种能登台亮彩,看戏就是看秦腔,戏只有一种秦腔,自然也就不需要累赘地标明剧种了。这种地域性的集体无意识就留给我一个空白,在不知晓秦腔剧种的时候,已经接受秦腔独有的旋律的熏陶了,而且注定终生都难能取代的顽固心理。

　　在瓦沟里的残雪尚未融尽的古戏楼前,拥集着几乎一律黑色棉袄棉裤的老年壮年和青年男人,还有如我一样不知子丑寅卯的男孩,也是穿过一个冬天开缝露絮的黑色棉袄棉裤,旱烟的气味弥漫不散;伏天的"忙罢会"的戏台前,一片或新或旧的草帽遮挡着灼人的阳光,却遮不住一幢幢淌着汗的紫黑色裸膀,汗腥味儿和旱烟味儿弥漫到村巷里。我在这里接受音乐的熏陶,是震天轰响的大铜锣和酥脆的小铜锣截然迥异的响声,是间隔许久才响一声的沉闷的鼓声，更有作为乐团指挥角色的扁鼓密不透风干散利爽的敲击声，板胡是秦腔音乐独有的个性化乐器，二胡永远都是作为板胡的柔软性配乐，恰如夫妻。我起初似乎对这些敲击类和弦索类的乐器的音响没有感觉，跟着父亲看戏不过是逛热闹。记不得是哪一年哪一岁，我跟父亲走到白鹿原顶，听到远处树丛笼罩着的那个村子传来大铜锣和小铜锣的声音，还有板胡和梆子以及扁鼓相间相错的声响，竟然一阵心跳，脚步不自觉地加快了，一种渴盼锣鼓梆子扁鼓板胡二胡交织的旋律冲击的欲望潮起了。自然还有唱腔，花脸和黑脸那种能传到二里外的吼唱（无麦克风设备），曾经震得我捂住耳朵，这时也有接受的颇为急切的需要了；白须老生的苍凉和黑须须生的激昂悲壮，在我太浅的阅世情感上铭刻下音符；小生和花旦的洋溢着阳光和花香的唱腔，是我最容易发生共鸣的妙音；还有丑角里的丑汉和丑婆婆，把关中话里最逗人的语言做最恰当的表述，从出台到退场都被满场子的哄笑迎来送走……我后来才意识到，大约就从那一回的那一刻起，秦腔旋律在我并不特殊敏感的乐感神经里，铸成终生难以改易更难替代的戏曲欣赏倾向。

　　我记不得看过多少回秦腔戏了。有几次看戏的经历竟终生难忘。上学到初中三年级，学校在西安东郊的纺织工业重镇边上，住宿的宿舍在工人住宅区内。晚自习上完，我和同伴回宿舍的路上，听到锣鼓梆子响，隐隐传来男女对唱，循声找到一个露天剧场，是西安一家专业剧团为工人演出，而且有一位在关中几乎家喻户晓的须生名角。戏已演过大半，门卫已经不查票了，我和同学三四个人就走进去，直到曲终人散。无论从哪方面说，都比乡村戏台上那些农民的演出好得远了，我竟兴奋得好久睡不着觉。第二天早上走进学校大门，教导主任和值勤教师站在当面，把我叫住，指令站在旁边。那儿已经站着两个人，我一看就明白了，都是昨晚和我看戏的同伴——有人给学校打小报告了。教导主任是以严厉而著名的。他黑煞着脸，狠声冷气地训斥我和看戏的同伙。这是我学生生活中唯一的一次处罚……

二十多年后的一九八〇年，我被任命为区文化局副局长的同时，新任局长就是训斥并罚我站的教导主任。我和他握手的那一刻，真是感慨"人生何处不相逢"灵验了。从和他握手直到我离开这个单位，始终都不曾提及此事。他肯定不记得这件事了，他训斥过可能就置诸脑后了，又忙着训导另一位违纪的学生去了。不过，这个时候的他，已经半老，依然严厉的脸上总是洋溢着微笑，大笑的时候很爽朗。一张棱角严厉的脸无论畅怀大笑还是微笑，尤其生动感人，甚为可爱。

还有一次难泯的记忆。这是"四人帮"倒台不久的事。西安城里那些专业秦腔剧团大约还在观望揣摩文艺政策能放宽到何种程度的时候，关中那些县管的也属专业的秦腔剧团破门一拥而出了，几乎是一种潮涌之势。他们先在本县演出，又到西安城里城外的工厂演出，几乎全是被禁演多年的古装戏。西安郊区的农民赶到周边县城或工厂去看戏，骑自行车看戏的人到傍晚时拥满了道路。我陪着妻子赶过二十里外的戏场子。我的父亲和村里那几个老戏友又搭帮结伙去看戏了。到处都能听到这样一句痛快的观感："这才是戏！"更有幽默表述的感慨："秦腔到底又姓秦了！"这种痛快的感慨发自一个地域性群体的心怀。"文革"禁绝所有传统剧目的同时，推广八个京剧"样板戏"，关中的专业剧团和乡村的业余演出班子，把京剧"样板戏"改编移植成秦腔演出，我看过，却总觉得不过瘾，多了点什么又缺失了点什么。民间语言表达总是比我生

陈忠实学老腔艺人表演

动比我准确："这是拿关中话唱京剧哩嘛！"还有"秦腔不姓秦了"的调侃。

到上世纪八十年代中期，我的经济状况初得改善，便买了电视机，不料竟收不到任何节目，行家说我居住的原坡根下的位置，正好是电视信号传递的阴影区域。我不甘心把电视机当收音机用，又破费买了放像机，买回来一厚摞秦腔名家演出的录像带，不仅我把包括已经谢世的老艺术家的拿手好戏看了个够，我的村子里的老少乡党也都过足了戏瘾，常常要把电视机搬到院子里，才能满足越拥越多的乡党。我后来又买了录音机和秦腔名角经典唱段的磁带，这不仅更方便，重要的是那些经典唱段百听不厌。大约在我写作《白鹿原》的四年间，写得累了需要歇缓一会儿，我便端着茶杯坐到小院里，打开录音机听一段两段，从头到脚、从外到内都有一种无以言说的舒悦。久而久之，连我家东隔壁小卖部的掌柜老太婆都听上了戏瘾，某一天该当放录音机的时候，也许我一时写得兴起忘了时间，老太太隔墙大呼小叫我的名字，问我，"今日咋还不放戏？"我便收住笔，赶紧打开录音机。老太太哈哈笑着说她的耳朵每天到这个时候就痒痒了，非听戏不行了……在诸多评说包括批评《白鹿原》的文章里，不止一位评家说到《白鹿原》的语言，似可感受到一缕秦腔弦音。如果这话不是调侃，是真实感受，却是我听秦腔之时完全没有预料得到的潜效能。

我看过、听过不少秦腔名家的演出剧目和唱段，却算不得铁杆戏迷。不说那些追着秦腔名角倾心倾情胜过待爹娘老子的戏迷，即使像父亲入迷的那样程度，我也自觉不及。我比父亲活得好多了，有机会看那些名家的演出，那些蜚声省内外的老名家和跃上秦腔舞台的耀眼新星，我都有机缘欣赏过他们的独禀的风采。然而，在我久居的日渐繁荣的城市里,有时在梦境,有时在一个人独处的时候,眼前会幻化出旧时储存的一幅幅图景,在刚刚割罢麦子的麦茬地里,一个光着膀子握着鞭子扶着犁把儿吆牛翻耕土地的关中汉子,尽着嗓门吼着秦腔,那声响融进刚刚翻耕过的湿土,也融进正待翻耕的被太阳晒得亮闪闪的麦茬子,融进田边沿坡坎上荆棘杂草丛中,也融进已搭着圆顶的太阳的霞光里。还有一幅幻象,一个坐在车辕上赶着骡马往城里送菜的车把式,旁若无人地唱着戏,嗓门一会儿高了,一会儿低了,甚至拉起很难掌握的"彩腔",在乡村大道上朝城市一路唱过去……

秦人创造了自己的腔儿。

这腔儿无疑最适合秦人的襟怀展示。

黄土在,秦人在,这腔儿便不会息声。

2008 年 8 月 7 日二府庄

原上原下樱桃红

白鹿原的樱桃红了。

时令刚过立夏,向阳面的原坡上的樱桃率先红了;晚不过两天,原下灞河川道里的樱桃接着也红了;再过两三天,受地理高度温差制约的原上的樱桃,最后红了。

这个时候的白鹿原,便进入一年里最红火的时月。原上原下和原坡,新修的水泥大道和田间小径,便呈现着车水马龙熙熙攘攘的车流和人群,这是西安城里的男人女人或搭伙结伴或扶老携幼摘樱桃来了。他们散漫在樱桃园里,伸手攀下缀满或紫红或金黄的樱桃的树枝,摘下一串一串熟透的樱桃,填到嘴里,便发出舒心的赞叹,好鲜好甜耶。更有男孩或女孩,攀爬到树上,从树梢上摘下最大也熟透的樱桃极品,下树来送到情侣手里,会心的微笑里荡漾着别具一格的浪漫。喧哗声嬉笑声和呼朋唤友的声浪,此起彼伏在樱桃园里。原上原下通往樱桃园的大道和小路两边,摆满了盛着樱桃的筐篮和纸箱,叫卖声议价声嘈嘈一片,交易活跃。我看着那些抱着一箱箱樱桃乘车离去的男人和女人欣慰的脸色,无疑是北方这种第一料鲜果独有的滋味带来的。我更感兴趣的是那些出售樱桃的卖方收款装钱的动作,无论农夫农妇抑或小伙姑娘,从买方手里接过钱来数一数,尽管数钱的手指的动作有灵巧和笨拙的差别,而脸上的表情却无多大差异,不见惊喜,更不见得意,多是数过之后塞入挂在胸前的布兜,无论三十五十乃至三百五百,都是以习惯性的动作塞入布兜了事,又忙着招呼围过来的新的顾客了。他们一把一把往布兜里塞着钱时所显示的平静而又平常的表情，可以透见原上原下乡民的心理气象了。

这里的樱桃，在我已形成难以化释的情结。

我至今依旧清楚地记得，四十六年前的一九六五年，我在《西安晚报》发表过散文《樱桃红了》，是歌颂一位立志建设新农村带领青年团员栽植樱桃树的模范青年。这是我初学写作发表的第二篇散文，无论怎样幼稚，却铸成永久的记忆，樱桃也就情结于心了。樱桃在我生活的白鹿原地区，是当地乡民种植的诸如桃、杏、沙果等果类中的一种，多在原坡不能种植庄稼的坡地上生长，没有资料显示何朝何代开始栽植这种水果；村子里年龄最大的长者也说不清，只记得自己穿开裆裤的幼稚年纪，就吃樱桃，吃着自家园里的樱桃还嫌不够味儿，常常结伙偷摘品尝别家的樱桃。当地人自古以来不称樱桃，称作玛瑙。如果依这种水果的果形和色彩而论，玛瑙远比樱桃更为恰切也更富诗意，那缀满树枝的一嘟噜一嘟噜或鲜红或金黄的小颗粒，活脱就是一串串珍珠玛瑙。

加深且加重这种樱桃情结的另一种因素，说来就缺失浪漫诗性了。我在白鹿原地区生活和工作大半生，沉积在心底的记忆便是穷困的种种世相。不单是我和我的家庭，整个白鹿原的乡民，从年头到年尾都纠结在碗里吃食的稀了稠了有了空了。尤其是我在公社（现称乡或镇）工作的十年时间里，体味尤深。每年交上五月，即民间俗话说的青黄不接的时月，一些生产队（即今村民小组）的干部便三天两头赶到公社来，堵住分管粮食的干部，百般申述缺粮的困境，要求多给他们分配救济粮食。这些求助的生产队干部，多是来自白鹿原北坡上或大或小的村庄。坡上沟道里有小股泉水，仅供人畜饮用，"学大寨"大潮中修建过一些蓄水池，效益甚微；北坡上的田地,多为跑水跑肥不蓄墒的薄田,仅种一料庄稼的小麦产量,顶好的年份不过二百斤,遇到干旱缺雨的灾年,稀疏矮小的麦秆儿搭不住镰刀,只好用手撅拔,俗称猴拔毛,产量就可想而知了。上级调拨下来的救济粮可以说是杯水车薪,分管粮食的专干即使慈心软肠也只能撒胡椒面儿。那时候的樱桃虽然依旧开花结果,却当不得饭吃。随着"文革"愈来愈"左"到极端的农村政策,一只鸡蛋卖给国家还是卖给城里个人,都被提高到资本主义和社会主义两条道路斗争的严重性看待,又有"以粮为纲"的纲纪,樱桃树虽然没有被铲除,却也不提倡,处于自生自灭状态。尤其在"学大寨"学得几乎发疯的"文革"后几年,许多生长在坡地上的樱桃树,因为修造梯田而砍掉了。有幸存留的樱桃树,在青黄不接的五月初成熟的樱桃,由社员摘下再送到指定的国营商店,换回的有限的钱款,成为生产队空乏已久的钱柜里的库存,首先作为头等合理开销的项目,便是给发生疫情的牲畜作疗治费用,弥足珍贵。

在西安郊区辖属的二十六个公社里,地处坡、原和山岭地区的公社不过两三家,与那些占据渭河平原腹地的公社相比,难以望其项背。这两三家自然环境较差的公社干部遇合到一起,便自我调侃定立为"第三世界";在"第三世界"里,我工作的原坡地区当属垫底的一家,走到处似乎都有矮人半截的感觉,所谓人穷气短不单说个人,工作单位似乎也应此话,我有双重体验。

彻底扭转以至完全改换那种不良感觉的卓绝一笔,便是樱桃。我约略知道,自上世纪八十年代中期起始,灞桥区的领头人,既得改革开放之"天时",更得白鹿原地理特质之"地利",确定该地区以樱桃种植为主业,为乡民开创一条脱贫致富的途径。且不赘述领头人和技术人员如何四处奔走,引进西洋大樱桃品种;如何向乡民推广普及樱桃种植的技术要领；还有为樱桃的销售不遗余力……我尤为赞赏尤为敬重的一点，二十余年来，灞桥区的领头人调换过一茬又一茬，而一茬又一茬的新继任的领头人，都一如既往地瞅住樱桃园的建设和发展，终于形成气候，形成产业化的规模。单是白鹿原原上原下和原坡，现已种植樱桃二点四万亩，结果的樱桃树有一点五万亩。三千余户乡民现在年均收入超过四万元，人均超过万元，竟然比本区那些过去的盛产粮食的平川地区的人均收入超出近两成。尽管我知道读者腻烦文章里引用数字，仍然忍不住要把这些数字摆列出来；这些数字牵涉我的情感，甚至颠覆了情感记忆里最软最短的那一脉。我确凿相信这些数字，尽管没有必要挨家逐户去询问谁个收入了多少，因为你随便走进原上原下和原坡的或大或小的村庄，一街两行全部都是新建的房子，有平房也有二层小楼，三合院司空见惯，迎着大门的正面几乎全部都用白色瓷片包装，一派崭新气象。这里的乡民积习已久善于门楼的建筑，却几乎很少见到老祖宗们用青砖刻着神鹿白鹤的图案，而是用现代建筑材料或白色或紫红颜色的瓷砖，给人直观的感觉是清爽和温暖。每每看到这些宽敞漂亮的农家小院，我便想起高晓声的小说《李顺大造屋》来，如果说李顺大是上世纪八十年代初以前的中国农民生活形态和心理形态的一个典型，那么白鹿原上下一幢幢新房小楼的主人，便是对李顺大的终结。我在原坡的樱桃园里散漫时，看到龙湾村几幢破旧的厦屋，墙皮多半脱落，房檐多处垮塌，垒墙的土坯暴露无遗。这些尚未拆除的旧房破屋，却勾起我的似曾相识的记忆，在这些屋子里，我当年下乡时吃过派饭，约略还记得房子的主人。他们不是作家创造且难免夸张的李顺大，却是我亲历且认识的真实的村民。

有朋自远方来，恰逢樱桃成熟的五月，我便领他们上原摘樱桃。站在白鹿原头，原上平地里是蓬勃着的樱桃树，一眼难尽；原坡上随着坡势和浅沟起伏错落着一派绿色，自然都是樱桃树了，几乎看不到裸露的地皮；原下的川道，灞河自东而西蜿蜒过来，几乎被满川的樱桃树遮掩住了。朋友无论男女，也不论长幼，站在原头观赏这一方自然景致的时候，无不发出由衷的慨叹，你老兄（或老弟）竟独得这一方活水绿山！我便凑兴纠正，这不是山，是原和原下的坡。另有一点需要纠正的，活水绿坡绿原只是当今的景象，为不致扫兴，我不想提过去。远方的朋友多见过中国和世界多处的好风景，能对白鹿原的樱桃园流连忘返感慨连连，储存在我心底的那种"第三世界"的块垒，便悄然化释了。

　　进入五月，便进入这座古原最红火的季节。果农们选择了早熟和晚熟的多种樱桃品种，采摘的时间可以延续月余。这座雄踞于西安东南方位的开阔的古原，距离西安不过十来公里，工余假日，人们呼朋唤友引妻携子，驾车不过半个多小时便进入樱桃园了，或上原或上坡或到原下的河川，尽都是缀满红色金黄色珍珠玛瑙的樱桃树，诸种烦恼和疲倦顿然消解了。当各种媒体大呼急叫着西安城区应亥形成"低碳"的健康空间的时候，这里的樱桃园无疑是一方天然氧吧，从城里赶来的男女老幼，从树枝上摘下一颗颗樱桃填到嘴里嚼咂品尝的时候，或在樱桃园里逸情漫步的时候，把在城市里吸入的污浊废气全都排出了，获得一种神清气爽的生命活力。即使在樱桃清园以后的夏天和秋天，原上原下和原坡的果园和小路上，仍有不少城里人观光散心，迷恋这个天然氧吧的洁净的空气。

　　每到清明，樱桃花开，原上原下和原坡，尽皆是粉白的樱桃花。香气弥漫。树叶刚刚吐芽，花儿却灿烂了，这原这川这原坡，望去是纯一色的樱桃花的世界。果农们忙着种种技术性管护，只企盼樱桃开花时不要下雨，雨水灌花就结不出樱桃。城里人搭帮结伙来赏花了，散漫在樱桃花的海洋里，留几张以樱桃花为配景的照片，在农民开办的"农家乐"饭馆吃一顿地道的农家饭菜，不仅释放了胸中积存的废气，缓解了办公室或工作台上的紧张的神经，把粉白的樱桃花储入胸间，当属滋养精神心理的氧。

有朋友要约见，我便顺口说，如果事由不急，最好五月来，或清明前后来，或摘樱桃或赏花，坐在农家屋院或果园里说话，我会有最佳的情绪；相信南方北方来的朋友，也会感应而生诗性的灵气。

2011 年 5 月 30 日二府庄

我看老腔

二〇〇六年六月，话剧《白鹿原》由北京人艺演出的一个月时间里，我应邀两次到北京看戏。中场休息时到剧场外的院子里换换空气，有幸不期而遇几位作家朋友，握手问好之间，不说对《白鹿原》的观感，开口便问在剧情中穿插演唱的老腔，多是一种惊喜的口吻，且几乎都用"震撼"或"撞人心胸"之类的词发出由衷的慨叹。他们随后便打问，老腔是什么剧种，从来没听说过呀；民间竟然保存着这样好的原生态的唱腔，真正的艺术瑰宝哇，等等。听着这样热烈至诚的赞叹，我为老腔这种纯民间原生态的剧种而欣慰。这些作家朋友身居北京又走南逛北，自然见识过中外古今各剧种的艺术景观，何以会对陕西关中乡村纯粹的民间班社演出的老腔发生如此强烈的慨叹，这足以见得老腔独具的魅力。听着作家朋友的议论，我也暗生一分窃喜，即我第一次听到老腔时所产生的心灵震撼和撞击的强度，和这几位作家朋友不差上下，由此便可排除我对关中民间艺术的偏爱之局限，原来，看着听着老腔的演唱，大家的感受基本是类同的。

我第一次看老腔演出，不过是在此前两三年的事。二〇〇四年春节的气氛尚未散尽，一位在省政府做经济工作又酷爱文化的官员朋友告知我，春节放假期间，由他联络并组织了一台陕西民间多剧种的演出，当晚开幕，不属商业性质的演出，只供喜欢本土文化的各界人士闭门欣赏。他随口列举出诸如眉户戏、线腔、碗碗腔、阿宫腔、关中道情、同州梆子、老腔等多种关中地区的戏曲剧种（秦腔属于大剧种，反倒不在其列）。这些地方小戏我大都看过演出，也不甚新鲜，只有他最后说到的老腔，在我听来完全陌生。尽管他着重说老腔如何如何，我却很难产生惊诧之类的反应，这是基于一种庸常的判断：我在关中地区生活了几十年，从来没听说过老腔这个剧种，可见其影响的宽窄了。尽管如此，我还是蛮有兴趣地观看了这台由他热心促成的关中民间小剧种的演出。往日里看过这种小戏或那种小戏，却很难有机缘看到近十种关中小戏同台亮相，真可谓百花齐放，各呈其姿。

开幕演出前的等待中，赵季平也来了，打过招呼握过手，他在我旁边落座。屁股刚挨着椅子，他忽然站起，匆匆离席赶到舞台左侧的台下，和蹲在那儿的一位白头发白眉毛的老汉握手拍肩，异常热乎，又与白发白眉老汉周围的一群人逐个握手问好，想必是打过交道的熟人了。我在入座时也看见了白发白眉老汉和他跟前的十多个人，一眼就能看出他们都是地道的关中乡村人，也就能想到他们是某个剧种的民间演出班社，也未太注意。赵季平重新归位坐定，便很郑重地对我介绍说，这是华阴县的老腔演出班社，老腔是很了不得的一种唱法，曾经在张艺谋的某一部电影中出现过，尤其是那个白毛老汉……我自然能想到，老腔能进入大导演张艺谋的电影，必是得到担任电影作曲的赵季平的赏识，我对老腔便刮目相看了。再看白发白眉老汉，安静地在台角下坐着，我突然生出神秘感来。

这台集中展现关中地区小剧种的"十样锦"式的演出开幕了，参演的演员全部是来自乡村的演出小团队或班社，是他们的衣着装束和眉眼间的气色让我认定的；无论登台演唱的是哪一种"腔"，都唱出一种有别于专业演员太过圆润的另一番韵味儿，我当即联想到曾经在山坡上河滩里乃至马车过后的村路上听过的这种腔那种腔的余韵。

轮到老腔登台了。大约八九个演员刚一从舞台左边走出来,台下观众便响起一阵哄笑声。我也忍不住笑了。笑声是由他们上台的举动引发的。他们一只手抱着各自的乐器,另一只手提着一只小木凳,木凳有方形有条形的,还有一位肩头架着一条可以坐两三个人的长条板凳。这些家什在关中乡村每一家农户的院子里、锅灶间都是常见的必备之物,却被他们提着扛着登上了西安的大戏台。他们没有任何舞台动作,用如同在村巷或自家院子里随意走动的脚步,走到戏台中心,各自选一个位置,放下条凳或方凳坐下来,开始调试各自的琴弦,其中的板胡、二胡、喇叭、钩锣、大鼓、铙钹这些乐器我都见过,秦腔剧也都要用到的,只有坐在前排的白毛老汉和另一位中年演员怀中所抱的乐器我叫不出名称,却很眼熟,大约是一种少数民族的乐器。好在作曲家赵季平坐我身边,肯定知道我不识此器,当即告诉我,白毛老汉抱的是月琴,老腔的主要乐器。

锣鼓敲响,间以两声喇叭嘶鸣,板胡、二胡和月琴便合奏起来,似无太多特点。而当另一位抱着月琴的中年汉子开口刚唱了两句,台下观众便爆出掌声;白毛老汉也是刚刚接唱了两声,那掌声又骤然爆响,有人接连用关中土语高声喝彩,"美得很!""太斩劲了!"我也是这种感受,也拍着手,只是没喊出来。他们遵照事先的演出安排,唱了两段折子戏,几乎掌声连着掌声,喝彩连着喝彩,无疑成为演出的一个高潮。然而,令人惊讶的一幕出现了,站在最后的一位穿着粗布对门襟的半大老汉扛着长条板凳走到台前,左手拎起长凳一头,另一头支在舞台上,用右手握着的一块木砖,随着乐器的节奏和演员的合唱连续敲击长条板凳。任谁也意料不及的这种举动,竟然把台下的掌声和叫好声震哑了,出现了鸦雀无声的静场。短暂的静默之后,掌声和欢呼声骤然爆响,经久不息,直到把已走进后台的演出班社再唤回来,又加演了一折唱段……

我在这腔调里沉迷且陷入遐想,这是发自雄浑的关中大地深处的声响,抑或是渭水波浪的涛声,也像是骤雨拍击无边秋禾的啸响,亦不无知时节的好雨润泽秦川初春返青麦苗的细近于无的柔声,甚至让我想到柴烟弥漫的村巷里牛哞马叫的声音……

气势磅礴,粗犷豪放,慷慨激昂,雄浑奔放,苍莽苍凉,悲壮的气韵里却也不无婉约的余韵,我能想到的这些词语,似乎还是难以表述老腔撼人胸腑的神韵;听来酣畅淋漓,久久难以平复,我却生出相见恨晚的不无懊丧自责的心绪。这样富于艺术魅力的老腔,此前却从未听说过,也就缺失了老腔旋律的熏陶,设想心底如若有老腔的旋律不时响动,肯定会影响到我对关中乡村生活的感受和体味,也会影响到笔下文字的色调和质地。后来,有作家朋友看过老腔的演出,不无遗憾地对我说过这样的话,小说《白鹿原》里要是有一笔老腔的画面就好了。我却想到,不单是一笔或几笔画面,而是整个叙述文字里如果有老腔的气韵弥漫……

后来还想再听老腔,却难得如愿。听说这个演出班社完全是业余的松散组合,仅在华山脚下的华阴县活动,多是为这个村那个村的乡民家庭的红事和白事演出,也应约到一些庙会祭日赶场子,毕竟是少有出场,平时就在自家的责任田里劳作。这样,我就很难再次享受到那种撞击胸腑的腔儿。直到两年之后,正在筹备话剧《白鹿原》的北京人民艺术剧院导演林兆华电告,让我挑选并联系几位秦腔演员,在《白鹿原》话剧的情节中插唱几段。他特别强调,不要剧团的专业演员,就要那些纯粹的乡村里喜欢唱秦腔的演员。我当即满口应承,这事不难,关中乡村唱得一嗓子好戏的人太多了。

后来的通话中，我告诉他还约了几位老腔演员试唱，供他根据剧情的构想进行选择。他表示乐于"看看"，却不甚迫切，尽管我做了坦诚的介绍，他仍是不太热烈地作"看看再说"的回应。待我在灞桥区文化局工作的朋友帮忙物色到十余位乡村秦腔唱家，我也联系约定好了华阴老腔演出班社，林兆华专程到西安来验收了。且不赘述他对秦腔演员的选择，到他看老腔班社演出的时候，我却独生一分担心：老腔的腔调不知能否切合他构想中的剧情需要。白毛老汉来了，另一位弹月琴唱主角的张喜民自然不可或缺，还有那位用木砖砸长条板凳的张四季等十余位演员都来了。在一个小会议室里，他们仍然依着习惯蹲在地板上，或是坐在作为演员道具的小凳上。他们开唱伊始，我已不能专注于欣赏，而是观察林兆华导演的反应。一折戏尚未唱完，我发现林兆华老兄的两只锐利的眼睛发直了。这是我当时的第一反应，用关中俗话说，那种眼神的确叫发直。我至今依旧记着那种发直的眼神。我在发现那种眼神的一瞬，竟有一种得意的释然，林兄不仅相中了，而且被镇住了。果然，老腔班社刚演唱完两个小折子戏，正准备再演唱第三折，不料林兆华导演离席，三五步走到老腔演员跟前，一把攥住白毛老汉的手说，这就定啦！随之和在他身边的张喜民等握手又拍肩。最后才转过身对我说，真棒！那眼神已经活跃起来，而且溢出颇为少见的光亮……这样，老腔便登上了北京人民艺术剧院的舞台。

　　且不说话剧《白鹿原》的演出，穿插在剧情中的老腔的几次亮相却是产生了轰动性效应。我最早感知那种效应是在首演，无论是老腔班社集体出场演出，抑或是白毛老汉怀抱月琴一人独奏独唱，剧场里屏声静息，当他们短暂的插演结束离去时，便爆出暴风骤雨般的掌声，间以噢噢哟哟的浩叹。尤其是张四季扛着长条板凳走到台前，一边吼唱着一边掀起板凳一头，右手攥着木砖把板凳砸得咣咣响的时候，观众席发出惊诧的呼应，当是一种沉浸其中的忘情境界。其实，老腔班社演出的小折子唱段，与话剧《白鹿原》的情节毫无关联，全是他们素常演出的传统剧目中的唱段，自然是纯正的关中东府地方的发音，观众能听懂多少内容可想而知，何以会有如此强烈的呼应和感染力？我想到的是旋律，一种发自久远时空的绝响，又饱含着关中大地深厚的神韵，把当代人潜存在心灵底层的那一根尚未被各种或高雅或通俗的音律所淹没的神经撞响了，这几乎是本能地呼应着这种堪为大美的民间原生形态的心灵旋律。观众是社会各种职业的人群，对华山脚下的老腔能发生共鸣，我便有如此推想。在我颇为有幸的是，也为老腔提供了两句唱词。这是在话剧《白鹿原》筹备阶段，编剧孟冰要为老腔创作一首作为主题曲的唱词，电话嘱我提供关中民间歌谣。我几乎本能地想到几句流传甚广的既能唱也能顺口溜出的词儿来："他大舅他二舅都是他舅。高桌子低板凳都是木头。走一步退两步全当没走。前奔颅(前额)后马勺(后脑)都有骨头。金圪垯银圪垯还嫌不够，天在上地在下你娃甭牛……"孟冰甚感兴趣，这样结实的大实话似乎只有在关中这块土地上才会产生。他随后引用了前两句，且依此民谣编了几句关涉白鹿原人生活形态的唱词。话剧《白鹿原》的主题曲由白毛老汉他们唱响了，颇具反响效应。孟冰把我的名字作为词作者打在屏幕上，未所料及，向他申明予以纠正，竟不能，我就有了平生第一首剧词儿，它能被老腔吼唱出来，深以为幸。

我再一次去北京人艺，是一位工作人员电话告知这是濮存昕团长的指令。我想我已经看过《白鹿原》的首演，接连又陪贵宾和文友看过两场，再去看的兴头尚未潮起，自然就想到可能有什么相关的事由需要商量，电话里人家不说有何事，我也不多问，就按濮团长指令的时间去了。见到濮存昕，他说《白鹿原》休演两晚，他整了一台老腔和秦腔演员的专场演出，定在中山音乐堂，让我来欣赏。这是一个惊喜。他说话剧《白鹿原》演出半个多月以来，观众对剧中插演的老腔和秦腔唱段反响强烈，因为剧中的插演主要为着烘托剧情的气氛，有的插演仅仅唱一句两句，观众似乎很不过瘾，他更想利用话剧休演的这个晚上，搞一场秦腔和老腔的专场演出，让那些专业人员和倾心的观众一饱眼福和耳福……我说我也在期待眼福和耳福的受众之中，我此前看老腔演出不过三次（包括话剧《白鹿原》），每次不过两三小折唱段，也未曾过足瘾，这回可如愿了。

那晚在中山音乐堂的演出，可谓别开生面，濮存昕一人坐镇，优雅自如而又自信地担当节目主持人，介绍演出的话语郑重而又幽默，让我充分感知到这位艺术家对来自民间的艺术演员的敬重之情。我无论如何也想不到，竟然会坐在中山音乐堂里看这些乡党的演出，那些来自白鹿原和灞河两岸的秦腔演员，从来也没有登过大戏台，他们在乡村田野里扶犁吆牛耕地的时候，尽着性情吼唱秦腔，顶得意的是春节期间组织排练，在村头广场上搭台演出，年过完了，又扛着锄头下滩或上坡干活去了。老腔演出班社也类似，多为有红白喜事的人家出演，抑或是被邀到传统的庙会上演皮影戏，算不得高台。对我来说，乡野里吼唱的秦腔早已耳熟，倒是真过足了老腔的瘾。由濮存昕精心安排，秦腔和老腔交替出台，我看到的老腔的演出，都是较为完整的有大段唱词的折子戏，无论白毛老汉，还是张喜民等演员，都是尽兴尽情完全投入地演唱，把老腔的独特魅力发挥到最好的程度（且不说极致），台下观众一阵强过一阵的掌声，当属一种心灵的应和。我在那一刻颇为感慨，他们——无论秦腔或老腔——原本就这么唱着，也许从宋代就唱着，无论元、明、清，以至民国到解放，直到现在，一直在乡野在村舍在庙会就这样唱着，直到今晚，在中山音乐堂演唱。我想和台上的乡党拉开更大的距离，便从前排座位离开，在剧场最后找到一个空位，远距离欣赏这些乡党的演唱，企图排除因乡党乡情而生出的难以避免的偏爱。这似乎还有一定的效应，确凿是那腔儿自身所产生的震撼人的心灵的艺术魅力……在我陷入那种拉开间距的纯粹品赏的意境时，濮存昕却做出了一个令全场哗然的非常举动，他由台角的主持人位置快步走到台前，从正在吼唱的张四季手中夺下长条板凳，又从他高举着的右手中夺取木砖，自己在长条板凳上猛砸起来，接着扬起木砖，高声吼唱。观众席顿时沸腾起来。这位声名显赫的濮存昕已经和老腔融和了，我顿然意识到自己拉开间距，寻求客观欣赏的举措是多余的。

据音乐专家考证，老腔的源头远自西汉。华阴县地处黄河、渭河和洛河三条河流的交汇地带，西汉王朝在这里首开通往长安的漕运通道，张喜民家所在的村子背后即是西汉王府的一个超大粮仓遗址。船夫和码头劳工的号子与帮声，逐渐演化出一种拉坡腔，推想当属老腔最早的源头。我对老腔形成的太过悠长的历史略作了解，不甚用心细究，更关注它的生存危机和传承。老腔的领班党安华告诉我，华阴仅存这一个较为拿得出手的老腔班社，而过去计不准有多少活跃在乡村的自演自乐的或紧凑或松散的班社，究其原因，关键的一条是经济效益太差，演出收入低微，不仅年轻人看不上这个行当，过去那些颇具演唱天赋的老艺人也另寻生活途径去了。党安华是县文化局干部，正为老腔的后继无人乃至断档而揪心。出人意料的好事不期而至,且不说在陕西当地被邀频频出场,自参与话剧《白鹿原》演出结束到当年年末,老腔第一次登上了中央电视台"千秋华宴——二七春节戏曲晚会"的高台,同时又受邀参加中国文联于人民大会堂举办的"百花迎春"春节联欢晚会的现场演出。紧随其后,又赴上海、成都、深圳、香港、湖北、苏州等省市演出;著名歌手任贤齐赶到华阴跟白毛老汉等人学唱老腔;韩国国家电视台追到华阴碾峪乡双泉村,不惜费时一周拍摄老腔艺术专题片;不止一次到我国的香港、台湾演出;随国家文化部的安排,先后到日本、德国、美国献演。我难以想象,那些听惯了交响乐曲的欧美人的耳朵,在听到张四季用木砖砸得长条板凳哐哐哐咣咣咣的声响时,会是怎样一种表情……

令人更为欣慰的是,华阴老腔空前活跃起来,不仅重新组织起不少演出班社,许多具备演出天资的年轻人也亮开了嗓子,党安华、白毛老汉们不再担心断档的事了……生活原本不可或缺老腔的腔儿。

2012年6月23日二府庄

愿白鹿长驻此原

"独寻秋景城东去，白鹿原头信马行。"

这是白居易一首七绝中的两句。每有机缘上原，心头便会涌出这首绝句，情绪顿时也会畅朗起来。我无法想象千余年前的白居易纵马白鹿原上寻到的是怎样一幅秋色美景，单是眼前的一派绿色，已经让我沉醉了。

一条新修的宽敞的公路盘旋在西边原坡上，两边是层层叠叠的绿树。刚刚从酷暑进入初秋，尽管杨树柳树槐树等树木的树冠呈现着深色和浅色的小小差异，却依然流露着蓬勃的气象。草木清爽的气味，诱使我连续深呼吸。这里曾经是荒坡和梯田。荒坡上长满枣刺和杂草。梯田里一年只种一料麦子，因为缺水缺肥，麦子长得矮小细瘦如同猴子的黄毛，收割时搭不住镰刀，只能用手薅，民间戏称薅猴毛，产量也就可想而知了。大约不过十年前，那种延续了不知多少年的广种薄收乃至无收的景象中止了，退耕还林，便有了这一派让上原和下原的人心旷神怡的绿色。

上原的路大约走到一半，有一道平台，自南到北散落着一个个或大或小的村庄，俗称二道原。民办大学思源学院已成气候，随坡倚势建造成一幢幢楼房，校园里如同精心构设的花园，四季轮番开放的花草和花树，弥漫着种种诱人的香气。这里活跃着来自全国各地的两万余名学子，避开了都市的喧嚣，在这一方天地汲取知识。校方扶持建立了白鹿书院，我常和一些文学朋友到书院交流，尽管他们多是走南闯北见惯了奇山异水的人，也多感佩这一方地域独有的脉象。大约十年前，这所大学的创始人周先生约我参加一个座谈会，把他想在白鹿原的二道原上创办一所民办大学的意图坦陈出来，让大家论证。我那时竟然很激动，一时尚不敢估计这座古原破天荒建立的第一所高等院校的深远影响，却也想到不仅是每年能有多少年轻人完成高等学业，更有对原上乡民文化意识的潜移默化的启示。十年过去，这所学院不仅被评为全国十大民办大学，而且让民办大学由二道原扩展到白鹿原上，挂着种种专业校牌的民办大学已建成十余所，形成了一个颇具规模的民办大学城。就我粗略的印象，一九四九年新中国成立前，这道原上大约只有两三所新式小学；截止到上世纪九十年代，仅有三四所中学，分属三个区县督管；到今天不过十年时间，这里已经形成拥有十余万学子的民办大学城了。从这些民办大学门前经过的时候，我常有不可思议的感慨，变化之快几乎让我不敢相信，随之也生出生不逢时的自怜，如若晚生许多年，就不会留下缺失高等教育的人生遗憾了。

原的西部已经几乎看不到庄稼，传统的麦田消失了，蓬勃着一眼望不透的樱桃树。种植樱桃和小麦的悬殊的收益，是任谁都不会拒绝对樱桃的选择。每到五月樱桃成熟时节，原上原下和原坡的万亩樱桃园里，笑语喧哗，那是西安城里人或呼朋唤友或扶老携幼上原摘樱桃时忘情的声浪。秋天刚刚来到原上，葡萄又熟了。樱桃几乎是家家户户都有种植，而葡萄却是规模化的集中栽培。原上先后建起三家较大规模的果园，两家既种樱桃又种葡萄，还有一家是专门种植葡萄的园子，种植面积有几百亩到过千亩，都是以最严格也最规范的技术措施栽培管理。我曾有幸参观，可谓大开眼界，且不说那些颇为深奥的技术措施，外行的我看到细水浸润的滴灌设施，顿然感知到现代农业和粗放管理的农业的差异来。为了保证果品的品质，一概不用化肥，连复合型的肥料也不用，而是从内蒙古草原收购牧民的牛羊粪，集中窝沤，使其熟化，再从千里外的内蒙古草原运回原上，单是这项投入的工本就令我咋舌了。这样培植的樱桃和葡萄，不仅味美，更让消费者放心，价格也就高出普通果园的樱桃、葡萄几倍。我走在这家葡萄园里，满眼都是紫红的葡萄串儿，嘴里就有口水溢泛。这位种植园主是我的同乡，一位卓有建树的农民科学家，曾获得国务院的褒奖，那是他向乡民传授各种果树管理技术赢得的奖励。他在原上亲自种植葡萄，更带有示范的效应。我更多感佩的却是这道原的变化，自古以来白鹿原缺水，向来不植一株果树，即使庄稼，也只能保证一料小麦的收成，多有的伏旱，秋天的作物十有九年都无收获。更甚者，生活用水都很困难，原下人调侃原上人说，早晨起来，夫妻对面吐唾沫儿洗脸。现在，每个村子都有深井，自来水通到家家户户，果园也就蓬勃起来了。白鹿原高过渭河平原二百米，昼夜温差大，无论樱桃无论葡萄的甜蜜就享有天时地利的优势了。

  绿树掩映着的一个个或大或小的村庄，既是古老的，又是新生的，古老到和这道原的历史一样悠久，新生在于现在的村庄已经完全改换出一派新的风貌，一幢幢二层小楼或平房，从绿树的空隙间显露出来。如果走进村巷，便会看到甚为讲究的一个个农家院的门楼上都有题款。几乎看不到土坯垒墙的传承了千年的厦房了。沟通每一个村庄的道路全部实现了硬化——水泥路面，永久性地告别了泥泞小路。我曾陪《白鹿原》剧组的朋友踏访原上村庄寻找外景地，失望而归，上世纪的白鹿村的影像荡然无存。我不为剧组的失望而失望，倒为原上的乡党而庆幸，他们终于获得了安逸富足的生活，既不为锅里缺米缺面而熬煎，也不为屋漏而愁肠百结了。

写到这里，我突然意识到，每触及一景，便牵出这一景地昨天的景象来。似乎不是有意为之，而是一种自然的不可违逆的心理反应，昨天的贫瘠景象铸存太久，而今天焕然一新的景象来得太快，作为这道原的亲历者，发生今天与昨天的鲜明而又强烈的对比，欣然的感触和感慨就是本能的心理反应了。

　　因为一只白鹿的出现，这道原便有了象征着吉祥安泰的白鹿的名称。随后，汉文帝葬在白鹿原西北的原坡上，原坡根下流淌着灞水，文史典籍称为灞陵，这道原也被改名为灞陵原，民间却少有人说。自北宋大将军狄青在原上屯兵驯马，这道原又被改换为狄寨原，一直沿用至今，白鹿原的名字早已湮灭以至消亡了。近年间，因为拙作《白鹿原》的发行，这个富于诗意也象征着吉祥安泰的白鹿原的名字又复活了。白鹿原名称的重新复归，恰当其时，多少代人期盼向往的富裕和平的日子已经实现，却是改革开放的科学而又务实的富民国策实施的结果。

　　愿白鹿长驻此原。

2012 年 9 月 27 日 二府庄

儿时的原

这道原·那道原

李巍打电话来，竟有瞬间的惊诧。重温那独有的说着普通话的口音，便感知到一种重逢的欣然，是伴着惊诧的欣然。大约有几年不通音信，依旧储存着这位彩云之南的老朋友的别致的口音，久别重逢的欣然就自然地发生了。他约我散文稿。我不仅贸然应允，而且随口提出让他命题，在我的生活范围内，看他对什么话题有兴趣；如果我确凿也有生活体验，便可谋篇。他说让他想想再说。他想过之后便点题了，让我写少年时期所经历的和白鹿原相关的生活。我当即应诺。这自然是地理概念的白鹿原。原是西北地区特有的一种地理地貌，实际就是一方小小的平原，大约因为规模太小而不能称为通常意义上的平原，故叫作原。有好事者为了区别原与平原，给"原"字左边添加一个"土"字变成了"塬"。其实古人都没有多此一举，白居易一首七绝写到白鹿原："宠辱忧欢不到情，任他朝市自营营。独寻秋景城东去，白鹿原头信马行。"且不究什么人干龌龊事惹得诗人心烦要到白鹿原上扬鞭驱马畅快抒情。单是说这"原"字原本就没有画蛇添足似的"土"字作偏旁。再如毛泽东的名作《沁园春·雪》里的"原驰蜡象"的"原"字，也未有"土"字作偏旁，而陕北地区也有规模大小不等的多种原，毛泽东把大雪覆盖的一道原拟为蜡象，足见得诗人的情怀和气魄。

西安周边有好多道原，城北有龙首原，自然是因其地形像一条扬头的龙而得名。据说汉高祖刘邦之所以把皇都圈定此地，要借龙脉之气象便是诸种因素中最重要的一点。从西安城端直往南靠近终南山的神禾原，传说远古时生长双穗的谷子，便有了神禾原的名称。曾经的西北王胡宗南在此原为蒋介石修建一座阔绰的行宫，老蒋曾站在原头观望原下的灞河小平原和背倚的终南山的风光。作家柳青于上世纪五十年代初相中此地，在原头一座废弃的破庙里安家落户，兼职深入生活，一住就有十四年，创作出史诗著作《创业史》。悲剧也发生在这道原上，他的夫人熬不住"文革"的迫害，跳入井里饮恨而去了。神禾原东边是少陵原，两原之间有潏河流过。少陵原上有汉宣帝刘询和他的许皇后的陵墓，两座陵墓相隔一段距离，许皇后的陵墓规模较小，便有少陵之谓，且成为这道原的名称。此地在秦时曾设杜县，汉宣帝的陵墓被称作杜陵。然而，此原却是依其皇后的小陵墓而得名少陵原，竟然比皇帝刘询还风光。少陵原东边便是白鹿原，两原之间有颇为宽阔的河谷，发源自终南山的浐河自南朝北流过，河川里曾经有五六千年前的新石器时期母系氏族的人群在此渔猎，也种谷，村落遗址被称为"半坡遗址"。遗址旁边的村庄称半坡，位置在白鹿原的西边坡根下。白鹿原的北坡下，也是一道河川，有灞河自东向西流过，是发源地秦岭的山势造成的倒流河。灞河原称滋水，一个让人感觉温馨的名字，却被要称王称霸的秦穆公改为霸河，以显示其统一中国称霸天下的壮志和野心，后人为"霸"字添加了三滴水，成为灞河。

  汉文帝把他的陵墓选定在灞河河畔的白鹿原西头的北坡上，史称霸陵，亦称霸陵原。"沛公军霸上"即是说刘邦和项羽争夺咸阳时驻军在霸陵原上。霸陵原多见于史籍，民间尚未流行。北宋时，大将狄青在白鹿原西部屯兵养马，从此便将白鹿原改名为狄寨原，一直延续到今天,一个古老的镇子也称为狄寨镇。这道原东西长约五十华里,南北宽约三十多华里,自东向西纵断着一条深沟,把此原割裂为南原和北原。我的家在北原的北坡根下,是一个五六十户人家的小村子。出了我家祖屋后门不过十来步,便是白鹿原的北坡坡根;走出我家前门不过五六百米,便可以掬灞河水洗脸了。在我从少年到成年的甚为漫长的岁月里,只知此原叫狄寨原,竟然不知诗性烂漫的白鹿原这个好名称。小说《白鹿原》出版二十年了,褒贬且不论,却把尘封在《竹书纪年》里的白鹿原的名称复活叫响了……

割草・搂麦

出生在农家屋院里的男孩子,从小小年纪就帮父母干农活了。我却记不准自己究竟是从几岁开始动手干活的,按乡村人归结的普通规律,说男娃子一顿能吃完一个馍馍,就是好帮手了。我据此判断,当在我六七岁的时候。我同样记不清先学会的是哪一种农活,却笼统记得我能干的农活有拔草、割草、搂柴火、搂麦穗、掰苞谷和剥苞谷等。幼年从事的这些农活,有的是我喜欢干的,留下了愉快的记忆;有的是难以承受的不想干却不得不干的,便铸成一种伤痛。

我最喜欢干的农活是割草。我家和隔壁一家同族本门人家合养一头黄牛。牛喜食青草。每当春天青草长出来,我便背上柳条编织的小号笼子,提上割草的短把儿镰刀,下到灞河河川或上到白鹿原坡去割草了。当时不知白鹿原的名称,只说上坡割草。割草总是结伴去,几乎没有一个人独自行动的行为,除了结伴搭伙儿热闹有趣，还有至关重要的一条，便是安全。那时候沟梁纵横的原坡上还有狼族活跃其间，常常就有某人在某道坡梁或某条沟谷里撞见了狼，甚至还有某村的小孩被狼叼走的骇人听闻的灾祸发生。父亲总是在我出门割草时提醒，不要单个上坡，找俩伴儿一搭去。

村子里和我同龄或不差上下年岁的伙伴不过三四个，今日我找他，明日他会来找我，三四个人聚齐了，便商量确定到哪一条沟或哪一道梁去割草，说着谝着嘻嘻哈哈便走出村子了。麦子收罢进入伏天的酷热季节，阳光如喷火，伙伴们不约而同在坡梁下的沟道里遮蔽了阳光的背阴处坐下来，玩一种抓掷石子的游戏，或者打扑克，直玩到太阳西斜，才抓起短把镰刀去割草。最富诱惑的快活事儿是逮蚂蚱。蚂蚱有麦蚂蚱和秋蚂蚱，前者是生长在麦子地里的，到麦子成熟时也发育完成了，趴在麦穗上发出吱吱吱的叫声，我曾和小伙伴们在麦子地里逮蚂蚱，着急处就忘记了已经黄熟的麦子，踏倒了麦子，招来麦田主人的叫骂。不过，这种麦蚂蚱叫声很单调，很快就把兴趣转移到秋蚂蚱这灵虫上来了。所谓秋蚂蚱，是相对麦蚂蚱而言的，在麦蚂蚱完成三次脱壳可以鸣叫的时候，秋蚂蚱才从埋在地皮下的卵蛋里化育成虫钻出来，满体嫩绿如同刚刚脱壳的绿豆。秋蚂蚱生长在长满酸枣刺棘的田坎上、荒坡上和坟地里，捕捉很难。我和伙伴们根本等不得它完成三次脱壳羽化为可以鸣叫的蚂蚱，就在刺棘丛中寻找，常常被刺棘的尖刺刺得脚面和小腿布满血印也不在乎。逮着小小的秋蚂蚱，装进竹篾编的蚂蚱笼子里，每天喂它野谷苗的内芯。眼看着它在小笼子里一天天长大，完成三次脱壳成为一只羽翼丰满的蚂蚱，发出铃铛一样响亮有节奏的歌唱，我常常陷入一种沉醉。这种秋蚂蚱生命力很强，如果喂养精到，往往可以鸣叫到深秋以至霜冻时节才会完结，给平静也显孤寂的农家院子添一缕欢乐的声响……逮秋蚂蚱太专注也太投入，往往忘记了割草，无论逮着秋蚂蚱的兴奋或逮不着的懊丧，都会在拾起短把镰刀开始割草不久便淡化了，只畏怯草割得太少父亲那责备的眼色。

印象里最不愿干却不得不干的农活是搂麦子。我家有十六七亩土地，绝大多数分散在原坡上，只有三五亩可以浇灌的水田分作四五块散布在灞河川道里。养牛积攒的土肥，单是施到一年可收两料的麦子和苞谷的水田里都不够，原坡上的单料麦子根本施不上一次土肥，那麦子长得黄不拉叽的样子，收割时几乎搭不住镰刀，散落在麦茬地里的遗穗就很多了。村子里乡民把这种成色的麦子称作猴毛，把小小的麦穗称作蝇子洒（苍蝇头），把割这种麦子称作薅猴毛。父亲把一块又一块全是猴毛似的麦子薅过，我紧跟其后用粗铁丝做笆刺儿的大笆子把遗落的猴毛搂起来。至今印象最深的是在离村子最远的称作唐家坡顶的那块地，这是我家在原坡上最大的一块地，大约两亩还多，周边没有一棵树。我拖着足有一米宽的粗铁丝做笆刺儿的大笆子，一笆紧挨着一笆从东往西搂过去，再从西往东搂过来，却也如同为这块刚刚薅过猴毛的猴子梳头又梳身。这个铁丝笆子倒也不太重，拖起来也不太累，关键是坡地上滚动的热浪太难忍受了，火盆似的太阳就在头顶喷火，被晒了大半天的麦茬子热气蒸腾，拖着笆子过去再拖着笆子过来的过程，是被翻来覆去的炙烤。尽管头顶戴着草帽，头皮和脸皮仍然感觉到难耐的烘烤的灼伤，身上和裸露的小腿更不用说了。从家里带来的沙果叶茶水早已喝光，汗水似乎已经淌干流尽，口干到连一口唾沫儿也吐不出，看着还有一大半尚未搂过的麦茬地，有种想哭却哭不出来的无奈。看到远处一块坡地上有一个同龄的伙伴也在搂着，心里似乎有一种安慰，农家娃娃都得做这种活儿，且谈不到劳动的单调和无趣，那时候还不懂这些高雅的词语，尽管切实地承受着……而当某天晚上和父亲坐在院子里吃晚饭，抓起母亲刚刚蒸熟端到跟前的白面馍馍咬下一口时，父亲顺口便会说，白面馍馍香不香？香。爱吃不爱吃？爱吃。明年搂麦子，再甭嘴噘脸吊的了，搂麦子受苦招架不住的那阵儿，想到吃白面馍馍，你就有劲了……这是我最初接受的关于劳动的教诲。

祭　祖

我生活的村子叫西蒋村，解放初仅三十七户人家，村子东头有一条沟，流着清凌凌的发源自原坡上的泉水，供全村人饮水、洗衣，也浇灌小块田地。沟那边有一个东蒋村，更小，不过二十七户人家，村子之间的距离不足二里路。两个以蒋姓做村名的村子却没有一户姓蒋的人家，我问父亲，父亲说不清楚，问比父亲更年长的老爷爷，竟没有一个人说得清白。我生活的西蒋村几乎全是陈姓，只有两户郑姓的人家。陈姓共有一个老祖宗，我却搞不清老祖宗的大名了，然而，这个陈姓老祖宗当属三十五户陈姓人家的始祖，也当是第一个在西蒋村这块地盘上落脚的人，有族谱为证。

每到大年三十后晌，陈姓的成年男子领着虽然尚未成年却已懂人事的男孩齐聚我家，迎神拜祖。父亲早已把不大平整的上房中间的地面用湿土垫平砸实，清扫干净，把我家那张方桌擦洗得一尘不染，放置到后墙中间开着后门的位置；方桌上已经摆置了蜡台和香炉，还有四盘令人馋涎欲滴的油炸的馃子和点心；那幅族谱——俗称神轴——就摆在方桌上，近乎一丈长，平时架放在木楼上，到此时父亲把它拿下来了。待全村陈姓男人聚齐,由陈姓一位辈分最高、年龄最长的老者主持仪式,开首是:点蜡上香。这项指令实际是老者发给自己的,话音刚落,他便拿起点燃的火纸,猛吹一口气,那自燃的火纸便冒出火焰来,老者先点着左边的插在蜡台上的紫红色蜡烛,再点着右边一支,再撮三根紫色的香,在蜡烛上点燃,一根一根又一根插入盛着细沙的香炉,双手抱拳,跪拜三匝,然后退居方桌旁边。在老者发出"点蜡上香"的指令时,侍立在方桌两边的父亲和另一位男子便举起族谱——神轴,缓缓地展开,再挂到墙上。也就在此同时,我家街门外便响起鞭炮的响声,夹杂着雷子炮的震天轰响。侍立供桌前的陈姓男人们,依着辈分的高低,一个一个走到供桌前,从香炉里抽出一根紫香(只有主持的老者上头一道香拿三根),在蜡烛跳跃着的火焰上点燃,双手掬着插入香炉,再双手抱拳举到额头鞠躬,然后跪地三叩首。有领着儿子的人,儿子在他右首照着他的动作做下来。我父亲在陈姓的辈分最低,我自然更低一辈了,轮到父亲朝拜列祖列宗的时候,已经剩下不足十来个人了(拜过的人都回家去了),我跟着父亲一起鞠躬跪拜,心里顿然也会潮起一种肃穆的感觉。

  在我们家祭拜陈氏祖宗的事,据说有两个因由,一是我们家有一幢三间大房,尽管这幢房子已经分为两半,我家和叔父家各占一半,但作为敬奉祖宗展挂神轴却是宽展的,几乎是别无选择的。大约到一九四九年解放,村子里仅仅只有两三幢这种被称作大房的房子,多数村民都住着单面流水的比较窄小的厦房,厦房既供不起长宽都过一丈的神轴,也容不下祭拜的陈姓族人。再一个因由,据说是我爷爷曾经是村子里说话很有分量的人,尽管辈分低,却不影响他说话的分量,由他保存神轴年终祭拜祖宗就是顺理成章的事了。

爷爷大约在父亲刚刚成年时便英年早逝了,尽管父亲不再具备爷爷说话的分量,保护神轴祭拜祖宗的活动依旧在我家顺延。在我有资格跟着父亲跪拜祖宗不过两三次之后,这幅神轴转移到另一户人家,这户陈姓人家盖起了宽敞的三间新瓦房,而我家的老房子已经漏雨了,积雪融化滴溜的水滴浸洇了神轴——陈姓列祖列宗神圣到顶礼膜拜的族谱——那是不可饶恕的罪孽。在我跟着父亲到这户祭奉祖宗神轴的房子里去跪拜的时候,对祖宗的虔诚已发生自觉,却也因不在我家里而隐隐感到一缕空虚……再没过几年,在破除封建迷信的"大跃进"年头里,神轴——陈姓族谱据说被焚毁了,大年三十后晌公祭的事再没有举办过。我也留下了无法补救的遗憾,搞不清陈姓四辈往上的祖宗,更不知进入西蒋村的陈姓始祖的大名了。

原上有个名叫窑村的村子,乡民多姓陈,是从我们村子迁居到原上的窑村的一户陈姓人家繁衍的族群,每到大年初一,他们搭帮结伙从原上下来,到我家(后来到另一家)祭拜祖宗,原上原下两个村子的陈姓后裔相聚一堂。嘘寒问暖,说收成、谝笑话,其乐融融,我和那些跟随父亲来祭拜祖宗的男娃子们,已经结伙玩耍了,同宗同祖的血缘,似乎确有某种亲情的天然纽带相系结。

卖　菜

白鹿原上的这村那寨和白鹿原下的这寨那村的人家,多有亲戚关系,原上的姑娘嫁到原下或原坡上的某户人家,也多有原下的姑娘嫁到原上某个村寨的人家,亲戚间的往来就很频繁。单就我们这个不足四十户人家的小村庄说,竟然有六七户人家都和原上有这种最亲近的亲戚关系,而我母亲的娘家(我的舅舅家)就在白鹿原西头的五坊村,两个姨妈家也在原上的两个很大的村子。这样,在我尚未懂事也爬不动坡上很陡的土路的时候,据说是由父亲背着我上原,每年正月头上去向舅爷舅奶舅舅舅母拜年。到我能走得动的时候,一大清早起来便跟着父亲母亲出门上路了,从我们村子通舅家的原上的村子有一条斜路,大约七八里,尽管天气很冷,走上原头的时候早已浑身淌汗了。

走上原头的感觉是奇异而又新鲜的。天太宽阔了,直到眼睛所能抵达的模模糊糊的终南山的群峰(那时候尚不知终南山的称谓,当地乡民只说南山);往北看,对面的北岭(即骊山的南端,同样在那时尚不知骊山的称谓,当地乡民只说北岭),竟然遮挡不住天了;原上一马平川,远远近近散落着大大小小的村寨,无论如何望不见东边原的尽头,便有一种神秘感。我之所以会有这种感觉,完全是我生活的小村庄所在的特定地域造成的。我们的村子紧紧倚靠着白鹿原的北坡,站在村子的任何一个角度,满眼都是熟悉不过的坡坎和崾岘,刀裁一样的原顶遮住了天空,往北看,便是骊山的南麓,同样遮住了天空;在南原和北岭之间,蓝的天或阴的天,永远都是窄窄的一条长绺的天空,当地乡民自我调侃说,生在咱这地方,一辈子只看一绺绺天。绺绺,通常是说布条的,一绺布条。在我能够独立走上白鹿原的时候,宽阔的天和平坦无边的地让我发生奇异的感觉就不足为奇了。

在我更生动鲜活的记忆,是上原卖菜。

在我考上中学的时候,家庭的经济来源没有了,父亲种树卖树供我们兄弟俩上学,无奈树长得太慢,供给不上两个中学生的学杂费;村子里已经建立了农业合作社,即使劳动有盈余,也得等到年终合作社决算后才能分配，况且多数人家都是倒贴户。我在父亲完全无法可想的困局里，上完初一第一学期便休学了，后来在政府的帮助下复学，却错过了一个年级。记得是在复学读完初一的那年暑假，出现了学生卖菜挣学费的新鲜事，而且很快形成了一股风气。那些和我一样先后考入初级中学的乡村学生，其实大多数的家境相差不了多少，十个有九个都上不起每月大约要花费十元钱的学生灶，都是背着一袋子馍上学，每天三顿都是开水泡馍，伴着辣椒酱或咸菜。即使如此节俭，每学期开学的十多元学杂费仍然成为每个学生家长的重而又重的负担。这一年的暑假，不知由哪个村子的哪位脑门活泛又灵动的学生闯出一条挣学费的生财之道，从原下的农业合作社的菜园里趸下时令蔬菜，第二天一早挑着菜担上原，到原上的镇子上去卖，赚下钱来，到暑假结束便高高兴兴交学费了。我很快就加入到这个刚刚形成的学生卖菜的不大不小的群体中了，心劲颇高，不用再担心失学了。

　　白鹿原上自古缺水，俗称旱原。无论大村小寨的乡民，吃水是最大的困难，靠人力打下的深井，水多不旺，而且是人力所能挖到的极限深层了。吃水历来困难，种庄稼自不待说是靠天吃饭，每年只种一料麦子，不种秋田，在于秋禾更费水，而当地的气候特征恰恰是十年有九年的伏天都缺雨水，蔬菜就更谈不上种植了。原下人调侃原上人说，宁可给你一个馍，不舍得给你一碗水。更有甚者说，原上人早晨起来，为节省洗脸水，夫妻兄弟姊妹面对面吐唾沫儿洗脸……原下的一个又一个村庄，门前流着丰沛的灞河清流，每个村子都有引灞河水自流浇灌的水田，还有不少稻地。在个体经营时代，几乎每个村子都有一两户心灵手巧善于抚育蔬菜的农民，便有了收入强过普通庄稼的菜园；到上世纪五十年代中期农业合作社建立后，每个社里都有相当规模的蔬菜种植地块，作为合作社的副业。我们村子就有五亩地种植着传统的韭菜、大葱、蒜苗、茄子、辣椒和刚刚引进的洋柿子（西红柿）等，合作社社员把这些蔬菜挑到原上的镇子去卖。原上人自古以来就吃着原下人种的菜。

我在我们村子的合作社的菜园里蒀下时令蔬菜，多是大葱、韭菜、茄子和西红柿，总量一般不超过五十斤，这是十五岁的我挑菜上原所能承受的极限重量。

我和村子里的小伙伴一起挑菜上原。天微明便爬起来挑着装满蔬菜的竹笼出门了，走不过一里平地便上坡，目的地是狄寨镇——我尚不知是用北宋大将军名字命名的镇子，大约十华里远，上原后到镇子还有约三华里平路，上原的陡坡路占过大半。我挑着蔬菜，出村子时尚不觉得压迫，很快走过一里平地开始踏上上原的坡路的时候，那装着蔬菜的两只竹条笼便沉重起来，出气也急促了，汗水也冒出来了，直到肩膀疼痛不堪双脚也难以跨步的时候，便招呼伙伴歇一歇……从出家门到上到原顶，少说也要歇四五回，上到原顶的那一刻，肩头的担子几乎是扔到地上的，当即躺倒在地，汗水似乎汹涌而出，喘着粗气的嘴连叫妈的气力都没有了。然而，心里却是一种成功的轻松，最难的坡路爬上来了。待喘息初定，便拿出用布包着的馍来，肚子也咕咕叫起来，吃完一个馍，便挑起两笼蔬菜直奔狄寨镇了。

狄寨镇街道的两边，任由各种商贩自选位置，先到者便先占得街道中间人来人往最稠密的一方地盘。我选定地盘放下装菜的竹条笼，把各色蔬菜都亮出来，便坐在地上迎接买菜的顾客。上世纪五十年代中期的蔬菜价格，我从合作社蒀来的时候，韭菜大约五分钱一斤，大葱一角钱，西红柿七八分钱，挑到镇子卖出时的价格都要翻一倍，开始时咬紧牙关不给购菜者讨价还价的机会，如果销售不顺利，便只好忍痛降低售价了。印象深的事是算账麻烦，那时候还用的是十六两为一斤的秤，买主如果买整数的蔬菜很好结账，如果一斤二斤又带着三两四两，结算就犯难了，我便用小木棍在地上划拉乘法运算，往往惹得那些大叔小婶瘪着嘴笑，逗我说这个"土算盘"算的账准不准？然后才掏出钱来付我。如果卖得顺利，到人去集散的时候卖完最后一秤菜，挑起空笼走出集市的时候，便有一种想喊想唱的快乐；如果眼看着街道上的人越来越稀，笼里的蔬菜还剩下不少，便着慌了，很自然地减价，而且大声呼喊着"便宜了减价了快来买呀"之类的吆喝；如果仍然无人问津，便只好和同样没有卖完菜的伙伴重新挑起菜笼，到镇子周边的村子去叫卖，肯定会贴本儿，这是令人丧气的事。

从初中一年级到高中一年级，每年暑假都是以割草和卖菜为主要劳动项目。原上有三个较大的集镇，各有各的集日，除过一个距家太远的集镇，另两个集镇每逢集日，除过下雨天，我都会挑着两笼蔬菜去赶集，多数时日里都可以赚一元上下的人民币，也有赚不到钱乃至亏本的倒霉事。无论如何，每到暑假结束背着一袋子馍上学去的时候，口袋里装着我自己卖菜挣来的学杂费，是一种坦然，乃至骄傲。有一年卖菜收入颇丰，母亲竟到供销社买来机织的"洋布"，在镇上的裁衣店为我做了一件四兜的制服，我平生第一次穿上了制服。

木板·秧歌

一九五〇年春节过后的一个晚上，父亲把我叫到方桌前，郑重却也平和地说，你明日格去上学。我也不觉得太惊奇，上学的事在年前已经说过不止一回了，只是明天就要走进学堂的时候，还是有一种说不清楚是紧张或是受制约的异样的感觉。我没有说话。父亲接着把一支新买的毛笔递给我，还有一沓写大字的仿纸，说，你跟你哥合用一个砚台。我哥早我两年上学，笔墨纸砚备全，我接过写大字的毛笔。拔下那个竹筒笔帽儿，毛笔的竹竿尖头是一撮紫红色动物毛做的笔头，我当即联想到在原坡上割草时撞见的狐狸尾巴的毛，据说好毛笔都是用狐狸的尾巴制作的，称鸡狼毫。

　　学校设在村子东头的一孔窑洞里。我们的村子倚着白鹿原北坡的坡根自东向西排列，我家是西头倒数第二家，后门外的坡地却是河卵石和河沙的沉积层，这是不知几千乃至几万年前，灞河曾经流过的河床。村子东头却是黄土崖，不见一粒沙石，村民便在崖根下凿成冬暖夏凉的窑洞。这里的窑洞又高又深且宽阔，里边用土坯垒成隔墙，一家两代乃至三代共住一孔窑内。作为学堂的这孔窑，是村子里有房子住的一户人家放置杂物的闲置的窑洞，提供给乡民作学堂，已经使用许多年了。这孔窑洞学堂容纳着二三十个学童，是我村和东蒋村以及处于原坡上的仅有十多户人家的史家坡三个村子的求学的子弟。请来的教书先生的报酬，由上学的学童的家庭分摊，那时候不论钱而论麦子，大约是解放前国民党纸币贬值得和废纸一样，人们常说背一口袋纸币买不来一口袋麦子，乡民们的交易便是以物易物，无论卖地卖树嫁女儿，都以麦子或苞谷为易物。聘请来的教书先生，也是议定一学季给多少斤麦子，具体给多少，我那时不用关心。

　　我拿着父亲昨晚交给我的毛笔和一沓写大字的仿纸，拘束而紧张地走进那孔窑洞，在自家的方桌旁的自家的长条凳上坐下来。那个时候的乡村学堂,没有公用桌凳,由学童搬来自家的方桌或条桌和凳子上学,有的学童的家长约定合用一张桌子,我家的方桌四边可以坐八个学童,我和我哥之外,另有四五个同村的学童共用一桌。

紧靠窗户是一个土坯垒成的炕。紧靠炕边支着一个方桌。桌上摆着一摞书和一摞纸,还有一个插着粗杆细杆毛笔的笔筒,还有磨墨的砚台。先生正襟危坐在桌边的椅子上。先生很年轻,穿一件淡蓝色长袍,正在给学童写影格。初入学的学童先把先生写好的影格垫在仿纸下面,然后按着影格上的字的笔画在仿纸上照写。我不敢到先生的方桌跟前去,由我哥把一方仿纸送到先生桌上,要求为我写一方影格。约略记得是从一到十最简单的十余个字,我把影格铺到仿纸下,模模糊糊可以看到仿纸下的笔画,用蘸了墨汁的毛笔照写起来,尽管横笔不直竖笔歪扭,却总算是我捉笔写出的第一张汉字了。

印象里的先生眉目清秀,却不苟言笑,看去和善的脸上,一旦被哪个学童惹得生起气来,也够怕人的,顺手便抓起摆放在方桌上的足有三尺长的窄木板,抽打那个学童的手掌,打得学童尖声哭叫,他也不会饶恕,说打五板绝不少打一板。我确凿怯惧那把木板,窝着贪玩的野性子,避免了木板击掌的惩罚。我已记不清学习课目的内容,却记得这种延续到一九五〇年春天的老式乡村学堂的格局到秋季就废止了。据说穿蓝袍的先生被政府收编,集中培训去了。人民政府派来了一位新老师,穿着四个兜的干部服,个头高大且粗壮。他到处向乡民申明他是人民教师,要称他是老师,不许再称他先生;对入学的孩子要称学生,不能称学童了;最让乡民们新鲜的是,这位人民教师的报酬由政府每月发给,不用学生家庭分摊，村民们惊喜地说，娃娃念书不掏钱，新社会真好。

  我上学的第二个春天，村子里实行了土地改革，我们村子没有划定一户地主或富农的农户，比我们村子少一小半农户的东蒋村划定一户地主成分的人家，土地和财物被分配给穷人了，作为三合院的坐庄建筑——三间大房，收归为公有，议定为初级小学的学校。这样，一九五一年的下学期，我和同学们就在这幢宽敞的大房子里上课了。教室宽敞了，光线也比窑洞亮堂了，却要出村子跑远路上学了，东、西蒋村之间纵着一道不太高的土梁，梁的两边是两条不太深的沟。那时候一天上三次学，我和西蒋村同学便来回翻六次沟和梁，却也从来不觉得累或苦。也是从这学期起始，教室里有了女学生，都是老师耐着心到乡民家里说服开导，应该让女娃上学识字，女学生逐渐多起来了，还有十六七岁的大姑娘也认字求学来了。

  每天下午，这位老师领着我们在农民的打麦场上扭秧歌，双手上下轮换甩动，高过肩膀，三步一跳，左右扭摆腰身，动作不复杂，很容易做到，难的是排列的两队不仅要步调节奏一致，而且两队要互相交叉变换队形。后来老师又教给我们一种竹竿秧歌，因为多数学生家里没有竹竿，老师变通为柳条，我们从灞河滩到处都有的柳树上砍下擀面杖粗细的柳树枝，剥掉皮，是洁白的柳秆，再用红颜料涂成红白相间的彩色。按照老师教的竹竿秧歌的舞步跳起来，仍然是三步一跳，右手拿着的竹(柳)竿合着脚步击打左肩再击打右肩，最后击打跳起来的脚掌。同学们个个都练得认真，跳得满头大汗也乐在其中，尤其是打麦场边有许多男女村民和小孩围观的时候，大家跳得更认真了，吹着哨子伴着节奏的老师也更来劲了。

教育局的管理部门组织了一场秧歌赛，分片举行，原坡地区的初级小学会聚在中心小学，我们的竹（柳）竿秧歌别具一格，独领风骚，随后被安排到原坡和原上的村子里去表演（还有另外几所学校的秧歌队）。每有节日庆祝活动，我们的竹（柳）竿秧歌都受邀表演。我大约刚交上十岁，跟着老师和同学，攥着一根磨得溜光的竹（柳）竿，扭遍了原下原坡和原上的大寨小村，兜里装着自家的馍或锅盔，所到之处的村子或学校供给开水，歇息下来便吃馍喝水，依旧劲头十足地扭。

直扭到四年级毕业，在当年考高级小学难似考秀才的升学考试中，我竟考中了。当时学习的情况已经基本无记，只留下竹（柳）竿秧歌的记忆。在我后来到原上或原坡的这村那庄走动的时候，偶尔竟会泛出少年时到这里扭秧歌的情景。

            2012 年 12 月 17 日咸宁居

第二辑　致敬这活泼的生灵

又见鹭鸶

那是春天的一个惯常的傍晚,我沿着水边的沙滩漫不经意地散步。旱草和水草都已经蓬勃起来,河川里满眼都是盎然生机,野艾苦蒿薄荷和鱼腥草的气味混合着弥漫在空气里,风轻柔而又湿润。在桌椅间窝蜷了一天的四肢和绷紧的神经,渐渐舒展开来松弛开来。

绕过一道河石垒堆的防洪坝,我突然瞅见了鹭鸶,两只,当下竟不敢再挪动一步,生怕冲撞了它惊飞了它,便蹑手蹑脚悄悄默默在沙地上坐下来,压抑着冲到唇边的惊叹,哦!鹭鸶又飞回来了!

在顺流而下大约三十米外,河水从那儿朝南拐了个大弯儿,弯儿拐得不急不直随心所欲,便拐出一大片生动的绿洲,贴近水流的沙滩上水草尤其茂密。两只雪白的鹭鸶就在那个弯头上踟蹰,在那一片生机盎然的绿草中悠然漫步;曲线优美得无与伦比的脖颈迅捷地探入水中,倏忽又在草丛里仰起头来;两条峭拔的长腿淹没在水里,举趾移步优然雅然;一会儿此前彼后,此左彼右,一会儿又此后彼前此右彼左;断定是一对儿没有雄尊雌卑或阴盛阳衰的纯粹感情维系的平等夫妻……

于是,小河的这一方便呈现出别开生面令人陶醉的风景,清澈透碧的河水哗哗吟唱着在河滩里蜿蜒,两个穿着艳丽的女子在对岸的水边倚石搓洗衣裳,三头紫红毛色的牛和一头乳毛嫩黄的牛犊在沙滩草地上吃草,三个放牛娃三对角坐在草地上玩扑克,蓝天上只有一缕游丝似的白云凝而不动,落日正渲染出即将告别时的热烈和辉煌……这些时常见惯的景致，全都因为一双鹭鸶的出现而生动起来。

不见鹭鸶，少说也有二十多年了。小时候在河里耍水在河边割草，鹭鸶就在头前或身后的浅水里，有时竟在草笼旁边停立；上学和下学涉过河水时，鹭鸶在头顶翩翩飞翔，我曾经妄想把一只鸽哨儿戴到它的尾毛上；大了时在稻田里插秧或是给稻畦里放水，鹭鸶又在稻田圪梁上悠然踱步，丝毫也不戒备我手中的铁锨……难得泯灭的永远鲜活的鹭鸶的倩影，现在就从心里扑飞出来，化成活泼的生灵在眼前的河湾里。

至今我也搞不清鹭鸶突然离去突然绝迹的因由，鸟类神秘的生活习性和生存选择难以揣摩。岂止鹭鸶这样的小河流域鸟类中的贵族，乡民们视作报喜的喜鹊也绝迹了，张着大翅盘旋在村庄上空窥伺母鸡的恶老鹰彻底销声匿迹了，连丑陋不堪猥琐笨拙的斑鸠也再不复现了，甚至连飞起来遮天蔽日的丧婆儿黑乌鸦都见不着一只，只有麻雀种族旺盛，村庄和田野处处都只能听到麻雀的叽叽喳喳。到底发生了什么灾变，使鸟类王国土崩瓦解灭族灭种留下一片大地静悄悄？

单说鹭鸶。许是水流逐年衰枯稻田消失绿地锐减，这鸟儿瞧不上越来越僵硬的小河川道了？许是乡民滥施化肥农药污染了流水也污浊了空气，鹭鸶感到窒息而逃逸了？许是沿河两岸频频敲打的庆贺"指示"发表的锣鼓和震天撼地的炮铳，使这喜欢悠闲的贵族阶级心惊肉跳恐惧不安，抑或是不屑于这一方地域上人类的愚蠢可笑拂尾而去？许是那些隐蔽在树后的猎手暗施的冷枪，击中了鹭鸶夫妻双方中的雌的或雄的，剩下的一个鳏夫或寡妇悲怆遁逃？

又见鹭鸶！又见鹭鸶！

落日已尽红霞隐退暮霭渐合。两只鹭鸶悠然腾起，翩然闪动着洁白的翅膀逐渐升高，没有顺河而下也没见逆流而上，偏是掠过小河朝北岸树木葱茏的村庄飞去了。我顿然悟觉，鹭鸶原是在村庄里的大树上筑巢育雏的。我的小学校所在的村庄面临河岸的一片白杨林子里，枝枝杈杈间竟有二十多个鹭鸶搭筑的窝巢，乡民们无论男女无论老幼引为荣耀视为吉祥。一只刚刚生出羽毛的雏儿掉到地上，竟然惊动了整个村庄的男女老少，合议着公推一位爬树利落的姑娘把它送回窝儿里。更不必担心伤害鹭鸶的事了，那是被视为作孽短寿的事。鹭鸶和人类同居一处无疑是一种天然和谐，是鸟类对人类善良天性的信赖和依傍。这两只鹭鸶飞到北岸的哪个村庄里去了呢？在谁家门前或屋后的树上筑巢育雏呢，谁家有幸得此吉兆得此可贵的信赖情愫呢？

我便天天傍晚到河湾里来，等待鹭鸶。连续五六天，不见踪影，我才发现没有鹭鸶的小河黯然失色。我明白自己实际是在重演那个可笑的"守株待兔"的寓言故事，然而还是忍不住要来。鹭鸶的倩影太富于诱惑了。那姿容端的是一种仙骨神韵，一种优雅一种大度一种自然；起飞时悠然翩然，落水里也悠然翩然，看不出得意时的昂扬恣肆，也看不出失意下的气急败坏；即使在水里啄食小虫小虾青叶草芽儿，也不似鸡们鸭们雀们饿不及待的贪馋和贪婪相。二三十年不见鹭鸶，早已不存再见的期冀和奢望，一见便不能抑制和罢休。我随之改变守候而为寻找，隔天沿着河流朝下，隔天又溯流而上，竟是一周的寻寻觅觅而终不得见。

我又决定改变寻找的时间，于是舍弃了一个美好的出活儿的早晨，在黎明的熹微中沿着河水朝上走。大约走出五华里路程，河川骤然开阔起来，河对岸有一大片齐肩高的芦苇，临着流水的芦苇幼林边，那两只鹭鸶正在悠然漫步，刚出山顶的霞光把白色的羽毛染成霓虹。

哦！鹭鸶还在这小河川道里。

哦！鹭鸶对人类的信赖毕竟是可以重新建立的。

我在一块河石上悄然坐下来，隔水眺望那一对圣物，心头便涌出一首脍炙人口的诗歌来：

  蒹葭苍苍，
  白露为霜。
  所谓伊人，
  在水一方。

1992年8月西安

拥有一方绿荫

——《我的树》之一

农历十月初一是家乡的鬼节，活着的人要给死去的亲人烧纸送钱，好让他们在冬季到来之前备置防寒的衣物。在这种事情上我一直是处于理智和情感的分离状态，结果却是一次又一次顺从了情感的驱使，便匆匆赶回乡下老家，去为我的那位终身都在为吃饭穿衣愁肠百结的父亲烧一匝纸钱，让他在冥冥之域不再饥寒交困。

转过村里那座濒临倒塌的关帝庙，便瞅见我的家园。那株法桐撑开偌大的三角形树冠，昂昂扬扬侍立在大门前不过十米的街路边。我的树——每一次回归家园第一眼瞅见这株法桐，我的心里就会涌出"我的树"的欣然浩叹。原因再简单不过，这株法桐是我栽的。父亲在世时喜欢栽树，我们家的房前屋后现在还蓬勃着他老先生栽植的树群，场塄上的那株白椿树已经有一搂粗了。然而我每一次回乡看见自己栽下的树都要比看见父亲栽的树更亲切，说穿了不过是栽树的人对那株幼苗当初所寄托的希冀将实现。是的，当我看见自己掘坑栽下的那株不过指头粗细的幼苗终于雄壮起来，倚立在村巷里，在浩渺的天空撑起一片绿盖的时候，我的那种感觉颇近似阅读自己刚刚写完的一部小说。

十二年前的这个月，我调进陕西作协专业创作组。我那时的唯一感觉便是开始进入最理想的人生状态；专业创作对我来说它的实质性含义只有一点，所有时间可以由我自由支配，再不要听命于谁对我的指派了。压力也同时俱来，生活、学习、创作既然全由自己支配，那么再写不出像样的作品，也就没有任何托词可以替自己遮盖了。

我几乎同时决定回归老巢。回归我父亲我爷爷我老太爷一脉相承的家园。不是因为他们都死了需要由我来承继，纯粹是为了图得一个耳根清净的环境，可以平心静气地坐下来读书，思考一些不单是艺术也包括艺术的问题。深知自己知识残缺不全，而生活演进的步伐又如此急骤，好多好多问题太需要沉心静气地想一想了。

住在乡间真是令人心旷神怡，所有的骚扰和诱惑都自然排除。每每在清静到令人寂寞的时候我便走出大门，和村巷里随意相遇的任何一个人拉拉闲话，哪怕逗小孩玩玩也觉得十分快活。夏天暴日当头时，走出门来就招架不住炎炎烈日的烤炙，暴晒后我的头顶和赤臂就生出一层红红的小米粒似的斑点，奇痒难支，医生说那叫日光性皮炎。我便畏惧已构成暴力的太阳，于是便想到应该有一方绿荫做庇护。出得大门站在浓厚而清凉的树荫下和农人闲谝、抽烟那真是太惬意了……便想到栽两株树。

首先是树种的选择。我要栽两株法桐。几近四十年前我读初中，看过一场中国和法国合拍的儿童电影《风筝》，巴黎街道上那高大的街树令我记忆特深，我在家乡没有见过这种树。又过二十年我才知道这种树叫法桐，中国的许多城市的公路两边已经形成风景，家乡的一些农家屋院也栽植起来。

是我动手那部长篇小说写作那年的早春，我托村子里一位青年从庙会上买回两株法桐，一株一块钱。树买到了自然很遂心愿，只是遗憾着它太小太细了，仅仅只有食指那么粗。天哪！想要乘它的荫凉，想要拥有一方绿荫，得等多少年啊！

我仍然毫不犹豫地挖了坑，给坑底垫下土肥，把它栽下了；栽下了它，也就把一种对绿荫的期盼坚定地埋下了。我拄着铁锨把儿抹着脸上的汗水，欣赏着只及我胸脯高的幼株，一缕忧虑产生了，猪可以拱断它，小孩随手可以掐折它，它太弱小了嘛！于是我便扛着镢头上山坡，挖回一捆酸枣棵子，插在幼株周围，把它严严密密地保护起来。

令我失望的是，几乎所有树木的嫩叶都变成了绿叶，我的两株法桐依然叶苞不动。我拨开酸枣棵子在那树干上掐破表皮，发现已经是干死的褐色。我想把它拔起来扔掉，就在我拽住树干准备用力的一瞬，奇迹发生了，挨近地皮露出来一点嫩黄的幼芽，我的心就由惊喜而微微颤抖了。

这是从法桐的根部冒出的新芽，证明树根还活着。树根活着就会发出新的幼芽，生命多么顽强又多么伟大啊！那是一个尚看不出叶形的粗壮的锥形幼芽，刚刚拱破地皮而崭露头角，嫩黄中有淡淡的嫩绿，估计也不只经受过一两回春天阳光的沐浴吧。我久久地蹲在那里而舍不得离开，庆祝一个新的生命的诞生。我把扒掉的酸枣棵子重新插好，这幼芽不仅经不起车碾马踏人踩猪拱，鸡爪子只要一下就会轻而易举地把它刨断把它摧毁。

我一日不下八次地看那幼芽。它蹿起来了。它由嫩黄变成嫩绿了。它终于伸出一片绿叶了。它又抽出一片新叶了。它终于冒过围护着它的酸枣棵子，以一身勃勃的绿叶挺立起来，那么欢实，那么挺拔地向着天空……唯其丝毫不敢松懈，每年春天挖一捆酸枣棵子加固防护的围障，它依然还弱小，依然经不起意外的或有意的伤害。

它长到我的胳膊粗的时候，我终于享受到它的绿荫了。那树荫投射到地面上，有筛子般大小，我站在我的树的阴凉下，接受它的庇护。它的尚不雄壮的枝干和尚不宽厚的绿叶，毕竟具备遮挡烈日烈焰的能力，我想拥有的一方绿荫的愿望实现了。那一年年底，我也终于完成了历时四年的长篇小说写作工程，回城里去了。临走之前，我仍然给它的周围加固一层酸枣棵子。

去年夏天我回去，发现那树干已经长到小碗那么粗了。不知哪家的孩子用小刀在树干刻写下我的名字，刻刀的印迹已经愈合，颜色却是褐红色的，在树皮的灰白色中十分显朗。从去年到这次回归，我发现那树干急骤加粗，刻着我名字的那俩字也在长大。树下已经有偌大一片绿荫了。

法桐已经成为一株真正的树挺立在那里，巨大的伞状树冠撑持在天空。父亲在世时给我说过，树冠在天空有多大，树根在地下就会伸延多么远；树干有多粗，树的主根也就有多粗；树枝在空中往上往前伸长一尺一寸，树根在地下也就往下往周围延伸一尺一寸。我至今无法判断父亲这话有多少科学的可靠性，但确凿相信，这树的根已经扎得很深了，即使往坏处想到极点，譬如说突然被过往的汽车撞断了，或者被几十年不遇而在某一天却遇到了雷劈电击，这自然都无法预防，但这根是不会被撞毁劈断的。它会重新冒出新芽，它的生命还会重新开始。真的发生这种情况，我将无怨无悔地再去挖酸枣棵子，重新开始对我的法桐新芽的围护。

我久久伫立在我的法桐树旁，欣赏着那已经变形却依然清晰可辨的我的名字，那刻下我名字的淘气鬼也该和这树一样长高长壮了吧？天空飘落着零星小雨，日头隐没了，虽然看不到树荫，却也毫无遗憾。到明年三伏那燥热难熬的时候，我就回家园，享受暴日烈焰下的我的那一方绿荫。

绿蜘蛛，褐蜘蛛

——《我的树》之二

记不清究竟是临近清明前的哪一天早晨，我洗罢脸走出房门便惊得站住了脚，小院围墙根下的梨开花了，一嘟噜一嘟噜粉嫩嫩的白花，疏疏朗朗点缀在嫩绿的枝叶之间，密集的花朵绣结成团，稀疏的花朵独秀一枝。在我最初瞧见的一瞬顿然幻化出一位白衣天使的绰约风姿。

我走到梨树下，竟然是潜意识的轻脚慢步，似乎单怕惊飞了这位白衣仙女。树干上湿漉漉的，夜气和露水浸润着的褐色的树干像刚刚出浴的小腿。嫩绿的叶片也湿漉漉的，像仙女濯洗过后随意披散的长发。花是一簇一簇的，一根花梗里多则生出七八朵，少则四五朵，团成一簇；白如雪的花瓣，暗黄的花蕊，绿色的花柄儿，团团簇簇有如凝脂，装扮得这梨树恰如一位冰清玉洁神采仙风的白衣天女了。

记得是五年前秋末冬初的一天傍晚，邻村的一位青年时期的农民朋友到我家来，腋下挟着一捆果树苗，有几株桃树，有几株杏树，有几株李树，还有几株梨树，都是刚刚嫁接一年的幼株，说是特意送给我的。我解开捆扎的草绳儿，捏着看着那一株株细如小指的树苗，竟然激动起来了。他说他知道我盖起一年多的新房前有一块小院，他说他知道我喜欢栽树，他说他觉得给围墙内的小院栽几株各色果树最好。我也知道他现在在责任田里侍弄各种果树苗，嫁接树苗和管理果树的本领在本地区小有名气，常常被一些果树专业户请去指导。他虽然只有小学文化,生性却极聪慧,闲暇时总是对果树栽培专业书籍乐而不疲。他和我坐下喝茶,头头是道娓娓述说各类果树管理的尖端新潮技术,美国怎么怎么了,日本又怎么怎么了,令我大开眼界。

　　送他走后我就作难了,小院里已经栽下两株樱桃和一株小柿树,剩下的空间无论如何也容纳不下这一捆树苗生存发展的,于是我就开始了甚为困难的抉择。首先淘汰的是桃树,原因是农业合作化前我家拥有一方桃园,那几种美好的桃子的味道至今想起来依然馋涎欲滴,对如今种种好听的新品种实在不敢恭维。杏树随之也被否决了,原因是我家后坡上长过一抱粗的一棵杏树,杏子又是我们这里的土著果品已无新鲜感觉。最后割舍的是那李子树,这水果红里透紫十分好看,味道却不怎么可口,耐看而耐不得嚼。这样,便留下来四株梨树苗了,我没有种过梨树,我父亲似乎也没有栽过梨树。幼年时记得我们家有一小块地叫作梨园,父亲总是说"后晌割梨园地里的麦子",或者说"梨园那儿的苞谷旱得撑持不住了水还轮不上浇"。我问过父亲梨园地里为啥没有一株梨树,没有一株梨树为啥把这块地又叫作梨园。父亲说他也不知道其中的缘由,说他从爷爷手里继承下来家业时这块地就称作梨园,爷爷这么称梨园他也就跟着叫梨园,我在跟着父亲称梨园的同时却多了一份期望,这梨园真要是有几株梨树会多好啊!我们村子里压根儿就没见过谁家种过一棵梨树,我那时候尚不知梨树的叶子是圆的还是长条的。

　　赶在天黑之前,我便把三株小小的梨树栽在小院里,剩下一株左看右看再也无法插足,便只好栽到围墙外边靠近大路的空地里。遭到淘汰的桃、杏、李子树毅然分送给邻居的小伙子,他们有责任田有果园。我顿然产生了丢失田地以后的某种失落感和生存的狭窄感。

这时候我基本完成了一部长篇小说的构思和准备工作,就要开始草拟,不料母亲却大病始发,整整一个冬天都奔波在医院和家园之间,难得进入创作的沉心静气状态,便推后到次年春季。

草稿本子上记下的草拟开工的日子是四月一日,其时梨树苗儿已经绽出新叶,四株全部成活,显示出勃勃的生命的茁壮气势。我便在写作困倦想抽一口烟时走到小院里,在这一株旁边蹲一会儿了,在那一株跟前站一站,数一数叶子增加了几片,心头恬静得如同抚摸着小儿头上的黄毛。梨树周围是坚决不能容忍一株杂草的,几乎每天早晨都能发现刚刚拱出地皮的草芽,我随手便用一把锋利的挖铲连根刨出来……到了秋天落叶时,我竟然有一缕不忍落去的依恋,然而看着这梨树由小拇指加粗到大拇指粗,从齐我胸高一下子冒过我的头顶,一年里长高了一米多,而且四周抽出几条旁枝,初具树形了,我就真切地惊叹这绿色生命的伟力了。

当春风又一次吹绿万物,我的梨树也应时发出新芽绽出绿叶。我已不再惊讶和好奇,而是以一种沉稳踏实的心境开始盘算,到今年秋天它肯定要冒过围墙了,树干也会加粗到擀面杖一般了。去年冬天到来时,我给它们的根部埋下了充足的有机肥料,整年生长发育的养分都会绰绰有余。

意外的挫折使我心疼不已。那天我写累了又抽着烟转悠到梨树跟前,发现地上掉下来几片嫩叶,还有两个小芽尖儿。往树上一看,发现主干刚刚冒出半尺长的新芽尖儿被掐断了,一根朝西的小小分枝的芽尖也被掐断了,还有一些嫩叶梗被折断。我大为惊诧,甚为惋惜心疼,便猜想是谁家小孩子弄坏的。可是大门一直关着,孩子不可能翻墙来干这种事的。我就在这幼树上一枝一叶逐渐查证，突然在一片稍大点儿的叶子的背面发现了一只怪物，它不过像一颗扁豆粒儿那么大小，通体绿色，绿得嫩亮亮的，六只左右对称着的腹足也是绿色，纹丝不动趴伏着。我在看见它的一瞬心头掠过一阵儿恐惧，皮肉收缩而悸颤起来。它的绿色不像梨树的嫩绿唤起人对于生命的礼赞，而切实让我感到了阴冷鬼祟和毛骨悚然。我虽然自小生长在农村，自以为天上飞的地上跑的飞禽走兽都可以按家乡习惯叫出名字，这个绿色的怪物却系头一遭发现。我便斗胆用手去捉它，刚刚触及树叶，那怪物便自动掉下来，在地上跑得好快，我一脚便把它踩得灰飞烟灭了。在它从树上自动坠地时，我发现了它吐出一道细丝，大约是一种自卫的安全坠地的本能，这倒启示我把它与吐丝作网的蜘蛛联系起来：绿蜘蛛。

一场你死我活惊心动魄的人蛛大战便由此启幕。我逐树逐枝逐叶一一检查，发现了绿蜘蛛，便用一根树棍儿轻轻敲击一下树叶儿，那怪物故伎重演坠到地上，我便跟上一脚将它消灭。我得意于我对它的战略战术的成功。却不料发生了问题，在东墙角的梨树上一敲，那怪物没有弹到地上而是弹到另一片树叶上，然后就在绿叶中哧溜哧溜逃窜，搞得我眼花缭乱而终于丢掉了目标。好在就这么一棵小树，没有几根分枝，从头再侦察起来。到我终于再发现它的诡秘的行踪，便忘记了它可能身蕴毒汁，一把抓上去，连同那片绿叶都揉碎在掌心了。

整死了绿蜘蛛我也陷入老大的不自在，这右手的手心总是感到别扭和不舒服。我已经用肥皂洗过三回，没有发红也没有发肿，证明那怪物体内尚无蝎子和蛇一群的毒汁。然而我仍然感到极大的不自在，我便坐在小院里抽烟。这绿蜘蛛其实既不食枝也不噬叶，它是咬断芽尖和嫩叶叶梗吸吮树的汁液来养活那绿色肉体的，这未免有点太可恶。我又想了,我未栽梨树的时候,这种怪诞的昆虫从未发现过,梨树刚刚栽下一年,它就出现了,或者说它就来了。那么,它是打哪儿来的?也许它的卵在我朋友的苗圃里就附着在小秆上或根部,而它是专门以梨树汁液为生的寄生虫却确定无疑。我也就明白了,世上有多少种禾苗多少种花草多少种树木,就会有多少种专门以各种禾苗各种花草各种树木的叶、汁甚至于为生存依托的寄生物,不必惊诧。

我后来便不再愤愤更不惊诧了,便在写作间隙里转到小院来捕杀绿蜘蛛,常常使我疲惫的神经亢奋起来,然后又沉心静气地拔出钢笔写作。整个一个春天和夏天都在进行着这种习以为常的间断性的战争,四株梨树在我的游戏似的战斗保护下蓬蓬勃勃生长起来,四棵中生长最慢的一棵也有擀面杖那么粗了。

到第三个年头的春天到来时,门外的那一株成熟了,当嫩芽开始在枝上逐渐膨胀肥大起来的时候,我发现有四五个芽苞儿几倍于普通的芽苞,我突然想到这是花苞儿而不是芽苞儿。果然,那包裹着花苗的胞衣在那天夜里自然破裂了,蹦出一束花蕾来。我更加警惕地监视绿蜘蛛的出现,绝不能让它危害第一茬花朵。花儿绽开了,是在夜里。早晨我推开大门时就瞅见绿叶之间点缀的那几束白花,心都微微悸颤了。

绿蜘蛛果然出现了,而且又多出了一种灰褐色的蜘蛛。比起绿蜘蛛来,这种灰褐色的蜘蛛就显得太平常太土老帽了,它与普通的蜘蛛似乎无大的差异,只是个儿很小;普通的常见的蜘蛛凭自己天才的织网本领捕捉昆虫以为生存手段,而这种灰褐色的蜘蛛却和那种绿蜘蛛一样,以吸吮梨树汁液来养肥壮大自身,它吐出的丝不是为织网而是作为潜逃保命的护身宝器,本质的差异就在这里,人类的我们判定它们为益虫或害虫的分界也在这里，绿蜘蛛褐蜘蛛的生存和发展是以残害梨树为生存条件的，而且是一种无可改变的生性本能。

在我严密的监视下，七束梨花完成了授粉而终于凋谢了，花心里托出一枚小小的豆粒大小的青色小梨。我竟然一时不敢相信，这小不点儿日后果真能长成一只拳头大的黄灿灿的梨子？在我的疑惑尚未解除的时候，突然发现，那些小青果的果梗全部被咬伤而干死了。我搞不清是绿蜘蛛咬的，还是褐蜘蛛咬的，反正是咬了，却又没把那梗咬断，依然支撑着，可能是那梗把儿比嫩芽坚硬吧？它把梗咬破吮咂了汁液就达到目的了。我一枚一枚揪下已经干死的豆粒大的小梨，心头涌出的不单是愤怒，还有对自己过失的内疚。反省之后的重大举措就是动用化学武器。我向邻居借来喷洒农药的器械，10CC灭虫剂就把四棵梨树喷洒得药水嘀嗒，蜘蛛们无论绿的还是褐色的全都毙命——树大叶密了，凭眼睛瞅瞄凭手抓脚踩已经是费力而难以收效的笨事了。

终于又等到梨开花！

靠近北边围墙的那一棵长得最健壮的梨树，花儿开得好繁，头一次开花就如此繁盛却是出乎意料。金色的蜜蜂在花朵上嗡嗡缭着绕着亲吻着，在白色的花瓣上起落蠕扭，我居然嫉妒起那小精灵如此亲近我的梨花仙子的举动了。我在放下笔点燃烟以后，便走出房间在这棵梨树下站一站，又转到那一棵梨树下站一站，尽管这棵只开了一束五朵花，也值得看，然后又走出大门站在第二次开花的这棵梨树旁边，她也是满树雪片一样的白花。悠悠的花香沁人心脾，嗡嗡的蜂声柔声蜜语，我忽然从心头飘出一句悠扬的歌：每当梨花开遍了原野……

我时刻也不敢忘记那绿的褐的蜘蛛。我按捺着不敢动用化学武器，唯恐杀伤采花酿蜜同时也替我的梨树完成授粉的蜜蜂。待到花色呈现衰败花心已现出麦粒大小的梨子的时候，我便又动用了化学武器。而且根据去年积累的经验，二十天喷洒一次，不等前次喷洒的药力消失，这一次又喷上树叶了。这一年，狡猾而阴毒的绿蜘蛛褐蜘蛛都没有构成大的危害。我胜利了。

这一年难以忘记，就在梨花开放的前一周，我把那部长篇小说的手稿交给了北京来的高、洪两位先生。交给他们的时候，我心里涌到唇边一句话：我连生命一起交给你们了。考虑这话会对他们构成心理压迫，我终于忍住不说。

我真正进入一种闲适的轻松状态，像负重远行走到尽头卸下了负载，而这负载又是精神的。我在小院里铺就一方砖地，垒起一个小小的石桌，砖地上可以放置一把竹编躺椅和一只竹编矮凳。天气渐渐热起来，我早晨喜欢躺在竹躺椅上喝茶，晚上更喜欢躺在这里独斟独饮"西凤"。太阳从东边移向西边，月亮也随其后从东边的原顶沉入西边的原坡，灞河里涨起的湿润的水汽则不管阴阳转换一直滋润人的肺腑。我躺在竹椅上，看着那从花瓣里分离出来的小梨渐渐膨胀，栗子大了，核桃大了，鸡蛋大了，又渐渐呈现出大头细尾的形状了。这么小小的一棵树上，居然长成了近五十个梨子，果梗终于承受不住不断长大的梨子的重负而变弯了，梨子便一个个头颅下垂吊在树上。乡邻们发现了我的梨树上的奇观，接二连三来参观，纷纷感叹"咱们这地方还是可以种梨树的嘛！"

梨子的颜色由深绿渐渐褪色为浅绿，而终于透出淡黄来，我知道它成熟了，怎么也舍不得把它摘下来，破坏了这一方风景。我总是想，如若摘去了梨，我躺在竹椅上看到的将会是怎样空落的梨树?每当村里有乡邻来看稀罕,我就只摘下一两个,用刀切了让大伙品尝,都说是酥脆水大甜香……直到剩下的梨子成熟过度而自己往下掉时,我才把它们摘了。我的那位送来梨树苗的朋友教导我说,梨子熟了就要摘,摘了好让梨树歇息下来,要不就会影响明年收成,我大为惊讶。

这年冬天我进城住了,小院的大门便永久性地锁上了,连同我的家园和我的梨树。我一去便陷入了一种无序的忙乱之中,常常几个月不能回乡下的家。到我夏天终于抽暇回家打开大门时,天哪,擀杖粗的蒿子被风吹倒匍匐在院子里,过道也被堵得走不过去。最悲哀的是梨树,不要说挂果了,芽芽叶叶被咬断得七零八落,真个是疮痍满身,可见绿蜘蛛褐蜘蛛以怎样的疯狂和得意对我进行了报复。

今年初春,我依然搅缠在纷纷纭纭的杂事之中而不能脱身,看到城市街树绿了,便想着家园里的梨树也该绿了,花苞也该开绽了,何时再能得到早晨起来看见袅袅娜娜的白衣仙女的惊喜?遂成一阕拙词:《阳关引·梨花》——春风撩拨久,梨花一夜开。露珠如银,纤尘绝。晨光里,看团团凝脂,恰冰清玉洁。四年矣,终究等到清明节。便手舞足蹈,歌一阕,自信千古,有耕耘,就收获。依旧谢浮华,还过愚人节。花无言,魂系沃土香益烈。

1994 年 12 月 9 日西安

绿　风

——《我的树》之三

　　大约是十年前的那个夏天的末尾，即我下决心从都市返归故居的那一年，据说是关中几十年不遇的一个湿夏。这一年的麦子被连绵不断的淫雨浸泡得在麦穗上又发出绿芽来，稀泡泥泞的麦田里，农人无法挥动镰刀收割已经熟透已经发霉已经出芽的麦子。阴雨持续到夏末，满川已是一片绿色的苞谷、谷子和棉花，阴雨还在持续着，往常的百日大旱变成了百日阴雨，农家用石头和土坯垒筑的猪舍和茅厕十有八九都倒塌了，猪们便满村满地乱跑乱拱……

　　那天晚上交过子夜睡得最酣的时刻，一声天崩地裂似的响声震得我从被窝里蹦起来，坐在炕上足足昏厥了五分钟。天塌了？地震了？我是否还活着？当我肯定并没有发生这样的灾难的时候，也就判断出来后院里可能有小的灾变发生。我打着手电筒出了后门，后坡上滑坡了，幸亏滑塌的泥浆土方不大，否则我早已在酣睡中被泥浆葬埋了——我祖居的房根距后坡充其量不过十米。

　　我吓得再也无法入睡，坐等到天明一看，才真正地惊恐了。绿草和树木全部倾覆在后院里，和泥浆石头搅缠在一起。坡上竟是一片白花花的沙石鹅卵石堆积起来的沙坡。我从有智能的年岁起，就记得这后坡上长满了迎春花，每年春天便率先把一片金黄的花色呈现给世界也呈现给父亲。父亲年年都要说一句：迎春花开了！然而父亲也说不清是我们家族的哪一位祖宗栽植的，反正整个后坡上都覆盖着迎春花的厚茸茸的枝条，花丛中长着一些不能成材的枸树榆树和酸枣棵子。现在完了，整个都完了，什么树什么花什么草全都滑塌下来，和泥浆沙砾搅缠堆积在坡根下捂死了。陡坡上也不知被掩盖了几千年乃至几万年的沙砾重新裸露出来，某种史前的原生原始的气韵瞬间使我感觉到一种莫名的畏怯。我联想到被剥掉了衣服刮光了皮肉的一架骷髅，这骷髅确凿又是我们祖先我们家族里男人的骷髅……一种从家族墓穴里透出的幽冷之气直透我的骨髓。

我在那一刻便想到了覆盖，似乎不单是覆盖那一片史前的沙砾，而是把家族的早已腐蚀净尽血肉的骷髅覆盖起来。我要栽树，植草，然而须得等到秋后。

树叶落光白露成霜的秋末冬初是植树的好时节。我到山坡上挖了十余株野生的洋槐树，很随意地栽下了。所以随意，是我深知洋槐树生存能力特别强，一般树难存活的贫瘠干旱的石山河滩都能繁衍它的族类。然而我也不能太随意，在那很陡峭的沙坡上挖下坑，再给坑里回填上肥沃的一筐黄土，以便它能扎根。我相信，在这一堆黄土里扎下根来，它就可能再把它的根一寸一寸一尺一尺地伸向砂层。

当这一批指头粗细的小洋槐绽出绿叶的时候，我又忍不住浮想联翩。一束一束鲜嫩的绿枝绿叶婷婷于沙坡上，一种最悠远的古老和新近的现实联结起来了，骷髅和新生的血脉勾连起来了，生命的苍老和生命的鲜嫩融合起来了……无法推演无法判断家族悠远的历史，是一个从哪儿来的什么样的人在这里落脚或者可能是落草？最先是在山坡上挖洞藏身还是在河滩上搭置茅草棚？活着的最老的一位老汉只记得这个家族出过一位私塾先生，"字写得跟印出来的一样"。这位先生可能是近代以来家族中最伟大的一位，因为后人只记着他和他的字并引以为骄傲……整个家族的历史和记忆全部湮没了，只有一位先生和他写的一手好毛笔字的印象留传，家族没有湮没的竟然只是一个会写字的先生。

洋槐很快就显出了差异，栽在坡根下有黄土的一株独占优势水肥，越往高处的树苗就逐渐生长缓滞了，尤其是最顶头的那一株，在抽出最初的几片叶子之后便停止生长了。直到随之而来的伏旱，我终于惊讶地发现它的叶子蔫了。我想如果再旱下去，不过三五天它就会残废，便提了半桶水爬上坡顶，那次水倒下去像倒入一个坑洞，然而那叶子就在眼皮下重新支棱起来了……这株长在最高处也是沙层最厚的地方的洋槐苗子，终究无法蓬勃起来。几年过去，最下边的那棵已经粗到可以做椽子了，而它却仍然只有指头粗细。那里没有水，它完全处于饥渴之中。在濒临旱死的危亡时刻，我才浇给它半桶水，而且每次都要累出我一身汗。然而它毕竟活下来了。

活下来就是胜利。它和其他十余棵洋槐苗子并无任何差异，在我从山野把它们挖出来移栽到我家后坡上的时候，它们自身仍然没有任何差异，只是我移栽的生存条件发生了巨大的差别，它们的命运才有了天壤之别。最下边的坡根下完全植根于肥沃土壤的那一株自然很欢实，我也最省事，从来也没给它浇过一滴水。而最上边的那一棵生存最艰难，我甚至感伤无意或者说随意选中它植于这块缺水缺肥几乎没有生存条件的地方真是亏待了它，把它给毁了，它未来也应该有长成一棵大树的生存权利的。然而它也给我以启迪，使我理解到一种生命的不甘灭亡的伟大的顽强。

这个启示是前年初夏又加深了的。那些洋槐已经成为一片林子，它们的各种形态的树冠在空中互相交接，形成一个巨大的绿盖，把那史前沉沙严密地覆盖起来，那沉沙上也逐年落积了一层或薄或厚的黄土，各种耐旱的野草已形成植被，只有少许几坨地方像秃疤裸露。五月初，我的后坡上便爆出一片白雪似的槐花，一串串垂吊着，蜜蜂从早到晚都嗡嗡嘤嘤如同节日庆典。那悠悠的清香随着微微的山风灌进我的旧宅和新屋，灌进大门和窗户，弥漫在枕头床被和书架书桌纸笔以及书卷里。我不想说沉醉。我发觉这种美好的洋槐花的香气可以改变人的心境，使人从一种烦躁进入平和，从一种浮躁进入沉静，从一种黑暗进入光明，从一种龌龊进入洁净，从一种小肚鸡肠的醋意妒气引发的不平衡而进入一种绿野绿山清流的和谐和微笑……尤其是我每每想到这槐香是我栽植培育出来的。

最上边的那一棵没有开花。我根本没有对它寄托花的期望，它能保住生命就很不容易了，它保存生命所付出的艰辛比所有花串儿繁密的同族都要多许多。前年春天我回家去，我惊喜地发现它的朝着东边的那根枝条上缀着两朵白花，两朵距离很大而不能串结成串儿的花。我的心不由得微微悸动了，为了这两朵小小的洋槐花而悸颤不止。它终于完成了作为一种洋槐树的生命的全过程，扎根，绿叶，青枝和开花，一种生命体验的全过程，而且对生存的艰难生存的痛苦的体验最为深刻。我俯身低头亲吻了这两朵小花，香气不逊于任何别的一树。

每有风起，这片洋槐组成的小森林便欢腾起来，绿色的树冠在空中舞摆，使我总是和那海波海涛联系起来。是的，绿色的波涛汹涌回旋千姿百态风情万种，发出低吟响起长啸以至呐喊，都使我陷入一种温馨一种激励一种亢奋。每有骤雨声，和整个村庄的树木群族不可分割地融会在一起。每当风和日丽，我在写作疲惫时便走出后院爬上后坡，手抚着那已经粗糙起来的树干倚靠一会儿，或者背靠大树坐在石头上抽一支烟,便有一种置身森林的气息。旱薄荷依然有薄荷的清香,腐烂的落叶有一股腐霉的气味。我的小森林所形成的绿色的风,给我以生理和心理的调节。而这种调节却是最初的目的里所没有的。

1995 年元旦

告别白鸽

老舅到家里来,话题总是离不开退休后的生活内容,谈到他还可以干翻扎麦地这种最重的农活儿,很自豪的神情;养着一只大奶羊,早晨起来挤下羊奶煮熟和孙子喝了,孙子去上学,他则牵着羊到坡地里去放牧,挺诱人的一种惬意的神色;说他还养着一群鸽子,到山坡上放羊时或每月进城领取退休金时,顺路都要放飞自己的鸽子。我禁不住问:"有白色的没有?纯白的?"

老舅当即明白了我的话意,不无遗憾地说:"有倒是有……只有一对。"随之又转换成愉悦的口吻,"白鸽马上就要下蛋了,到时候我把小白鸽给你捉来,就不怕它飞跑了。"老舅大约看出我的失望,继续解释说,"那一对老白鸽你养不住,咱们两家原上原下几里路,它一放开就飞回老窝里去了。"

我就等待着,并不焦急,从产卵到孵化再到幼鸽独立生存,差不多得两个月,急是没有用的。我那时正在远离城市的乡下故园里住着读书写作,大约七八年了,对那种纯粹的乡村情调和质朴到近乎平庸的生活,早已生出寂寞,尤其是陷入那部长篇小说的写作以来的三年。这三年里我似乎在穿越一条漫长的历史隧道,仍然看不到出口处的亮光,一种劳动过程之中尤其是每一次劳动中止之后的寂寞围裹着我,常常难以诉述难以排解。我想到能有一对白色的鸽子,心里便生出一缕温情一方圣洁。

出乎我意料的是,一周没过,舅舅又来了,而且捉来了一对白鸽。面对我的欣喜和惊讶之情,老舅说:"我回去后想了,干脆让

中年的陈忠实

白鸽把蛋下到你这里，在你这里孵出小鸽，它就认你这儿为家咧。再说嘛，你一年到头闷在屋里看书呀写字呀，容易烦。我想到这一层就赶紧给你捉来了。"我看着老舅的那双洞达豁朗的眼睛，心不由怦然颤动起来。

我把那对白鸽接到手里时，发现老舅早已扎住了白鸽的几根羽毛，这样被细线捆扎的鸽子只能在房屋附近飞上飞下，而不会飞高飞远。老舅特别叮嘱说，一旦发现雌鸽产下蛋来，就立即解开它翅膀上被捆扎的羽毛，此时无须担心鸽子飞回老窝去，它离不开它的蛋。至于饲养技术，老舅不屑地说："只要每天早晨给它撒一把苞谷粒儿……"

我在祖居的已经完全破败的老屋的后墙上的土坯缝隙里，砸进了两根木棍子，架上一只硬质包装纸箱，纸箱的右下角剪开一个四方小洞，就把这对白鸽放进去了。这幢已无人居住的破落的老屋似乎从此获得了生气，我总是抑制不住对后墙上的那一对活泼泼的白鸽的关切之情，没遍没数儿地跑到后院里，轻轻地撒上一把玉米粒儿。起始，两只白鸽大约听到玉米粒落地时特异的声响，挤在纸箱四方洞口探头探脑，像是在辨别我投撒食物的举动是真诚的爱意抑或是诱饵？我于是走开，以便它们可以放心进食。

终于出现奇迹。那天早晨，一个美丽的乡村的早晨，我刚刚走出后门扬起右手的一瞬间，扑啦啦一声响，一只白鸽落在我的手臂上，迫不及待地抢夺手心里的玉米粒儿。接着又是扑啦啦一声响，另一只白鸽飞落到我的肩头，旋即又跳弹到手臂上，挤着抢着啄食我手心里的玉米粒儿。四只爪子掐进我的皮肉，有一种痒痒的刺疼。然而听着玉米粒从鸽子喉咙滚落下去的撞击的声响，竟然不忍心抖掉鸽子，似乎是一种早就期盼着的信赖终于到来。

又是一个堪称美丽的早晨，飞落到我手臂上啄食玉米的鸽子仅有一只，我随之发现，另外一只静静地卧在纸箱里产卵了。新生命即将诞生的欣喜和某种神秘感，立时就在我的心头漫溢开来。遵照老舅的经验之说，我当即剪除了捆扎鸽子羽毛的绳索，白鸽自由了，那只雌鸽继续钻进纸箱去孵蛋，而那只雄鸽，扑啦啦扑向天空去了。

终于听到了破壳出卵的幼鸽的细嫩的叫声。我站在后院里，先是发现了两只破碎的蛋壳，随之就听到从纸箱里传下来的细嫩的新生命的啼叫声。那声音细弱而又嫩气，如同初生婴儿无意识的本能的啼叫，又是那样令人动心动情。我几乎同时发现，两只白鸽轮番飞进飞出，每一只鸽子的每一次归巢，都使纸箱里欢闹起来，可以推想，父亲或母亲为它们捕捉回来了美味佳肴。

我便在写作的间隙里来到后院，写得拗手时到后院抽一支烟，那哺食的温情和欢乐的声浪会使人的心绪归于清澈和平静，然后重新回到摊着书稿的桌前；写得太顺时我也有意强迫自己停下笔来，到后院里抽一支雪茄，瞅着飞来又飞去的两只忙碌的白鸽，聆听那纸箱里日渐一日愈加喧腾的争夺食物的欢闹，于是我的情绪由亢奋渐渐归于冷静和清醒，自觉调整到最佳写作心态。

这一天，我再也按捺不住神秘的纸箱里小生命的诱惑，端来了木梯，自然是趁着两只白鸽外出采食的间隙。哦！那是两只多么丑陋的小鸽，硕大的脑袋光溜溜的，又长又粗的喙尤其难看，眼睛刚刚睁开，两只肉翅同样光秃秃的，它俩紧紧依偎在一起，静静地等待母亲或父亲归来哺食。我第一次看到了初生形态的鸽子，那丑陋的形态反而使我更急切地期盼蜕变和成长。

我便增加了对白鸽喂食的次数，由每天早晨的一次到早、午、晚三次。我想到白鸽每天从早到晚外出捕捉虫子，不仅活动量大大增加，自身的消耗也自然大大增加，而且把采来的最好的吃食都喂给幼鸽了。

说来挺怪的，我按自己每天三餐的时间给鸽子撒上三次玉米粒，然后坐在书桌前与我正在交缠着的作品里的人物对话，心里竟有一种尤为沉静的感觉，白鸽哺育幼鸽的动人的情景，有形无形地渗透到我对作品人物的气性的把握和描述着的文字之中。

又是一个美丽的早晨，我在往地上撒下一把玉米粒的时候，两只白鸽先后飞下来，它们显然都瘦了，毛色也有点灰脏有点邋遢。我无意间往墙上的纸箱一瞅，两只幼鸽挤在四方洞口，以惊异稚气的眼睛瞅着正在地上啄食的父亲和母亲。那是怎样漂亮的两只幼鸽哟，雪白的羽毛，让人联想到刚刚挤出的牛乳。幼鸽终于长成了，所有可能发生的意外或不测的担心顿然化解了。

那是一个下午，我准备到河边上去散步，临走之前给白鸽撒一把玉米粒，算是晚餐。我打开后门，眼前一亮，后院的土围墙的墙头上，落栖着四只白色的鸽子，竟然给我一种白花花一大堆的错觉。两只老白鸽看见我就飞过来了，落在我的肩头，跳到手臂上抢啄玉米。我把玉米撒到地上，抖掉老白鸽，好专注欣赏墙头上那两只幼鸽。

两只幼鸽在墙头上转来转去，瞅瞅我又瞅瞅在地上啄食的老白鸽，胆怯的眼光如此显明，我不禁笑了。从脑袋到尾巴，一色纯白，没有一根杂毛，牛乳似的柔嫩的白色，像是天宫降临的仙女。是的，那种对世界对自然对人类的陌生和新奇而表现出的胆怯和羞涩，使人顿时生出诸多的联想：刚刚绽开的荷花，含珠带露的梨花，养在深山人未识的俏妹子……最美好最纯净最圣洁的比喻仍然不过是比喻，仍然不及幼鸽自身的本真之美。这种美如此生动，直叫我心灵震颤，甚至畏怯。是的，人可以直面威胁，可以蔑视阴谋，可以踩过肮脏的泥泞，可以对叽叽咕咕保持沉默，可以对丑恶闭上眼睛，然而在面对美的精灵时却是一种怯弱。

小白鸽和老白鸽在那幢破烂失修的房脊上亭亭玉立。这幢由家族的创业者修盖的房屋，经历了多少代人的更替而终于墙颓瓦朽了，四只白色的鸽子给这幢风烛残年的老房子平添了生机和灵气，以至幻化出家族兴旺时期的遥远的生气。

夕阳绚烂的光线投射过来，老白鸽和幼白鸽的羽毛红光闪耀。

我扬起双手，拍出很响的掌声，激发它们飞翔。两只老白鸽先后起飞。小白鸽飞起来又落下去，似乎对自己能否翱翔蓝天缺乏自信，也许是第一次飞翔的胆怯。两只老白鸽就绕着房子飞过来旋过去，无疑是在鼓励它们的儿女勇敢地起飞。果然，两只小白鸽起飞了，翅膀扇打出啪啪啪的声响，跟着它们的父母彻底离开了屋脊，转眼就看不见了。

我走出屋院站在街道上，树木笼罩的村巷依然遮挡视线，我就走向村庄背靠的原坡，树木和房舍都在我眼底了。我的白鸽正从东边飞翔过来，沐浴着晚霞的橘红。沿着河水流动的方向，翼下是蜿蜒着的河流，如烟如带的杨柳，正在吐穗扬花的麦田。四只白鸽突然折转方向，向北飞去，那儿是骊山的南麓，那座不算太高的山以风景和温泉名扬历史和当今，烽火戏诸侯和捉蒋兵谏的故事就发生在我的对面。两代白鸽掠过气象万千的那一道道山岭，又折回来了，掠过河川，从我的头顶飞过，直飞上白鹿原顶更为开阔的天空。原坡是绿的，梯田和荒沟有麦子和青草覆盖，这是我的家园一年四季中最迷人最令我陶醉的季节，而今又有我养的四只白鸽在山原河川上空飞翔,这一刻,世界对我来说就是白鸽。

这一夜我失眠了,脑海里总是有两只白色的精灵在飞翔,早晨也就起来晚了。我猛然发现,屋脊上只有一双幼鸽。老白鸽呢?我不由得瞅瞄天空,不见踪迹,便想到它们大约是捕虫采食去了。直到乡村的早饭已过,仍然不见白鸽回归,我的心里竟然是惶惶不安。这当儿,舅父走进门来了。

"白鸽回老家了,天刚明时。"

我大为惊讶。昨天傍晚,老白鸽领着儿女初试翅膀飞上蓝天,今日一早就飞回舅舅家去了。这就是说,在它们来到我家产卵孵蛋哺育幼鸽的整整两个多月里,始终也没有忘记老家故巢,或者说整个两个多月孵化哺育幼鸽的行为本身就是为了回归。我被这生灵深深地感动了,也放心了。我舒了一口气:"噢哟!回去了好。我还担心被鹰鹞抓去了呢!"

留下来的这两只白鸽的籍贯和出生地与我完全一致,我的家园也是它们的家园;它们更亲昵地甚至是随意地落到我的肩头和手臂,不单是为着抢啄玉米粒儿;我扬手发出手势,它们便心领神会从屋脊上起飞,在村庄、河川和原坡的上空,做出种种酣畅淋漓的飞行姿态,山岭、河川、村舍和古原似乎都舞蹈起来了。然而在我,却一次又一次地抑制不住发出吟诵:这才是属于我的白鸽!而那一对老白鸽嘛……毕竟是属于老舅的。我也因此有了一点点体验,你只能拥有你亲自培育的那一部分……

当我行走在历史烟云之中的一个又一个早晨和黄昏,当我陷入某种无端的无聊无端的孤独的时候,眼前忽然会掠过我的白鸽的倩影,淤积着历史尘埃的胸脯里便透进一股活风。

直到惨烈的那一瞬,至今依然感到手中的这支笔都在颤抖。那是秋天的一个夕阳灿烂的傍晚,河川和原坡被果实累累的玉米棉花谷子和各种豆类覆盖着,人们也被即将到来的丰盈的收获鼓舞着,村巷和田野里泛溢着愉快喜悦的声浪。我的白鸽从河川上空飞过来,在接近西边邻村的村树时,转过一个大弯儿,就贴着古原的北坡绕向东来。两只白鸽先后停止了扇动着的翅膀,做出一种平行滑动的姿态,恰如两张洁白的纸页飘悠在蓝天上。正当我忘情于最轻松最舒悦的欣赏之中,一只黑色的幽灵从原坡的哪个角落里斜冲过来,直扑白鸽。白鸽惊慌失措地启动翅膀重新疾飞,然而晚了,那只飞在头前的白鸽被黑色幽灵俘掠而去。我眼睁睁地瞅着头顶天空所骤然爆发的这一场弱肉强食、侵略者和被屠杀者的搏杀……只觉眼前一片黑暗。当我再次眺望天空,唯见两根白色的羽毛飘然而落,我在坡地草丛中捡起,羽毛的根子上带着血痕,有一缕血腥气味。

　　侵略者是鹞子,这是家乡人的称谓,一种形体不大却十分凶残暴戾的鸟。

　　老屋屋脊上现在只有一只形单影孤的白鸽。它有时原地转圈,发出急切的连续不断的咕咕的叫声;有时飞起来又落下去,刚落下去又飞起来,似乎惊恐又似乎是焦躁不安;我无论怎样抛撒玉米粒儿,它都不屑一顾更不像往昔那样落到我肩上来。它是那只雌鸽,被鹞子残杀的那只是雄鸽。它们是兄妹也是夫妻,它的悲伤和孤清就是双重的了。

　　过了好多日子,白鸽终于跳落到我的肩头,我的心头竟然一热,立即想到它终于接受了那惨烈的一幕,也接受了痛苦的现实而终于平静了。我把它握在手里,光滑洁白的羽毛使人产生一种神圣的崇拜。然而正是这一刻,我决定把它送给邻家一位同样喜欢鸽子的贤，他养着一大群杂色信鸽，却没有白鸽。让我的白鸽和他那一群鸽子合帮结伙，可能更有利生存；再者，我实在不忍心看见它在屋脊上的那种孤单。

它还比较快地与那一群杂色鸽子合群了。

我看见一群灰鸽子在村庄上空飞翔，一眼就能辨出那只雪白的鸽子，欣慰我的举措的成功。

贤有一天告诉我，那只白鸽产卵了。

贤过了好多天又告诉我，孵出了两只白底黑斑的幼鸽。

我出了一趟远门回来，贤告诉我，那只白鸽丢失了。我立即想到它可能又被鹞子抓去了。贤提出来把那对杂交的白底黑斑的鸽子送我。我谢绝了。

又过了一些日子，失掉我的两只白鸽的情感波澜已经平静，老屋也早已复归平静，对我已不再具任何新奇和诱惑。我在写作的间隙里，到前院浇花除草，后院都不再去了。这一天，我在书桌前继续文字的行程，窗外传来了咕咕咕的鸽子的叫声，便摔下笔，直奔后院。在那根久置未用的木头上，卧着一只白鸽。是我的白鸽。

我走过去，它一动不动。我捉起它来，它的一条腿受伤了，是用细绳子勒伤了的。残留的那段细绳深深地陷进肿胀的流着脓血的腿杆里，我的心里抽搐起来。我找到剪刀剪断了绳子，发觉那条腿实际已经勒断了，只有一缕尚未腐烂的皮连接着。它的羽毛变成灰黄，头上粘着污黑的垢甲，腹部黏结着干涸的鸽粪，翅膀上黑一坨灰一坨，整个儿污脏得难以让人握在手心了。

我自然想到，这只丢失归来的白鸽是被什么人捉去了，不是遭了鹞子？它被人用绳子拴着，给自家的孩子当玩物？或者连他以及什么人都可以摸摸玩玩的？白鸽弄得这样脏兮兮的，不知有多少脏手抚弄过它，却根本不管不顾被细绳勒断了的腿。我在那一刻突然想到，它还不如它的丈夫被鹞子扑杀的结局。

我在太阳下为它洗澡，把由脏手弄到它羽毛上的脏洗濯干净，又给它的腿伤敷了消炎药膏，盼它伤愈，盼它重新发出羽毛的白色。然而它死了，在第二天早晨，在它出生的后墙上的那只纸箱里……

1996 年 8 月 16 日西安

拜见朱鹮

中国有熊猫，世界独一无二，国宝。

中国有朱鹮，同样独一无二，同样为国宝。

朱鹮在中国，也只是在陕西洋县一地有。洋县在秦岭南麓，汉江边上，有平坦的坝子，有曲线优美舒展温柔的缓坡，有重叠起伏一袭秀气的丘陵，有挺拔伟岸弥漫着原始森林气息的秦岭群峰，有如画如诗的田畴和稻地，更有性情温和天性怡然的乡民……在世界各地的朱鹮相继灭绝（日本仅余一只失去繁育能力的老鸟）的现今，洋县却存留住了这种鸟儿。

想到今天就可以看到朱鹮，竟有拜谒的激动和忐忑。这种心态源自既久的关于朱鹮的传闻的神秘。九十年代初，第一次从报刊上看到在陕西洋县发现朱鹮的消息，看到了这种前所未闻的稀世珍禽的倩影，尽管报纸上照片的印刷质量极差，然而这鸟儿的仙姿丽影依然飘逸显现，留下来一个梦幻丽人的记忆。那时候，同时就滋生了想一睹其风姿的欲望，整整十年了，曾经有过下汉中途经洋县的行程，却没有机缘去攀见，欲望便滞积在心里，愈久愈强烈。

十年里，有关朱鹮的印象不断地加深着，报刊和电视上不断有关于朱鹮的消息，都是令人兴奋和欣慰的：最初发现的几只朱鹮安全无虞。国家已经在洋县建立朱鹮救护基地，并派出专家精心养护。日本友人捐资救护朱鹮，有社会团体也有个人。更令人振奋的消息说，在洋县某地又发现朱鹮聚生的群体。十年下来，朱鹮的族群从最初的几只已经繁衍到两百只，成为一个令世界惊羡的华丽家族了，这个濒临灭种的鸟类珍品注定不会从最后一块栖息之地消失了。

朱鹮在南美的丛林里已经消失了，不再重现。朱鹮在日本仅存一只，也到了年迈色衰失掉繁殖本能的奄奄状态，绝灭是注定了的。日本国民为这种鸟儿即将面临的灭绝，几乎举国哀怨，且有自省，他们的许多东西都趋世界前列，而一个小鸟的保护却屡遭失挫，以致眼巴巴看着它绝世而去。朱鹮被日本人视为国鸟，有某种悠长的情结。据说日本人通过几种途径渴求得到中国朱鹮，以弥补国人心里那份永久的遗憾和亏欠，直到天皇访华向国家领导人提出这种愿望，于是就有一对名为"友友"和"洋洋"的朱鹮从洋县起程东渡日本，一路专车监护，经西安，举行隆重的赠送仪式，然后直飞东邻岛国，使人想起那位出塞的汉家女王昭君。我在到达丘陵缓坡下的朱鹮救护基地时，有一位日本人刚刚离开。确凿无误的消息说，一九九八年东渡日本的"友友"和"洋洋"已经成功地哺养了第一只后代，作为日本国鸟的朱鹮有了第一个递增的数字，据说又轰动了日本。

我在电视上看到过有关朱鹮的专题片，一袭嫩白，柔若无骨，在稻田里踯躅是优雅的，起飞的动作是优雅的，掠过一畦畦稻田和一座座小丘飞行在天空是优雅的，重新落在田埂或树枝上的动作也是一份优雅。这个鸟儿生就的仙风神韵，入得人眼就是一股清丽，拂人心肺。头顶一抹丹红，长长的紫黑的喙的尖头竟然是红色，两条细长的腿红色惹眼，白色的翅膀的内里却是红色的，像是白面红里的被子，通体嫩白中点缀着这几点丹朱，凭想象尽可以勾勒它的美妙了。

凭着积久的印象和愿望，在即将见到朱鹮的真身时，就有了某种拜谒至仙的感觉。我在朱鹮救护基地看见的朱鹮是笼养的，未免遗憾，它们无法飞翔起来，只能在人工搭设的木架上栖息，在笼子圈定的沙地上蹒跚，在人和鸟共同筑成的巢窝产卵孵卵。四月正是朱鹮的繁殖期，不能惊扰。据说受了惊扰的雌鸟激素会受影响，减少产卵数量，我就甘愿远远地站着。

另外的遗憾还是因为时月。处于繁育期的朱鹮，羽毛竟然神奇地变换了，变换出一身的灰色，据专家说这是鸟儿为了保护自己以迷惑天敌的生理性转换。白色的羽毛已经变成灰色，从头到尾，那灰色也有深和浅的不同层次，深灰浅灰和灰白色，像是野战将士的迷彩服。这种羽毛在季节中的变化，最初连专业人员也发生过错觉，以为在山野里又发现了朱鹮的"新新人类"，后来才知闹了笑话，仍然是朱鹮，灰色的朱鹮是白色的朱鹮适应生存发展的一种色变。

灰色的朱鹮头顶上耀眼的丹红暗淡了，长喙尖头的红色也变成铁红了，长腿的红色也收敛了艳丽，只有翅膀内里的红色还依旧鲜亮。为了繁育后代，为了繁育期卧巢和不能远行的安全，这鸟儿一身素装，把天生丽质隐蔽起来，像最爱美的少妇在月子里的不修边幅和甘愿的邋遢。对我来说，遗憾虽然有，毕竟见到了真实的朱鹮，优雅依旧，神韵依然，囚在笼子里的栖卧和蹒跚，依然不失其仙风神韵的优雅。

为了防止最丑恶的蛇和老鼠偷食鸟蛋和幼鸟，偌大的笼子用罕见的细密的钢丝织成围就。我无法想象蛇和鼠对朱鹮生存的威胁和残害的惨景，然而自然界从来就是这样混生着。专家还告诉我，养在笼子里的朱鹮，最初是从野外抢救回来的"老弱病残"，经人工科学养护脱离危险，它们就不习惯笼子里的囚守般的限制往外扑逃，常常撞到丝网上而伤翅破头，感染溃烂致死。于是就在网内再设一层软网，有效地解决了这个棘手的问题。正是这一道软网，使日本人感到自己脑袋还有不开窍的那一面，能造出世界上最好的汽车和电器，却想不到这一张软网，致使饲养的朱鹮屡屡发生撞伤以至死亡的惨事。

我还是想看到纯如白雪公主的朱鹮，还是渴望观赏朱鹮在稻田和缓坡地带飞翔在蓝天白云下的仙风神韵。需得等到秋天或冬天，朱鹮的幼鸟也能翱翔天空时，哺育和监护后代的使命宣告完成，就逐渐变换出嫩白的羽毛和几点惹眼的丹红，就可以看到掠过水田和绿树的仙姿神韵了。

留下遗憾，也留下依恋和向往，待秋后满山红叶时，再到洋县朱鹮聚居的山野来，再做礼拜。

2000 年 5 月 3 日雍村

家有斑鸠

住到乡下老屋的第一个早晨,刚睁开眼,便听到"咕咕——咕咕"的鸟叫声。这是斑鸠。虽然久违这种鸟叫声,却不陌生,第一声入耳,我便断定是斑鸠,不由得惊喜。

披上衣服,竟有点迫不及待,悄声静气地靠近窗户,透过玻璃望出去,后屋的前檐上,果然有两只斑鸠。一只站在瓦楞上,另一只围着它转着,一边转着,一边点头,发出"咕咕咕咕"的叫声。显然是雄斑鸠在向雌斑鸠求爱,颇为绅士,像西方男子向所爱的女子鞠躬致礼,"咕咕咕"的叫声类似"我爱你"的表白。

这是我回到乡下老屋的第一个早晨看见的情景。一个始料不及的美妙的早晨。

六年前的大约这个时节,我和文学评论家王仲生教授住在波士顿城郊他的胞弟家里。尽管这座三层小洋楼宽敞舒适,我和王教授还是更喜欢站着或坐在后院里。后院是一片绿茵茵的草坪,有几种疏于管理的花木。这一排房子的后院连着后面一排小楼房的后院,中间有一排粗大高耸的树木分隔。树木的枝杈上,栖息着毋宁说侍立着一群鸟儿。一种通体黑色的梭子形状的鸟,在人刚开开后门走到草坪边的时候,梭子黑鸟便从树枝上飞下来,落在草坪上,期待着人撒出面包屑或什么吃食。你撒了吃剩的面包屑或米粒儿,它们就在你面前的草地上争食,甚至大胆地跳到人的脚前来。偶尔,还会有一只两只松鼠不知从哪棵树上蹿下来,和梭子鸟儿在草地上抢夺食物。

我在那个令人忘情的人与鸟兽共处的草坪上，曾经想过在我家的小院里，如若能有这样一群敢于光顾的鸟儿就好了。我们近年来的经济成就令世人瞩目，然而要赶上人家的年生产总值和人均收入的水平，尚需较多的时日；然而我们的鸟儿和诸如松鼠的小兽敢于到居民的阳台和农民的小院来觅食，却是不需花费财力物力的事，只需给鸟儿和兽儿一点人道和爱心就行了。然而实际想来，实现这样人鸟人兽共存共荣的和谐景象，恐怕也不是短时间的事。

飞翔在我们天空的鸟儿和奔驰在我们山川里的兽儿，对人的恐惧和绝对的不信任是一个基本的事实。我们把爱鸟爱兽作为一个普遍的社会意识来提倡，不过是十来年间的事。我们把鸟儿兽儿作为美食作为美裳作为玩物作为发财的对象而心狠手狠的年月，却无法算计。我能记得和看到的，一是一九五八年对麻雀发动的全民战争，麻雀虽未绝种，倒是把所有飞翔在天空的各色鸟儿吓得肝胆欲裂，它们肯定会把对人的恐惧和防范以生存戒律传递给子子孙孙。再是种种药剂和化肥，杀了害虫长了庄稼，却把许多食虫食草的鸟儿整得种族灭绝。更不要说那些利欲熏心丧尽良知的捕杀濒临灭绝的珍禽异兽者。我曾瞎猜过，能够存活到今天的鸟类、兽类，肯定具备一组特别优秀的专司提防、警惕人类伤害的基因。不然，早该在明枪暗箭以及五花八门的机关和陷阱里灭绝了。

还是说我家的斑鸠。

我有记事能力的时候就认识并记住了斑鸠，像辨识家乡的各种鸟儿一样，不足为奇。斑鸠在我的滋水家乡的鸟类中，是最朴拙最不显眼近乎丑陋的一种鸟。灰褐色的羽毛比不得任何一种鸟儿，连麻雀的羽翅上的暗纹也比不得。没有长喙和高足，比不得啄木鸟和鹭鸶。没有动人的叫声，从早到晚都是粗浑单调的"咕咕咕——

咕咕咕"的声音。它的巢也是我所见过的鸟窝中最简单最不成形的一种,简单到仅有可以数清的几十根柴枝,横竖搭置成一个浅浅的潦草的窝。小时候我站在树下,可以从窝的底部的缝隙透见窝里有几枚蛋。我曾经在六十年代的小学课文上看到过以斑鸠为题编写的课文,说斑鸠是最懒惰的鸟,懒得连窝也不认真搭建,冬天便冻死在这种既不遮风亦不挡雨的窝里。

然而,整个八十年代到九十年代初,我住在祖居的老屋读书写字,没有看见过一只斑鸠。尽管我搞不清斑鸠消亡的原因,却肯定不会是如童话所阐述的陋窝所致,倒是倾向于某种农药或化肥的种类性绝杀。这种普通的毫不起眼的鸟儿的绝踪,没有引起任何村人的注意。我以为在家院的周围再也看不到斑鸠了。

斑鸠却在我重返家乡的第一个清晨出现了,就在我的房檐上。

我便轻手开门,怕惊吓了它。它还是飞走了。

我朝院中的空地上撒一把小米,或一把玉米糁子,诱使它到小院里来啄食。

初始,无论我怎样轻手蹑足开门走路,它一发现我从屋内走到院中,"扑棱"一声就从屋脊或围墙上起飞了,飞入高高的村树上去了。我仍然往小院里抛撒米谷。直到某一日,我开开门出来,两只斑鸠突然从院中飞起,落到房檐上,还在探头探脑瞅着院中尚未吃完的谷米。我的心里一动,它终于有胆子到院内落脚啄食了,这是一次突破性的进展。

我和斑鸠的关系获得令人振奋的突破之后,随之便是持久的停滞不前。斑鸠在房檐在房脊在院墙上栖息追逐,似乎已经放心无虞。然而有我在场的时候,它们绝不飞落到院里来啄食,无论我抛撒的米谷多么富于诱惑。有几次我从室内的窗玻璃前窥视到斑鸠在院中啄食米谷的情景,一当我出门,它们便惊慌地飞上房顶。这一刻,我清醒地意识到,它还不完全是我家的斑鸠。

要让斑鸠随心无虞地落到小院里,心里踏实地啄食,在我的眼下,在我的脚前,尚需一些时日。

我将等待。

2001 年 6 月

种菊小记

朋友在一家公园供职，前年送我几盆花色各异的菊花，我大为惊讶，人工竟然能培养出这样争奇斗艳的花色品种来。

花谢之后，我便将盆栽菊花送回乡下老家，移栽到小院里。一来是偷懒，免得时时操心旱涝，也少去了天天或隔天浇水的麻烦，土地里毕竟要比花盆耐得伏旱。二来是出于性情，我更喜欢那些自发自然自由生长的原生形态的草木，向来不大欣赏那种裁剪得太规整的东西，包括盆栽花木，尤其不忍心观赏那些被人为地扭曲到奇形怪状的盆景，总是产生欣赏女人小脚的错觉。这样，这几盆菊花一旦移栽到小院的泥土里，便被迫还原为野生形态，任由其发芽、长茎，任由其倒伏在地上。秋来时花儿开了，白色的更显得白，紫色的更显得紫，抽丝带钩的花瓣更显得生动。只是比原先的花要小许多了。小点就小点吧，少了修饰的痕迹，看起来我倒觉得更顺眼。

今年清明前，妻子去了一回城乡交界处死灰复燃了的古庙会，买了几团菊花的根，同样栽在小院里，一视同仁，一任其自由发展，只是不知道这几种菊花是何品种，开什么形状的花。一团团的花根埋到地下，也就埋下了一团团的花谜，看着蓬勃起来的叶子和茎秆，常常就有揭开谜底的期待。我在这些菊花旱得叶子发蔫时，便用井水浇个透湿浇个痛快，便可耐得多日高温。入秋后一场阴雨，原有的新栽的菊花秆茎全都匍匐到地上，扑倒在院中的路径边沿，我也不想扶起它。有乡友来，建议并出主意，弄几根竹棍或树枝，把菊花枝秆儿绑扶起来。我口头应诺，却仍未实施，心里想着，它自己长得太疯太软，它自己撑持不住要扑倒在地，何必要我扶绑。再说铺地的菊花开了，当会是另一种风情，也许呢。

　　前不久有一次时日不长的外出。回到原下的小院时，映入眼帘的却是一片惹人的金黄，黄得那么灿烂，黄得那么鲜嫩，又黄得那么沉静，令我抑制不住心颤。记得离家时，这一丛丛古庙会上买来的菊花已呈现出繁密的骨朵花苞，我以为花期尚早，因为暑气潲热还在，起码也应在野菊花之后，不料，它率先开了，这一丛菊花的谜就这样揭开，金色铺地，花团锦簇，一团一团的金黄的花朵任性开放，直叫我左看右看立着看蹲下看不忍离去。

　　看到这一丛铺地盛开的菊花，金黄金黄的颜色，脑海里便浮出黄巢那首广为流传的《不第后赋菊》的诗来。说真话，我记着这首诗，却不喜欢这首诗。从表征意义上，我不赞同"我花开后百花杀"的狭隘小气。如果真应了黄巢的心愿，百花杀尽，只存留菊花，这世界就太单调太孤清了。不光在我不能忍受，恐怕任何正常的人都会不堪的。黄巢的咒语自己未能实现，却在千余年后的"文革"中发生了，中国文坛百花杀尽，只准存活八个样板戏。搞到一花独放独尊，肯定会出麻烦，肯定长久不了的。从这首诗的深层说，黄巢不过是以菊花自喻，隐含着称王称霸的政治抱负。联想到刚刚做了皇帝的李自成的胡来，以及尚未完全称帝的洪秀全和他的诸王们的胡整，黄巢即使做了皇帝，肯定也强不到哪儿去。只有菊花是无辜的，向来被有风骨的文人学士暗喻明恋地作为傲霜独立品行的一种花，无端地被称帝当王心切的黄巢拉出来称了一回霸，连柔嫩可人的花瓣也被拟化为黄金盔甲。

　　昨日傍晚，阴霾初开，夕阳在云缝中乍泻乍收。我走出小院，走上村后的原坡，野花凄迷，蚱蜢起落，树青草也绿着，却已分明是秋的景致了。山沟里，坡坎上，一簇簇一丛丛野菊花已经含苞，有待绽放。往昔的记忆中，这山野间的菊花一旦开放，漫山遍野都是望不断的金黄，我家小院里的那一丛无法比拟，任何花园里的娇生惯养的公主般的同类也是无法比拟的。那种天风地气所孕育的野菊花，其气象其烂漫其率真，都是人工或小院所难以为之的。

作菊花诗两首，以释怀，以备忘：

其一　家菊

含露凝香铺地开，小院金菊报秋来。
秋风秋雨秋阳好，顿生诗情上高崖。

其二　野菊

何事争春斗妍态，不与桃杏一时开。
伏花凋谢香色去，抖出遍山黄花来。

2001 年 9 月 28 日原下

火晶柿子

我喜欢柿树。柿子好吃,这是最主要的因由。柿树不招虫害,任何害虫病菌都难以近身,大约是柿树特有的那种涩味构成了内在的天然抗拒,于是便省去了防虫治病的麻烦,也不担心农药残留的后患。柿树又很坚韧,几乎与榆槐等柴树无异,既不要求肥力和水分,也不需要任何稍微特殊的呵护。庭院里可以栽植,水肥优良的平川地里可以茁壮,土瘠水缺的干旱的山坡上、塄畔上同样蓬蓬勃勃,甚至一般柴树也畏怯的红石坡梁上,柿树仍可长到合抱粗。按照习惯或者说传统,几乎没有给柿树施肥浇水的说法。然而果实柿子却不失其甘美。

在柿树家族里,种类颇多。最大个儿的叫虎柿,大到可称出半斤。虎柿必须用慢火温水浸泡,拔去涩味儿,才香甜可口。然慢火的火功和温水的温度要随机变换,极难把握,稍有不当就会温出一锅僵涩的死柿子,甭说上市卖钱,白送人也送不出去。再说这种虎柿还有一个致命的弱点,不能存放,温熟之后即卖即食,隔三天两日尚可,再长就坏了,属于典型的时令性水果。还有一种民间称为义生的柿子,个头也比较大,果实变红时摘下,搁置月余即软化熟透,味道十分香甜。麻烦的是软化后便需尽快出手,或卖钱或送亲友或自家享受,稍长时间便皮儿崩裂柿汁流出,不可收拾,长途运送都是比较难以解决的问题。再有一种名曰火罐的柿子,果实较小,一般不超过半两,尽管味道与火晶柿子无甚差异,却多核儿,成为重大的弹嫌之弊,所以不被钟爱,几乎遭到淘汰而绝种,反正我已多年不见此物了。只有火晶柿子，在柿树家族中逐渐显出优长来，已经成为独秀柿族的王牌品种了。

火晶。真是一个热烈而又令人富于想象的名字。火是这种柿子的色彩，单一的红，红的程度真可以用"文革"中用滥了的词儿"红彤彤"来形容来喻示。我在骊山南麓的岭坡上见到过那种堪称红彤彤的景观，一棵一棵大到合抱粗的柿树，叶子已经落光掉净了，枝枝丫丫上挂满繁密的柿子，红溜溜或红彤彤的，蔚为壮观，像一片自燃的火树。火晶的名字中的"火"字大约由此而自然产生，晶也就无须阐释或猜想了。把火的色彩与晶字联结起来，便成为民间命名的高雅一种，恐怕只有民间的智者才会创造出这样一个雅俗共赏的柿子的名字来。

火晶柿子比虎柿比义生柿子小，比火罐柿子大，个重两余，无核。在树上长到通体变成橙黄时摘下来，存放月余便软化熟透，尤其耐得存放，保管得法的农户甚至可以保存到春节以后，仍不失其新鲜甘美的原味。食时一手捏把儿，一手轻轻掐破薄皮儿，一撕一揭，那薄皮儿便利索地完整地去掉了，现出鲜红鲜红的肉汁，软如蛋黄，却不流，吞到口里，无丝无核儿，有一缕蜂蜜的香味儿。乡间小贩摆卖火晶柿子的摊位上，常见蜜蜂"嗡嗡"盘绕不去，可见诱惑。

关中盛产柿子，尤以骊山为代表的临潼的火晶柿子最负盛名。一种名果的品质决定于水土，这是无法改变的常识。我家居骊山之南，白鹿原原坡之北，中间流着一条倒淌河灞水，形成一条狭窄的川道，俗称灞川，逆水而上经蓝田约五十里进入王维的辋川。由我祖居的老屋涉过灞水走过平川登上骊山南麓的坡道，大约也就半个小时。水土和气候无大差异，火晶柿子的品质也难分上下，然而形成气候形成品牌的仍然是临潼。

  大约是"文革"后期，诺罗敦·西哈努克亲王携妻引子到西安，参观兵马俑往来的路上，王子发现路边有农民摆的火晶柿子小摊，问及此果，陪随人员告之。回到西安下榻处，有心的接待人员已经摆放好一盘经过精心挑选的火晶柿子，并说明吃法。王子生长在热带，未见过亦未吃过北方柿子并不足怪，恰是这种中国关中的火晶柿子令其赞赏不绝，直到把一盘火晶柿子吃完，仍然还要，不管斯文且不说了，连陪随人员的劝告（食多伤胃）也任性不顾。果然，塞了满肚子火晶柿子的王子到晚上闹起肚子来，引起各方紧张，直接报告北京有关领导，弄出一场虚惊。王子虽然经历了一个难受的夜晚，离开西安时仍不忘要带走一篮火晶柿子。

  这个真实的传闻流传颇广。在关中普通到不能再普通的柿子，竟然上了招待外宾的果盘，而且是高贵的王子，确实令当地人始料不及。想来也不足为奇，向来都是物以稀为贵的。二十世纪八十年代中期，我到与临潼连界的蓝田县查阅县志时发现，清末某年，关中奇冷，柿树竟然死绝了。我得到一个基本常识，柿树原来耐不得严寒的。但那年究竟"奇冷"到怎样的程度，却是无法判断的，那时怕是连一根温度计也没有。到二十世纪九十年代头上，我在原下的祖屋写作《白鹿原》的时候，这年冬天冻死了一批柿树，我至今记得这年冬天的最低温度为零下十四摄氏度，持续了大约半月，这是几十年来西安最冷的一个冬天。村子里许多农户刚刚挂果的葡萄统统冻死了，好多柿树到春末夏初还不发芽，人们才惊呼柿树被冻死了。我也便明白，清末冻死柿树的那年冬天"奇冷"的程度，不过是零下十几摄氏度而已。

  编志人在叙述"奇冷"造成的灾害时，加了一句颇带怜悯情调的话，曰：柿可当食。我便推想，平素当作水果的柿子，到了饥馑的年月里，就成为养生活命的吃食了。确凿把柿子顶作粮食的事发生在二十世纪六十年代初的"三年困难"时期及十年"文革"之中，临潼山上的山民从生产队分回柿子，五斤顶算一斤粮食。想想吧，作为口舌消遣的柿子是一种调节和品尝，而作为一日三餐的主食，未免就有点残酷。然而，我又胡乱联想起来，被当地山民作为粮食充饥的柿子，在西哈努克王子那里却成为珍果，可见人的舌头原本是没有什么天生贵贱的。想到近年某些弄得一点名堂的人，硬要做派出贵族状，硬要做派出龙种凤胎的不凡气象，我便担心这其中说不准会潜伏着类似火晶柿子的滑稽。

我在祖居的屋院里盖起了一幢新房，这是八十年代中期的事，当时真有点"李顺大造屋"的感受。又修起了围墙，立了小门楼，街门和新房之间便有了一个小小的庭院。我便想到栽一株柿树，一株可以收获火晶柿子的柿树。

我的左邻右舍及至村子里的家家户户，都有一棵两棵火晶柿树，或院里或院外；每年十月初，由绿色转为橙黄的柿子便从墨绿的树叶中脱颖而出，十分耀眼，不说吃吧，单是在屋院里外撑起的这一方风景就够惹眼了。我找到内侄儿，让他给我移栽一棵火晶柿子树。内侄慷慨应允，他承包着半条沟的柿园。这样，一株棒槌粗的柿树便植栽于小院东边的前墙根下，这是秋末冬初最好的植树时月里做成的事。

这株柿树栽下以后，整个前院便生动起来。走出屋门，一眼便瞅见高出院墙沐着冬日阳光的树干和树枝，我的心里便有了动感。新芽冒出来，树叶日渐长大了，金黄色的柿花开放了，从小草帽一样的花萼里托出一枚枚小青果，直到缀满枝丫的红灯笼一样的火晶柿子在墙头上显耀……期待和祈祷的心境伴我进入漫长的冬天。

　　二十世纪五十年代初我读小学时，后屋和厦房之间窄窄的过道里有一株火晶柿树，若小碗口粗，每年都有一树红亮亮的柿子撑在厦房房瓦上空。我于大人不在家时，便用竹竿偷偷打下两三个来，已经变成橙黄的柿子仍然涩涩的，涩味里却有不易舍弃的甜香。母亲总是会发现我的行为，总是一次又一次斥责，你就等不到摘下搁软了熟了吗？直到某一年，我放学回家，突然发现院里的光线有点异样，抬头一看，罩在过道上空的柿树的伞盖没有了，院子里一下子豁亮了。柿树被齐根锯断了。断茬上敷着一层细土。从断茬处渗出的树汁浸湿了那一层细土，像树的泪，也似树的血。我气呼呼问母亲。母亲也阴郁着脸，告诉我，是一位神汉告诫的。那几年我家灾祸连连，我的一个小妹夭折了，一个小弟也在长到四五岁时夭亡了，又死了一头牛。父亲便请来一个神汉，从前院到后院观察审视一番，最终瞅住过道里的柿树说：把这树去掉。父亲读过许多演义类小说，于这类事比较敏感，不用神汉阐释，便悟出其中玄机，"柿"即"事"。父亲便以一种泰然的口吻对我说，柿树栽在家院里，容易生"事"惹"事"。去掉柿树，也就不会出"事"了。我的心里便怯怯的了，看那锯断的柿树茬子，竟感到了一股鬼气妖氛的恐惧。

　　没有什么人现在还相信神汉巫师装神弄鬼的事了，起码在"柿"与"事"的咒符是如此。因为我的村子里几乎家家户户的院里门外都有一株或几株柿树。人在灾变连连打击下便联想到神的惩罚和鬼的作祟，这种心理趋势由来已久，也并非只是科学滞后的中国乡村人独有，许多民族，包括科学已很发达的民族也颇类同，神与鬼是人性软弱的不可避免的存在。我在前院栽下这棵柿树，早已驱除了"柿"与"事"的文字游戏式的咒语,而要欣赏红柿出墙的景致了。漫长的冬天过去了。春风日渐一日温暖起来。我栽的柿树迟迟不肯发芽。

直到春末夏初,枝梢上终于努出绿芽来。我兴奋不已,证明它活着。只要活着就是成功,就有希望。大约两月之后,进入伏天,我终于发觉不妙,那仅仅长到三四寸长的幼芽开始萎缩。无论我怎样浇水,疏松土壤,还是无可挽回地枯死了。

这是很少有的现象,我喜欢栽树,不敢说百分之百成活,这样的情况确实极少发生。这株火晶柿子树是我尤为用心栽植的一棵树,它却死了。我久久找不出死亡的原因,树根并无大伤害,树的阴阳面也按原来的方向定位,水也及时适度浇过,怎么竟死了呢?问过内侄儿,他淡淡地说,柿树是很难移栽的,成活率极低。我原是知道这个常识的,却自信土命的我会栽活它。我犯了急功近利轻易求取成功的毛病,急于看到一棵成景的柿树。于是便只好回归到最老实之点,先栽软枣苗子,然后嫁接火晶柿子。

一种被当地人称作软枣的苗子,是各种柿树嫁接的唯一的砧木。软枣生长十分泼势,随便甚至可以说马马虎虎栽下就活了。我便在小院的西北角栽下一株软枣,一年便长到齐墙的高度。第二年夏初,请来一位嫁接果树的巧手用俗称热黏皮的芽接法一次成功,当年冒出的正儿八经的火晶柿子的新枝,同样蹿起一人高。叶子大得超过我的巴掌,新出的绿色的干儿竟有食指粗,那蓬勃的劲头真正让我时时感知初生生命的活力。为了防止暴风折断它的尚为绿色的嫩干,我为它立了一根木杆,绑扶在一起,一旦这嫩干变成褐黑色,显示它已完全木质化了,就尽可放心了。我于兴奋鼓舞里独自兴叹,看来栽成树走捷径还是不行的。这个火晶柿子树的起根发苗的全过程完成了，我也就留下了一棵树的生命的完整印象，至今难以忘怀。

这株火晶柿树后来就没有故事了。没有虫害病菌侵害，在院里也避免了牛马猪羊的骚扰，对水呀肥呀也不讲究，呼呼啦啦就长起来了，分枝分叉了，长过墙头了，形成一株青春活力的柿树了。这年冬天到来时，我离开久居的祖屋老院迁进城里去，一年难得回来几次。有一年回来正遇着它开花，四方卷沿的米黄色小花令人心动，我忍不住摘下两朵在嘴里嚼着咽下，一股带涩的甜味儿，竟然回味起背着父母用竹竿偷打下来的生柿子的感觉。

今年春节一过，我终于下定决心回归老家，争取获得一个安静吃草安静回嚼的环境。我的屋檐上时有一对追逐着求偶的"咕咕咕"叫着的斑鸠。小院里的树枝和花丛中常常栖息着一群或一对色彩各异的鸟儿。隔墙能听到乡友们议论天气和庄稼施肥浇水的农声。也有小牛或羊羔蹿进我忘了关闭的大门。看着一个个忙着农事、忙着赶集售物的男人女人毫不注意修饰的衣着，我常常想起那些高级宾馆车水马龙衣冠楚楚口红眼影的景象。这是乡村。那是城市。大家都忙着。大家都在争取自己的明天。

我的柿树已经碗口粗了。我今年才看到了它出芽、开花、坐果到成熟的完整的生命过程。十月初，柿子日渐一日变得黄亮了，从浓密的柿树叶子里显现出来，在我的墙头上方，造成一幅美丽的风景。我此时去了一趟滇西，回来时，妻子已经让人摘卸了柿子。

装在纸箱里的火晶柿子开始软化。眼见得由橙黄日渐一日转变为红亮。有朋自城里来，我便用竹篮盛上，忍不住说明：这是自家树上的产物。多路客人无论长幼无论男女，无不惊叹这火晶柿子的醇香，更兼着一种自家种植收获的乡韵。看着客人吃得快活，我就想起一件有关火晶柿子的逸趣。某年到一个笔会，与一位作家朋友聊天，他说某年到陕西参观兵马俑的路上品尝了火晶柿子，尤感甘美，临走时又特意买了一小篮，带回去给尚未尝过此物的南方籍的夫人。这种软化熟透的火晶柿子稍碰即破，当地农民用剥去了粗皮的柳条编织的小篮儿装着，一层一层倒是避免了挤压。他一路汽车火车，此物不能装箱，就那么拎着进了家门，便满怀爱心献给了亲爱的夫人。揭开柳条小篮，取出上边一层红亮亮的柿子，情况顿觉不妙，下边两层却变成了石头。可以想象他的懊丧和生气之状了。事过多年和我相遇聊起此事，仍然大气难抑，末了竟冲我说，人说你们陕西人老实，怎么这样恶劣作假？几个柿子倒不值多少钱，关键是让我几千里路拎着它，却拎回去一篮子石头，你说气人不气人？这在谁也会是懊丧气恼的，然而我却调侃道，假导弹假飞船没准儿都弄出来了，陕西农民给柿篮子里塞几块石头，在中国蓬蓬勃勃的造假行业里，只能算是启蒙生或初级水平，你应该为我的乡党的开化而庆祝。朋友也就笑了。我随之自我调侃，你知道我们陕西人总结经济发展滞后的原因是什么吗？不急不躁，不跑不跳，不吵不闹，不叫不到，不给不要，所谓关中人的"十不"特性。所以说，一个兵马俑式的农民用当地称作料僵石（此石特轻）的石头冒充火晶柿子，把诸如我所钦敬的大城市里的名作家哄了骗了涮了一回，多掏了他几枚铜子，真应该庆祝他们脑瓜里开始安上了一根转轴儿，灵动起来了。

玩笑说过也就风吹雨打散了。我却总想着那些往柳条编的小篮里塞进冒充火晶柿子的石头的农民乡党，会是怎样一种小小的"得意"……

2001年11月20日原下

遇合燕子，还有麻雀

燕子来了。

刚一打开门，燕子就飞过来，"唧唧唧唧"吵叫着，在过庭的四周旋飞，自然是寻找可以筑巢的地方。有时候多到十余只，在前屋后屋的过庭和屋檐下旋转。整个屋院里，呈现熙熙攘攘热热闹闹的气氛。无论在南方或在北方，燕子都被平民视为吉祥的美和善的形象，也是春天的象征。尽管寒风依旧刺脸，尽管冰雪封冻枯草遍地，心里却已洋溢着春天的气息了。燕子都来了啊！

拒绝燕子，我便闭了前门，也关了后门，不许燕子到屋内筑巢。我十分喜欢这种洋溢着吉祥洋溢着善良的鸟儿，却又不得不硬着心肠拒绝它们进屋，确是无奈的事。

二十世纪八十年代某一年，小燕子在我刚刚建成的前屋里寻觅栖息之地，最后选定了装着电灯开关的那个圆形木盒子，据此便衔泥筑窝。我和妻子和孩子都怀着一份欣喜，在新屋里添一对喜气洋洋的燕子，于心理上似乎平添了一份令人舒悦的吉祥气氛，都十分珍爱十分欢迎这一对客鸟。很短几天，小燕的窝巢极快地长高着，令我惊讶，曾戏谑简直是深圳速度啊！那时候，深圳建筑业挣脱了中国建筑行当习以为常的慢腾腾，以几天建一层楼房的高速度震惊了中国，被誉为深圳速度，也成为中国经济改革的一个形象化的代名词。我同时也发现了不妙：燕子用泥筑成大半的窝上，夹杂着一枝枝细长的草枝草叶，悬吊在空中，看上去乱糟糟脏兮兮的。印象中燕子是用纯粹的河泥造窝的，怎么会夹杂这么多草枝？问及村人，老者说，燕子有两种，一为瑚燕，用纯粹的河泥筑窝；一为草燕，用杂合着草枝草叶的河泥造窝。我才大开眼界，知道燕子中也有精致和粗糙的类别。

在我新屋里筑巢的这一对燕子，无疑是属于粗糙类的草燕一种了。但终归是燕子，粗糙就粗糙一点吧，我自己其实也不属于精致雅细之人，粗糙的人和粗糙的燕子正好合拍，正好可以为邻为伍，谁也不必嫌烦谁。到得这一对燕子夫妇开始轮换卧巢孵卵的时候，我又发现了不妙。墙上开始出现黑一道黄一道的排泄物。留心观察发现，卧巢孵蛋的燕子后急了，便把屁股撅出窝口，完了事又钻进窝去继续孵蛋，墙上就流下来一道儿秽物。我就觉得不能容忍，粗糙也不能粗糙到这种程度嘛！然而还是容忍了，主要是因为那窝里正在孵化的两枚蛋，说不定小燕就要破壳而出了呢。家人已多怨言，说没见过这样又懒又脏的燕子。怨归怨，嫌归嫌，只盼小燕尽早出窝离巢。

及至雏燕出壳，及至嫩雏逐渐长大羽丰，食量与日俱增，排泄量也同步增加，整个那一片墙壁，已经被燕粪涂抹得不堪入目，地上也落着脏物。每有客人来，迎面看见这幅景象，总是说把窝捣了，太不像样子了。我忍耐着那份惨不忍睹，承受着那份脏，直到发现雏燕已经出窝试飞，终于下了逐客令……因为实在无法辨别瑚燕和草燕儿，便闭了门，一律拒绝燕子进屋，有点因噎废食的简单。

拒绝燕子，另有一个更硬的原因。我一个人住在这个祖居老屋里，常有出门的时候，短则一日，长则十天半月，走了就得锁门，燕子苦心巴力筑巢育雏，都会前功尽弃，甚或虐杀幼雏。即使精致的瑚燕，也无法容留。然而心里确实期盼能有一对瑚燕为邻为友，每天"唧唧啾啾"呢喃着，添一分生气和祥和。

真是令人喜出望外的事。早春时节去南方十天，回到原下老家时，我的第一发现，就是有燕子择定了居地。在前屋的后檐下，在那个粗大的挑梁和后墙构成的三角地带，有一个正在建筑着的燕窝。我一眼就看出来，那窝纯粹是用细腻的河泥垒堆的，一根一丝杂草也不见，据此可以断定属于精致的瑚燕了。它选择的地方也太好不过，无论我在家或出外，都不妨碍它筑窝和将来育雏。

又是深圳速度。两只燕子轮番衔着泥回来，把泥团搭在碴口上，歪着小脑袋左按一下，右按一下，然后就飞走了。我很奇怪，一团一团的河泥里掺着细沙，本是很松散的，比普通黄泥的黏合力差得远了，怎么会黏结得牢靠？似乎村人说过，燕子嘴里自含胶。是说燕子的口腔里分泌一种可以使泥团增强黏结力的液体。无法验证，不得而知，反正那窝与日俱增着，速度极快。我在暗自庆幸遇合了这一对精致的瑚燕的愉快心境里，看着专心致志忙忙碌碌筑巢的燕子，常常浮出幼年的一幅难忘的情景来。

大约是我刚刚入学启蒙，还没有认下几个字的时候。某天放早学回家，看见父亲在后屋明间的脚地上锯一块小小的薄板，比我的课本大不出多少。我便问，锯这板干什么。父亲说给燕子架一个垒窝的台板。他说有一双燕子在屋梁上飞来飞去，有两三天了，估计找不到可以落泥垒窝的台板。叔父在一边不经意地说，等你给燕儿把台板架好了，它又不来了。父亲自顾自做着，在刨光的木板的一面，用毛笔写下四个大字，并问我，你都算是学生了，认不认得这几个字。我丝毫也不觉得难堪，因为父亲其实也明白我不可能认识这四个笔画很繁杂的汉字。他有点扬扬得意地念道：喜燕来朝。他继续以扬扬得意的口吻给我讲说，燕子是吉祥鸟，也是喜鸟善鸟，在谁家垒窝是喜事。我便问"朝"是什么意思。父亲嗯了一声,朝嘛也不敢说朝拜,咱是穷家百姓……叔父已经走开了。他几乎是个文盲,大约不屑看取父亲咬文嚼字的做派。然而父亲随之端来木梯,先在檩木上砸进两枚生铁方钉,再把木板架上去,又用细绳捆扎牢靠。我在梯子旁边瞅着"喜燕来朝"那四个悬在空中的毛笔字,积着灰尘结着隔年蛛网的老房旧梁,似乎顿然有了可期待的灵气了。母亲在催过我和父亲吃饭之后,随口说出几句关于燕子的歌谣:不吃你家米,不脏你家地,只借你家高房垒窝育儿女,也给你家添分喜……

我对燕子最初的认知和记忆,就是这天早晨留下的。父亲精心搭置的木板平台,真的招来了一对燕子。后来怎么垒窝、孵卵、育雏,年代久远,已不甚了了,只是清楚地记得,那对燕子不仅自己不在窝口拉屎,连它们孵出的雏燕的排泄物,也都转移到屋院以外的野地里去了。父亲说,燕子叼着虫回到窝喂小燕,出窝时就把小燕拉的屎叼走了,燕子这鸟比有些人还通灵性儿。这是事实,在写着"喜燕来朝"的木板上筑成的燕窝下面的脚地上,从来也没见过一次秽物,直到雏燕出窝。几十年后我才知晓,燕子中还有既脏地又脏墙令人生厌的草燕一类。据村人说,现在的燕子比过去多多了,村里好多人家都有燕子垒窝,十之八九都是粗糙的草燕,弄得屋里脏兮兮的,又不忍心赶出门去。瑚燕已经少得不成比例,越显得珍贵,也越难遇合了。我多庆幸啊!

看着最后一团湿泥干涸,再不见有新的湿漉漉的河泥垒加,我就明白燕子的这个建筑物大功告成了。这是怎样奇妙的一幢鸟类的伟大建筑啊:贴着墙的一面逐渐悬吊下去,形成一个小小的兜儿,然后又缓缓地朝前往上垒上去,最后收成一个仅仅只容得燕子出入的小口。我便可以推想，那个悬吊在最下部的兜儿，肯定是为产卵设计的，卵不至于乱滚，雏燕藏在这个兜底儿，恰如一个四面设围的摇篮，避免了瞎滚瞎爬而掉出来摔死的危险。这个燕窝是倚赖挑梁和墙壁平面屋檐的三角地带垒成的，根本没有像我父亲在屋梁上架设的木板作基础，也没有十余年前那对草燕在前屋电灯开关的木盒上垒窝的依托，难度就很大了。这是一个完全悬空的建筑。这是燕群里的一对建筑大师出神入化的杰作，令我叹为观止。可以断定，这是它们的父母无法教给它们的方法和技巧，也是无法从它们的同类那儿模仿的，因为根本不存在完全相同的垒窝筑巢的环境，一切都得依据具体环境提供的可能性，去构思去设计去施工。由此可以推想每一对燕子的每一次筑巢，都是一次重新开始的全新的创造，无法仿效同类，也无法重复自己。

我察觉新垒的燕窝呈现出一种静谧，只有一只燕子在屋院里偶尔掠过，估计这是那只公燕儿，母燕静卧新巢产卵了。我无意间也就放轻了脚步，出入后门走过头顶的那个神秘的燕窝时，自然生出一缕拘谨，生怕惊扰了它。想到再过一些时日，那神秘的窝巢里将会传出雏燕争食的声音，该是多么美妙哦。

外出一周回到原下，打开已经积尘的铁锁，首先想看一看前屋后檐下的燕窝，似乎没有任何动静。我便想到，可能正在产卵或孵卵哩，不到饿极或后急，燕子是不会出窝的。几天过去了，我竟然没有发现燕子一次出入其巢，便有些疑惑，担心也就潜生了。后来就站在较远处的后屋前门口耐心等候，许久仍不见燕子出入的踪迹，倒是有两只甚至多只燕子出入前屋和后屋的大门，或在屋院上空旋飞，却不见进出窝口，这是怎么回事呢？又过了许多天，我终于断定，这个燕窝已是一个空巢，心里竟冷寂起来，猜想这对精心设计苦力构建了窝巢的燕子,不可能另择栖地重筑新巢,也不可能是被孩子虐杀,因为即使最捣蛋的孩子,也不会捉燕子的。我唯一能想到的是农药的绝杀。然而这个时节的乡村里,麦子已经接近成熟,早熟的水果都是不再施撒农药的。然而也不敢肯定,说不定什么人在菜园里喷了药汁……无论这种猜测的可靠性几何,结果却是不可改变的残酷,燕子确凿没有了,难得遇合的不脏我家地的瑚燕儿。

我的心里渐渐平复,在后屋里继续我写字或看书的事。某日中午,我撂下钢笔点燃一支卷烟,透过窗户玻璃无意朝前看去,看到一只麻雀从前屋后檐下飞出来,心里一惊,用水泥板构建的前屋后檐,没有任何鸟雀可以落脚的东西,这麻雀是不是从燕窝里飞出来的?我便走出后屋前门,站在台阶上想看个究竟。待了许久,再也看不到麻雀进出燕窝的奇迹发生,便想到刚才可能恰恰看见了一只从屋檐下掠过的麻雀,怪我多疑了,便又重新拾起钢笔。

当我再次点烟的时候,无意间又看见了从前屋后檐下飞出一只麻雀。这回我没有走出门去,就隐蔽在原位上隔着窗玻璃偷窥,果然,一只麻雀从屋檐上空折转下来,钻进那个燕窝里去了。我几乎脱口而出,雀占燕巢,千古奇观。随之就放声大笑了,笑得我都岔住气了。我读书读到有趣处哑然失笑,是常有的事,有时候一个人走路想着某些滑稽可笑的事或人,也会暗自发笑。然而像这样的忍俊不禁的大笑,而且是我一个人独居着的偌大空寂的屋院,却是绝无仅有的事。真是不可思议!好你个麻雀兔崽子!任谁都知道鸠占鹊巢的故事,然而恐怕没有谁如我有幸亲眼目击雀占燕巢的滑稽了。那么精美的燕窝里,现在飞出来又钻进去的,竟然是土头灰脑的麻雀。乡村人惊奇这类不可思议的怪事时常说,奇哉怪哉,楸树上结串蒜薹。现在恰好可以套用乡村人的这个句式，奇哉怪哉，燕窝里飞出麻雀。我突然想到那位诡秘奇思的天才作家蒲松龄，编尽了天下妖魔鬼怪的奇事逸闻，怕是也想不到麻雀竟会占据燕巢。我听说过蛇和老鼠钻进燕窝偷食燕蛋的事，并不为奇，只觉得残忍。然而麻雀怎么可能欺侮燕子呢？

在鸟儿的王国里，有益鸟和害鸟之分，这是人类按鸟的习性对自身的利害而做出的划界。如果就鸟儿王国本身而言，有食肉类和以草虫为食物的区分。食肉一类的鸟如鹰、鸠、雕、鹞等，以捕杀各种鸟儿和小型动物营养自己，甚至凶残暴戾到敢于攻击人类，它们是鸟类王国里的希特勒和日本鬼子。以各种植物的叶子和果实或小虫为食物的鸟儿，是鸟类王国里的"各民族人民大众"，在广阔的大地上寻觅自己喜好的嫩叶、种子和虫子，互不干扰互不威胁和平共处。鸠占鹊巢就是鸟类王国里恶对善的欺凌。鸠是嗜血成性的凶鸟，而鹊是被人作为报喜禳灾的喜鸟而钟爱的。我却突发奇想，鸠残忍地捕杀喜鹊一类善鸟可能是时时发生的事，而鸠霸占喜鹊窝巢的事恐怕谁也没有目睹过。我见过无数的喜鹊窝巢，是鸟类中最不讲究最潦草的一种，用比较粗硬的树枝杂乱无章地搭压在一起，疏漏如同罗眼。这样的窝，鸠怕是看不到眼里的。鸠占鹊巢无非是喻示恶对善的欺凌，强武对弱势的霸道，没有谁去考察鸠是否真的霸占过鹊的窝巢。

麻雀却霸占了燕子的窝巢，我已先睹为快。

麻雀在鸟类王国里，无疑属于弱势一族中的弱势，那么小的体形，对任何鸟儿都不会构成威胁。在人类的眼里，不该被视为与人争谷的害鸟而曾被动员起来的六亿人民（一九五八年全国人口）围歼，即使为其平反之后，人们也没有太在乎过它，小孩子们的弹弓首先瞄准的还是麻雀。这个被凶鸟欺压也被人类轻贱着的小小麻雀，却可以欺侮燕子。而燕子在人的眼里和心里，自古都是颇为高贵的可以享受"喜燕来朝"架板的贵宾。如果用人类拳击的规则来度量，麻雀和燕子属于同一个量级，大约都不过零点一公斤的体重吧。然而麻雀却可以以武力霸占燕巢，怕是燕子生性太善也太娇弱了……我这样推测。

我把这个类似"楸树上结了蒜薹"的奇事讲给村里人，听者哈哈一笑便解谜了。村人说，麻雀根本不会和燕子动武。麻雀只要往燕子窝里钻一回，燕子就自动给麻雀把窝腾出来了。为啥？麻雀身上的臊气儿把燕子给熏跑了。燕子太讲究卫生了，闻不得麻雀的臊气。

哦！这又是我料想不到的学问，一个令我惊心的学问。

鸠以武力霸占鹊巢，如同人类历史中大大小小的臭名于世的侵略者，人们恐惧他们的暴力，却不奇怪他们曾经的出现和存在。然而麻雀呢？虽不具备如鸠一样的强力和嗜血成性的残暴，却可以用自身的腥臊气味把太过干净的燕子恶心一番，逼其自动出逃，达到如鸠一样霸占其巢的目的，而且不留鸠的恶。由此类推到自然界，如若蛆虫爬进了蚕箔，蚕肯定会窒息而死，其实蛆对蚕是不具备攻击力的。如若把一株臭蒿子栽到兰花盆里，后果将不言而喻。再推及到人类社会生活中的臭与香、丑与美、恶俗与高雅、鸨婆与林黛玉、泼皮无赖和谦谦君子，其实是不必交手结局就分明了。

这倒成为我开心的一大景观。我站在台阶上抽烟，或坐在庭院里喝茶，抬头就能看见出出进进燕窝的麻雀的得意和滑稽，总忍不住想笑。起初，麻雀发现我站着或坐在院里，还在屋檐上或墙头上窥视，尚不敢放心放胆地进入燕窝，一旦我转身进屋，"刺溜"一声就钻进去了，还有点不好意思的心虚，显现出贼头贼脑的样子。时间一久，大约断定我其实并不介入它占燕巢的劣行，就变得无所顾忌地大胆了，无论我在屋里或檐下，它都自由出入于燕窝。我也就对麻雀吟诵：放心地在燕窝里孵蛋，再哺育小麻雀吧！毕竟也还是一种鸟喀！

2002 年 7 月 9 日原下

两株玉兰树

清明前一日后晌回到老家,到村子背靠的白鹿原北坡上,在父母的坟头烧了一堆被视为阴币的黄纸。尽管明知这是于逝者没有任何补益的事,然而每年此日不仅不能缺少,甚至早早就泛溢着一种甚为急切的情绪。自己心里明白,上坟烧纸和跪拜的行为,无非是为消解对父母恩德亏欠太多的负疚心理,获得一种安慰。

天气很好。温润的风似有若无。西斜的依然明媚的阳光下,原坡和河川满眼都是蓬勃的绿色和黄色,绿的是返青的麦苗,黄的是盛开的油菜花,间有零星散落在坡梁上杏花的粉白。

回到老屋小院,便坐在前院闲聊。许是那种负疚心绪得到消解,许是得了这明媚春色的滋润,竟是一种难得的轻松和平静。记不得是谁颇为惊诧地叫了一声,玉兰树开花了。我便朝大门右侧的玉兰树看去,在树梢稍下边的一根分枝上,有两朵白花。我的心微微一颤,惊喜得轻叫一声,从坐着的小凳上站起来,几步走到玉兰树下,久久观赏那两朵玉兰花。那是两朵刚刚绽放的玉兰花,雪白,鲜嫩,纤尘不染,自在而又尽情地展示在细细的一根枝条上,洁白如玉,便想到玉兰花的名字确属恰切。玉兰树尚不见一片叶子,叶芽刚刚在枝条上突出一个个小豆般的苞,花儿却绽放了。我久久地看那两朵花儿,竟然不忍离去。玉兰花在我其实也算不得稀罕,见得也早也多了,之所以发生一缕不寻常的惊喜,这是开在自家屋院里的玉兰花,而且是我栽植的玉兰树苗,便有了一种情结;还有一种非常因素,就是这株玉兰树苗成长过程的障碍性经历,曾经让我颇费过一番心思。

几年前我重回原下小院读书写字，一位在灞河滩苗圃打工的乡党，闲聊中听说我喜欢玉兰花，便给我送来一株不过食指粗的幼苗，我便在大门右侧的围墙根下挖坑栽下了。为了便于浇水和保护，我在玉兰幼苗四周用砖箍了一圈护栏。得到我的用心守护和浇灌，玉兰树苗日见蹿高，分枝，加粗，蓬蓬勃勃，生机盎然，我便期待花苞的出现。恰好盼到玉兰树应该发苞开花的规定期树龄，不仅没有开花，失望且不论，等到叶子成形，我发现了非常的征象，本应是深绿色的叶子，却呈现着浅黄；即使到盛夏烈日暴晒的时月，各种树叶都变得深绿近青的颜色，我的玉兰树叶反而由浅黄变得几乎透亮了。任谁都会看出这是一种病态的表征。村里乡党见了，有说是蛴螬咬了树根，有说是缺肥，有说是化肥施多烧了根，等等。后两种说法不能成立，我栽植时填的是农家粪土，不缺肥更不会发生烧根的事，倒是蛴螬啃食树根有可能发生，却也无可奈何。我曾扒土寻找蛴螬，一只也未见到。我就怀疑大约是玉兰根自身发生了什么病患。

等到第二年，玉兰树仍然是满树病态的黄叶，自然不会开花了。我便有所动摇，这株病态的树会不会自愈？需得几年才能缓解过来？如果等过几年不仅缓解不了反而病情加重以致枯死了，那我就会白等了。我便想挖掉它，重植一株。拿着镢头刨挖的一瞬，却似乎听到一种凄婉的求生的哀音，那一片片透亮的黄叶似乎也幻化成哭相，我便举不起镢头来。突然想到，任它继续存在着，如果真的挨过了病患，当一树健康墨绿的叶子呈现在小院里的时候，我会获得一种别样的欣慰和鼓舞；如果万一病患发展到发生枯死，再换植一株也无妨，这株玉兰树便保存下来。约略记得去年夏天回家，玉兰树的叶子变绿了，尽管仍不像正常的叶子那么深色近青的绿，却不是往年那种透亮的黄色了，我不由得庆幸，它的病情缓解了，更庆幸我握在手里的镢头没有举起来……今年，这株玉兰树开花了。尽管只有两朵，却是一种美的生命的胜利。遭遇过生存劫难之后开放的这两朵洁白如玉的玉兰花，就不单是通常对所见的玉兰花的欣赏的愉悦了，多了一缕人生况味的感受。

栽在中院里的一株广玉兰，相对而言似乎简单得多了。这是我离开老屋小院之后一年春天栽下的。大约是我栽植上述这株玉兰幼苗的时候，问过送来玉兰树苗的乡党，苗圃里有没有广玉兰？问过也就不在心了，尤其是返城之后就淡忘了。这年清明回家祭祖时，那位乡党又送来一株广玉兰幼苗。他竟然对我的那句问话经年不忘，知道我每年清明肯定回老家，便预备下这株我问过的广玉兰树苗，让我颇感动。我就把它栽到中院左侧的北边，避免后屋对阳光的遮蔽。

我之所以喜欢广玉兰，不全在它的各种颜色的花朵，更偏爱它的四季常青的绿叶。多年前到广东见识这种迥异于玉兰树的广玉兰，尽管很喜欢它四季不落的深沉的绿色，却不曾发生拥有的奢望，常识让我难以动心，这种在南方温暖湿润气候环境里生长欢实的好树，难得抵御北方凛冽的寒风和大雪。及至近年间，我在西安看到作为街心路边风景的广玉兰树，才意识到我犯了一个想当然的错误。这种广玉兰树在干燥缺雨的西安依然蓬蓬勃勃，有紫红的花，也有雪白的花；尤其是那浓密的深绿色叶子，在最难熬的冷风刺骨的三九寒冬里，依然蓬勃着一道绿色，为天灰地枯的冬天的西安增添了一种生命的活力。我就在第一眼看见这道风景时，便想给我家屋院栽植一株广玉兰，冬日回到老家，开门进院能看到一株绿树，当会是别一番生动情怀……这株广玉兰的幼苗终于栽到中院了。

我对这株广玉兰的管护，远不及前院那株玉兰树。这是难能补救的事。我居住在城里，偶尔回到乡下老屋，才可能为它浇一桶水，拔除杂草，每到夏天常有的久旱不雨的时月，它就只好忍受干渴了。然而，这株广玉兰生长的欢实简直令我不可思议，每隔二三月回家看到它时，又冒高了一大截，树干也变粗了许多，且又伸出二三条横枝来。不过二三年，树梢已经高过房檐了，树干也有我的胳膊粗了，我便想到它该开花了。

这株连管护粗疏都说不上的广玉兰，就这样茁壮起来蓬勃起来。春天夏天和秋天且不论，每到山枯水瘦的冬天回到老家时，看到的是白鹿原北坡灰黄的枯草，灞河川道里落光了叶子的果树和杂树，路边上烧荒留下的黑色灰渣。而一当走进屋院，看到绿色依旧的广玉兰，这古老的祖居的屋院洋溢着生命的活力，心理上便泛起一种鲜活。就在我盼着它开花的期待心绪里，灾难却不期而至。那是三年前的隆冬季节，一场多年少见的大雪降至。雪后多日我回到乡下老屋，便看到一幅惨不忍睹的场景，广玉兰的主干从高处折断了，颇为庞大的枝叶躺在尚未融尽的残雪上。我看着主干折断处白色的断茬，再看看脚旁的断枝，一种隐痛久久难以化释。这是太浓密的树叶上积压的雪所导致的惨相。无论怎样惨不忍睹怎样心疼，却无可如何，我只能弥补，便用水在地上和了一团泥巴，涂抹到白色的断茬上，这是乡村里抚慰断枝的传统技法。当我涂抹着泥巴的时候，心情渐渐缓解了，相信到来年春天，断茬处肯定会发出新芽来，这是我种树的生活经验。

去年夏天回家时，从断茬处长出的主枝，已经和主干浑然一体了，初看竟看不出曾经让我心疼的断折的痕迹，凑近了才能看到重新弥合后的新枝与老干树皮颜色的差异。我便有了灾难之后的完全的欣慰。尤其让我格外惊喜的是，广玉兰开花了。枝叶太过繁密，几朵紫红色的花朵夹在树叶之间，不拨开枝叶竟难以发现。我似乎不大在意这花的色彩，也不甚在意这花朵夹在枝叶之间难得赏心悦目，我栽广玉兰的着意处，原本是为着冬日的小院有一派绿色。

山枯水瘦万木萧条的隆冬季节，回到祖屋小院，我能看到蓬勃的绿树绿叶。

初春的刚刚明媚的阳光里，回到祖屋小院，我可以尽情观赏洁白如玉的玉兰花。

这方久蓄着许多代先人命运的沉重气氛的小院里，平添了绿叶的鲜活和玉兰花的柔媚。我回归的向往便铸成永久。

2011 年 5 月 4 日二府庄

年年柳色

时令刚刚进入关中的初春季节,冷气却依旧凛冽,冬天御寒的衣服一件也减不下来。某天早晨出门,无意间的一瞥,路边的柳树枝条上泛出一片鹅黄的嫩叶,毕竟是春天了,这是瞬间发生的一种本能的心理反应。几乎同时映现于脑际的景致,便是家乡灞河岸边独成一景的柳色,还有回响于心头的李白的词句,年年柳色,灞陵伤别……

在灞河岸边生活和工作了大半生,柳色已储成永久的鲜活的记忆,确凿捺不住初春时节那一抹鹅黄色的嫩叶的诱惑,约一二乡友回到灞河滩上,在瞥见那一派柳色的瞬间,我顿生遗憾,不过迟来了三五天,柳树枝条上的叶子已经转换成绿色了。河岸边的柳林,恣意纵横伸张着的粗干和细枝上,都缀满刚刚由鹅黄转换为嫩绿的新叶;没有一丝风,连接成一道绿色浮云似的柳叶纹丝不动,沐浴着午后温柔的阳光。我还是看到了一团夹杂在望不到头的绿叶中的鹅黄色嫩叶,大约是柳树种族中的一株异类,或者类同双胞胎中的那个后生孩儿,却让我感受到鹅黄嫩色的无可替代的诗意。也许明天或后天,那一团鹅黄色的嫩色就转换为绿色,和漫空的绿云融为一体,成为今年的灞桥柳色了。

眼前的灞河和河上的桥,以及河边桥头的柳色,既不是李白们千古吟诵的柳色,也不是我记忆里的柳色。我无能想象千古诗家词人眼里所见和笔墨所吟的柳色,却淡漠不了我曾经看惯也依旧鲜活的柳色。上世纪五十年代末到六十年代初,我在灞桥南头的中学读书，学校的北围墙紧贴灞河河堤的南坡。河堤向水的一面，不过百米便有一道青石垒筑的挡水坝，坝与坝之间全蓬勃着一株株合抱粗的柳树，无疑也是为着减弱洪水对河堤的冲击力。站在灞桥上远眺，柳树的绿叶顺河而上而下绵延三五十里，成为一种令人惊诧又浮泛诗意的独特景象，自然可以理解历朝历代的诗家词人，何以会留下无以计数的吟诵灞河柳色的诗章。而我所亲历的柳树下的风景，是我的同学在河堤上柳荫下读书，或是于微明中在河堤上跑步做早操。却几乎看不到单男独女谈情说爱的场景，其实灞河水畔柳荫之下野草丛中最是卿卿我我的佳地。在我印象最深的是，每逢周六下午回家，出学校后门便跨上河堤，打开我正在阅读着的小说，一路读过去，不用操心脚下的绊磕，更不用担心撞人碰车，那个时代的汽车很少，连拖拉机也是稀罕的机械，偶尔有人骑自行车过往，总是骑车人绕着步行者。这道于解放前修建的灞河长堤，堤面上可以对开汽车，属于那个国穷民更穷的战乱年代的非凡工程了。照例，周日下午返校时，一踏上河堤，便接着读小说，享受在柳荫里，却几乎全没有感觉了。

  也有令人痛切的记忆，我在这儿读高中的三年，正遭遇着共和国历史上最不堪的"三年困难"时期，饥饿的感觉是那个时代人的共同体验。每到鹅黄的柳叶刚刚冒出，不仅村里和镇上的居民争相将取，我和同学也爬树攀枝，很小心地将下嫩不堪将的叶片，在一位当地同学的家里煮熟，用温水浸泡一夜，把柳叶里的苦汁排除，再一勺一勺分配给全班每一个同学。作为农村出身的学生，自幼年我就吃惯了多种野菜野果，却从来也没听说过柳树叶子可以当作饭菜吃的事。想来也很自然，寻常那些诸如荠荠菜、灰灰菜和洋槐花儿、构树絮儿、榆钱儿等野生物，早成为饥饿年月的抢手货，被抢挖抢摘一空，便把肚子的填充物扩大到柳树枝上的叶子。当我攀枝捋采柳叶以及嚼食变成黑色的柳叶时，完全缺失了"年年柳色"的诗性浪漫，只有肠胃得到填充的满足。

匆匆间二十年过去，交上上世纪八十年代，我又回到灞桥古镇。曾经读书的母校在灞桥的南桥头，后来供职的文化馆在灞桥北头的古镇上。刚进灞桥古镇不久，便遇上早春河堤上一派鹅黄的柳色，傍晚时分就散漫在河堤上沙滩里，眼看着那鹅黄的柳叶一天天变得金黄，变成浅绿，又变成深绿色。有文学朋友来，我便以柳色喧哗，招引他到河堤上散漫，无论说正经事无论闲聊，无论是鹅黄的柳叶抑或是绿云般的柳色，都令朋友陶醉。然而，好景不长，大约是我到古镇的第二或第三年，我发现柳树的叶子发生了异变，一棵又一棵柳树的叶子由深绿变成一种枯焦的黄色，刚刚入秋便落叶了，第二年就再也吐不出那诱人的鹅黄了。每当我周六回家和周日下午返回灞桥，骑着自行车在灞河南岸的长堤上行进时，便看到一种惨不忍睹的景象，死去的柳树已被人齐根锯断，留下一个圆圆的树茬子；一棵又一棵合抱粗的柳树的庞大的树冠上的叶子，呈现着如同肝病患者的枯黄色，不久也该被锯断了。未过三年，灞河南岸北岸的柳树死光灭绝了。这些柳树是上世纪四十年代筑成这道河堤之后栽下的，三十多年的树龄，又得着灞河水的滋润，棵棵都长到合抱粗的树干，成为守护河堤的天然屏障；庞大的树冠互相连接，构成一道绵延几十里的绿色云雾；壮观而又不失柔美的柳色，年年月月，成为关中地区独有的一道风景。短短的两三年间，灞河的柳色消失了；没有了柳色的灞桥和灞河，如若李白有灵，该会发生怎样的喟叹？我听说受害于某种病毒，也有人说是空气中的有害的工业废气。我似乎凭本能判断偏重于后者，那个时代关于空气污染还是一个陌生的话题。无论如何，灞桥和灞河的柳色却消失了。

我现在和朋友漫步着的灞河长堤，依旧是那道老堤，面目却全非了。这儿已经被改造被装点成公园了，得着灞河水的滋润，正儿八经被命名为"灞河湿地公园"，河堤内外种植着各种花草树木，其中不乏颇为稀罕的品种，长堤外侧和河堤堤面，是两条笔直规整的通车和行人的大道，多条小径曲里拐弯，从堤外沟通着堤顶，又弯转到内侧的河滩；河边原来的沙滩，也是奇花异草连片相间，栅栏围护的木板小桥通到水边；水边长着密不透风的野生苇子，有水鸟在水中自由自在地凫游。我几乎难以想象，也一时很难从印象里的灞河转换为眼前的景致。

我还是偏重这个时月里的灞河柳色。河堤内侧的滩地上和河水两边的苇丛里，有连片的柳树，还有独撑一方柳色的单株，不像是人为的栽植，而是自然的野生物。我和朋友倚在柳树干上闲话，那一株株柳树已经有半抱粗了，柳叶刚刚从鹅黄转换为嫩绿，散发的清爽之气弥漫在空气中，令我有一种发迷似的陶醉，记忆里缺失的柳色终于得到补偿了……年年又有柳色了。

在灞水岸边柳色之中漫步，和朋友少不得说到李白的词句"年年柳色，灞陵伤别"。汉唐时期的灞桥是长安城的东大门，迎接贵客好友到此等候，以示敬重；送别也送到灞桥桥头，依依不舍挥手；更有那些冒犯者被贬到远方，亲朋好友送别到灞桥，就不仅是伤心伤情的告别，而是撕心裂肺的生离死别了。可以想见几百年的王朝更迭中，灞河的河水里、石桥上、柳荫下落过多少泪水。

站在柳色中的长堤上，隐约可以眺见灞陵。灞陵里安卧着汉文帝，陵墓选在白鹿原西端的北坡上，坡根下便是自东向西倒流着的灞水，史称灞陵，白鹿原随后也有了另一种称谓——灞陵原。灞桥距文帝陵不过三四公里，李白不说灞桥伤别而说灞陵伤别了。《史记》里的灞陵原又称"灞上"，泛指白鹿原以及原下的灞河小河川，灞桥也在其中。

我现在看到的灞河，河水边依依着青春男女，祖孙三代散漫在柳色之中，偶尔碰见多年不见的熟人，握手叙旧，也都是轻松欢悦的腔调，大约谁在这样的柳色里，都不会有撇不开的心事。这里已经没有伤别，依旧着年年柳色。

2012 年 4 月 6 日二府庄

难忘一种鸟叫声

在乡村生活和工作的几十年里,每到公历五月中下旬的初夏时节,无论是行走在乡间土路上,抑或是坐在月光朦胧的自家小院里,都会听到"算黄算割——算黄算割"的鸟叫声。在乡村叫得上和叫不上名字的诸多鸟儿中,最让人亲切的鸟叫声,莫过于这种被乡人称作"算黄算割"的鸟儿了。没有任何神秘的因由,这种鸟叫声提醒庄稼人,麦子黄熟一点就要及时收割一点,不能等得整块麦子全黄熟了才收割。那样往往会被骤来的暴风雨毁了成熟的也是即将到口的麦子。其实,麦子一边黄熟一边收割,这是任何一个庄稼人都明白的常识,谁也不会太在乎空中响着的这种"提醒"。然而,人们对"算黄算割"的鸟鸣声和对这种鸟儿的亲切感,在于它传达的小麦即将成熟的喜讯。对于喝了一个冬天又一个春天的苞谷糁子的庄稼人来说,麦子成熟最切实的意义,便是碗里可以挑出美味的面条了,锅里可以烙出酥脆的白面锅盔了。尤其是那些日子过得紧巴到吃上顿愁下顿的人家,早已瞪着眼瞅着麦苗返青,拔节,吐穗,扬花,再由绿变黄,"算黄算割"的鸟叫声,既撩拨着他们急不可待的心,也搅动着他们亏欠太久的饱腹的欲望。

在我幼年的记忆里,虽然没有饥饿,却对纯粹的白面馍馍有一种本能的期盼,盼到过年,可以吃到白面包子、饺子和臊子面,过罢初五,就换成苞谷面馍了。再盼到收割麦子,打下新麦,直到地净场光,大约半个月左右,馍和面条都是新麦磨下的纯白面做的,之后又以苞谷、豌豆等杂粮为生了,正所谓"跟着碾麦子的碌碡过个年"。打下第一场新麦，磨下白面，母亲总要先烙一张焦黄酥脆的锅盔，为割麦子拉运麦子碾打麦子没黑没白劳作的父亲改善生活。我却早已迫不及待地守候在锅台边，看着母亲把擀好的白面锅盔放进锅里，当即发出吱吱吱的响声，便有香味弥散开来。及至三翻三扣，满屋满院都漫浮着锅盔的香气儿，我早已口水连连下咽了。母亲把烫手的锅盔从锅里拎起，旋即摆放到案板上，拿起切面刀切成大小匀称的方块。我急不可待从她刀下抓过一块还有点烫手的锅盔，咬出嘎嘣脆响的声音，那是美味香甜到刻骨铭心的吃食了……我对"算黄算割"鸟叫声的敏感，源自幼年的生存感受，即使活到这把年纪，每到初夏时节，在城市的街巷里听到树梢上一声连一声的"算黄算割"的叫声，脑子里便浮出在案板上从母亲刀下抓过锅盔的情景，口中似乎有口水溢出……

同时浮现于脑际的图像却有点不堪，那是在收割过麦子的麦茬地里搂拾遗丢的麦穗的情景。父亲和母亲收割完一块地里的麦子，母亲回家做饭，父亲用木轮推车把一捆捆麦子拉运回麦场上，麦茬地里遗丢的零散麦穗，要用竹篾或铁丝制作的一个大笆子搂拾，这是我要干的活。其实不单是我，凡能拖动那把笆子的农村男孩，都要干这种劳动。其实那笆子的分量并不重，搂拾的麦秆麦穗也已晒干，没有多少重量，难耐的是头顶火辣辣的太阳，直晒得裸露的胳膊由红变黑，再脱下一层层白色的皮来。在河川的小块水田里，地头有白杨树，搂到地头可以在树荫下乘一会儿凉，还可以从水渠里撩水洗脸。最难受的是在坡地上，地块大，周边见不到一棵树，更见不到一滴水，拖着笆子从地这头搂到那头，再从那头搂到这头，头顶的大太阳晒着，脚下的麦茬地也像火烤一样，满脸满身都流出汗水，直到没有汗水可以流出，喉咙里也似乎有一种着火的焦灼。

这是我幼年从事的劳动项目中最不堪的一种。父亲又拉着空车到地里来装麦捆，大约看到我不堪忍受乃至气急败坏的脸色，没有安慰或劝导，只是平静地说一句，这会儿你想一想白面锅盔就好办了……

　　后来上了中学，读到唐诗"锄禾日当午，汗滴禾下土。谁知盘中餐，粒粒皆辛苦"。我不是听人教诲之后才得知，而是在能拖动那把搂拾麦穗的竹笆的幼年就知道了"粒粒皆辛苦"的道理，是用流尽汗水再无汗水流出的切身感受获得的生存道理，盘中的餐更具体为母亲案板上的一块锅盔，或一碗纯粹麦子白面做成的面条。我对这位已记不得名字的诗人产生了敬重和亲近感。

　　记不清哪年看到一幅画，是一个拾麦穗的女孩，扎着羊角辫儿，穿着红兜肚，模样是天然的好看，正在收割过麦子的麦茬地里捡拾麦穗。我看见这幅画面，当即想到我拖着笆子搂拾麦穗的情景。我体会到的不堪和画面上那阳光而又富于诗情的美形成反差。我拾麦和搂麦是生活真实，画面上拾麦穗的女孩形象展现的是艺术化了的生活，未必要把拾穗者被太阳炙烤得淋漓的汗水和脱皮的肌肤的不雅画出来，那样就缺少诗性的浪漫诗性的美了。

　　生活真实和艺术真实是个大命题，我从喜欢上文学就面对这个命题了，几十年过来，依旧朦朦胧胧莫衷一是，姑且不赘。倒是宁可淡忘幼年搂麦穗拾麦穗的记忆，多欣赏画中所洋溢的诗性韵味，当会有一种解脱的轻松。

2012 年 7 月 31 日二府庄

第三辑 漫游与归程

汽笛·布鞋·红腰带

一个年过五十的人，依然清晰地记得平生听到第一声火车汽笛时的情景。

他当时刚刚勒上了头一条红腰带。这是家乡人遇到本命年时避灾禳祸乞求平安福祉的吉祥物，无论男女无论长幼无论尊卑都要在本命年到来的头一天早晨穿裤子时勒上腰的。那是母亲用自纺的棉线四股合成一股，经过浆洗经过大红颜色的煮染再经过蜂蜡的打磨，然后把经线绷在两个膝盖之间织成的。早在母亲搓棉花捻子和纺线的时候就不断念叨："娃的本命年快到了，得织一条红腰带。"在标志着一年将尽的最后一个月份——腊月——到来之前，母亲已经织好了一条红腰带，只让他试着勒了一下就藏进木板柜里，直到大年三十晚上才取出来放到枕头旁边，叮嘱他天明起来换穿新衣新裤时结上那根红腰带。他那时只是为了那条鲜红的线织腰带感到新奇而激动不已，却不能意识到生命历程的第二个十二年将从明天早晨开始……

半年以后，他勒在腰里的红带已经变成了紫黑色的了，鲜艳的红色被汗渍尿垢以及褪色的黑裤污染得失去了原本的颜色。他依旧勒着这条保命带走出了家乡小学所在的小镇，到三十里外的历史名镇灞桥去投考中学。领着他的是一位四十多岁的班主任老师，姓杜；和他一起去投考的有二十多个同学，这些小学同学中有的已经结婚，那是他们在新中国成立后才迟迟获得读书机会的缘故，他是他们当中年龄最小个头最矮的一个。

这是一次真正的人生之旅。

从小镇小学校后门走出来便踏上了公路。这是一条国道,西起西安沿着灞河川道再进入秦岭,在秦岭山岩中盘旋蜿蜒一直通到湖北省内。这是他第一次走出家门三公里以外的旅行。他昨夜激动惶惧得几乎不能成眠;他肩头挎着一只书包,包里装着课本,一支毛笔和一只墨盒,还有几个学生灶发给的混面馍馍,还有一块洗脸擦脸用的布巾,同样是母亲用织布机织下的手工布巾……口袋里却连一分钱也没有。

开始上路他和老师、同学相跟着走,大约走出十多里路也不觉得累,同学们大都是来自小镇附近村庄,谁也没出过远门,兴致很高心劲十足一路说说笑笑叽叽嘎嘎。后来的悲剧是从脚下发生的。他感觉脚后跟有点疼,脱下鞋来看了看,鞋底磨透了,脚后跟上磨出红色的肉丝淌着血,血浆渗湿了鞋底和鞋帮。他首先诅咒的便是沙石铺垫的国道上的沙子,全然想不到母亲纳扎的布鞋鞋底经不住沙石的磨砺,随后才意识到是一双早已磨薄了的旧布鞋的鞋底。在他没有发现鞋破脚破之前还能撑持住往前走,而当他看到脚后跟上的血肉时便怯了,步子也慢了。

似乎不单是脚后跟上出了毛病,全身都变得困倦无力,双腿连往前挪一步的勇气都没有了,每一次抬脚举步都畏怯落地之后所产生的血肉之苦。他看见杜老师在向他招手。他听见同学在前头呼叫他。他流下眼泪来,觉得再也撵不上他们了。他企望能撞见一位熟人吆赶的马车,瞬间又悲哀地想到,自己其实原来就不认识任何一位车把式。

他看见杜老师和一位结过婚的小学生大同学倒追过来,立即擦干了眼泪。老师和同学的关心鼓励丝毫也不能减轻脚下的痛楚和抬脚触地时引发的内心的畏怯。老师和大同学不能只等他一人而往前走了。他没有说明鞋底磨透脚跟磨烂的事，不是出于坚强而纯粹是因为爱面子，他怕那些能穿起耐磨的胶质球鞋的同学笑自己穷酸。这种爱面子的心理不知何时形成的，以至影响到他后来的全部生活历程，不愿意在任何人面前哭穷。老师和大同学临走时留给他的一句话是："往前走不敢停。慢点儿不要紧只是不敢停下。我们在前头等你。"

　　他已经看不见杜老师率领着的那支小小的赶考队伍了。他期望在路上捡到一块烂布包住脚后跟，终于没有发现哪怕是巴掌大的一块碎布而失望了。他从路边的杨树上捋下一把树叶塞进鞋窝儿，大约只舒服了两分钟走出不过十几米就结束了暂短的美好和幼稚。他终于下狠心从书包里摸出那块擦脸用的布巾，相当于课本的两倍大小，只能包住一只脚。洗脸擦脸已经不大重要了，撩起衣襟就可以代替布巾来使用。用布巾包住的一只脚不再直接遭受沙石的蹭磨减轻了疼痛，况且可以使另一只脚踮起脚尖而避免脚后跟着地。他踮着一只脚尖就跛着往前赶，果然加快了行速。走过不知有多少路程，布巾很快又磨透了，他把布巾倒过来再包到脚上，直到那块布巾被踩磨得稀烂而毫无用处。他最后从书包拿出了课本，先是算术，后是语文，一沓一沓撕下来塞进鞋窝……只要能走进考场，他自信可以不需要翻动它们就能考中；如果万一名落孙山，这些课本无论语文或是算术就都变成毫无用处的废物了。那些课本的纸张更经不住沙石的蹭磨，很快被踩踏成碎片从鞋窝里泛出来撒落到沙石国道上，像埋葬死人时沿路抛撒的纸钱。直到课本被撕光，他几乎完全绝望了，脚跟的疼痛逐渐加剧到每一抬足都会心惊肉跳，走进考场的最后一丝勇气终于断灭了。他站下随之又坐下来，等待有一挂回程的马车，即使陌生的车夫也要乞求。他对念中学似乎也没有太明晰的目标，回家去割草拾柴也未必不好……伟大的转机就在他完全崩溃刚刚坐下的时候发生了，他听到了一声火车汽笛的嘶鸣。

他被震得从路边的土地上弹跳起来。他被惊吓得几乎又软瘫坐下。他的耳膜长久地处于一种无知觉的空白。他的胸腔随着铿锵铿锵的轮声起伏着战栗着。他惊惧慌乱不知所措而茫然四顾，终于看见一股射向蓝天的白烟和一列呼啸奔驰过来的火车。他能辨识出火车凭借的是语文课本上的一幅拙劣的插图。这是他平生第一次看见火车。第一次听见火车汽笛的鸣叫。隐蔽在原坡皱褶里的家乡村庄，一年四季只有人声牛哞狗吠鸡鸣和鸟叫。列车从他眼前的原野上飞驰过去，绿色的车厢绿色的窗帘和白色的玻璃，启开的窗户晃过模糊的男人或女人的脸，还有一个把手伸出窗口的男孩的脸……直到火车消失在柳林丛中，直到柳树梢头的蓝烟渐渐淡化为乌有，直到远处传来不再那么震慑而显得悠扬的汽笛声响，他仍然无法理解火车以及坐在火车车厢里的人会是一种什么滋味儿？坐在飞驰的火车上透过敞开的窗口看见的田野会是怎样的情景？坐在火车上的人瞧见一个穿着磨透了鞋底磨烂了脚后跟的乡村娃子会是怎样的眼光？尤其是那个和他年岁相仿已经坐着火车旅行的男孩？

天哪！这世界上有那么多人坐着火车跑哩而根本不用双腿走路！他用双脚赶路却穿着一双磨穿了鞋底磨烂了脚后跟的布鞋一步一蹭血地踯躅！似乎有一股无形的神力从生命的那个象征部位腾起，穿过勒着红腰带的腹部冲进胸腔又冲上脑顶，他无端地愤怒了，一切朦胧的或明晰的感觉凝结成一句，不能永远穿着没后底的破布鞋走路……他把残留在鞋窝里的烂布绺烂树叶烂纸屑腾光倒净，咬着牙在沙石国道上重新举步，腿上有劲了，脚后跟也还在淌血还疼，走过一阵儿竟然奇迹般地不疼了，似乎那越磨越烂得深的脚后跟不是属于他的，而是属于另一个怯弱者懦弱鬼王八蛋的……在离考场的学校还有一二里远的地方，他终于追赶上了老师和同学，却依然不让他们看他惨不堪睹的两只脚后跟。

……

在那场历时十年的大浩劫发生时，他虽未被完全打翻却感到已经走到生命的尽头。那一年又正好是他勒上第二条红腰带开始第三轮十二年的时候。他被划进刘少奇路线而注定了政治生命的完结，他所钟情的文学在刚刚发出处女作便夭折了，家庭的灾难也接踵而至，不是祸不单行而是三面伏击四面楚歌。他步入社会尚无任何生活经验也无丝毫的防卫能力，很快便觉得进入绝境而看不出任何希望，不止一次于深夜走到一口水井边企图结束完全变成行尸走肉的自己。没有促成他纵身一投的缘由，便是他在那最后一刻听到了发自生命内部的那一声汽笛的鸣叫……

在他勒上第三条红腰带开始生命年轮的第四个十二年的时候，恰好又遭遇到一次重大的挫折。如果说上一次的遭遇与红腰带有无什么联系尚无意识，这一次就令他暗暗惊诧了，人类生命本身是否存在着一种神秘的周期性灾变？他不再以一个简单的无神论者的简单态度轻易去判断其有无了。这一次挫折纯粹是自作自受，不能怨天不能怨地更不能怨天下任何人，自己写下一篇对生活做出简单谬误判断的小说而声名狼藉。他曾想告别政坛也告别文学，重新回到学校做一名乡村教师，与农村孩子去交朋友。在那个人生重大抉择的重要关头，他不仅又一次听到了那声汽笛，而且想到了那双磨透了鞋底磨烂了脚跟的布鞋。有什么可畏惧的呢？本来就是穿着磨透鞋底的布鞋走进社会的，最终最糟失掉的大不了也就是又一双破烂布鞋……他走进图书馆，把莫泊桑和契诃夫的小说抱回住屋，昼夜与这两个欧洲人拥抱在一起。

他后来成为一个作家，但不是著名的，却终归算一个作家。这个作家已过"知天命"的年岁，回顾整个生命历程的时候，所有经过的欢乐已不再成为欢乐，所有经历的灾难挫折引起的痛苦也不再是痛苦，变成了只有自己可以理解的生命体验，剩下的还有一声储存于生命磁带上的汽笛鸣叫和一双破了鞋底的布鞋。

他想给进入花季刚刚勒上头一条或第二条红腰带的朋友致以祝贺，无论往后的生命历程中遇到怎样的挫折怎样的委屈怎样的龃龉，不要动摇也不必辩解，走你认定了的路吧！因为任何动摇包括辩解，都会耗费心力耗费时间耗费生命，不要耽搁了自己的行程。

1993 年 6 月 18 日草小寨
6 月 21 日改定

贞节带与斗兽场

——意大利散记之二

在关中乡村流传的许多"酸黄菜"式的民间笑话里,有一个放心带的故事,说有位商人四季出远门做生意,那时交通工具不发达,顶好顶快也就是轿子马车或单骑骡子,往返很费时日,多则三月半载,至少也少不了月里四十。他一出门,就把大妻小妾留在家里守活寡,终于听到了大妻状告小妾与用人有不干不净的事情。处置这种辱没门庭的事对于商人来说非常简单,辞退一个休掉另一个就是了。然而麻烦接着发生,小妾随之也向商人打上小报告,说大妻与长工有染。商人在恼火万状中反倒醒悟,把大妻小妾都休了可以再娶,把用人长工全部辞退再雇新的人来也不困难,问题在于自己一出远门就旷日持久,再娶的妻妾与新雇的长工用人再发生偷情的事怎么办?于是商人终于苦思冥想出一条万全之策,在他又要出门进行商务活动之前一夜,把两件铁打的放心链子强迫大妻和小妾套锁到下身,然后便放心地出门上路了。

这个商人与小镇铁匠铺的铁匠共同设计锻造的安全带或者叫放心链的东西是个什么形状,传说笑话里很含糊,任何听取这个笑话的人,在痛快淋漓地笑过之后,并不认真去研究那个铁链钢带的实际可行性,笑过也就完了。然而,万万始料不及的事不期而遇,在意大利国家博物馆里,我看到这样一件中国乡村笑话里的钢铁锁链式的带子,名字叫贞节带。

那是一条类似于健美运动员穿的那种简化到只护苫阴部的带

子，不过不是任何纺织布料而是坚硬的钢铁。一块一片真正的钢铁连缀成一条腰带，是用来箍绑女人的腰的；同样的钢铁薄片连接成一条带子，一头与前腰的铁带相连接，通过腹部兜住阴部和屁股，再和后腰里箍缠的铁带相扣接。兜着屁股的铁片中间留着一个空心大孔，肯定是设计和制作者为大便通过的悉心设计；而最富于匠心竭尽智慧显示天才的设计，自然是表现在最核心最要害的部位，即对女人生殖器的防卫措施，那儿的铁片同样留着一个孔，无须阐释便可以想到是给小便的出路；那孔是竖立式扁长形状，宽窄的估计和把握也经过精心的算计，即不容许任何男性生殖器通过；最绝的活儿是在扁孔的边沿上，有一圈倒立起来的约二寸长的三角形尖刺，其锋锐的程度有如锥尖锯牙……想想有哪个情种能够对抗这道监守围墙的钢铁蒺藜？设想某个风流种子看到这钢铁蒺藜时会是怎样的猴急猴急？而被扎上这道钢铁蒺藜式的贞节带的女人又是怎样的心理和生理的屈辱和痛苦？

　　这件匠心独运的钢铁作品挂在意大利国家博物馆的墙上，外面用一只玻璃罩子罩着；如果不是在一个国家级的博物馆里看到这样一件展品，我也许会怀疑是某个恶作剧者的游戏之作，类似于中国乡村民间笑话里的虚拟之物。我在这一刹那突然明白了什么叫欧洲的中世纪；中世纪的全部黑暗和野蛮浓缩具象为这件贞节带，正是中世纪挥舞的旗帜。

　　据说这件贞节带主要是为罗马帝国的大将军小士官们铸造的。在他们出征另一个民族的前夜，先用这件万无一失的钢铁制品封锁了自己妻子的阴户，然后才放心地扛着盾牌和利矛去进行征服之战。到他们征服了也践踏了一个民族的尊严和家园而凯旋时，在接受国王的嘉奖之后，回到家便掏出钥匙打开妻子腰里贞节带上的锁子。我又陡生疑问，如果某个将军或团长、旅长、营长战死在异国他乡的沙场上了，那么他妻子的这副贞节带恐怕就要箍勒到死而无法解除了，因为唯一的那把钥匙只能由丈夫装在腰里，他死了钥匙也就和腐烂的肌肉一起埋入泥土。腰际和阴部戴着这种钢铁锁链的女人如何睡觉怎么行走？如何日复一日无时无刻不在承受肉体的折磨和心灵的屈辱？漫长的人生之路对她们来说将意味着什么？

我想用相机拍下这件中世纪挥舞过的旗帜，结果被告知说不许拍照。敢于把这么一件怪物堂而皇之展览在国家博物馆里，主办者的勇气和坦率已经令我钦佩，而不许拍照的禁令却让我留下遗憾。我便久久注视这件怪物，我在想到我家乡那个民间笑话的同时，又想起来我刚刚出版的长篇小说里头的一个女人，这个女人惹得某些脸孔一本正经而臀部还残留着"忠"字的当代中国人老大不顺眼。

我在查阅《蓝田县志》时查到了三大本的"贞妇烈女"卷。第一本上全部记录着某村某妇女夫死守节抚养儿子孝顺公婆的千篇一律的事例，第二第三本里只记载着张王氏李赵氏的代号式的名字，我索然无味便一把推开。推开的一瞬心里突然悸颤了一下，想到多少年来凡是来此查阅县志的人，恐怕没有谁会有耐心读完两大本人物名字，而且不是真实名字仅仅只是两个姓氏合成的代号。我忽然对那些贞妇烈女委屈起来，她们以自己活泼泼的血肉之躯换取了县志上不足三厘米的位置，结果是谁也没有耐心阅读她们。我便一行一行一字一字看下去，如果这些屈死鬼牺牲品们幽灵尚在，当会知道在她们死去多少多少年后，终于有一个从来不敢标榜著名的作家向她们行了注目礼……田小娥的形象就在那一刻里产生了。

我们漫长到可资骄傲于任何民族的文明史中，最不文明最见不得人的创造恐怕当属对女人的灵与性的扼杀，我们有称得经典的伦理纲常和为推行这经典而俗化了的《女儿经》,然而我们似乎没有设计制造贞节带的记载。我们有贞节牌,我们有县志上的"贞妇烈女"卷,我们以奖励为主导方式弘扬那些嫁鸡随鸡嫁狗随狗、鸡狗早夭了还为鸡狗守节守志的女人们。南欧的罗马人不如我们含蓄也不懂得以褒奖为主的方法,赤裸裸锻打出来这么一种钢铁家伙去强行封堵。历史证明了我们祖宗的高明和罗马人的简单甚至可以说愚蠢,他们那样招人眼目的锁链不久(对历史而言)就被彻底废除了,而我们祖先行之有效的方法却延续到本世纪之初,比他们的寿命悠久了几个世纪。我所查阅的几个县的县志大都是抗战前编修的,依然堂而皇之不惜工本弘扬着代号们为鸡狗殉道的节和志,即使从"五四"算起也有十多二十年了,还在依然故我地立贞节牌进登县志……我便有个恶毒的想法,在我们的博物馆里,起码在妇女解放史的专题性展览馆里,应该展出县志上的"贞妇烈女"卷本,这东西与罗马人的贞节带有异曲同工之妙。

……

此前我曾参观过古罗马斗兽场。这个闻名古今闻名东方西方的斗兽场,在我远远地瞅见它的断垣残壁时竟无任何惊讶与新奇的感觉,对比起来远远不及贞节带对我灵魂的震慑。这原因恐怕在于中学的历史教师。

年轻的历史教员是一位非常优秀的老师,然而他无论如何也无法解决中国历史和世界历史进程中枯燥无趣的纪年或频繁如麻的王朝更迭的事件。一当讲到中世纪的黑暗和野蛮时,对古罗马斗兽场的情景却讲得有声有色,生动得使我几乎忘记了这是在上历史课。野兽从怎样的地下暗道被放逐出来,奴隶又从怎样的地下囚室爬到场地上与野兽搏斗,我听得毛发倒竖惊心动魄,这主要出自幼年时对野兽的恐惧。我们家乡最凶恶残忍的兽类只有狼，而狮子老虎比起狼来又厉害多少倍呀！一个奴隶面对一只饿过多日的狮子老虎直到被撕成碎块连骨带肉吞噬下去的情景，即使最缺乏想象力又缺乏同情心的人也要闭上眼睛。

也许是我上了些年岁，对野兽的残暴多了一些承受力，直到我站在古罗马斗兽场的场地上时，竟然是一种冷寂心境。我很自然地企图印证历史老师的描绘，企图印证小说《斯巴达克斯》的描写和同名电影里的印象，而眼下的一切都面目全非了。圈形的高耸的围墙大部分坍塌，残缺不全，如同一只凶兽牙齿七零八落豁豁牙牙的嘴；场内的看台也大都坍塌了，依然可以看出那个时候国王贵妃和普通看客的尊卑台阶；囚禁奴隶关锁野兽的地下洞穴也塌窑了，兽和人放逐出来的通道壕沟也壅塞不畅了……历史把鲜红的血和苦涩的泪已经风干风化，历史演进中人类的耻辱也被风吹日蚀得只余一张空干的破皮了。

我的年轻的历史老师绘声绘色讲述人类历史上最野蛮的这一幕情景时，肯定不会料想到一个背馍上学一日三餐全是开水泡馍的听讲学生，以后会站在真实的斗兽场的废址上印证他生动的讲述。又怎能完全冷寂呢？

当希特勒、墨索里尼和东条英机把整个世界变成一个大斗兽场的时候，当我们在某个时期以"文化大革命"的名义鼓动人与假想的敌人搏斗的时候，人类的如斗兽场的发明者的本性在多次重复演练，才是真正令人触目惊心的。

……

贞节带是一种理论和法律的产物，贞节牌同样是一种观念和道德法绳的产物，同样残忍同等野蛮，然而在它们产生的那个时代却同样堂皇，同样神圣，同样合理；斗兽场和希特勒和东条英机同样自信他们的理论和这理论掀起的屠杀奴隶屠杀世界的战争；"文革"的阶级斗争已无须批判……各个民族生存发展史中留下来的耻辱都钉到耻辱柱上了，然而那钉住的其实只是一张风干了的再无任何蛊惑力量的破皮。

幽灵呢？破皮风干之前原有的幽灵还有没有呢？会不会在某天早晨以一种更具蛊惑力量的装饰，重新向这个世界挥舞贞节带？

1995 年 6 月 28 日 西安雍村

北桥，北桥

——美、加散记之二

在大波士顿郊区三四十公里的康克尔镇，有一座小木桥，名叫北桥，桥下是一条悠悠静静涌动着黑色水流的泥河。二百二十年前的四月十九日夜，美国"独立战争"的第一声火枪的枪声，就是在这座小木桥头打响的。

北桥从此便成为现代美国历史的启明星。或者说，在北桥的火枪枪声里诞生了一个美国。

北桥从此便成为美国历史和现实中最负声望的桥。康克尔小镇因为拥有北桥而成为闻名于世的一个镇子，波士顿人则因为"独立战争"的策源地而自豪和骄傲。

酿成这个伟大事变的起因却是一件小小的冲突。英国殖民者从东印度公司输入大量茶叶，严重危及当地人的经济利益，当地居民便自发"揭竿"，把刚刚在波士顿海岸卸船的茶叶包扔进大海，用我们的习惯用语来说，矛盾一下子就激化了。这事件在我听来似乎有点耳熟，很容易把它和英国人输入鸦片到中国海岸所引发的冲突联系……英国人首先被激怒了，立即下达戒严令，不许当地居民乱说乱动。而崇尚自由自在的新大陆居民，对古老的英国殖民者以往那种妄自尊大和呆板的清规戒律的做派早已不能承受，也看不顺眼，可以说积怨积火已如欲喷的火山熔岩。这个晚被发现的大陆的居民与英国殖民者的冲突的实质，与世界上所有曾经被殖民过的民族无以计数的各类形式的冲突毫无二致。

康克尔小镇有一个农民自发的民间自卫组织。英国人在下过戒严令之后，决定摧毁这个民间武装的小团体，用意自然是要扑灭任何可能蔓延成灾的火星，时间定在四月十九日夜里。居住在波士顿城里的一位年轻医生在天黑时得到了这个泄露的军事机密，星夜骑马疾驰三十多公里赶到康克尔，把英军偷袭的消息报告给处于灭顶之灾的自卫武装。这个自卫武装团体一致决定反抗，虽然仓促，却有准备，最短暂的也最恰当的战术准备迅即做出立即实施。当英军士兵经过三十多公里急行军赶到北桥桥头时，桥的那一头的丛林和草地里已经按各个最有利的位置潜伏着自卫的农民，武器是火枪。

当英军士兵怀着偷袭的窃喜列队跨上北桥，灾难便降临了。从北桥的正面和两侧骤然爆起的枪声，把他们出发时的全部美丽的窃喜葬入桥下的泥河。河是真正的泥河，没有一般河流通常都有的沙滩，密不透风的森林几个世纪以来的落叶沉淀在河床上，河水因此而发黑，人或马都不可能蹚过去。无法料及的强硬的抵抗，首先使偷袭者从心理先输掉了，接续的便是溃不成军的慌乱和全线崩溃。然而英国人的呆板做派还是不变，无论桥上桥下倒下掉进了多少同伙，后边的士兵依然列队整齐，不乱间隔继续拥上北桥。桥那头的民兵几乎不用变换射击位置只需尽快地填充弹药，然后喷射到一堆堆送到枪口上来的目标身上。当地农民嘲笑英国人一切都按固定的程式运动的做派，这回是用火枪完成的。

从北桥之战开始，随后就风起云涌般掀起一场震撼世界的伟大的"独立战争"。北桥随后便日益璀璨起来。那位报信的年轻医生也一代又一代地璀璨在美国人的心里。纪念这位英雄医生的方式不是玉碑，也没有雕像，而是一行马蹄印迹。在波士顿城里的一条街道的人行道上，水泥地面上镶嵌着一行马蹄铁驰过踩下的间距很大的蹄痕，是黄铜，被无以计数的脚踩得闪闪发亮。

这个北桥现在是美国国家公园，一切都按那场战争发生时的原样保存着。低浅的丘陵被原始森林和野花野草覆盖着，树木不再人工增植也不许砍伐，枯死的树木一任其枯死、倒掉以至腐烂，也不作清理；茅草也是二百二十年前的野草的家族的延续，不许烧荒也不许刈割，更不要人工栽培的新的花草品种；河依旧是那条泥河，野苇茅草丛生的泥岸，没有人工修整的一丝痕迹，至今仍然没有人敢于涉水过河；桥是用粗刨的原木架构的，没有油漆，桥栏被游人的抚摸磨损得哧溜光滑，粗的细的木纹清晰可辨；北桥通往公园各处的几条大路也是用黄褐色的沙砾泥土铺垫的，一切都按一七七五年的原样保存下来，让一切到此观赏的世界各地的游客充分感受当年的自然环境的气氛。成群成帮的鸟儿掠过头顶，从这一片树林喧嚣到那一片树林，多是一种通体墨黑的梭子体形的鸟儿，颇类似于我自幼见惯的知更鸟，然而叫声却相去甚远。不知这鸟儿是二百二十年前的原种，抑或是后来迁居的新族？

桥头有一块纪念碑，大约记述了这儿发生过的事件的简单的经过。更令人注目的是那座雕塑，一个刚刚成年而仍未脱净稚气的乡村小伙儿，右手握着一支火枪，左手按着一副犁杖，猫着腰，前弓后殿着腿，沉静而又机敏地瞅着前方，前方十多米处就是北桥。他的农民服装上扎着一条武装带，再也找不出比民兵更恰当的称谓了。这个雕像我一眼看见就似曾相识，无论抗日战争还是国内革命战争，中国南方北方的战场上到处都是这种武装起来的乡村青年类似的模样。

在桥的那一头，即英国士兵接近桥头的道路旁边，贴着地皮栽着一块小小的石碑，作为偷袭北桥而战死的英国士兵的墓碑，却是战争的胜利者为失败者立下的。碑文很短也很耐人寻味，没有仇恨没有诅咒，也没有胜利者的骄傲，有的只是一种惋惜。碑文大意说，这些年轻人跑了三千多英里从英国来到北桥，死在这里；此刻，他们的母亲还在梦里想念儿子哩！

用这样动人的惋惜和怜悯的口吻、用这种人性和人道的泛爱的胸襟对死亡的敌手表示哀悼，可能是对那种殖民者又是失败者的最深刻也最深沉的心灵和良知的谴责。在波士顿市区，在华盛顿就任"独立战争"总司令的那棵大柳树旁边，同样为两位战死在这里的英国将军各立着一块小小的碑石。从北桥打响第一枪，到这里时整个战局就发生了一个根本性转折，这里的战斗是一场扭转战局的决定性胜利。在华盛顿的塑像周围，摆着三门缴获的英军的火炮。这里用白色的栅栏围护着一株大柳树，华盛顿在指挥这场决定性的战斗胜利之后，就在这棵柳树下成为三军统帅，也接受了三军战士排山倒海的欢呼和膜拜。北桥的初次交战华盛顿没有参与，稍后便从他的农庄赶来投入了，再后就走到了这棵柳树下，再后就把英国殖民者赶走了。处于绝对的领袖地位的华盛顿，在筹建美利坚合众国和大选的时刻，脱下戎装回到了他的农庄，继续当他的农夫去了。据说华盛顿出于这样的理由，即不以军人的身份参加选举，要以一个农民或者说普通公民的身份参选，为此他老老实实当一年农夫。尽管这行为里不无虚伪，即无论他一年后以农夫的身份堂而皇之参选总统，其实选民们投给他的一票主要还是投给"独立战争"的那位无可替代的总司令的；如果不是这样，比他更优秀一百倍的任何一位农民也不可能当选第一任美国总统。即使如此，有一点虚伪也还是可爱的，不属于令人恶心倒胃的伪装；仅此一个农夫的姿态，对于他那样功勋卓著的总司令来说，已经是难能可贵的了。

我还是对那几块为战败战死的敌方的将军和士兵所立的碑石的举动感兴趣。今年九月，我在北京见了翻译过《白鹿原》章节为英文的汉学家苏珊女士，和她聊起四月访美的印象，就谈到了这几块为敌手所立的碑子和碑文。和她一行到北京的一位美国男子却以不屑的口吻说，在越南他们可就没有这份情致了。我不觉一震。十年越战对美国普通公民来说至今还是一块化解不开的积食。许多美国母亲至今仍如那碑文所说，正在梦里思念战死在越南的儿子哩。那块为英国死亡士兵栽下的碑子，现在确实栽到数以万计的战死在越南的美国士兵的母亲的心上；那种出于人性和人道的宽容胸襟的碑文，深刻而又深沉地谴责着当年决定发兵越南的那位总统，他即使卸任多年，依然不能逃避灵魂的谴责。在越战结束近二十年后，约翰逊政府时期的国防部长麦克纳马拉，写了一本书，对越战作了反思和忏悔，感应了一些人。看来，对于被殖民而又争得了胜利的一方来说，对殖民者又是失败者以怎样的方式表示谴责，都是比较轻松比较容易做到的，可以是义正词严的也可以是机智幽默的，可以是这样又可以做到那样一种谴责的方式。然而一旦角色转换，美国人自己自觉不自觉地扮演了当年英国入侵者的角色，到越南，还有朝鲜，他们也就像二百二十年前被驱逐被打败被消灭的英国人一样，先被朝鲜继之又被越南人所仇恨所驱逐所战胜。无论如何都不可能产生给北桥牺牲的英军士兵立碑那种心怀和情致了，倒是朝鲜和越南人把这种碑文的碑石栽到了美国总统和美国母亲的心头，真是得其所哉！罪恶的心理阴影比战争的硝烟要难于消弭得多，甚至要遮蔽折磨几代人。

然而我还是难忘北桥，不单是那里保存完美的原始风景。我是四月初到北桥参观的，与美国友人约定四月十九日再来，据说每年的这一天都要举行别开生面的庆祝活动,人们穿起当年农民的服装,装扮成自己武装的民兵,重新表演当年发生在北桥的故事。今年正好是北桥打响"独立战争"第一枪的二百二十周年,纪念活动更加隆重更加丰富多彩。然而因为活动安排的冲突终于丢失了良机,留下了遗憾。

1995 年 12 月 25 日

20世纪90年代,陈忠实与拉美作家博尔赫斯的夫人玛丽亚·儿玉女士一起交流

口红与坦克

——美、加散记之四

想到这个题目并最终确定下来,仍然觉得有点滑稽,甚至有那么一点荒谬。口红是什么,坦克又是什么?口红派什么用场,坦克又派什么用场?把两件风马牛不相及甚至完全对立的东西焊接成文章标题,首先倒是应该坦白,并非出于哗众取宠出奇制胜的念头,而是一年前在华盛顿街头看到的一尊雕塑的强烈印象。

那是一辆坦克,涂抹着如同实战坦克的铁黑颜色,体积也与实战坦克一般大小,只是没有现实主义的工笔细刻,它是一种粗线条的勾勒和大轮廓的模拟。从艺术上说,可能属于现实主义与现代派的杂交或中性改良。创造者显然并不是要展示这种常规武器的最新产品,甚至无意显示那一代产品属何种型号,只是作为一种常规武器中极具杀伤力的战争的形象,赫赫然摆置在美国首都的一条大街上,准确点说是在大街一旁的比较宽阔的一块草地上。它没有实战坦克最要害的那个部件——炮管,所以它永远也不可能去发射杀人毁物的炮弹。那根炮管被置换为一支口红,长短和粗细的尺码恰好类似炮管。这支口红端直地挺竖在坦克上,戳向天空,偏圆的顶头的红色,像一团火焰,像一瓣玫瑰,或者更像姣美性感的女人的嘴唇?

宽敞的车道,川流不息着各种色彩各种形状的轿车。人道上,匆匆着或悠悠着世界各地各种肤色的男人女人大人和小孩。这辆驮载着一支口红的坦克,就这样与现代都市和谐地统一在一起,构成一道看上去美丽却不只让人仅仅感觉美丽的风景。我在第一眼瞅见它时，不仅没有丝毫焊接的感觉，而且有一种心灵深处的震撼，这震撼的余波一直储存到现在而不能完全消弭。

这尊雕塑的内蕴其实最明了不过，可说是一个十分陈旧的主题，然而又是迄今为止困惑着人类的一个共同的鲜活的话题，雕塑家用简练到简单的笔法，把一个牵涉所有国家和民族的生存理想的大话题凝铸为一组看来不可思议的"焊接"，如此明了，如此简练，又如此强烈。同类题材同类意旨的美术作品，最负名望的莫过于毕加索的那只和平鸽，还有一尊颇震撼人心的"铸剑为犁"的雕像，早已沉潜在各个民族一代又一代人的心灵深处，然而这尊象征意旨明朗、透彻的雕塑，依然昭示着人类最切近的生存忧患和生存理想。

人们在雕塑前驻足，凝眸，沉思，留影。白毛的欧洲人黄肤的亚洲人和黑脸卷毛的非洲人都在这儿驻足，把自己的情感寄托给雕像，又把雕塑创造者的美好愿望储存心间：企望这个世界能给他们的妻子女儿一支口红，永远不要发生某天早晨或深夜坦克碾过菜园和牛栏的惨景。德国鬼子和日本鬼子同时在欧亚大陆这样干过，美国鬼子在朝鲜和越南这样干过，苏联同样在捷克和阿富汗如此干过。

用口红取代坦克。

这种强烈的艺术创造让一切平庸的艺术制作感到羞愧和难堪。然而它传达给我的又恰恰不单是艺术创造本身。相信看到这尊雕塑的任何人，都会把他关于战争的全部记忆（直接的或间接的）都激活了。不仅如此，每每通过传媒看到世界某个角落坦克正在发射炮弹的画面或图片，我便联想到华盛顿街头的那尊雕塑。雕塑毕竟是雕塑，艺术也毕竟只是艺术，可以唤醒世界千万计的男女的呼应，可仍然阻止不住实战坦克的行动，坦克却仍然碾碎着那些地区该当涂口红的漂亮的嘴唇。

那个被国际法庭判处绞刑的东条英机和他的同僚战犯，几乎每年都要受到某个大臣乃至某个首相的参拜和祭奠。尽管此举受到整个亚洲和世界的谴责和侧目，闹剧和丑剧依然年年上演。我感到的不单是闹剧丑剧的可笑，而是惊讶参拜者露骨的虚伪，因为哪怕是一个小孩都会明白，即使烧一万吨香蜡纸表叩一万次响头念一万次佛，都不可能使那些战犯的罪恶魂灵得到安宁，更不可能得到超度了，至于那些在"教科书"和展览图片上屡屡偷偷摸摸搞小动作的人，不仅使世人看到了一个虚伪的灵魂，更看到了他们面对口红和坦克的现实的选择的可能性。

倒是那场世界大战的另一个发动国的现时首脑，在犹太人被害的坟墓前祭献的一束鲜花，尤其是出人意料的那一个长跪动作，不仅告慰的是长眠地下的被蹂躏的灵魂，重要的是使活着的我们看到了一个民族的大气。足以结束一个时代仇恨的一跪，必定成为历史性的一跪——他选择了口红。

那个靖国神社的门前广场，倒是应该有这样一尊坦克驮载口红的雕塑，让那些死去的罪恶的灵魂继续反省，也使那些活着的虚伪的灵魂反省出一个"小"来。

1996 年 10 月

追寻貂蝉

米脂的婆姨绥德的汉。

在陕北，婆姨既指妻子，也泛称女性。这民谣说米脂县出美女，绥德县的男子是最俊俏的。至于米脂的婆姨怎么美，美到如何程度，陕北人一般都缺乏耐心具体地为你描述皮肤如何白嫩细腻，脸腮怎样艳若桃花啦；或是根本不屑于用这些惯常的陈词滥调去涂抹他们心目中的米脂婆姨，干脆随口反诘一句：貂蝉什么样？貂蝉就是米脂婆姨！

貂蝉就成为米脂婆姨的象征，令一切男人崇拜，也成为陕北人可资骄傲的一个无可匹敌的象征。

受这样的广泛流传的民谣的诱惑，踏上北去米脂的人，心里便跃跃着一种追寻貂蝉的企盼，企图阅尝米脂婆姨的风姿。记得是十二年前的一个夏天，黄土高原恰逢十年不遇的好年景，雨水充沛，连绵着的慢坡台田和蜿蜒着的河川里，被各种田禾覆盖得密不透风郁郁葱葱，大豆摇铃，稻子扬花，高粱吐红，谷子抽穗，热风挟裹着醉人的五谷气味灌进车窗，文人们一个个都情不自禁，约好到米脂县城先找一个貂蝉看看。

我和一位朋友在县城转了大街又走了背巷，不仅没有看到貂蝉般美丽的女子，连民谣里传诵的漂亮婆姨也未遇见，便对一位坐在廊阶上摇着扇子乘凉的老汉问话：人说你们这儿婆姨好，怎么一个都不见？老汉摇着扇子直冲冲一句：还问哩！都给你们城里人勾引跑了。我一愣，朋友却调侃说，城市对乡村的野蛮"掠夺"，以至貂蝉。

虽然失望，却仍不怀疑民谣有任何伪诈。米脂水好，虽然粗粮布衣，却有好水滋润，所谓一方好水养一方好婆姨；米脂以北历来为边塞驻军之地，戍边的将军谋士的家属家眷，多是女人中的人尖儿，她们遗散民间，既带着优质良种，又兼着杂交取优的强势，百朝千代下来，米脂的婆姨便独秀于黄土高原了。这是陕北人推论米脂婆姨的自然的和历史的两大原因。同行的陕北作家证实，米脂的好婆姨都留不住，有本事的去上学去革命了，本事不强脸腮儿好的都给有本事的男人引走了；搞活了开放了，好婆姨更是像蜂儿搬家一样飞出去了，近的到延安，远的到西安，再远就是北京、深圳。你去饭店宾馆看看，凡是长得像貂蝉的，不用问，准是米脂的婆姨。

十二年后的又一个夏天，我从榆林返回时夜宿米脂，宾馆里的服务员一个个水灵灵的，操着生硬的夹生的普通话。我便可以想到，可能仅仅在三个月顶多半年以前，她们还在田峁上点瓜种豆，浇水除草，放羊喂鸡，一张招工启事就把她们"掠夺"到县城里来了。我的同行的朋友说，这儿的服务员个个赛貂蝉，比大会堂里的漂亮多了。我似乎难以附和，美则美矣！然而具体为貂蝉，似乎又不甘于此。这就是貂蝉吗？

晚上看歌舞团演出。朋友指点说，那个细高挑儿独唱的女孩，才是名噪陕北的貂蝉。深圳一家演出团开价多少多少月薪要把她"掠夺"南去，整个米脂整个榆林地区整个陕北高原都骚动起来了，自发自觉开始了保卫挽留小貂蝉的捐款捐资行动，资助经济拮据的歌舞团，一定要把这个好婆姨留下来。"这婆姨走了，我们到哪儿还能听到这么好听的信天游？"这个好小婆姨留下来了。

我被这个生活故事深深地感动了，人人都在追寻自己的貂蝉。

貂蝉的诞生源于民间神话故事，一位在天宫主司百花的牡丹仙子私自下凡，与米脂一个勤劳诚实的后生结为夫妻。女儿出生那天，有一只千娇百媚的银貂蝉蹿进屋院，便取名为貂蝉。这个千篇一律到平庸的神话，有两个不同凡响之处，一是牡丹仙子"采撷百花精英孕育胎儿"，二是牡丹仙子被勒令被绑架回天宫之前，在小院里化出一丛牡丹，并嘱丈夫以牡丹花露养育女儿。这样孕育和成长起来的貂蝉会是怎样的仙骨仙姿呢？任你去想象去创造去追寻吧！你是永远也想象不尽的，你是永远也不可能完成那种创造的，你是永远也追寻不到的。

然而，你却无法中止想象，无法停止创造，更无法断绝追寻的欲望。人对貂蝉的追寻，似乎沟通着喻示着关于美的创造和追求的精神？

1997年12月16日 广东河源

伊犁有条渠

到了伊犁，朋友便说林则徐。我的近四十年未见过面的老同学，一见面先说林则徐；新结识的伊犁地区的作家朋友，一松开握着的手便说林则徐；当地的州和县的领导干部给我介绍林则徐；维吾尔族和哈萨克族的朋友同样热烈地对我讲述林则徐。

车子驶过伊犁市郊区漂亮的公路，一条清渠伴着公路在绿杨下流淌，朋友便指给我看，这是林则徐当年流放伊犁时修的，叫湟渠。走进伊犁老街，朋友又指给我看一条小巷，林则徐在伊犁接受朝廷惩罚的两年多时间里，就住在这条小巷里的一院平房内。从乌鲁木齐来伊犁的路上，朋友又说，林则徐一八四二年也是循着这条路走过的。这条路是沿着天山向西伸展的，天山依然是暗褐色的如同生锈的铸铁，山脚下是无边无垠的秀美的草地。在刚刚落成的林则徐纪念馆里，朋友指着一架木头车说，林则徐发配新疆从西安上路时，就坐进了这辆木轮马车，历时四个多月，经过乌鲁木齐再走进伊犁。我便怀着一种崇拜而又好奇的心情绕车观看一圈，只见两个硕大的木制车轮，木板割制的车厢，两根很粗的车辕木。坐着这样的一架木车历经四个多月的行程，尽可以让人随意去想象旅途的种种艰辛了。

在伊犁，林则徐留下了一道永不磨损的光环。把他弄到这里来的道光皇帝原有目的是出于惩罚和羞辱，没想到的是，这却使被惩罚者的精神人格获得了不朽，这常常成为古今中外的一个历史法则，尤其是漫长的封建专制的中国以及相对短暂的人妖颠倒的"文化大革命"时期，往往被惩罚者最后胜利，成为历史不损的光环，而惩罚者自己却最终接受了历史的羞辱。

我在杨树和柳树列岸的湟渠边徘徊。湟渠的水是泛着乳白色的清流。这水的颜色不同于北方的河的水色，也不同于南方的江的水色，更相异于海水的颜色。这水来自天山，是天山积雪融化而成的天上之水，伊犁河便是汇聚这雪山之水而独具色彩的河流。伊犁河从中国的伊犁流到哈萨克斯坦国那边去了。湟渠之水是林则徐率众从伊犁河截流引来的。

这水从一八四四年引流成功到现在，流过一百五十余年，依然充沛而又欢畅地流着，流进号称塞外江南的伊犁的田地和果园，流进农舍的水缸和牧民的饮马槽，一百五十余年以来就这样滋润着这块美丽的土地和多姿多彩的各民族子孙。我企图揣度一个戴罪受罚遭羞辱的人，以怎样的气魄和襟怀在山地和沙滩上亲自踏勘出百余公里水渠的大略走向和具体定位来；一个年过半百的老人，又以怎样的勇气和耐心亲自组织调度汉、维吾尔、哈萨克和锡伯等民族的人民，去开凿修建伊犁地区最宽最长的这条渠。是什么东西铸就林则徐强大的心理力量，踏倒了加给他的惩罚、羞辱，克服了半百之躯的衰老，依然故我地在流放之地实施这项惠佑民众的水利工程？当他在漠风透骨的边陲踏勘和奔走的时候，想没想过那个把他发配到这里来的皇帝在干什么，以及用巧舌和唾液把他喷吐得满脸腥臊的穆彰阿、琦善之流此刻又在干什么呢？

我们绵延两千余年的封建历史，无论正史抑或野史，最生动的篇章，其实就是忠臣的热血和奸党的口水。尘封冷寂的历史摆在书架上，却仍然无情仍然冷峻：造成一个王朝兴与衰、存或亡的决定性因素，不仅是忠臣义士的热血，而更是奸党的口水。口水往往胜过热血，这是漫长的封建历史过程中各家王朝不断重复的悲剧，是不争的史实。但到清家道光帝这一次重演，口水战胜热血就有点不同了。因为这不只是清家王朝的兴衰与死亡的事了。面对英帝国的蛮横侵略，奸党们的口水不单是吐到林则徐的脸上，而是吐到整个中华民族的脸上；奸党们的口水摧折的不单是林则徐的顶戴花翎，而是整个民族的脊梁。我们在中国最后一个封建王朝的衰败和灭亡过程中，看到了一场也许是最生动最惊心动魄的口水战胜热血的悲剧。它给我们的最不可接受的心理刺激或者说历史教训是，摧毁一个国家和民族的尊严的不仅是侵略者的坚船利炮，居然还是更具内腐蚀力的口水。几个奸党的口水所喷吐出来的条约，使整个民族蒙羞受辱了一个世纪。及至今天我站在林则徐的湟渠沿儿上，似乎还能嗅到那口水的腥臭气味。

我终于来到湟渠的渠首。

湟渠进水的渠首工程修建在东巴扎尔。

东巴扎尔是一个小镇，由三条质地良好的沥青铺设的公路组成一个标准的三岔口，高级轿车、大型货车、长途客车和手扶拖拉机在三股道上穿梭，这样偏远的小镇使人感觉不到荒僻，显现着一种蜕皮图新的气氛。小镇对面是一道沙石堆积的荒坡，有两股道路便绕着那荒坡左右延伸。站在小镇一家小饭店的店门旁朝下望去，便是湟渠渠首的建筑。

那是一条绿色的河川。伊犁河的主要支流之一的喀什河，紧紧贴着东巴扎尔小镇的脚流向远处。河水自然是乳白色的天山雪水，河床不宽，水量充沛，有异于旱季里所有北方河流的干滩景象。河的两岸是丛生的柳树组成的婆娑的林带。湟渠从这里破开喀什河的河岸，把天山之水引进百余公里的人工修凿的大渠，这水便不再自然地流失，而变得无价了。这湟渠紧紧贴着东巴扎尔小镇的崖坡，和喀什河并排比肩流过一段距离便分手了，流向伊犁腹地，就在千村万舍的门楼下和葡萄园里喧闹。我站在山坡上久久眺望那远去的喀什河和烟柳婆娑的绿波，久久眺望那相伴着的湟渠和同样被烟柳荫护着的渠水在视野消失。

我和朋友在东巴扎尔镇的小饭店就餐，是一大碗用羊肉汤和西红柿烩煮的揪面片，这是我在新疆的首选食品，甚至超过了手抓羊肉。小饭店是一个维吾尔族青年开的，门面不大，小老板的肚子却够大的。他是炉头，主勺，炒菜烩面十分熟练，上唇的一绺黑色胡须浪漫自信。揪面片的是两个更年轻的维吾尔族小伙子，在案板上揉面搓面，往锅里一边揪着面片，一边说着生硬的普通话，神情却透着调皮，透着这个民族素常的幽默。只有唯一的一个女孩是腼腆的，黄色卷曲的头发，眼睛是淡蓝的，尤其是那翘起的鼻尖，秀丽又可爱。

我吃着揪面片，在露天的东巴扎尔小镇上，歪过头就可以瞅见坡坎下的喀什河和湟渠渠首建筑。这个渠首工程是林则徐亲自督建的，据说安排在渠首工程的民工是清一色的锡伯族人。我现在就餐的这个三岔口小镇，当年是否为锡伯族人安营扎寨的场地，无从考证。然而这小镇上肯定叠加着林则徐的脚印，因为这小镇是观察喀什河流向和湟渠走向的最佳方位……许多年以前，自从我在中学历史课本上知道了那一场鸦片战争，也就记住了一个叫作林则徐的中国人。许多年以后，我在西部边陲伊犁的东巴扎尔小镇上，寻觅这个人的足迹，发着英雄的血和奸党的口水的慨叹。

东巴扎尔。三岔口。塞外荒漠上的东巴扎尔，系结在喀什河上的一个小镇，留给我一个鲜活的历史记忆。

1998 年 11 月 6 日蒲城

在 乌 镇

　　车溪河紧紧贴着两岸人家的墙根流淌。这一岸的正门，隔河对着那一岸的后门和后窗。河不宽，水量却充沛，人是无法涉水而过的，就有好多座拱起来的桥，把车溪河两岸的人家连接起来。这条河让我联想到人体的主动脉，镶嵌在这个古老镇子的躯体之中，无声无响地涌动着，也滋润着这一方古镇，竟然有一千余年了。
　　一千余年的古镇或村寨，无论在中国的南方或北方，其实都不会引起太多的惊奇，就我生活的渭河平原，许多村庄的历史可以追溯到公元纪年之前，推想南方也是如此，这个民族繁衍生息的历史太悠久了。我从遥远的关中赶到这里来，显然不是纯粹观光一个江南古镇的风情，而是因为中国现代文学的开拓者奠基者之一的茅盾先生，出生并成长在这里。这个镇叫乌镇。乌镇的茅盾和茅盾的乌镇，就一样萦绕于我的情感世界，几十年了。
　　我和朋友们先乘那种古老的小木船游了一通车溪河。船的尾部设一支既能划水又能导向的木桨。木桨用一颗圆头铜钉固定在后帮上，在摇船人的手中十分灵便自如地翻摆着。正门对着河的那一排人家，大多保持着原有的古色古香的门楼，偶有几幅新式装潢的门面。对岸的那一排房屋，是十分随意因地制宜的后门和后窗，呈现着所有作为后部的凌乱与驳杂。从那些尚未关死的后门和后窗里，可以窥见室内墙壁的饰物，可以瞥见围着桌子把玩麻将的老头儿老太太，平静而又悠闲，似乎古老乌镇的老头老太就应该是这个样子。我无法想象少年茅盾玩戏在这条河边时的景象是什么样子。

游览在车溪河上,我的思绪里便时隐时浮着先生和他的作品。周六下午放学回家的路,我总是选择沿着灞河而上的宽阔的河堤,这儿连骑自行车的人也难碰到,可以放心地边走边读了。我在那一段时日里集中阅读茅盾,《子夜》《蚀》《腐蚀》《多角关系》以及《林家铺子》等长中短篇小说。那时候正处于"三年困难"时期,教育主管部门在中学取消体育课的同时,也取消晚自习和各学科的作业,目的很单纯,保存学生因食物缺乏而有限的热量,说白了就是保命。我因此而获得了阅读小说的最好机遇。我已记不清因由和缘起,竟然在这段时日里把茅盾先生所出版的作品几乎全部通读了。躺在集体宿舍里读,隐蔽在灞河柳荫下读,周六回家沿着河堤一路读过去,作为一个偏爱着文学的中学生,没有任何企图去研究评价,浑然的感觉却是经久不泯的钦敬。四十余年后,我终于走到诞生这位巨匠的南方古镇来了,这镇叫乌镇。未进乌镇主街之前在车溪河的泛舟,恰如无意排定的如水般的思绪的酝酿和沉浮。

从车溪河的一座宽敞的石拱桥上过去,才进入乌镇,头一条东西走向的街巷叫观前街。茅盾故居就在这条街巷里。街巷石条铺地,洁净清爽。两边或高或矮或宽敞或窄狭的门面,挤挤挨挨不留间隙。令我感到奇异的是,所有面向街巷建筑的前檐的墙壁,几乎一律是用松木板镶嵌而成,而且一律不刷油漆,不涂饰料,不作装潢,裸露着松木木板的原本颜色,一圈一圈木纹丝路乃至一个个或大或小的树旋儿都清晰可辨。墙是木板墙,门是木板门,窗是可装可卸的木板窗扇。站在街巷里往前看去,尽是略为陈旧的米黄色木板壁垒,油然而生思古的朴拙。我便惊奇,这样原封不变的整个一个镇子的建筑如何保存得下来,五十多年来频仍的运动的劫难何以逃躲?

茅盾故居坐北朝南，宽大的门面，高耸的屋脊，当是观前街上最气魄的宅院之一。四开间砖木结构的楼房分为东西两院，都有前屋和后楼，中间是庭院。东院购置建造在先，称为老屋，后建的西院顺理成章被称为新屋。东西两院之间有一道隔墙，下有门道，上有楼梯沟通。在窄窄巴巴的小铺店小门面构成的建筑群里，茅盾故居就显示出大家富户的气派，即使今天我站在作为纪念馆的庭院里，依然能感受到当年家业兴旺的气象。

这个宅院的创业者和奠基者是茅盾的曾祖父。原也是乡村小户穷家的农民，却经商有道，在汉口发了财，便嘱茅盾的祖父在乌镇置地造屋，先东院后西院，遂成这幢完整气派的建筑。我在这里看到茅盾落生的那间屋子，倒也没有什么特殊的感觉，天才落生在任何一间屋子都是合宜的，也无关紧要。我更感兴趣的是那间家塾，内有三张至今仍油光锃亮的小方桌。茅盾就是在这间屋子的某一张桌子上铺开纸笔和书本的，一位中国新文学的大师开始了启蒙。他的老师是他的祖父沈砚耕和父亲沈永锡。家业富足以后首先就让子孙读书，是这个民族亘古不变的传统，南方是这样，我生活的关中也是这样。只有揭不开锅交不出学费和买不起笔墨纸砚，才忍心让孩子失学。茅盾的祖父和父亲在教着五岁的茅盾开始念书写字的时候，寄望自然是深厚至殷的。我想他们肯定没有料及这个在他们膝下一句一句背诵一笔一画练习着毛笔字的后人，后来会成为一个写作新小说的作家。

老屋后楼下层的一间作为客厅，茅盾的祖母曾在这间屋子里养蚕。据说少年茅盾曾参与搭手和祖母一起干。由此自然联想到我曾经在中学课本上学过的《春蚕》，文中那个因养蚕而破产的老通宝的痛苦脸色，至今依然存储在心底。我却顿然意识到养蚕专业户老通宝的破灭和绝望，茅盾在自家的深宅大院里是难能体验感受得到的。他少年时期的生活和读书，得益于这个宅院的创业者；他后来作为一个新文学的作家，眼睛和心灵却又投注到如曾祖父踏上商道之前的无以计数的日趋凋敝的老通宝们的茅屋小院里去了。于今想起在中学课堂上学习《春蚕》时的感觉，竟然没有因为老通宝是一个南方的蚕农而陌生而隔膜，与我生活的关中地区的粮农棉农菜农在那个年代的遭际也没有什么不同。这种感觉对我一直影响到现在，不大关注一方地域的小文化色彩。一个儒家学说，又在同一个历史进程中颠簸着的同一个民族，要寻找心理秩序和心理结构的本质性差异，是难得结果的。

  从故居出来，站在观前街上，再回头观瞻这幢宅院，脑海里倏忽跳出了破旧的蛋壳，曾经诞生过一只公鸡的蛋壳。追寻这只蛋壳为什么会生出这样一只伟大的公鸡是没有答案的，其意义也几近于无。于这只公鸡来说，那对于黎明近乎本能的呼唤啼叫，才是中国南方也是北方无以计数的老通宝们的期待……

2002 年 11 月 4 日原下

永远的骡马市

头一回听到骡马市，竟然很惊讶。原因很直白，城里怎么会有以骡马命名的地方呢？问父亲，父亲说不清，只说人家就都那么叫着。问村里大人，进过骡马市或没去过骡马市的人也都说不清渊源，更说不明白，也如父亲一样回答，自古就这么叫着，甚至责怪我多问了不该问的事。

我便记住了骡马市。这肯定是我在尚未进入西安之前，记住了的第一条街道的名字。作为古城西安的象征性标志性建筑钟楼和鼓楼，我听大人们神秘地描述过多少次，依然是无法实现具体想象的事，还有许多街巷的名字，听过多遍也不见记住，唯独这个骡马市，听一回就记住了。如果谁要考问我幼年关于西安的知识，除了钟鼓楼，就是骡马市了。这个道理很简单，生在西安郊区的我，只看见各种树木和野草，各种庄稼的禾苗也辨认无误，还有一座挨着一座的破旧厦屋一院连一院的土打围墙，怎么想象钟楼和鼓楼的雄伟奇观呢？晴天铺满黄土，雨天满路泥泞，如何想象西安大街小巷的繁华以及那些稀奇古怪乃至佶屈聱牙的名字呢？只有骡子和马，让我不需费力不需想象就能有一个十分具体的活物。我在惊讶城市怎么会有以骡马命名的街区的同时，首先感到的是这座神秘城市与我的生存形态的亲近感，骡子和马，便一遍成记。我第一次走进西安也走进了骡马市，那是二十世纪五十年代中期，我进城念初中的事。骡马市离钟楼不远，父亲领我观看了令人目眩的钟楼之后就走进了骡马市。一街两边都是小铺小店小饭馆，卖什么杂货都已无记忆，也不大在意。只记得在乡下人口边说得最多的戏园子"三意社"那个门楼。父亲是个戏迷，在那儿徘徊良久，还看了看午场演出的戏牌，终于舍不得掏两毛钱的站票钱，引我坐在旁边一家卖大碗茶的地摊前，花四分钱买了两大碗沙果叶茶水，吃了自家带的馍，走时还继续给我兴致勃勃地说着大名角苏育民，怎样脱光上衣在倒钉着钉子的木板上翻身打滚，吓得我毛骨悚然。

还有关于骡马市的一次记忆，说来有点惊心动魄。史称"三年困难时期"之后的一九六三年冬天，我已是乡村小学教师，期末考完毕，工会犒赏教师，到西安做一天一夜旅行。头天后晌坐公交车进城，在骡马市"三意社"看一场秦腔，仍然是最便宜的站票。夜住骡马市口西安最豪华的民用西北旅社，洗一次澡。第二天参观两个景点，吃一碗羊肉泡馍，大家就充分感受了作为人民教师的光荣和享受了。唯一令我不愉快乃至惊心动魄的记忆发生在次日早晨。走出西北旅社走到骡马市口，有一个人推着人力车载着用棉布包裹保温的大号铁锅，叫卖甑糕。数九天的清早，街上只有零星来往的人走动。我已经闻到那铁锅弥漫到空气里的甑糕的香气儿，那是被激活了的久违的极其美好的味觉记忆。我的腿就停住了，几乎同时就下定决心，吃甑糕，哪怕日后挨一顿饿也在所不惜。我交了钱也交了粮票。主人用一个精巧灿亮的小切刀——切甑糕的专用刀——很熟练地动作起来，小切刀在他手里像是舞蹈动作，一刀从锅边切下一片，一刀从锅心削下一片，一刀切下来糯米，又一刀刮来紫色的枣泥，全都叠加堆积在一张花斑的苇叶上。一手交给我的同时，另一只手送上来筷子。我刚刚把包着甑糕的苇叶接到手中，尚未动筷子，满嘴里都渗出口水来。正当此时，啪的一声，我尚弄不清发生了什么，苇叶上的甑糕一扫而光，眼见一个半大孩子双手掬着甑糕窜逃而去。我吓得腿都软了，才想到刚才那一瞬间所发生的迅捷动作，一只手从苇叶刮过去，另一只手就接住了刮下来的甑糕。动作之熟练之准确之干净利索，非久练不能做到。我把刚接到手的筷子还给主人，把那张苇叶也交给他回收，谢拒了卖主要我再买一份的好意，离开了。卖主毫不惊奇，大约早已司空见惯。关于"三年困难时期"的诸多至今依然不泯的生活记忆事项里，吃甑糕的这一幕尤为鲜活。在骡马市街口。

朋友李建宁把一册装潢精美的《骡马市商业步行街图像》给我打开，看着主街次街内街外街回廊街漂亮的景观，一座座具有中国传统建筑风韵的现代商业建筑，我耳目一新，心旷神怡，心向往之。勾起对骡马市的点滴记忆属人之常情，也自然免不了世事变迁生活演进文明进步等阅历性的感动和感慨了。

西安在变。其速度和规模虽然比不得沿海经济大市，然而西安确实在变化，愈变愈美。一条大街一街小巷，老城区与新开发区，老建筑物的修复和新建筑群的崛起，一行花树一块草皮一种新颖的街灯，都使这座和这个民族古老文明血脉相承的城市逐渐呈现出独有的风姿。作为这个城市终生的市民，我难得排除地域性的亲近感和对它变化的欣然。骡马市几乎是脱胎换骨的变化，是古老西安从汉唐承继下来的无数街区坊巷变化的一个缩影，自然无须赘述。我最感动的是这个名字，从明朝形成延续到清代，都在红火繁荣着以骡马交易的特殊街坊，把农业文明时代的城市和乡村的脐带式关系，以一个骡马市融会贯通了。什么叫封建文明封建经济形态？古长安城有个骡马市。

无论西安日后会亮丽到何种状态，无论这个骡马市亮丽到何种形态，只要保存这个名字，就保存了一种历史的意蕴，一种历史演进过程中独有的风情和韵味，而没有谁会较真，真要牵出一头骡子或一匹马来。

哦！骡马市。永远的骡马市。

2004 年 5 月 30 日雍村

从大理到泸沽湖

头上的风花雪月

不足一小时，飞机从昆明飞到大理，降落在一座被削平的山头机场上。视野开阔，无遮无碍，远处的山和眼皮下的大理城尽收眼底。一个风格独具的高山小型机场，小到只有刚刚落地的这一架飞机，没有拥挤，更不会熙攘，颇有凛冽寒气的风，把旅客刚刚出口的话儿和热气一律扫荡，抛撒。

沿着苍山绵延起伏的山系，远远望去，可以辨别新城和老城截然不同的风貌。从苍山到平川坝子漫缓下来的坡地上，房屋呈现出自然错落高低的壮观景象。即使是大片大片的平房或低层楼房，前边的建筑绝不遮挡后边的房屋，从平川一直立体展现到半山上。无论姿势别致的新建筑物或传统的老式房子，几乎一律把外墙都涂成白色，或者纯白的瓷片。苍山是深灰到黑青的颜色，一眼望不到边际的宽幅襟怀里，是大片白亮亮的建筑群，如此强烈的反衬，又如此和谐，从视觉到心理都感觉轻俏和透亮。与苍山并列的是黄色的秃山，断崖裸露无遗，沟壑也赤裸无遗，颇类西北黄土高原地区的地貌。两条平行并列的山系之间，是一片灰蓝色的水，高原人习惯把这种高原湖泊称作海，这个海的形状活像人的耳朵，便有洱海之称。洱海平静清丽，把两列风貌和气象截然迥异的山系襟连衔接，一种天然和谐的过渡。

满城都飘动着白衣白裤。白族喜欢白色。白色的选择和白族的族史一样悠久。令人眼花缭乱的新潮时装，起码现在还无法动摇白族少女对白衣白裤坚定到崇拜的审美选择。一年四季无论季节如何变换，少女的一袭白色服饰却始终不变。最神秘也最招惹人的是少女的包头，用漂亮精湛这些词汇似乎都不及意。包头有四种颜色，分别代表风花雪月。大理在两条山系夹峙之间，形成一条风道，常年有风，不同的时节刮不同的风；大理气候温润，四季有花，山野的花从年头开到年终；苍山顶上却是终年冰雪封盖，融雪的好水注入洱海，滋润着高原；没有烟气污染也不见尘埃迷漫的天空，月亮就愈显得清净和柔媚。风花雪月都是大理特定地理环境下大自然的恩赐。白族少女将其具象为符号戴到头顶，一种对大自然虔诚的膜拜。我很感动，一个自古以来就把风花雪月顶在头上的民族，当会是怎样一种胸怀和心地？

最神秘的是包头的左耳侧那一绺白色线穗，垂过肩膀，暗示为未婚的女子，剪短到耳际的，标示为已婚。无论这白色线穗或长或短，是不允许任何人触摸的，尤其男性。如若谁敢违禁犯忌冒险动手，便要遭到惩罚，打是最轻的了。唯有求爱的小伙子可触摸少女过肩的长线穗。触摸表示求爱。小伙子必须有十分被接受的把握才敢伸出手去，姑娘接受了这种求爱皆大欢喜皆大完美；如若遭到拒绝，小伙子就得到女子家里义务做工，时限为三年，以观其行状，由姑娘最后表态做出抉择，留下来或走人。

蝴 蝶 泉

汽车在苍山宽幅襟怀里弯来绕去。下车前行，寻觅到杂树密林遮掩下的一个水池边。水是地下涌泉，真是太清了，清到纤尘不染,至清至净,透彻如无,可以逼真地透见水底一丝一缕的水草。这是声名远扬的蝴蝶泉。

原以为只有浪漫派诗人才会给此泉以蝴蝶命名。了知原委后,方才明白这样动人的泉名纯系写实主义的杰作。泉边有合欢树,蝴蝶在枝条上停落,一只扒着一只,垂吊下来,五颜六色的彩蝶,一串一串从树枝上倒挂垂吊在泉水上空,蔚为壮观,亦堪称奇到不可思议的奇景。据说是合欢树分泌散发着某种气味,蝴蝶难以抗拒这种气味的诱惑,遂成此景。我不敢全信,合欢树并非仅此一棵,而蝴蝶独恋此树却是绝无仅有,那么只有一种解释,只有这儿的合欢树才有分泌出蝴蝶喜欢的那种气味的特异功能。

苍山怀抱里的这一汪好水,涌流了不知多少年,彩蝶垂吊合欢枝条的奇景也不知延续了多少年,可谓"吊在深山人未识"。二十世纪六十年代,才被电影《五朵金花》剧组选外景时发现,这泉和这泉水上的蝴蝶串儿,就和《五朵金花》里美丽的"金花"一起出名了,蝴蝶泉成为天下名泉。我猜想这个美丽的泉名应该是剧组人员的集体创作。这个蝴蝶泉的浪漫奇观,连郭沫若老先生都难以拒绝诱惑,不远千里攀上山来,到此一游,不仅乘兴挥毫,为此泉题写了"蝴蝶泉"三字,而且赋得七律一首。郭老题名的蝴蝶泉镌刻在泉水涌流的出口处,论书法是精湛称绝的。那首七律已制碑,按郭老的亲笔书法刻制,亦为大家气象,弥足珍贵;只是那七律的遣词采句,在印象里的大师的诗词著作中,仅算得一般,不属上乘。

蝴蝶泉下不远处还有一条清泉,水量更大,泻出时在小小的跌差处形成碎银般明亮的小瀑布。此泉没有命名,却有传说惹人,撩一把水,升官;撩两把,发财;撩三把,得艳遇。游人和陪客便嘻嘻哈哈争抢撩拨水花，谁也未必当真，图得快活有趣。我便调侃，撩过四把五把，官财色如果俱得，内乱外患也就交至。

凤凰山·鹤翼村

一大早乘车出大理城，沿着两条山系之间平坦宽阔的坝子西行，黄突突的秃山在右，苍劲挺拔戴着银白雪帽的苍山在左。清凉的晨风让人忍不住敞开车窗。窗外田野里一抹翠绿。一色的蚕豆秧，如绿波涌过来，闪过去，一眼望不到边际，看多了就觉得缺少色彩的变化和调节。据说蚕豆近年间销路通畅，既可以做小食品，更可以做饲料，用途不衰，销路便红火。农民以此作为作物种植的选择，是本能的，田野就成为蚕豆的一统江山了。

翻过苍山，进入另一条川道，面前横着又一条山系。这是凤凰山。我一时根本无法把突兀横戳进眼里来的这个山与凤凰发生丝毫联系。任你如何多情如何富于想象，如何理想主义的浪漫，都不可能用凤凰给这样的山命名。这是怎样的一座山哦！黑森森的一座座高高低低的山头，黑森森的歪歪斜斜的山梁，山头和山梁赤裸着横的竖的粗硬的条纹。我在睃视的过程中，脑子里不仅飞不出凤凰，倒是堆满了铁渣。这是一座铁渣堆积的山。这样的铁渣已经堆积了亿万年，愈加冷寂了。这山戳进人的眼里，满是蹭硬和干涩，根本不想触摸也不敢触碰。只在一处山头和山梁交叉的低洼处，有几株不知名的树的绿色，弥足珍贵。这个凤凰的名字因何缘起？不外乎神话传说。神话传说往往都传递着先古生民的期待和向往，愈是残酷愈是不堪的生存环境，愈是容易飞扬激越热烈的关于美的期待。

同样不可想象的是，这个干涩到几乎见不到一撮泥土的铁渣山山根,到处都涌流着泉水,在山下的川道里聚成望不到边际的湿地。丛生的隔年的芦苇已经干枯,在早春的风中摇曳,新生的芦苇大约刚刚拱破地皮。一群群野鸭在芦苇丛中悠然浮游,时隐时现。另有多种辨不出种类的水鸟,在水面上忽起忽落,毫不戒备。据说这儿的村民即使穷极,也不会猎杀水鸟。野鸭和水鸟自由无忌。

凤凰山根下,散落着几个自然村,归属行政上的新华村辖制。我们走进的这个自然村是最大的一个村寨,叫鹤翼村,也叫石寨。前者属浪漫主义,后者是现实主义。白鹤的翅膀。凤凰山下,白鹤一翼,浪漫和吉祥都汇聚到这个古老的白族聚居的石寨了。街道上走过来一帮步履匆急的中年女人,有的人背着竹篾背篓,一色的黑底蓝边布衣,头上的包头也是青布做的。包头的颜色,成为区别白族支系的标志。颇有异趣的是,中年女人包头上还复加着一顶仿制的黄色军帽。石寨的白族男子喜欢戴这种仿制的陆军士兵帽,缘自"文革"时期"全国人民学习解放军"的"最高指示"的巨大而又深入的影响,形成习俗,至今不衰。这种仿军帽就成为男子汉的象征。妇女能顶半边天和男女平等,同样是"最高指示"的思想和倡导,于是白族妇女在传统的象征着女性的包头上垒加一顶仿军用品的黄色帽子,以标志在社会在家庭在人格在地位上与男人平等了。

鹤翼村的历史已经湮灭,尽管没有羊皮书一类神秘典籍存留下来以证明其古远,而聚居在这个寨子的白族人制作银器银饰的手艺,却已相传千年了,足够悠远古老了。村里的绝大多数人家世代从事各种银器铜器生活用品和首饰的制作和镂刻,千余年来盛名不衰美誉远播。孩子学会用手抓摸东西就抓摸到了银器铜器银饰铜饰,以及凿刻钻镂那些精美饰物的器具。几乎家家都有作坊。几乎家家都出过一位或几位天才的巧手名匠，单是能被现在的人记住名字的就可以顺口摆出一长串。从鹤翼村走出去的银匠兼铜匠，遍及整个西南各省的大城市小街镇，尤其是西藏、广西、四川、贵州、内蒙古等少数民族聚集的地区，云南各州自不必说了。不管哪个民族戴着什么样的银货首饰，十有八九都是鹤翼村的能人巧手做的活儿。我不敢全信也不敢不信。确凿的事实是，鹤翼村现有四位佼佼者，被联合国教科文组织授给"中国民间艺术大师"的称号。这四位大师在村里享有盛望，几无异议亦无窃语，不似文坛常常发生关于大师的脸红脖子粗的争议。他们早已在鹤翼村乃至同行业里独具威望，联合国教科文组织的授名只是锦上添花。

我走进其中一位大师老寸的家院。

寸大师不在。寸大师的夫人热情地领着一行人参观家庭银器作坊。一个名副其实的家庭作坊，不仅在家里的廊檐下做工，匠工全部是寸家的儿女和亲属。大女婿正在镂刻一把白银酒壶。这把酒壶专配八只白银酒盅。这把酒壶里所装的白酒正好斟满八只酒盅，不多一滴也不亏一滴。据说这酒壶酒盅容量的数学公式运算十分复杂。寸大师如何完成这项发明创造的秘诀至今秘而不宣，没有拜请数学家的公式运算却是确凿的。这项绝门技艺早已获得创造发明专利，至今尚未被谁破解。这把纯银酒壶的外观造型和浮雕式的镂刻的精美，令人叹为观止，直觉得更适宜作为新居摆设或收藏供人欣赏，用它装酒倒酒似乎把某种美的感觉俗化了低贬了，也使饮酒者平添一分珍惜的沉重。这种神秘的银质酒壶的生产过程却是公开的，起码在镂刻浮雕这一环节上任人观摩。大女婿在廊檐下坐一把小凳，十分专注，目不斜视，手里的小角刀一划一削，一拉一挑，一种熟练的自信和自如溢于眉眼和神色里。尚未婚娶的二女婿也坐在廊檐下的高台阶上,刻着一种银器,丈母娘向客人介绍到他的时候,抬起头腼腆一笑,羞涩浮在清秀的脸庞上,又低头做活儿了。大女儿跑前颠后,动作行为和语言质地都显示出当家或主持的角色。二女儿一副轻松姿态,颇多天真,她说她在大理城里开着一家银器店,经营着自家作坊的产品。我稍微留意一下,寸夫人和她的两个女儿都没有戴白族的包头,更没有再垒加一顶仿军品黄帽。男女平等在这个家庭里,肯定不必用一顶男人喜欢的帽子来暗示了。

寸大师家的房子我也不忍忽略。

一个典型的白族院落。两层楼房,一色的木头,木柱木梁自不必说,外墙和内墙全用木板,每一扇门板和窗扇,都是花鸟异兽的雕刻。高耸轻俏的挑檐,一眼望去就使人感到某种舒畅,避去了寻常建筑物的闭塞和郁闷。这幢建筑耗资八十万元。请不要忽略这是在僻远的鹤翼村。在鹤翼村的街道上行走,两边大多是两层木楼,从成色上判断,都应属于近年间的新建筑。有几处又低又矮破旧不堪的老房子,可以见证以往村庄的概貌。还有两家正在兴建的楼房,施工的工匠和辅助的工人忙碌在屋架上和院子里……制作银器铜器和首饰,已经使鹤翼村的白族人过上了好日子,甚至使我都不想再听关于过去如何怀着绝技讨饭吃的往事了,这种令人痛心的教训岂止一个鹤翼村或者石寨,整个中国南方北方的每一个村寨,都在演示和见证着同一个教训。我更愿意观赏寸大师寸夫人和他们的儿女,以及鹤翼村老的少的银匠们今日的生活状态,对我关于过去乡村的记忆和体验,当是一种抚慰。

泸沽湖畔

差不多有六个小时的行程，几乎都在大凉山里盘旋。上一架山下一座山。再上一座山再下这座山。就这样上上下下在大凉山的山丛中整整盘旋六个小时，人得有巨大的耐心，因为沿途的奇峰和美景早已看得眼满神疲了。只有一架山留下了至今想起依然心悸的记忆。那是一座最陡的又无法绕过去的山。从山顶斜瞭一眼，窄窄的公路在这架山的同一壁面上，绕过七八道弯才到山顶，像天女舞罢随意丢弃在山壁上的一条黑绸。这是我后来想到的比喻。当时被汽车载着盘旋其间的时候难得想象，一满是目眩和心悸。

就为着看一眼神秘的泸沽湖，就为着亲眼看看比湖泊更神秘的摩梭人。

傍晚时分，汽车翻上又一座山头，突然瞥见远处一片灰蓝色的水雾，凭感觉就知道是泸沽湖了。视线又被眼前的山峰遮住了。只一瞥，精神顿然亢奋起来了。那一片蒙蒙的水雾又在两座山头之间出现了，稍为宽限的时间，可以看到灰色水雾下蓝色的湖水。第一眼和第二眼的最新鲜的直感，就是沉静，一种悠远的沉静。

站到泸沽湖边上，我的心也顿然沉静了。不想欢呼，连赞叹的词汇也不想出口，只有哦哦哟哟的呻吟。似乎眼前的湖面是熟悉的，可能就在昨天或去年的某个梦境里，似乎又确凿是陌生的，因为即使梦里也根本不会浮出这样好的水和仙境般的湖。近前已经是澄明清澈的湖面，幽深的蓝变成青色。水雾在远处浮漫着，愈远愈浓，隐隐能看出水汽在湖面上丝丝缕缕时现时隐。远处的水雾蒙蒙成帐，遮住湖边的山的根部，山就浮在湖上了。人说对面的山形恰如卧佛，佛就在这四季弥漫的水雾里滋润着修养着。近处的湖面上浮着一种通体黑色的水鸟，悠悠然漂浮。金黄色的野鸭集成堆，成片。白色的鸥鸟是显眼的，也是最活跃的，时而在水上浮游，随即就飘飞起来，在空中恣意了两圈儿，又落到水面上来了。无论好静无论喜动的各色鸟儿，在这儿都能随心所欲，绝无偶然突然发生的伤害，一种原始的安全。岸边停靠着许多猪槽船，可以乘坐十人。这是作为商业经营的仿造品。我在图片上见到过类近最原始的猪槽船，是把一根粗壮的木头凿空了的恰似给猪喂食的食槽的船，坐两个人是合理的负载。这种猪槽船源自摩梭人源头形成时的神话故事，又吻合着教科书上人类进化到母系氏族社会时的特征，就给今天的现代人一种悠远想象的符号，倒是不必细究传说的可靠性了。湖面上频频往返着一条条这种十人乘坐的猪槽船，到湖心的小岛上观光。一个黝黑的小伙子在船头划桨，船尾是一个同样年轻的摩梭女性也在摆着木桨，经问得知，是一对走婚的摩梭人夫妻，他们已不忌讳。

泸沽湖四面被山围定。落水村依傍在湖的南岸。远远望去，湖的北岸西岸和东岸的山脚下，都有散落的房屋的屋脊隐现。汽车从山里盘旋过来的唯一出口，就是落水村。这是山根到湖边难得的一块颇为开阔的平地，成为落水村摩梭人千古繁衍生息的福地。崇山峻岭层层叠叠形成的严密不泄的封闭，为今天的人们无意保存下来人类进化过程中的一块活化石，母系时段的家庭形态。落水村被外部世界撩开神秘面纱，在人类学家民俗学家和普通人的惊喜惊诧和好奇的熙熙攘攘声浪里，大小商贾的心思和行为却最单纯最简捷最务实，不过十来年时间，把落水村装扮成一个具有现阶段发展水平和流行特色的消费娱乐商城了。

沿着湖边业已形成的一公里长的商品走廊，一家紧挨一家的大铺店小门面，各逞风姿的装饰扮相，基本与当地古朴的建筑风貌毫无牵涉，都是用二十一世纪初中国都市里流行的审美情趣构建的图像。店铺里的商品多是内地输入的吃、喝、穿、戴、用、玩的东西，偶有少量仿造摩梭人原始生活用品纯粹作为象征的物什。开店坐店的大小老板和雇员，十有八九都是从外部进来淘金的青年男女，据说有远自广州的女商家。和这排甚为讲究的建筑物一路之隔的对面，紧靠着泸沽湖岸的沙滩，是用各色彩条塑料篷布搭建的小吃店，在泥土地上支着一个个炸锅烤箱或蒸笼，小女子小男孩尚未脱尽稚气也未脱尽原有职业的举止特征，只顾一个不漏地招徕走过面前的每一个行人。这种临时设置和摊主普遍不甚踏实的神色，让人想到顾客一串烤肉尚未嚼咽完成，摊主就会拔篷挟锅逃走。沿着山根的公路，有规模壮观的大酒店、饭店和过夜生活的唱歌洗浴按摩等级参差不齐的场合。所有这些骤然冒出的建筑和设施，都是为进入神秘的泸沽湖的游客准备的。

落水村已经是一片式样大致相同的楼房。大多为两层，用水泥也用木头。院落很宽敞。主人食宿住卧只占少量房间，更多的房间是作为家庭旅社接待游客的，而且有宽敞明亮的餐厅，销售各类风味的饭菜，晚上的篝火晚会在一座宽大的院庭里举行，已经不是传统那种随意自如的自娱自乐的方式，而是经过艺术家指导、编排的规范化表演了，为赚取游人钞票的纯商业化演出，男女村民演员的服装也很精美而讲究。据说，当晚演出结束，游人带着异样风情的回味离去，所有参与演出的人员现场分酬，绝不过夜也不拖欠，完全公开化，也就避免了矛盾和意见。据我乘坐的那条猪槽船的女船主介绍，村民分为 AB 两组，划船和演出隔一周轮换一次，游人的多少决定着收入的丰薄，天气和季节是最主要的制约因素，全凭运气了。为来自世界各地和国内游客服务的旅游商业，成为落水村人致富的始料不及的机遇。作为怀着猎奇探访心理的我，看到群山环抱的湛蓝湛蓝的高原之湖，看到黝黑强健的摩梭男女，自然是一种预期的心理满足。然而也不无欠缺和隐忧。山脚下和湖岸边的商业区和娱乐区，包围着落水村，豪华酒店简陋歌厅里的流行歌曲和陪女的嬉笑声连同洗脚水倾泻出来，原始的纯粹的母系家庭能否坚守久远。我又矛盾得很，落水村的摩梭人有无必要坚守那种古有的习俗。摩梭人独有的歌舞成为纯商品化的致富途径，我也在赞赏与遗憾的矛盾中难以抉择。唯一可以做出判断的一件事，湖边已形成很宽的浑浊的污染带，再不能往湖心地带扩展了；把一个纯洁不染纤尘的高原湖泊弄成一湖脏水，那是无须点示后果的最愚蠢的作孽。

火塘·花楼

终于走进一间摩梭人日常起居的屋子。这是我昨夜歇住的家庭旅社的主人家的住屋。房主人叫达巴，丰满的身材，很镇静，镇静到与她后来自报的还属于年轻人范畴的年龄不太相称。果然，她已经在深圳这样中国最现代的城市里生活工作过两年了，见过大世面也见过比较洋的世面了。她上身穿着有花纹图案的毛衣，坐在火塘边向我和同行的作家朋友介绍摩梭人的风俗和家庭结构，很镇静。

火塘是房子的核心。家庭成员商协家政家务的活动就在火塘周围。家庭成员依长幼辈分在火塘边有一个相对固定的位置。火塘靠近木质背墙。背墙根下火塘两边，摆置着有软垫的木板，从火塘最近到最远端的位置次序，是舅舅们按年龄长幼依次排定的。火塘旁边还散摆着不少圆形墩子,是家庭其余成员随意坐的。包括孩子的父亲,他到这里来表达对孩子的关爱之情,可以坐在火塘边,却不能坐到舅舅坐的上首木板上。火塘左边的圆木叠垒起来的木头墙上,嵌着一张床,那是这个家庭主持家政的家长的卧铺,神秘而又神圣,偌大的屋子里,只有这一铺住处。家长通常是这个家庭里年龄最长的女性,在火塘边主持一年之初的计划预算和年终总结,家庭随时要安排处理的一切内政和外交,由舅舅们和女儿各抒意见,最后由家长做出决断,走婚的父亲是不能参与的,也就没有说长论短的资格。

有资格坐在火塘左右两边属于上首位置的木板上的成年男性,承担田地里的主要劳作,无私地供养着姊妹们生育的孩子,作为舅舅的身份,承担着父亲的责任。孩子的亲生父亲,在他们的家庭里同样抚养他们的姊妹生育的孩子。人们习惯说这是单亲家庭,兄弟姊妹终身生活在同一个火塘周围。姊妹们到成年后,每人有一间花楼,夜里等待亲爱的夫君来走婚;成年男子在这个家庭里只有坐火塘的尊贵位置,而没有资格安铺下榻,晚上必须走出屋院到相亲相爱的女子的花楼里共度良宵。女性的花楼是除了走婚的男子之外的任何人不得涉足的。我们之中有人向达巴打问她的花楼,笑而不语。达巴转移话题说,她曾到深圳的民族村做过摩梭人的歌舞表演,有两年多时间,还是觉得泸沽湖边的家乡更适宜自己,况且落水村因为近年间的旅游热而增添了收益的渠道,决意回来了。达巴坦率地告诉我们,她已完成走婚,有一个正在哺乳的女儿,"孩子的爸爸很帅,他二十五岁"。达巴特意注重地解释,外面的人传说摩梭人走婚很随便,误传了。青年男女经过暗恋到热恋,一旦确定走婚关系,就会固定下来;一旦有孩子出生,虽不能尽父亲抚养孩子的责任,却可以随时走到女方的火塘边,表达对孩子的爱怜和关心,也可以和家人聊天和交流。这种关系也是村人几乎共知的,一旦发生变异,会受到众人的不齿和轻视,很难再去找到新的走婚对象。我就很清醒地感觉到,这是一种依凛然的道德维系的婚姻纽带。

我也不难想象,从泸沽湖从田地里从山野里摆渡耕作放牧归来的男人和女人,漱洗完毕吃罢夜饭,女子进入花楼等待夫君时该是怎样一种甜蜜的急切;那些匆匆走过幽暗的村巷进入花楼偏门的男子该是怎样一种坦然的幸福。那些甚至需要骑马或摩托赶到另一个村寨的小伙子们,以怎样动人的痴情在两个村寨之间的山路上的每一个夜晚走向自己心中的花楼……这是怎样充溢着激情的生动的泸沽湖。

2004 年 7 月 18 日雍村

再到凤凰山

小小的凤凰城远近闻名,着意在山水韵味。凤凰城山水名扬天下,得益于作家沈从文。凡读过沈从文作品的人,不仅难以忘记湘西的山水韵味和民俗风情,而且同时种下有朝一日走一回湘西的欲念。凤凰城是湘西风景风情的代表性杰作,自然为首选之地。

大约十年前到凤凰城。看了山,看了水,看了沈从文先生的书屋和墓地,感触多多,却不著一字,说来很简单,沈先生早在几十年前把湘西的山光水色和民生的风情灵气展示得淋漓尽致,至今都很难再读到那样耐得咀嚼的文字,我便不敢贸然动笔了。这回又去湘西,再上凤凰山,不仅有沈先生文章里的景致为参照,而且还有第一次来凤凰城的印象做对比,我发觉变化真是太快了,也太大了。我记得十年前进凤凰城时,要过一座桥,从桥上看下去,河水里浮游着几头水牛。水牛在河里懒洋洋地游着,露出硕大的头和头上的弯角,还有浅灰色的脊背。水色不清,浑而近浊,漂浮着有藤蔓的野草,据说是刚刚下过雨涨了水的缘故。这幕水牛戏水的景象就留在我这个北方人的记忆里。这回一看见凤凰城,一看见那条河,自然不再陌生,却看不见水牛的姿容了。水变清了,大约没有落雨也就没有涨水,更看不见浮草;原先沙子泥土铺就的河岸,用水泥砌得整整齐齐,类似城市公园人工湖的堤岸了。我似乎隐隐生出某种缺失的惆怅。我又不敢说这种整修有什么不合适,却想着那泛着青草的泥岸伸展着的自然状态的曲线。再也不复重现了。

其实,更想看的是沈从文先生的旧居,十年前看了一回,这次来仍然想再看一回。我从东正街拐进中营巷。就感到拥挤和熙攘，拥挤着的男男女女，都是因观瞻一位作家的宅第的好奇心所驱使。而这位作家生前却是落寞的，尽管住在繁华的北京，活着时几乎是蛰伏隐居，即使在胡同里迎面撞怀，乃至不经意间头与头碰撞得起了疙瘩，却谁也认不出个沈从文来。现在，先生早已弃居的老宅旧屋，却"下自成蹊"。据说一年四季都是络绎不绝的参观者，旅游旺季就这么拥挤着。

  大门口是进出的交汇之地，我得侧了身才能挤进去，院子里和前屋后厅都挤满了人，观看的照相的购书的琢磨着风水八卦的人，似乎都津津有味自得其趣。我也在拥挤的缝隙里看沈家的这座四合院，进得门来算门房，正在经营着沈先生作品的各种版本，需排队才能交上钱拿到书。中间是左右对称的厢房，显得低矮而又窄小，我是以北方四合院的厢房作参照的。最重要的建筑是厅房。以石条起垒。是一种淡淡的橙红色石条，平生一缕暖色。石条上砌砖。青色的砖只垒到窗下，不过半人高，之上就全部是木格大窗子，再不见一块砖石墙壁。木窗和木门之间以木板嵌镶作墙，古香古色，自成一种优雅。我在北方乡村和城镇，几乎没有看到过窗台以上不用砖或土坯砌墙的房子，甚为稀罕新奇。

  厅房内一明两暗，明间当为长者议事、说话、训子的比较庄严的场合，也是接待客人的会客厅。左卧室背后，有一方小小的火塘，上边吊着一只水壶，四周摆着几只小板凳。使我自然地发生最生动的联想，无论家人或朋友，围坐在火塘边，听燃烧的劈柴噼啪响着，看火苗呼啦啦往上蹿起，水壶里的水嗞嗞嗞响着，沏一碗热茶，或叙友情，或议家事，或逗笑取乐，该是怎样一番惬意和快活。

沈先生的墓地在半山上，山不高，却很幽静，曲径盘绕，杂树蔽阴。突兀看到一块碑石，刻着神采飞扬的手书字体："一个士兵要不战死沙场，便是回到故乡。"初看吓了一跳，碑题内容似乎太硬，一下子竟反应不及。细看副题为"悼念从文表叔"。立碑题字者为大名鼎鼎的黄永玉。便把太硬和突兀的感觉隐压下来，慢慢嚼磨，反复体味个中内涵。

沈先生的墓，是以一块巨大的石头为标志，据说重达五吨。上边刻着沈先生自己的话："照我思索，能理解人；照我思索，可认识人。"这应该是先生一生的哲思概括，也是一种复杂曲折的人生历程之后的生命体验，只可领悟，不敢评说。我很赞赏这块石头，不是名山采来的名贵石料，而是当地山上到处可见的一种沉积岩石块，大大小小的各色砾石，和沙粒堆积凝结在一起，呈现出一种自自然然的原本的颜色，亦未做任何雕琢，似乎这石头一直就蹲踞在这里，与山与树融为一体。据说这石头是黄永玉先生亲自为其表叔选择采掘来的。我便钦佩这位画坛大师超凡脱俗的审美取向，真是一块再恰切不过的石头。有清泉自石缝涌出。贴着山根的石凹流下去。一年四季日日夜夜，在沈先生耳边流过，不时泛出叮叮的响声。想先生平生不声不响，似乎也不爱热闹，悄悄走出凤凰，死后又悄然归于凤凰，不料热闹发生在死后，拥挤了旧宅老屋，又川流不息吵吵嚷嚷在坟头墓前，如果真有先生不死的幽灵，怎么承受得住……

我依着同行的朋友去河上乘一种专供游乐的小艇，河水清冽，暑气闷热暂得缓解。看河边的小幢民居建筑，真是稀罕奇观，倚山而造，栉比鳞次，一幢幢小屋小楼借着山势和立足的地坨大小，结构着种种样式。最下边的一排，居然是凌空立柱铺出一方地基，搭建成别致的房子，河水便在床铺下日夜流淌，有水声催眠入梦，当是怎样一种如仙的境界。河边有人在洗衣淘米。女人洗着淘着。淘着洗着的还有男人。洗菜的男女似乎平平常常，洗衣的男女居然还用着棒槌。棒槌在石头上捶击衣服的响声听来悦耳，那是我自小在家门口的涝池边和灞河里听惯了的脆响乐声，但家乡的乐声早已在多年前消失了。

上岸后沿河边的小路走，不时有人拉着小车擦身而过。车上绷一顶遮阳的花布，车内置一张躺椅。花了几块钱的人坐在躺椅上。挣了几块钱的人拉着车子在小巷和河边跑着，供花了几块钱的人观光赏景。这是最简单最直白的一种关系，容不得多愁善感者说三道四。我看着觉得有点扎眼的，是一位坐在躺椅上的人的姿势，手里夹一支正燃着的纸烟，两条腿以"八"字形撇开，搭在车子的两边，旁观者入目颇觉不雅。

沈先生如果活着，今日的凤凰和湘西在他的笔下，会是怎样一番景致？

2005 年 11 月 29 日二府庄

林中那块阳光明媚的草地

——俄罗斯散记之二

早晨醒来便听见哗哗哗的雨声。拉开窗帘就看到满天低沉的黑云，从黑云里倾泻而下的雨条闪着些微的亮光。到俄罗斯整整一周了，走到哪里都是蓝天白云下碧透的天空和鲜亮的阳光，今天遇到下雨了。有阳光又有雨，当是感受俄罗斯大地自然天象变幻的一个小小的又是难得的完满。

冒雨去图拉，拜谒托尔斯泰。车行四小时，大雨一路都在不歇气地下着。我总是忍不住拉开车窗，开阔的原野覆盖着望不透的森林，无边无沿的草场，都笼罩在迷迷蒙蒙的雨雾里。飞进车窗的雨滴打湿了我的头脸，这是托翁故乡的雨。临近图拉城的标志，是路边终于出现了人。一顶顶简便装置的帆布或塑料帐篷，零散地撑持在公路边上，摆列着一排货架，守候着一个一个女人，都在卖着以图拉命名的饼子。据说这种饼是闻名俄罗斯的土特产品，以黑麦制成，别有一番独特绵长的香味且不论，绝不加任何防腐剂却可以存贮半年以上，久享盛名。看着在雨篷下守候过路客捎带图拉饼的女人，我顿然联想到家乡关中类同的情景，每到五月初，通往我的白鹿原的原上和原下的两条公路边，便摆满一筐筐一笼笼刚刚摘下来的樱桃；通往临潼秦兵马俑的路旁，九月的石榴和九月末的火晶柿子招惹着世界各方的男女；还有去女皇武则天陵墓的路边，垒堆如小塔的锅盔，既可以整摆整个售购，也可以切成西瓜牙儿一般大小零卖，还有人索性就把大铁锅支在路边现烙现卖。乾县的锅盔虽不及玛拉饼的盛名,却在遍地锅盔的关中独俏一枝,皮脆里绵,满口麦子纯正的香味,武则天在锅盔的香味里滋润了一千多年,该当改为女皇牌锅盔了。看着那些伫立在路边的图拉女人,我想大约和关中路边守候的农夫农妇一样,卖下钱不外乎盖新房,供孩子读书,以及为儿女娶媳妇办嫁妆。托翁故乡的农民和关中乡民谋求生活的方式和思路如出一辙。

车过图拉城时,雨缓解松懈下来。汽车穿过图拉城,从街面建筑和街道的景致看,都显示着一种久远的陈旧,与中国任何一个中小城市一夜之间的全新面目都显示着距离性差别。雨时下时停,出图拉城就看到远方天际一抹蓝天和阳光。拐过两个交叉弯道,就看到一排很长的林木遮蔽下的围墙和一个阔大的门,这就是托翁自己命名的"林中那块阳光明媚的草地"——庄园故居了。

站在宽大的门口,一眼看见两排整齐高大的白桦树的甬道,通向林木笼罩的深处。我跨进大门并走上白桦树下的甬道,踏着用三合土铺垫的大平小不平的路面,庆幸自己终于有缘走在遍布着托翁脚印的土地上了。托翁一生都走在这庄园里的大路小径、果园耕地和林荫草地上,我踏在已经消失沉寂了托翁脚步响声的印痕里,依然感知着一个伟大灵魂神圣的灵性。白桦树依然枝叶茂盛,白色鲜亮的树皮浮泛着诗意。头顶的枝叶不断洒下水滴。甬道土路的小坑浅洼里积着雨水。左边有一排涂成灰蓝色的木板房,是马厩,庄园里曾经耕田拉车以及溜达的好多匹马,就养在这里,现在依着原样原封不变地保存着,自然都已经圈干槽净了,我似乎还可以闻到马粪马尿和畜生混合的气味。甬道右边还有一排蓝灰色的木板房,是贮藏草料和马具的库房,可以看到门里散落的干草,还有犁具、围脖和套绳，似乎刚刚罢耕归来卸下，散发着马脖子的臊味儿。还保存着农耕生活记忆的我，顿然浮现出这里添草拌料和骡马踢踏喷鼻的生机勃勃的图景。现在是一片人畜不在的冷寂。

甬道尽头往右拐进去，是一座涂成黄色的两层小楼，这是托尔斯泰的居室和写作间。下层一个大约不超过十平方米的小屋子里，托翁写成了《战争与和平》。我站在这间屋子的一瞬间，弥漫在心头的神秘顿然散失净尽了。一张不大的木板桌子，不仅谈不到精致或讲究，大约当初只刷过一层清漆，可以清楚地看到被磨损的或粗或细或直或歪的木纹；可以猜想长胳膊长腿的托翁伏案写作时，肯定会摊占大半个桌面。房间里还有一只小茶几和一张单人床，这床也应是我见过的最窄的一张床了，当是写得腰酸臂困时伸懒腰的设施。房间不仅没有装饰装潢，更没有如中国文人惯常装备的字画铭题之类，连一个像样的书架都不置备。到二楼的一间几乎同样小的房间里，也是漆成淡黄色的一张木桌，椅子的四条腿截断了一节，低到如同我家里的马扎。据说是托翁视力不好，椅子低点就可以缩短眼睛和稿纸的距离，避免了低头躬腰。在这间小小的简便到简陋的书房里，托尔斯泰写成了《安娜·卡列尼娜》。我还想看看写作《复活》的房间，讲解员说这部写作长达十年的小说，托尔斯泰先后换过三个写作间，没有解释换房的原因。我走出这座二层小楼时，脑子里就凸显着两张淡黄色的木桌。我更加确信作家从事的写作这种劳动，最基本的条件不过就是一张桌子和一把椅子，可以铺开稿纸可以坐下写字，把澎湃在胸膛的激情和缠绕在脑际的体验倾泻到稿纸上就足够了，与房子的大小、屋内的装备和墙面上贴挂的饰物毫无关系。说句不算抬杠的话，如果脑子里是空乏的，胸腔里是稀薄的，即使有镶着宝石的黄金或白银的桌椅也无济于事。无论如何，我至今还想着那把太低太矮的椅子，坐上去就得把腿伸到很远，坐久了会很不自在的，何不加高桌子的四条腿，同样可以达到既不弯腰低头而缩短眼睛和稿纸的间距的目的，况且能够让双腿自由自如地屈伸……

在这座托尔斯泰写作和生活的黄色小楼前，有一块不大的空地，该当算作院子吧。在这方小院的三面，都是稠密到几乎不透阳光的树林，林间长满杂草，俨然一种森林的气息。楼前的这方小院，除了供人走的台阶下的土路，也都栽种着花草，却不是精细琢磨的管理，完全是自由生长的泼势。花草园子里有一棵合抱粗的树，不见一片绿叶，粗壮的枝股和细细的枝条，赤裸在空中，在四周一片浓密的绿叶的背景下，这棵树就令人感到一种死亡的凄凉。我初看到这棵枯死的树时，就贸然想到保存它与周围的景致太不协调，随之了解到这棵树非凡的存在，竟然有一种内心深处的震撼。枯枝上挂着一只金黄色的铜钟，我初看时就想到小学校里上课下课敲出指令的铜钟。托尔斯泰属于贵族，却操心着贫苦农民的疾苦和委屈，以真诚之心帮助那些寻找救助的人，久而久之，那些四野八乡遭遇困境的乡民便寻到这个庄园来。托尔斯泰在楼前院子的这棵树上挂了这只铜钟，供寻访的穷人拉响，托尔斯泰就会放下钢笔推开稿纸，把敲钟的穷人请进楼里，听其诉叙困难和冤屈，然后给予帮扶救助。据说有时竟会在这棵树下发生排队，等候敲钟。然而没有哪怕是粗略的统计，曾经有多少穷人贫民踏进这座庄园走到这棵树下，憋着一肚子酸楚和一缕温暖的希望攥住那根绳子，敲响了这只铜钟，然后走进了小楼会客厅，然后对着胡须垂到胸膛的这位作家倾诉，然后得到托尔斯泰的救助脱离困境。

这棵曾经给穷人和贫民以生存希望的树已经死了，干枯的枝条呈着黑色，枝干上的树皮有一二处剥落，那只金黄色的铜钟静静地悬空吊着，虽依原样系着一条皮绳，却再也不会有谁扯拉了。救助穷人的托尔斯泰去世已近百年，这棵树大约也徒感寂寞，已经失去了承载穷人希望的自信和骄傲，随托翁去了。

托翁晚年竟然执意要亲手打造一双皮靴，而且果真打造出来了，而且很精美很结实也很实用。我自然惊讶这位伟大作家除了把钢笔的效能发挥到无可替及的天分之外，还有无师自通操作刀剪锥针制作皮靴的一双巧手；我自然也会想到这位既是贵族庄园主又是赫赫盛名的作家，绝不会吝啬一双靴子的小钱而停下笔来拎起牛皮；恰恰是他几乎彻底腻歪了已往的贵族生活，以亲自操刀捏锥表示向平民阶层的转向和倾斜。一种行动，一种决绝，一种背离。我在听着那位端庄的俄罗斯姑娘说这个逸事时，瞬间想到曾经在什么传媒上看到谁说谁已有了贵族的气象和派势，显然是一种时尚推崇。我似乎感到某些滑稽，昨天还用旧报纸（城里人）和土圪垯（乡下人）擦屁股，一夜睡醒来睁开眼睛宣布成了贵族了……托尔斯泰把他精心制作的这双皮靴送给一位评论家朋友。这位评论家惊讶不已，反复欣赏之后，郑重地把这双皮靴摆到书架上，紧挨着托尔斯泰之前送给他的十二卷文集排列着，然后说：这是你的第十三卷作品。这话显然不单是幽默，是以俄罗斯人素有的幽默语言方式，表述出对一位伟大作家最到位最深刻的理解。

我真感觉到幸运，在林中的这块草地上领受到了明媚的阳光。雨在我专注于黄色小楼里的一张桌子一把椅子一张照片一页手稿的时候，完全结束了。头顶是一片蓝色的天空和自在悬浮着的又白又亮的云。林子顶梢墨绿的叶子也清亮柔媚起来。阳光从枝叶的空隙投到林子里的硬质土路上，洒在小小的聚蓄着雨水的坑洼里，更显一种明媚。走到一大片苹果园边，天空开阔了，阳光倾泻到苹果树上，给已经现出颓势老色的叶子也平添了柔和和明媚。树枝上挂着苹果，有的树结得繁，有的树稀稀拉拉挂着果子。苹果长足了时月停止再长，正在朝成熟过渡，青色里已淡化出一抹白色。从果树的姿势看，似乎疏于管理；从果形判断，当是百余年前的老品种了，在中国西北最偏远的苹果种植区，早在十几二十年前都淘汰了。这些苹果树和大面积的园子，自然完全不存在商业生产的意义，而是作为托翁的遗存保留给现在的人，现在依然崇拜和敬仰这位伟大灵魂的五洲四海的人。我看不到托翁了，却可以抚摸托翁栽植的苹果树，在他除草剪枝施肥和攀枝折果的果林间走一走，获得某种感应和感受，不仅是慰藉，而且是一种心理的强力支撑。

　　沿着一条横向的硬质土路走过去。湿漉漉的路面上有星星点点的阳光。路两边是高耸的树，从浓密的树叶的空隙可以看到碎布块似的蓝天和白云，平视过去则尽是层层叠叠的湿溜溜的树干。我尽可以想象雨后初霁的傍晚，阳光乍泄的林间树丛中，托翁拨开草叶采摘蘑菇的清爽。树林间有倒地的枯木，杆皮上生出绿苔和白茸茸的苔衣，都依其自由倒地的姿态保存着，更添了一种原始和原生形态的气息。这里已没有了剪枝疏果吆马耕田采蘑制靴的托尔斯泰的身影，没有了闻铃迎接穷人听其诉苦的托尔斯泰，也没有了在木纹桌前摊开稿纸把独自的体验展示给世界的托尔斯泰了。然而，一个伟大的灵魂却无所不在。恰在我到这儿来之前几天，《参考消息》转载一篇文章，说欧美一些作家又重新阅读陀思妥耶夫斯基和托尔斯泰了。我便想，小说的形式和流派如狗追兔子般没命地朝前抢着，跑到"后后后"的地段上，终于有人歇下来缓口气，又往来路上回眺了。看来似乎没有完全过时的形式，只有空虚肤浅的内容最容易被淡忘被淹没。

横着的路出现了三岔口，标示左边通托翁的墓地。路上的光线似乎暗下来，许是树木更密了，也许是太阳光照角度的差异，路面和小水坑里已经看不到亮闪闪的光斑了。在树林的深处，看到了托翁的墓地，完全是始料不及想象不出的一块墓地。在一块临近浅沟的边沿，有一片顶大不过十平方米人工培植的草坪，中间堆着一道土梁，长不过一米，高不过半米，是一种黑褐色的泥土堆培而成。上面没有遮掩，四周没有栅栏防护，小土梁就那样无遮无掩地堆立在小小的草坪上。我站在草坪前，竟有点不知所措。这样简单的墓地，这样低矮的土梁标志，比我家乡任何一个农民的墓堆都要小得多。没有任何碑石雕像，就是一坨草坪一撮褐黑的泥土，标志着一个伟大灵魂的安息之地。那个小土梁上，有一束鲜花。我在转身离去的一瞬，似乎意识到，托尔斯泰是无须庞大的墓地建筑来彰显自己的，也无须勒石刻字谋求不朽的，那小小的草坪和那一道低矮的土梁，仅仅只标示着一个业已不朽的灵魂安息在这里。

离开墓地和通往墓地的林间幽径，有一片开阔的草地，灿烂着红的白的紫的金黄色的野花。季节还算是夏天，雨后的太阳热烈灿烂，仍不失某种羞羞的明媚。我沉浸在野草野花和阳光里，心头萦绕着托翁为自己的庄园所作的命名，"林中那块阳光明媚的草地"，真是恰切不过的诗意之地，又确凿是现实主义的具象。

2006 年 10 月 4 日雍村

第四辑　舒悦里的亲情和友谊

第一次投稿

背着一周的粗粮馍馍，我从乡下跑到几十里远的城里去念书，一日三餐，都是开水泡馍，不见油星儿，顶奢侈的时候是买一点杂拌咸菜；穿衣自然更无从讲究了，从夏到冬，单棉衣裤以及鞋袜，全部出自母亲的双手，唯有冬来防寒的一顶单帽，是出自现代化纺织机械的棉布制品。在乡村读小学的时候，似乎于此并没有什么不大良好的感觉；现在面对穿着艳丽、别致的城市学生，我无法不"顾影自卑"。说实话，由此引起的心理压抑，甚至比难以下咽的粗粮以及单薄的棉衣遮御不住的寒冷更使我难以忍受。

在这种处处使人感到困窘的生活里，我却喜欢文学了；而喜欢文学，在一般同学的眼睛里，往往是被看作极浪漫的人的极富浪漫色彩的事。

新来了一位语文老师，姓车，刚刚从师范学院毕业。第一次作文课，他让学生们自拟题目，想写什么就写什么。这是我以前所未遇过的新鲜事。我喜欢文学，却讨厌作文。诸如《我的家庭》《寒假（或暑假）里有意义的一件事》这些题目，从小学作到中学，我是越作越烦了，越作越找不出"有意义的一天"了。新来的车老师让我们想写什么就写什么，我有兴趣了，来劲了，就把过去写在小本上的两首诗翻出来，修改一番，抄到作文本上。我第一次感到了作文的兴趣而不再是活受罪。

我萌生了企盼，企盼尽快发回作文本来，我自以为那两首诗是杰出的，会震一下的。我的作文从来没有受过老师的表彰，更没有被当作范文在全班宣读的机会。我企盼有这样的一次机会,而且正朝我走来了。

车老师抱着厚厚一摞作文本走上讲台,我的心无端地慌跳起来。然而四十五分钟过去,要宣读的范文宣读了,甚至连某个同学作文里一两句生动的句子也被摘引出来表扬了,那些令人发笑的错句病句以及因为一个错别字而致使语句含义全变的笑料也被点出来,终究没有提及我的那两首诗,我的心里寂寒起来。离下课只剩下几分钟时,作文本发到我的手中。我迫不及待地翻看了车老师用红墨水写下的评语,倒有不少好话,而末尾却悬下一句:"以后要自己独立写作。"

我愈想愈觉得不是味儿,愈觉不是味儿愈不能忍受。况且,车老师给我的作文没有打分!我觉得受了屈辱。我拒绝了同桌以及其他同学伸手要交换作文的要求。好容易挨到下课,我拿着作文本赶到车老师的房子门口,喊了一声:"报告——"

获准进屋后,我看见车老师正在木架上的脸盆里洗手。他偏过头问:"什么事?"

我扬起作文本:"我想问问,你给我的评语是什么意思?"

车老师扔下毛巾,坐在椅子上,点燃一支烟,说:"那意思很明白。"

我把作文本摊开在桌子上,指着评语末尾的那句话:"这'要自己独立写作'我不明白,请你解释一下。"

"那意思很明白,就是要自己独立写作。"

"那……这诗不是我写的?是抄别人的?"

"我没有这样说。"

"可你的评语这样子写了!"

他冷峻地瞅着我。冷峻的眼里有自以为是的得意，也有对我的轻蔑的嘲弄，更混含着被冒犯了的愠怒。他喷出一口烟，终于下定决心说："也可以这么看。"

我急了："凭什么说我抄别人的？"

他冷静地说："不需要凭证。"

我气得说不出话……

他悠悠抽烟："我不要凭证就可以这样说。你不可能写出这样的诗歌……"

于是，我突然想到我的粗布衣裤的丑笨，想到我和那些上不起伙的乡村学生围蹲在开水龙头旁边时的窝囊，就凭这些瞧不起我吗？就凭这些判断我不能写出两首诗来吗？我失控了，一把从作文本上撕下那两首诗，再撕下他用红色墨水写下的评语。在朝他摔出去的一刹那，我看见一双震怒得可怕的眼睛。我的心猛烈一颤，就把那些字纸用双手一揉，塞到衣袋里去了，然后一转身，不辞而别。

我躺在集体宿舍的床板上，属于我的那一绺床板是光的，没有褥子也没有床单，唯一不可或缺的是头下枕着的这一卷被子，晚上，我是铺一半再盖一半。我已经做好了接受开除的思想准备。这样受罪的念书生活还要再加上屈辱，我已不再留恋。

晚自习开始了，我摊开了书本和作业本，却做不出一道习题来，捏着笔，盯着桌面，我不知做这些习题还有什么用。由于这件事，期末我的操行等级降到了"乙"。

打这以后，车老师的语文课上，我对于他的提问从不举手，他也不点我的名要我回答问题，校园里或校外碰见时，我就远远地避开。

第一次投稿

又一次作文课，又一次自选作文。我写下一篇小说，名曰《桃园风波》，竟有三四千字，这是我平生写下的第一篇小说，取材于我们村子里果园入社时发生的一些事。随之又是作文评讲，车老师仍然没有提到我的作文，于好于劣都不曾提及，我心里的底火又死灰复燃。作文本发下来，揭到末尾的评语栏，连篇的好话竟然写下两页作文纸，最后的得分栏里，有一个神采飞扬的"5"字，在"5"字的右上方，又加了一个"+"号，这就是说，比满分还要满了！

既然有如此好的评语和"5+"的高分，为什么评讲时不提我一句呢？他大约意识到小视"乡下人"的难堪了，我猜想，心里也就膨胀了愉悦和报复，这下该有凭证证明前头那场说不清的冤案了吧？

僵局继续着。

入冬后的第一场大雪是夜间降落的，校园里一片白。早操临时取消，改为扫雪，我们班清扫西边的篮球场，雪下竟是干燥的沙土。我正扫着，有人拍我的肩膀，一仰头，是车老师。他笑着。在我看来，他笑得很不自然。他说："跟我到语文教研室去一下。"我心里疑虑重重，又有什么麻烦了？

走出篮球场，车老师的一只胳膊搭到我肩上了，我的心猛地一震，慌得手足无措了。那只胳膊从我的右肩绕过脖颈，就搂住我的左肩。这样一个超级亲昵友好的举动，顿然冰释了我心头的疑虑，却更使我局促不安。

走进教研室的门，里面坐着两位老师，一男一女。车老师说："'二两壶''钱串子'来了。"两位老师看看我，哈哈笑了。我不知所以，脸上发烧。"二两壶"和"钱串子"是最近一次作文里我

1959年,初中毕业照。陈忠实(前排左一)手拿1959年刊有《创业史》的《延河》

的又一篇小说的两个人物的绰号。我当时顶崇拜赵树理，他的小说的人物都有外号，极有趣，我总是记不住人物的名字而能记住外号。我也给我的人物用上外号了。

车老师从他的抽屉里取出我的作文本，告诉我，市里要搞中学生作文比赛，每个中学要选送两篇。本校已评选出两篇来，一篇是议论文，初三一位同学写的，另一篇就是我的作文《堤》了。

啊！真是大喜过望，我不知该说什么了。

"我已经把错别字改正了，有些句子也修改了。"车老师说，"你看看，修改得合适不合适？"说着又搂住我的肩头，搂得离他更近了，指着被他修改过的字句一一征询我的意见。我连忙点头，说修改得都很合适。其实，我连一句也没听清楚。

他说："你如果同意我的修改，就把它另外抄写一遍，周六以前交给我。"

我点点头，准备走了。

他又说："我想把这篇作品投给《延河》。你知道吗？《延河》杂志？我看你的字儿不太硬气，学习也忙，就由我来抄写投寄。"

我那时还不知道投稿，第一次听说了《延河》。多年以后，当我走进《延河》编辑部的大门深宅以及在《延河》上发表作品的时候，我都情不自禁地想到过车老师曾为我抄写投寄的第一篇稿。

这天傍晚，住宿的同学有的活跃在操场上，有的遛大街去了，教室里只有三五个死贪学习的女生。我破例坐在书桌前，摊开了作文本和车老师送给我的一沓稿纸，心里怎么也稳定不下来。我感到愧悔，想哭，却又说不清是什么情绪。

第二天的语文课，车老师的课前提问一提出，我就举起了左手，为了我的可憎的狭隘而举起了忏悔的手，向车老师投诚……他一眼就看见了,欣喜地指定我回答。我站起来后,却说不出话来,喉头哽塞了棉花似的。自动举手而又回答不出来,后排的同学哄笑起来。我窘急中又涌出眼泪来……

我上到初三时,转学了,暑假办理转学手续时,车老师探家尚未回校。后来,当我再探问车老师的所在时,只说早调回甘肃了。当我第一次在报刊上发表处女作的时候,我想到了车老师,应该寄一份报纸去,去慰藉被我冒犯过的那颗美好的心!当我的第一本小说集出版时,我在开着给朋友们赠书的名单时又想到车老师,终不得音讯,这债就依然拖欠着。

经过多少年的动乱,我的车老师不知尚在人间否?我却忘不了那淳厚的陇东口音……

1987年8月13日

默默此情谁诉

十一月三日,我从乡下住处回到作协已是十二点钟了。我匆匆赶到西安晚报社张月赓家里,交给他一件捎带的东西。闲聊间月赓说,好久没见老蒙了,我想请你和老蒙到家里来喝一杯,我们三个还没在一起喝过酒哩!我就告诉他,老蒙给我说过至少两三次:约月赓来,咱们三个喝一杯。于是,我就让他约人定时间。我期待着这样的一次聚会……可是,谁料想,就在这一天清晨,蒙老师突然离开我们到另一个世界去了。

他走得那么匆忙,没来得及给他的亲人和朋友们留一句话,这是令人多么痛心的事啊!

此前四个月的七月中旬,作协在太白县召开"陕西长篇小说创作讨论会",蒙老师作为陕西文学界活跃的评论家被邀参加。他是从宝鸡来到太白县的。他在宝鸡为西大作家班的青年作家联系洽谈写报告文学集子的事,忙得不亦乐乎,终于完满地解决了问题。这是暑假,没有了教学的负担而可以潜心著书立论的宝贵时间,他毅然放弃了,冒着关中三伏的酷热到宝鸡奔走,为青年作家创造创作实习的条件。

在太白一见面,他就说,太白好凉快;我是到这儿乘凉来了。完全是一种逛会的宣言。我已经了知他的这种习性,其实他是最认真的会员。他一次不拉地参加讨论会,听取发言者的或是长篇宏论或是一言半语的插话。他一直没有说话,直到最后一个下午才说了大约不到一刻钟的话。他的发言不是所有的人都会赞同,这是极正常也是极普通的事，而他的坦率诚恳的用心却几乎使所有的人都为之感动。他是那样严肃认真热情地关注着长篇小说创作的发展以及陕西中青年作家的创作的现状。评论家刘建军和畅广元随之借着他的话题即兴发挥，讨论由此而逐渐深入并且形成热点。他在认真地思考问题，他却说他是来乘凉的。

我因此而想到八年前在太白的相聚。那是粉碎"四人帮"后文艺复兴初期作协召开的一次很成功的会议。当时陕西开始涌现出一批中青年作家，会议讨论这批作家的优长和发展。我和蒙万夫老师被会议的组织者安排在一个屋子。我当时和他认识不久，交往不多，有点怯生或者说陌生。我想，我是来自乡间的草莽，他是高等学府的教师，我总觉得无法掩饰自己的浅陋。但他待人随和的态度和那种随意的习性使我很快消除了拘谨。那时候我的短篇《信任》刚刚获得全国优秀短篇小说奖，我说到从这篇小说引起的惶惑。他说，你就写你的，你按你的兴趣写。《信任》好得很！有个性。没有个性的作品就跟没有个性的人一样让人难受。短短几天的相处，我感受到了一个可信赖的良师益友的脾性正与我合拍，从此就开始了我们愈来愈真挚的感情的交汇和友情的发展。此后八年之久以至到第二次相聚在太白，我们的友谊可以说像夏天一样成熟了。

我那时在灞桥区文化馆工作，馆里举办了一期创作讲习班，灞桥地区的农村、工厂、学校等单位的五六十名文学爱好者参加了。我去西大约请蒙老师讲课，他满口应承，这就一下消除了我来时心存的"庙小难安大神"的顾虑。我随之就抱歉地说明，文化馆无车，我也借不来车，只好委屈你坐公共汽车了。他反而怨我说，你这人，作那个难干啥哩！你给我说清去灞桥该坐哪路车，在哪儿乘车、换车就行了，再就甭管了，保证误不了讲课。

果然，我早晨起来还未来得及吃早点，蒙老师已经走进我的屋子。一进门就轻松地说，汽车方便得很嘛！路也不远。我就感到他是继续以轻松的话来解除我的窘迫。金钱和利害可以使人结成铁哥儿死党，而真诚却使人更觉得可靠和信赖，也更耐人回味和珍惜。

他的讲演大获成功——我是第一次听他正儿八经拉开场子讲文学创作。他没有讲义，一直站着而拒绝坐椅子。他一口气讲了三个多小时，讲到托尔斯泰、巴尔扎克、雨果和柳青，又讲到中国一九八○年那时候活跃于文坛的中青年作家以及陕西的中青年作家和他们的作品。他纵古横今旁征博引深入浅出，把比较干巴的文学理论讲得生趣盎然，偶尔夹带的逸事趣闻引起哗笑，而又紧紧围绕他讲话的命题。课后几个学员直后悔没带录音机来，说把这场讲课录下来再整理出来就是一篇严密的论文。我有同感。他讲课时的选词用语十分严密，似乎是在念讲义，而他手里什么也没拿。这是我第一次见识作为学者的蒙万夫的硬功夫、真本领以及演讲的风采。

作为学者的蒙老师身上又保存着明显的农民的生活习性。他对农村的事特别有兴趣，我们见面时，他就问农村的收成，责任制实行过程中的农民情绪。他第一次到我乡下的住处来，我正在完成新屋建筑的最后工作，几个农民青年工匠正吃饭，他就和他们坐到一张小桌上，拒绝我为他另外置饭的考虑，而且很快就和那些青年工匠聊得嘻嘻哈哈。

那天饭后我领他到灞河川道里散步，春夏相交时节的河川正是最丰满的景色，麦子孕穗，豌豆结荚，河水清冽，水鸟恋情于水上沙滩。我和张月赓在水边说话，蒙老师已脱了鞋袜，泼水到河心露出水面的大石头上，掬膝而坐，环顾四野。老张对我说，看看，老蒙陶醉于大自然的韵味里去了。我却想到他说过他也是来自农村，考上大学才进入西安,他也许沉入童年农村生活的回味,那是对一种熟悉的却又久违了的生活的回嚼。老张说,我们还是不要扰乱老蒙的情绪。于是,我俩就顺着水边走下去,走过半里多远,回头望过去,蒙老师仍然坐在那块露出河心的大石头上凝神不动,像一尊石雕。当我们终于涉过河水,走上对岸的沙堤会面以后,蒙老师第一句话就是:现在才最清醒地感觉到城市单元楼的全部可怕了!

认识蒙老师不久,他即向我提出,你以后在什么地方发表东西,告诉我一声,说清报纸杂志的名字和期号,我一定会找到的。如果你有多余的寄给我一份更好了。他没有说要这些东西作何用。我也没有问,以为他想看看我的创作发展罢了。自此以后,我就如约把我在一些杂志和报刊发的东西寄给或送给他。他看罢后,往往就成为我们再见面时的话题。此后他又提出,让我把此前发表过的全部作品送给他一览,包括"文革"前的几篇很难称为作品的习作以及"文革"当中曾使我汗颜的几篇小说,我把存留下来的全都背去给他看了。当他后来送还给我的时候,已经替我编了码,整理得有条有理了。

后来,他约我认真谈一次,不仅是创作,还有生活的历程。那天在一间储藏杂物的屋子里我们谈开了,有他的三四个学生一起谈,整整谈了一天,从家庭谈到读书和工作的整个历程,谈到第一次对文学感兴趣以及后来走过的坎坷的创作之路。谈话虽然杂乱无章,却也是我自己一次较为认真的回顾。不久他和学生把我的谈话整理成文,打印成册,并送给我几份。我仍然搞不清他费这么大的力气的用意,只是以为他想了解我的生活和文学经历而已。但有一天他告诉我,《笔耕》文学评论组拟出版一本评论西北五省活跃的中青年作家的评论集,《笔耕》的主要评论家每人写一个作家,我的评论由他写。他说,我现在才觉得可以给你说这个话了,关于你的评论我可以写了。又过了好些日子,有一天收到他的信,说文章已写完,让我去看看。我一看就愣住了,洋洋三万言,已经誊写清楚,名曰《陈忠实论》。那本书规定只能容纳一万字,他就节选出一万字编入了,整个文章后来发表在《文学家》杂志上。看罢文章我才明白,此间我们几次见面,几次交谈,都是他对我的创作的一些思考,和我交换看法。那些看法成为他的评论文章的重要论点。我无意评说这篇文章。我对这篇文章的看法早已与他谈过,尤其使我感动的是他做学问的那种认真精神,为了这篇文章,他间接和直接摊了多少工夫啊!

大概正在他酝酿写作这篇文章的时间里,我在《延河》上发了一篇《答读者问》的创作谈。他看罢即写信给我,说他想不到我说的"最喜欢的作品是《梆子老太》"的话,约我谈一下。此前他曾谈过他不大欣赏《梆子老太》,认为与其他中篇相比是次一些的。我说,我不是觉得这部中篇写得好与不好的问题,我喜欢这部中篇只是因为《梆子老太》改变了以往以故事和情节结构作品的手法,是以人物结构的,是创作试验。他仍然申述这篇作品不好的原因,而且有点激动。于是,我们第一次发生了争论。争论的结果是他仍然把自己的观点写进了评论。我因此反而更敬重他:一个认真做学问的人的品格本该如此。

今天离蒙老师去世已近百日,回忆我和他从相识到相知的十个年头里,我们已经有过多少次倾心的交谈:他催我奋进,给我安慰。可如今,天上人间,何处话衷肠……

1989年1月28日白鹿园

别　路　遥

我们不得不接受这样的事实，无论这个事实多么残酷以至至今仍不能被理智所接纳，这就是：

一颗璀璨的星从中国文学的天宇陨落了！

一颗智慧的头颅中止了异常活跃、异常深刻也异常痛苦的思维。

这是路遥。

他曾经是我们引以为自豪的文学大省里的一员主将，又是我们这个号称陕西作家群的群体中的小兄弟；他的猝然离队将使这个整齐的队列出现一个大位置的空缺，也使这个生机勃勃的群体呈现寂寞。当我们，比他小的小弟和比他年长点的大哥以及更多的关注他成长的文学前辈们看着他突然离队并为他送行，诸多痛楚因素中，最难以承受的是物伤其类的本能的悲哀。

路遥从中国西北的一个自然环境最恶劣也最贫穷的县的山村走出来，为中国当代文学的繁荣创造了绚烂的篇章。这不单是路遥个人的凯歌。它至少给我们以这样的启迪，我们这个民族所潜存的义无反顾的进取精神和旺盛而又强大的艺术创造力量，路遥已经形成开阔宏大的视野，深沉睿智的穿射历史和现实的思想，成就大事业者的强大的气魄，朝着创造的目标，实现创造理想时必备的坚韧不拔的意志和艰苦卓绝的耐力，充分显示出这个古老而又优秀的民族的最优秀的品质。

路遥热切地关注着生活演进的艰难的进程，热切地关注着整个

1985年8月，榆林沙漠。左起：陈忠实、白描、京夫、子页、路遥、贾平凹

民族摆脱沉疴复兴复壮的历史性变迁，以及由此而产生的巨大痛苦和巨大欢乐。路遥并不在意个人的有幸与不幸，得了或失了，甚至包括伴随着他的整个童年时期的饥饿在内的艰辛历程。这是作为一个深刻的作家的路遥与平庸文人的最本质区别。正是在这一点上，路遥才成为具有独立思维和艺术品格的路遥。

路遥短暂的"人生"历程中，躁动着炽烈的追求光明追求美好健全社会的愿望，他没有一味地沉默也不屑于呻吟，而是挤在同代人们中间又高瞻于他们之上，向整个社会和整个世界揭示这块古老土地上的青春男女的心灵的期待，因此而获得了无以计数的青春男女的欢呼和信赖。他走进他们心中。

路遥的精神世界是由普通劳动者构建的"平凡的世界"。他在中国当代作家中最能深刻地理解这个平凡世界里的人们对中国意味着什么。他本身就是这个平凡世界里并不特别经意而产生的一个，却成了这个世界人们的精神上的执言者。他的智慧集合了这个世界里的全部精华，又剔除了母胎带给他的所有腥秽，从而使他的精神一次又一次裂变和升华。他的情感却是与之无法剥离的血肉情感。这样，我们才能破译长篇小说《平凡的世界》里那深刻的现代理性和动人心魄的真血真情。路遥在创造那些普通人生存形态的平凡世界里，不仅不能容忍任何对这个世界的过去和现在、历史和现实的解释的随意性，甚至连一句一词的描绘中的矫情娇气也绝不容忍。他有深切的感知和清醒的理智，以为那些随意的解释和矫情娇气的描绘，不过是作家自身心理不健全的表现，并不属于那个平凡世界里的人们。路遥因此获得了这个平凡世界里数以亿计的普通人的尊敬和崇拜，他沟通了这个世界里的人们和地球人类的情感。这是作为独立思维的作家路遥最难仿效的本领。

我们无以排解的悲痛发自最深切的惋惜。四十三岁，一个刚刚走向成熟的作家的死亡意味着什么。本来，我们完全可以自信地期待，属于路遥的真正辉煌的历程才刚刚开始。我们深沉的惋惜正是出自对一个文学大省、一个国家和民族的文学事业的无法弥补的损失。

一切已不能挽回于万一。所有期待即使是自信的有把握的，也都在五天前的那个早晨被彻底粉碎了。然而我们就路遥截止到一九九二年十一月十七日早晨八时二十分的整个生命历程来估价，完全可以说，他不仅是我们这个群体在更广泛的中国当代青年作家中，也是相当出色相当杰出的一个。就生命的历程而言，路遥是短暂的；就生命的质量而言，路遥是辉煌的。能在如此短暂的生命历程中创造出如此辉煌如此有声有色的生命的高质量，路遥是无愧于他的整个人生的，无愧于哺育他的土地和人民的。

以路遥的名义，陕西作协寄望于这个群体的每一个年轻或年长的弟兄，努力创造，为中国文学的全面繁荣而奋争。只是在奋争的同时，千万不可太马虎了自己，这肯定也是路遥的遗训。

路遥同志，你走完了短暂而又光辉的"人生"之旅，愿你的灵魂在"平凡的世界"里的普通劳动者中间和他们赖以生存的土地上得到安息！

1992 年 11 月 21 日

晶莹的泪珠

我手里捏着一张休学申请书朝教务处走着。

我要求休学一年。我写了一张要求休学的申请书。我在把书面申请交给班主任的同时,又口头申述了休学的因由,发觉口头申述因为穷而休学的理由比书面申述更加难堪。好在班主任对我口头和书面申述的同一因由表示理解,没有经历太多的询问便在申请书下边空白的地方签写了"同意该生休学一年"的意见,自然也签上了他的名字和时间。他随之让我等一等,就拿着我写的申请书出门去了,回来时那申请书上就增加了校长的一行签字,比班主任的字签得少自然也更简洁,只有"同意"二字,连姓名也简洁到只有一个姓,名字略去了。班主任对我说:"你现在到教务处去办手续,开一张休学证书。"

我敲响了教务处的门板。获准以后便推开了门,一位年轻的女先生正伏在米黄色的办公桌上,手里提着长杆蘸水笔在一厚本表册上填写着什么,并不抬头。我知道开学报名时教务处最忙,忙就忙在许多要填写的各式表格上。我走到她的办公桌前鞠了一躬:"老师,给我开一张休学证书。"然后就把那张签着班主任和校长姓名和他们意见的申请递放到桌子上。

她抬起头来,诧异地瞅了我一眼,拎起我的申请书来看着,长杆蘸水笔还夹在指缝之间。她很快看完了,又专注地把目光留滞在纸页下端班主任签写的一行意见和校长更为简洁的意见上面,似乎两个人连姓名在内的十来个字的意见批示,看去比我大半页的申请书还要费时更多。她终于抬起头来问：

"就是你写的这些理由吗？"

"就是的。"

"不休学不行吗？"

"不行。"

"亲戚全都帮不上忙吗？"

"亲戚……也都穷。"

"可是……你休学一年，家里的经济状况也不见得能改变，一年后你怎么能保证复学呢？"

于是我就信心十足地告诉她我父亲的精确安排计划：待到明年我哥哥初中毕业，父亲谋划着让他投考师范学校，师范生的学杂费和伙食费全由国家供给，据说还发三块钱零花钱。那时候我就可以复学接着念初中了。我拿父亲的话给她解释，企图消除她对我能否复学的疑虑："我伯伯说来，他只能供得住一个中学生；俺兄弟俩同时念中学，他供不住。"

我没有做更多的解释。我的爱面子的弱点早在此前已经形成。我不想再向任何人重复叙述我们家庭的困窘。父亲是个纯粹的农民，供着两个同时在中学念书的儿子。哥哥在距家四十多里远的县城中学，我在离家五十多里的西安一所新建的中学就读。在家里，我和哥哥可以合盖一条被子，破点旧点也关系不大。先是哥哥接着是我要离家到县城和省城的寄宿学校去念中学。每人就得有一套被褥行头，学费杂费伙食费和种种花销都空前增加了。实际上轮到我考上初中时已不再是考中秀才般的荣耀和喜庆，反而变成了一团浓厚的愁云忧雾笼罩在家室屋院的上空。我的行装已不能像哥哥那样有一套新被子新褥子和新床单，被简化到只能有一条旧被子卷成小卷儿背进城市里的学校。我的那一绺床板终日裸露着缝隙宽大的木质板面，晚上就把被子铺一半再盖上一半。我也不能像哥哥那样由父亲把一整袋面粉送交给学生灶，而只能是每周六回家来背一袋杂面馍馍到学校去，因为学校灶上的管理制度规定一律交麦子面，而我们家总是短缺麦子而苞谷面还算宽裕。这样的生活我并未意识到有什么不好，因为背馍上学的学生远远超过能搭得起灶的学生人数，每到三顿饭时，背馍的学生便在开水灶的一排供水龙头前排起五六列长队，把掰碎的各色馍块装进各自的大号搪瓷缸子里，用开水浸泡后，便三人一堆五人一伙围在乒乓球台的周围进餐，佐菜大都是花钱买的竹篓咸菜或家制的腌辣椒，说笑和争论的声浪甚至压倒了那些从灶房领取炒菜和热饭的"贵族阶层"。

  这样的念书生活终于难以为继。父亲供给两个中学生的经济支柱，一是卖粮，一是卖树，而我印象最深的还是卖树。父亲自青年时就喜欢栽树，我们家四五块滩地地头的灌渠渠沿上，是纯一色的生长最快的小叶杨树，稠密到不足一步就是一棵，粗的可作檩条，细的能当椽子。父亲卖树早已打破了先大后小先粗后细的普通法则，一切都是随买家的需要而定，需要檩条就任其选择粗的，需要椽子就让他们砍伐细的。所得的票子全都经由哥哥和我的手交给了学校，或是换来书籍课本和作业本以及哥哥的菜票我的开水费。树卖掉后，父亲便迫不及待地刨挖树根，指头粗细的毛根也不轻易舍弃，把树根劈成小块晒干，然后装到两只大竹条笼里挑起来去赶集，卖给集镇上那些饭馆药铺或供销社单位。一百斤劈柴的最高时价为一点五元，得来的块把钱也都经由上述的相同渠道花掉了。直到滩地上的小叶杨树在短短的三四年间全部砍伐一空，地下的树根也掏挖干净，渠岸上留下一排新插的白杨枝条或手腕粗细的小树……

我上完初一第一学期,寒假回到家中便预感到要发生重要变故了。新年佳节弥漫在整个村巷里的喜庆气氛与我父亲眉宇间的那种根深蒂固的忧虑形成强烈的反差,直到大年初一刚刚过去的当天晚上,父亲便说出来谋划已久的决策:"你得休一年学,一年。"他强调了一年这个时限。我没有感到太大的惊讶。在整个一个学期里,我渴盼星期六回家又惧怕星期六回家。我那年刚交十三岁,从未出过远门,而一旦出门便是五十多里远的陌生的城市,只有星期六才能回家一趟去背馍,且不要说一周里一天三顿开水泡馍所造成的对一碗面条的迫切渴望了。然而每个周六在吃罢一碗香喷喷的面条后便进入感情危机,我必须说出明天返校时要拿的钱数儿,一元班会费或五毛集体买理发工具的款项。我知道一根丈五长的椽子只能卖到一点五元钱,一丈长的椽子只有八角到一块的浮动区。我往往在提出要钱数目之前就折合出来这回要扛走父亲一根或两根椽子,或者是多少斤树根劈柴。我必须在周六晚上提前提出钱数,以便父亲可以从容地去借款。每当这时我就看见父亲顿时阴沉下来的脸色和眼神,同时,夹杂着短促的叹息。我便低了头或扭开脸不看父亲的脸。母亲的脸色同样忧愁,我似乎可以看;而父亲的脸眼一旦成了那种样子,我就不忍对看或者不敢对看。父亲生就的是一脸的豪壮气色,高眉骨大眼睛统直的高鼻梁和鼻翼两边很有力度的两道弯沟,忧愁蒙结在这样一张脸上似乎就不堪一睹……我曾经不止一次地产生过这样的念头,为什么一定要念中学呢?村子里不是有许多同龄伙伴没有考取初中仍然高高兴兴地给牛割草给灶里拾柴吗?我为什么要给父亲那张脸上周期性地制造忧愁呢……父亲接着就讲述了他得让哥哥一年后投考师范的谋略,然后可以供我复学念初中了。他怕影响一家人过年的兴头儿，所以压在心里直到过了初一才说出来。我说："休学。"父亲安慰我说："休学一年不要紧，你年龄小。"我也不以为休学一年有多么严重，因为同班的五十多名男女同学中有不少人都结过婚，既有孩子的爸爸，也有做了妈妈的，这在五十年代初并不奇怪，解放后才获得上学机会的乡村青年不限年龄。我是班里年龄最小个头最矮的一个，座位排在头一张课桌上。我轻松地说："过一年个子长高了，我就不坐头排头一张桌子咧——上课扭得人脖子疼……"父亲依然无奈地说：

"钱的来路断咧！树卖完了——"

她放下夹在指缝间的木质长杆蘸水笔，合上一本很厚很长的登记簿，站起来说："你等等，我就来。"我就坐在一张椅子上等待，总是止不住她出去干什么的猜想。过了一阵儿她回来了，情绪有些亢奋也有点激动，一坐到她的椅子上就说："我去找校长了……"我明白了她的去处，似乎验证了我刚才的几种猜想中的一种，心里也怦然动了一下，她没有谈她找校长说了什么，也没有说校长给她说了什么。她现在双手扶在桌沿上低垂着眼，久久不说一句话。她轻轻舒了一口气，仰起头来时我就发现，亢奋的情绪已经隐退，温柔妩媚的气色渐渐回归到眼角和眉宇里来了，似乎有一缕淡淡的无能为力的无奈。

她又轻轻舒了口气，拉开抽屉取出一本公文本在桌子上翻开，从笔筒里抽出那支木杆蘸水笔，在墨水瓶里蘸上墨水后又停下手，问："你家里就再想不下办法了？"我看着那双滋浮着忧郁气色的眼睛，忽然联想到姐姐的眼神。这种眼神足以使任何被痛苦折磨着的心平静下来，足以使任何被痛苦折磨得心力交瘁的灵魂得到抚慰，足以使人沉静地忍受痛苦和劫难而不至于沉沦。我突然意识到因为我的休学致使她心情不好这个最简单的推理。而在校长班主任和她中间,她恰好是最不应该产生这种心情的。她是教务处的一位年轻职员,平时就是在教务处做些抄抄写写的事,在黑板上写一些诸如打扫卫生的通知之类的事,我和她几乎没有说过话,甚至至今也记不住她的姓名。我便说:"老师,没关系。休学一年没啥关系,我年龄小。"她说:"白白耽搁一年多可惜!"随之又换了一种口吻说,"我知道你的名字也认得你。每个班前三名的学生我都认识。"我的心情突然灰暗起来而没有再开口。

她终于落笔填写了公文函,取出公章在下方盖了,又在切割线上盖上一枚合缝印章,吱吱吱撕下并不交给我,放在桌子上,然后把我的休学申请书抹上糨糊后贴在公文存根上。她做完这一切才重新拿起休学证书交给我说:"装好。明年复学时拿着来找我。"我把那张硬质纸印制的休学证书折叠了两番装进口袋。她从桌子那边绕过来,又从我的口袋里掏出来塞进我的书包里,说:"明年这阵儿你一定要来复学。"

我向她深深地鞠了躬就走出门去。我听到背后咣当一声闭门的声音,同时也听到一声"等等"。她拢了拢齐肩的整齐的头发朝我走来,和我并排在廊檐下的台阶上走着,两只手插在外套的口袋里。走过一个又一个窗户,走过一个又一个教室的前门和后门,校园里和教室里出出进进着男女同学,有的忙着去注册去交费,有的已经抱着一摞摞新课本新作业本走进教室,还有从校门口刚刚进来的背着被卷馍袋的迟来者。我忽然心情很不好受,在争取得到了休学证后心劲松了吗?我很不愿意看见同班同学的熟悉的脸孔,便低了头匆匆走起来,凭感觉可以知道她也加快了脚步,几乎和我同时走出学校大门。

学校门口又拥来一拨偏远地区的学生，熟悉的同学便连连问我："你来得早！报过名了吧？"我含糊地笑笑就走过去了，想尽快远离正在迎接新学期的洋溢着欢跃气浪的学校大门。她又喊了一声"等等"。我停住脚步。她走过来拍了拍我的书包："甭把休学证弄丢了。"我点点头。她这时才有一句安慰我的话："我同意你的打算，休学一年不要紧，你年龄小。"

我抬头看她，猛然看见那双眼睫毛很长的眼眶里溢出泪水来，像雨雾中正在涨溢的湖水，泪珠在眼里打着旋儿，晶莹透亮。我瞬即垂下头避开目光。要是再在她的眼睛里多驻留一秒，我肯定就会号啕大哭。我低着头咬着嘴唇，脚下盲目地拨弄着一颗碎瓦片来抑制情绪，感觉到有一股热辣辣的酸流从鼻腔倒灌进喉咙里去。我后来的整个生命历程中发生过多少这种酸水倒流的事，而倒流的渠道却是从十四岁刚来到的这个生命年轮上第一次疏通的。第一次疏通的倒流的酸水的渠道肯定狭窄，承受不下那么多的酸水，因而还是有一小股从眼睛里冒出来，模糊了双眼，顺手就用袖头揩掉了。我终于仰起头鼓起劲儿说："老师……我走咧……"

她的手轻轻搭上我的肩头："记住，明年的今天来报到复学。"

我看见两滴晶莹的泪珠从眼睫毛上滑落下来，掉在脸鼻之间的谷地上，缓缓流过一段就在鼻翼两边挂住。我再一次虔诚地深深鞠躬，然后就转过身走掉了。

二十五年后，卖树卖树根(劈柴)供我念书的父亲在癌病弥留之际，对坐在他身边的我说："我有一件事对不住你……"

我惊讶得不知所措。

"我不该让你休那一年学！"

我浑身战栗，久久无言。我像被一吨烈性"梯恩梯"炸成碎块细末儿飞向天空,又似乎跌入千年冰窖而冻僵四肢冻僵躯体也冻僵了心脏。在我高中毕业名落孙山回到乡村的无边无际的彷徨苦闷中,我曾经猴急似的怨天尤人:"全都倒霉在休那一年学……"我一九六二年毕业恰逢中国经济最困难的年月,高校招生任务大大缩小,我们班里剃了光头,四个班也仅仅只考取了一个个位数,而在上一年的毕业生里我们这所不属重点的学校也有百分之五十的学生考取了大学。我如果不是休学一年当是一九六一年毕业……父亲说:"错过一年……让你错过了二十年……而今你还算熬出点名堂了……"

我感觉到炸飞的碎块细末儿又归结成了原来的我,冻僵的四肢自如了冻僵的躯体灵便了冻僵的心又噔噔噔跳起来的时候,猛然想起休学出门时那位女老师溢满眼眶又流挂在鼻翼上的晶莹的泪珠儿。我对已经跨进黄泉路上半步的依然向我忏悔的父亲讲了那一串泪珠的经历,我称呼伯伯的父亲便安然合上了眼睛,喃喃地说:"可你……怎么……不早点给我……说这女先生哩……"

我今天终于把几近四十年前的这一段经历写出来的时候,对自己算是一种虔诚祈祷,当各种欲望膨胀成一股强大的浊流冲击所有大门窗户和每一个心扉的当今,我便企望自己如女老师那种泪珠的泪泉不致堵塞更不敢枯竭,那是滋养生命灵魂的泉源,也是滋润民族精神的泉源哦……

1993 年 11 月 22 日 渭南

秦人白烨

从意大利回到北京的第一件事便想到吃,吃一顿涮羊肉。不足半月的亚平宁半岛之行,且不说花样单调的西餐如何使人腻味,即使享誉世界的意大利面条,无论宽的细的长的短的实心的空心的,都让人连回味的勇气也没有。想想一盘橡皮筋儿似的面条里,再浇上一勺子奶酪的那种甜腻腻的滋味,看看怎么入口下肚。涮羊肉便成为一种企盼。其实早在回国的飞机上就谋算定了回京后头一顿饭的目标。

到旅馆办完手续住下,想到立即可以去开涮,心里竟然是如同雀跃的激动。突然又想到一个人太高兴,有位朋友作陪,面对热气蒸腾的涮锅,两人对饮扎啤又在火锅里乱涮乱戳才开心,便立即打电话给白烨。

恰好白烨没有出远门,人在。

于是,在北沙滩一条小街的小饭馆里,我们便面对一只红铜涮锅而心意融融。他还是那么和悦地笑着,说着文化界的一些新鲜事,声音柔和悦耳。他的悦耳的语音在陕西关中人中也应属个别,听起来特别和谐。他的模样也属于关中人中那种"细活人",细眉细眼,平头整脸,少了粗犷而多了"细活",倒更像江南那种才子佳人的眉眼。这些我当然都很熟悉,也无多少变化,却都不是他的主要魅力所在。他的魅力在哪儿?我似乎也很难说清楚一二,交识了十余年,依然无法归纳,倒是常常想起李星对他的一句形象概括:"白烨这熊是老少皆宜,男女皆宜!"

我们吃得很畅快，而我似乎确凿有点贪馋，喉咙底下好像有一只手在往里拽着。而我们的无边际的闲谝（北京人说侃），真正是东拉西扯域内海外过去时现在时，现在留下记忆的却只有一件事。似乎是谝起我们过去的旧交时，白烨突然冒出一句话："你知道我写你那篇文章是在哪儿写下的？"我当然不知道他在西安或在北京或在办公室或在家里甚或在出差的火车上……他断定我猜不中，这是我从他紧紧盯着我的眼神里判断出来的。他紧紧盯着我的眼神有少许神秘多几分认真，却绝无卖关子的意思，在即将开口道破那个神秘而庄重的写作处所时，先释然一笑，眼角眉梢都是释然的轻松："我在家门口的路灯下写成的！"

大约是一九八〇年春天，我从区文化馆赶到省作协去开会，或者可能是听《延河》编辑部谈对我某一篇小说稿的处理意见，反正除了这两种可能再不会有其他事。那天中午在前院碰见白烨。是他先叫住我，因为我不认识他，他大约是问了门卫之后冲我走过来的。

那时候我尚未听说过这个名字。他便简单作了自我介绍，说他在中国社会科学出版社文学编辑室做编辑，兼做业余文学评论。他说他原在陕西师范大学教学，刚刚调到北京不足一年。他那一口纯正的关中北部口音，顿然化释了初识时的诸多陌生与隔膜，我和他便在鱼池的水泥围栏上坐下谝起来——他说他要和我说事。

他受《文学评论》杂志之约，要写一篇关于我的小说创作的评论，要我提供已经发表过的小说清单、篇名以及所发表的杂志的刊号；还要交谈这些小说创作前后的有关和相关和不沾边的情况。

这是中国进入划时代的八十年代的头一个春天。文学正在复苏。伤痕文学和反思文学正以其可以理解的特殊社会因素而影响社会影响人心，一篇万把字甚至几千字的短篇小说可以轰动全国，影响普通公民的生活秩序和心理秩序，真可谓文学的"特异功能"，然而我们只要稍微回顾一下此前多年文学被"左"棍子们闹成什么样子，便觉得这种奇异的现象在当时的中国合情合理。文学新作和文学新人都如雨后春笋，各种文学期刊和报纸都在为文学新人和文学杰作张扬。《文学评论》杂志似乎已经不能适应那种局面，在刊物之外又编了一种不定期的评论专集《当代作家评论》，把一拨一拨在文坛初具影响的中青年作家的创作予以概括性评述，推向社会。我有幸被列入某一辑中，由白烨来写这篇评论文章。他便是奔这件事来找我的，而且再三郑重强调："这是我这回回西安最重要的事。"

后来我就再没有见到他。大约到年底，他寄来两本《当代作家评论专辑》。我读了他写的关于我的七八篇短篇小说的综合评论，近乎一万字。我的感觉是贴合初发阶段的那几篇小说的实际，多是方方面面的分析，没有大而不当的溢美，也没有生拉硬扯与什么流派什么主义攀附，纯粹是就作品实际的分析，很中肯，予长处的肯定时也明朗着弱点和希望。

这便是我们的第一面认识和头一回交手。再次见面是相隔四年以后的一九八三年五月，我到《当代》编辑部住下修改中篇小说《初夏》，我们才得此机缘第二次握手。那天中午我们在朝内大街一个饭馆吃了一顿烧卖，喝着散啤酒，说着家乡事以及个人的粗略经历，情感渐渐交融了。之后又是几年，我一直住在乡下，他偶尔回到西安，匆匆来去，很难遇合到一起。大约是一九八九年三伏，我为安顿孩子的读书在西安住着，晚上热得睡不下，大家都习惯聚在编辑部四合院里乘凉闲谝。蒙蒙月光下，白烨幽灵似的悄没声儿走进入窝来，大家认出后就惊呼起来。他从黄陵老家探亲回来，到作协熟人处找床来了。那一夜，大家谝得很开心，谝什么都一概记不得了，反正就是文学上的一些活动，文坛信息和动向，某位作家某部新作的成败得失，而很少涉及人事纠葛之类。他似乎对于人际间尤其是文艺人士间的亲疏好恶不感兴趣，常扯到一些文人纠纷时便讷言拗口起来。直到去年我三次去北京，才多了几次接触，然而他都没有提及十三年前的那篇文章在什么地方写的。我可真的想不到，他当时竟然如此困窘……

白烨是陕西黄陵县人，黄帝的陵墓在那儿，那儿便得此县名。他的家在山地在平川我至今也不甚了了，距黄帝陵有多远也搞不清，只知道他和我一样是一个纯粹的农民家庭，父母都是以抚弄庄稼获取生存能力的农民。

白烨很聪明，记忆力超人，念书总是受老师的器重。聪明的脑瓜又兼着一个好性情，在家在校在村子走亲戚，到哪儿都招人喜欢。确凿，他不属于那种在一切场合都张扬自己突出自己的人，也不是另一种阴冷诡谲的人；他热情开朗坦诚，在重要和不重要的场合随意找个空位就座，只是坦诚地说出自己的意见，而不期望压倒所有意见，不见霸道而多了些文质彬彬，不想成为话题中心反而容易让人回味他的观点。

他的人缘好，主要因了他的性格好。讨大人喜欢也得同伴们喜欢，也讨一个洋娃娃女子的喜欢。这女子是当时上山下乡插队锻炼到黄陵的北京知青，由一般喜欢到二般三般深深钟情，再到爱死爱活非白烨不嫁的如痴如傻的程度……

她后来成为他的妻子。

白烨后来到陕西师范大学念书，毕业后留校任教。她后来招工到了西安的铁路系统，随后调到北京附近。白烨随后也调进北京，在中国社会科学出版社做编辑。我们的生活里很快排除了婚恋中必须以政治流行语作表达方式的假大空，她和他留存下来的就只剩下真诚。她骄傲自信自己比伯乐还眼尖手快，认准了白烨也抓住了白烨无怨无悔，白烨总是陶醉于她过去的温情和现在的贤惠，而且温情不减。

  初到北京，白烨除妻子一家人外再没有亲朋好友。住就凑合在岳父母家里，那是一个胡同里的小杂院内的小屋子，住着一大家人。拥挤到什么程度无法细述，反正给他连支一张小茶几铺稿纸的地方也没有，于是就把书桌摆到街巷里。书桌其实只是一个四方形的杌凳，座椅便只能是一只小马扎，这套行头简单轻便，易于搬出来也易于搬回去。照明设备是高悬在电杆上的昏黄的路灯。关键是得耐心等待时机，等到街道胡同里那些纳凉的大爷大娘侃够了闲话抱着茶壶瓷缸走回各自的小院，奔跑耍闹的孩子疯够了闹够了像鸟雀一样回归窝巢，骑车往来的过路人由稠到稀再到零三稀四，白烨才能搬出杌凳马扎在电杆下摆置开来，摆开舞文弄墨作文作论的架势。其时，夜已深沉，五月的温馨的风抚摸他的脸颊和肌肤，而他已经进入一种艺术的思辨之中。

  五月北京深夜的电杆路灯下，坐着一位未来的文学评论家白烨，在做文章。

  白烨是黄帝陵墓下的古老臣民的后裔，是北京的女婿。按陕西关中乡俗，娶了这个村的媳妇，便是整个村子的女婿。白烨是整个北京的女婿。

  一篇万言的评论文章在电杆下起草，修改，直到抄写整齐，我不知道他在电杆下持续了多少个夜晚，而且肯定要受到譬如刮风下雨，譬如突发事件的干扰，也真是难为他了。直到现在，作家和社会都在呼吁给知识分子以较好的工作和生存条件，譬如白烨不能永远在电杆路灯下写文章。我的一位朋友的二十多万字的长篇小说，草稿和修改稿都是在两三平米的厕所里干完的，同样是住室容不得他安一张书桌。然而我又反过来想，关键还是肚里得有货。蚕儿没有簇可上时便把茧子结到墙上，母鸡下蛋找不到窝时可以随便下到地上，作家肚里有文章找不到桌子便扑马路进厕所，是肚里有货要倒出来。肚里没货的蚕和鸡和作家，即使安置到五星级宾馆即使坐进金銮殿，照样拉不出丝屙不下蛋写不出文章来。

无论如何，电杆路灯下奋笔疾书的白烨，算得古老而又现代的北京熙熙攘攘花花绿绿的一种风景。

这是年轻白烨的一段小小的鲜为人知的插曲，而更具一种学人奋斗精神风貌的事，便是在这更困窘的一年里，他除去上班完成自己的工作任务外，利用一切休息和空暇时间奔图书馆。他所工作的单位从调入的头一天起就给他形成一种威压，中国社会科学院这样的大学府，无疑是各路学问大家聚集之地，他立即意识到自己需要进行基础工程建设。其实何止高等学府，在任何单位任何场合，都是容不得浅薄者半瓶子醋的。问题在于个人自学的迟早和程度，我们并不少见那种到处夸夸其谈的半瓶子醋式的人。有了这种自觉便获得了最原始的攀缘的策动力。白烨读过多少书已经很难算计了，最具意义的是，他把马、恩、列、斯的全部著作研读完毕，而且作了十几万字的笔记。他的记性之好令人惊异也令人妒羡，一些专搞马列理论研究的人常常为一个论点或一句"语录"而找不到出处，或者搞不清记不全原文，便问询白烨。白烨便一口报出在某一卷的某一篇文章里，如翻查一下卡片，连页码也准确无误地报将出来。

他可以说是一部马列著作的"活字典"。

十余年里，常常在报纸刊物上看到他的名字，虽然不能见面，读到他的文章，便有一层了知，知道他又读了一本什么好书，研究过某个作家的作品或某一种文学现象。看到他的论述和观点，也常常受到启示。就整个印象而言，他似乎没有极端的言语，没有在赞赏某种流派的同时，就以不同流派或主义的作品为牺牲对象，甚至连生存一刻的宽限也不给。我常常想到他对各种文学现象文学样式的冷静和宽容，便想到这可能不只是他的性情好或人格修养好，恐怕主要出于他对艺术创造的深刻理解，而这种理解又得之于艺术眼界的宽泛开阔。一个艺术视野狭窄到只能看见自己的笔尖所画的那几条墨痕的人，自然很难容纳别一根钢笔所画的墨痕。艺术视野的开阔首先得之于阅读的广泛，对于近代、当代中国文学和世界文学的了解，才可能使人悟觉，自己的笔所划拉的墨痕值得一赏，前人和今人也同样画出了诸多有赏析价值的墨痕。白烨对许多文学现象的评价和前景观瞻，多数都被急骤变幻发展的文坛现实所证实。这可不是算卦问卜。

虽然相识多年，直到去年九月我才第一次到白烨家里去。我一般不大愿意去朋友家里，扰乱了一家人的生活秩序。然而这一次却是我主动要去的，儿子刚刚到陌生的北京上学，总怕出点什么事而鞭长莫及，让儿子认下他的家门，万一有什么急事也好有个大人给出出主意帮帮忙。

按照他在电话里的指点，倒是顺利地找到那条胡同和那个院子的大门，进大门以后反倒六神无主了。那么一个深宅大院，那么多曲里拐弯的岔口岔道，每走一个岔口就得问人：找白烨该当向左还是向右，好笑竟是一路向右拐，好笑如搁"文革"该打右派了！

直到走到他家门口还在问路，倒是他在屋里听见我的声音便蹦了出来。我却释然慨叹："下次来下下次来照样还得问路！"

　　两小间平房。房子很低矮，扬起手就可以摸到檐瓦，然而墙是水泥和砖头砌成的，成色还有几成新，算不得古老。整个屋子里，三面墙壁都摆置着书架，中间仅留一条小甬道，俩人并肩走过去就摩肩接踵。只在靠着门口的两扇小窗下摆着一张小书桌。我马上猜想到这张恰尺等寸的小书桌，肯定是事先量过剩余的地方让木工师傅制作的。

　　这就是文人学士们所习惯戏称的"斗室"。他就在这张小桌上书写一篇又一篇论文。我忽然又想起肚里有货无货的蚕和母鸡来，有货便可以就着这张小桌如行云流水般倾泻笔端，无货则干瞪眼，住什么房子摆怎么阔的桌椅都帮不上屁忙。白烨却是一副上中农自满自足的笑脸："不错了不错了，能有一张桌子一个窝铺真不错了！"而且补充说，单位正在盖住宅新楼，可望分到一套。由此又忆及刚到北京时挤住岳丈家的困窘："现在真是不错不错了！"

　　不单是他工作在政治经济文化中心北京，他的阅读之广泛视野之开阔信息之敏锐是大家公认的，所以见面时总想听他说点新鲜话题。我常玩笑问他，文坛又插出什么新旗帜了？或者说，哪个主义领着风骚了？他便侃侃而谈。这回坐下喝茶，我便问起刚刚公布的一九九三年诺贝尔文学奖得主莫瑞森。除了报纸上简单到可谓勤俭节约楷模的片言只语的介绍，我对托尼·莫瑞森一无所知，似乎以往对她的著作评价介绍得本来就相当少，更不要说阅读她的作品了，白烨便介绍莫瑞森的生平著作略要，顺手从书架上抽出一本薄薄的小册子，是托尼·莫瑞森的长篇小说《秀拉》中译本。这是一部十三万字的长篇小说，就是白烨供职的社会科学出版社出的书。

这天中午我们在他家吃的素包，喝的小米稀饭，这是我事先预约好了的。北京沙滩小巷道里的小米粥五毛钱一小碗，贵且不说，西北主产的小米卖上好价钱，心里竟有一种阿Q式的自豪。关键在于那些小铺店的脏乱，一瞅就令人心悸，所以便跃跃然要求一碗小米粥喝。白烨夫人许是在黄土高原插队时学下了手艺，烧熬的小米稀饭是再好不过了，稀稠合宜软硬适度，一种纯属于粮食自身的香味特别可口，素包也好吃极了……白烨便大笑：穷命薄命，吃家常饭比吃国宴还来劲！

从小居出来，我就有一种酒足饭饱的慵懒，在异国被洋餐搞倒弄败了的胃口一下子复原了。我们到旅馆坐下喝茶，他因酒力而脸泛红光，侃侃而谈，腰里的BP机不时鸣响。他便不厌其烦地去回电话。他精力充沛，善与人交善与人处，思维敏捷，也很精明，许多文学朋友的麻烦事都乐于和他商量，他往往能做出最清醒的判断，能找到最恰当最妥帖的处理办法……相交既久，便见善心。文章写到这里，依然觉得是有感有觉而难下结论概括白烨，似乎还是评论家李星的概括形象准确：白烨这熊是老少皆宜男女皆宜……

1994年3月15日小寨

旦旦记趣

外孙取名旦旦，已经长到两岁半，常有"惊人"之语出口。每每听到，先是猝不及防，随之便捧腹，或忍不住而喷饭，且不能忘。

他很贪玩，几乎没有片刻的闲静，即使吃饭，仍然是手不闲脚亦不停。这时候，我便哄他说，你不好好吃饭，屁股上都没肉啦！顺手便捏一捏他的小屁股；再鼓励一番，好好吃肉，屁股上就长肉啦。他便真听了话，张口接住他妈妈递到嘴边的一块肉，刚嚼了两下，估计还未嚼碎，便急忙咽下，跑过来，背过身，撅起小屁股："爷爷你再摸一下，看看长肉了没有？"在一家人的哄笑声中，我只好将错就错："长了长了！再吃再长！"我亦忍不住笑，这才叫立竿见影！林彪要中国人学习"语录"要"立竿见影"，肯定没有想到这样的效果和这样幼稚的荒诞和荒谬！

旦旦吃了一块豆腐，蹦过来，转过身，又一次撅起小屁股，认真地说："爷爷你再摸一下，看看屁股上长豆腐了没？"哇！一家人全部放下碗，停住筷子，笑得前仰后合。

然后就没完没了。一次连一次地重复如前的动作和姿势，一次比一次更加认真地问：

爷爷你再摸一下，屁股上长蘑菇了没？

爷爷你再摸一下，屁股上长木耳了没？

我已经再没劲儿笑了，无可奈何地对他说，旦旦的屁股成了副食超市了。

有一天，我要上班了，照例先和旦旦说再见，然后就走到门口。旦旦却急了，从沙发上跳下来，鞋也顾不得穿，光着脚跑过来，边跑边喊，爷爷别走爷爷别走。我就站住安慰他。他却盯着我喊：爷爷我送你。我也就释然，还以为他缠住我不让出门呢。我拉开门，他先蹦了出去，站在楼梯口，伸出一只小手来。我尚弄不明白他要做什么，就牵住他的手引他进门回屋。小家伙抽回手去，甩了几下，又伸到我面前。我女儿终于明白了，提示我说，他要跟你握手送别呢。我恍然醒悟，随即弯下腰伸出手去，攥住他的小手。他却当即跳着蹦着，另一只手像翅膀一样上下扇着扇着，嘴里连续丢出一串话来："再见！拜拜！巴尼哈！那就这！"

我对于这突如其来的发挥毫无心理准备。旦旦表演完毕，向我摇摇手，又跑回屋里沙发上去了。我走下楼梯走过楼院走出住宅区的大门，心里还一直在想着。"再见"和再见的英语口语"拜拜"他早都会说了，自然是他爸爸妈妈教的。"巴尼哈"是维吾尔语"再见"的意思，肯定是他奶奶教给他的。我和老伴今年夏天去了一趟新疆，就学会了这么一句维吾尔语的"再见"。这些当然都不足为奇，奇就奇在"那就这"从何而来，谁教给他的？

想想也不难破译。家里来了人，说完了事，送客人出门，握手告别时我常习惯说"那就这"。意思是我们说过的事就这样了。不仅如此，打完电话时，我也习惯说一句："那就这，再见。"这娃娃不知观察了多少次我的举动和说话，终于和我要来表演一回了。

从这天开始，这样的握手告别仪式就成为必不可缺的铁定的程序，我一天出几次门，就有几次这样的表演仪式，地点也必须是门外的楼梯口。有一次因事急我匆匆开门出去，走到楼下，从窗户里传出旦旦的哭声，哭声不仅大而强烈，且很悲伤。我感到了一种他被轻视了的伤心,我犹豫一下,还是反身回家,补上了那个握手告别的仪式。他的脸蛋上挂着泪珠,仍然把小手递到我手里,蹦着跳着,左胳膊还是小鸟翅膀一样上下扇动着,哽咽着却一字不漏地说完"再见……拜拜……巴尼哈……那就这"。

旦旦学骑小三轮车几乎无师自通,哪怕是车子可以擦轴而过的狭窄过道,他都可以骑过去。旦旦对我说,爷爷我到北京去了,说罢便踩动车轮钻进另一间房子去了。不一会,旦旦又转回来:爷爷我到上海去了。说罢又钻入第三间屋子。我的三室住房加上厨房,不时变换着中国十几个城市的名字,大都是我或家人出差去过的城市。因为去某个城市的时间和回来之后的一段日子,家人总是说那些城市的见闻和观察。旦旦便在谁也不留意他的时候记住了这些城市的名字,而且被他骑车一日几次地往返了。

旦旦睡觉了,家里便恢复了安静。他的一双小鞋却丢在我的房间的床边,我总是在看见那一双小鞋时忍不住怦然心动。我说不清什么原因,似乎也没有什么关于鞋的往事的参照或触发,反正看见那双脱下的小鞋时心里就怦然一动,甚至比看见他穿着鞋跑来跑去更加富于诱惑。

回到家,迎上前来打招呼的总是旦旦。这时候,无论什么顺心的事和烦恼的事甚至令人窝火的事,全都在旦旦的无序的话语里化解了。说宠辱皆忘说心静如水似乎都不大恰切,只是觉得自己就是一个爷爷了。

秋收过后,我带着旦旦回到老家乡村。今年夏天雨水好,秋粮得到了近来少有的好收成,村巷里的椿树槐树皂荚树树杈上,架着一串串剥光了皮壳的玉米棒子,橙黄鲜亮的。这虽然是我自小就看惯了的家乡的最亮丽最惹眼的风景,依然抑制不住对于丰收果实的那种诗意的感受。旦旦也激动起来，扬起两条小胳膊，睁大惊异的眼睛欢呼起来：啊呀！这么多的香蕉呀……

旦旦的惊人之举引来哄然大笑。他奶奶他妈妈和周围的乡亲都笑了。我笑过之后，便由不得感慨。这孩子生在城里，长在城里，两岁半了，第一次看见玉米棒子，把形状类似的香蕉就联想起来混淆一起了。我的三个儿女，包括旦旦的妈妈，都生长在这祖传的乡间老屋里，他们生在"文化大革命"的非常时期，也是我的生活最困窘的时期，香蕉无异于天国的神果，他们正好可能把香蕉当作玉米棒子。香蕉在现时的乡村，已经不是什么稀奇的水果，乡村小镇和马路边的小店散摊，都摆着一堆堆零售的香蕉，肯定不会有农村孩子再把它当作玉米棒子的笑话发生了。无论大人们怎样开心地调笑，旦旦却早跑到树下，仰起脸盯着树杈上的玉米棒子，跳着叫着要摘下"香蕉"来。

两岁半的旦旦，大约正处于人生的混沌状态，什么都要问，却什么也懂不了；什么都感觉新鲜，过眼之后便兴味索然；什么人的什么话都可以不听，一味固执于自己当时的兴趣；什么行动和动作都想去模仿，结果是毫不在意地又丢弃了。我可以看到一个人成长过程中两岁半这个年龄区段里的全部可爱，混沌的可爱。不必做任何意义上的猜想和推测，两岁半的混沌形态容不得意义，因为它本身属于无意义的自然形态。

这个年龄区段的混沌可能很短暂。因为在两岁的时候，旦旦还不是这样的形态。半岁的变化有点急骤，两岁时说不出的浑话和做不出的行为动作，到两岁半时就都发生了。那么我就猜想，再过半岁呢？到了三岁时，该是从混沌状态走出来而踏入半混沌半清明的状态了吗？他在蜕去一半混沌的同时，还能保持那一份憨态的可爱吗？

　　猜测那混沌状态的可能消失，依依着那混沌状态的全部可爱，我便打算笔记下来。我的记性已经很差，无疑是老年的生理特征的显现。想到生命的衰落生命的勃兴从来都是这样的首尾接续着，我便泰然而乐。

1998 年 12 月 28 日雍村

何谓良师

——我的责任编辑吕震岳

  大概是七十年代末的最后一年的初夏,关中平原正勃发着一年四季里最迷人的景致,复苏的中国文学界亦如这自然界的景致一样撩拨着新老作家们的创造欲望。那时候,我去刚刚恢复不久的陕西作家协会参加一个什么会议,认识了吕震岳先生,直到今年春天我去他的灵堂前点燃一炷紫香,无论如何都抑制不住涌流的泪水了。

  那次会议即将结束时,吕震岳来到我住的房子。"你是陈忠实吧?"问过我的名字又自报家门,"我是吕震岳,陕报文艺部的。"我便让座倒水,尤其是对一位年长于我的头发已显得稀疏的老编辑,因为头次见面,愈是礼仪敬重。他坐下后没有寒暄和客套,直接谈明来意,约我给陕报文艺版写篇小说:"你以前的几篇小说我看过,很不错,有柳青味儿。"我便应诺下来。他又叮嘱说:"一版顶多只能装下七千字,你不要超过这个数就行。"说罢就告辞了,干脆利索。

  我那时候的心态刚刚调整过来。三年前的一九七六年春天,刚刚恢复的《人民文学》约我到北京参加一个写作笔会,我写了一篇适应当时反"走资派"的小说在该刊物上发表了,引起较大反响。随着"四人帮"的倒台和在一切领域里的拨乱反正,我在社会政治领域里的巨大欢欣与在写作上的失挫,形成剧烈的心理冲突,直到一九七八年的冬天,仍然陷入在真实的又不想被人原谅的羞愧之中。记得我当时正在灞河河堤的会战工程中领工,我和指挥部的同志住在河岸边土崖下的一座孤零零的瓦房里,生着大火炉睡着麦秸铺。正是在被春汛严逼压迫着的紧张的施工过程中,我先后读到了两篇记忆犹新的短篇小说,先是发表在《人民文学》上的陕西青年作家莫伸的《窗口》,后是被后来公论作为新时期文艺复兴潮声的刘心武的《班主任》。莫伸比我年轻许多而刘心武和我同龄,然而都是崭露头角的文学新人,都是从刚刚解冻的文坛土壤里蹿出来的惹人注目的新苗。我读着这些优美的小说不由得联想到自己的失挫,更深地陷入羞愧之中,便把全部激情都转移到我所指挥着的河堤工程上。

直到这个工程完工的一九七八年秋天,我便调入西安郊区文化馆。我再三地审视自己判断自己,还是决定离开基层行政部门转入文化单位,去读书去反省以便归依文学。郊区文化馆在小寨,有两处办公用房,一处在小寨俱乐部的小楼里,住着大多数文化干部和文化领导,另一处是"文化大革命"前的老文化馆所在地,全部是平房,已破落残损,有三四位干部挑着好点的房子住着,院中荒草尽兴地繁衍着。我便选了东南角一间空房,把一卷铺盖卸下来,掉下来的半张顶棚的苇箔经民工重新搭吊上去,残留在墙上的黑墨标语被我用报纸糊住了……我便坐下来读书。窗外是农民的菜地,生长着日见膨大的白菜,白菜地的畦梁上插长着绿头萝卜,也是日渐粗壮着。我从早读到晚,或借或买,图书馆里获得解禁的小说和刚刚翻译出版的国外的即使获过诺贝尔奖对我们却陌生的大家名作,一概抱来阅读。目的只有一点,用真正的文学来驱逐来荡涤我的艺术感受中的非文学因素。"四人帮"可笑的"三突出"创作原则因为太离谱姑且不论,十七年里极"左"的文学创作的理论和思想,都不是真正意义上的属于文学自己的因素,是强加以至强奸文学的非文学因素。对于非文学因素的荡除和真正的纯文学因素的萌生,对写作者来说,用行政命令是不行的,只有用阅读真正的文学作品来荡除,假李逵只能靠真李逵来逼其消遁。

我的自我审视和自我选择在我的感受里是正确的。阅读使我进入了真正的五彩缤纷的小说世界,非文学的因素基本被廓清了,我才觉得我正临门属于真实的文学的殿堂。信心也恢复了,羞愧的心理得到了调整,创作的欲望便冲动起来。直至今天,我依然难忘一九七八年的那个自虐式的阅读和反省的冬天,每每经过翠花路看见历史博物馆的漂亮建筑群,我便想到我曾居住过的那间房子和窗外的菜地,但现在都荡然无影了。一九七九年春节过后,我在那间小房子里重新开始写作小说了。正是在我刚刚涌起新的创作激情里,我遇见了吕震岳,他向我约稿。

我十分珍惜吕震岳的约稿,同样是那个羞愧心理的继续。那篇反"走资派"小说所产生的对我的看法,仍然是我的神经最敏感的因素,因而对那些依然还约我稿的编辑,更多的是一种被信赖被理解的感遇之恩了。由是,便想着应该尽力写好一篇小说送上,不致使这位初次见面的长兄失望。然而正在构思中的一篇小说篇幅较大,原计划给《人民文学》的,不怕长,便想着写完这个短篇之后,接着为陕报老吕再写,七千字是一个不能突破的限制。这时候,接到吕震岳一封信,信皮和信纸上的字,都是用毛笔写的,字很大,虽称不得作为装饰和卖钱的书法,却绝对可以称作功夫老到的文人的毛笔字。内容是问询稿子写得怎样了,一月过去了怎么没有见寄稿给他。我读罢便改变主意,把即将动笔要写的原想给《人民文学》的这个短篇给老吕,关键是怎样把原构思的较大的篇幅压缩到七千字以内。如果就结构而言,这个短篇是我的短篇小说中最费过思量的一篇，及至语言，容不得一句虚词冗言，甚至一边写着一边码着纸页计算着字数。写完时，正好七千字，我松了一口气，且不说内容和表现力，字数首先合乎老吕的要求了。这就是《信任》。

稿子写成心里又有点不踏实，主要是内容。这篇小说写一位挨整受冤的农村基层干部，以博大的胸襟和真诚的态度对待过去整他的"冤家仇人"，矛盾甚至很尖锐。写成后我又有点踌躇，当时正是伤痕文学如苦水怒潮般汹涌，控诉祸国殃民的"四人帮"，社会生活中亦是平反冤假错案刚刚激起社会各阶层强烈反应的普遍性情绪，围绕着"四清"运动的矛盾，农村社会的新的矛盾和社会心理也很尖锐和复杂。这篇小说以这样的人物出现，会不会引起误解？我一时拿不定主意，就带着稿子去找老朋友张月赓，让他给看看，以较为客观的眼光给我把握一下。

张月赓还住在西安晚报社的两层简易居室里，一大间屋子没有隔间，既是卧室也是书房又兼着会客用。部队作家丁树荣已先在座，见面自然都很高兴。我说了事由，便拿出刚刚写完的稿子，二人连续着读了，对我申明的担心以为是多余。丁树荣很热情，说他和老吕很熟悉，正好还要去找老吕，可以替我捎带上稿子。我就把稿子交给丁树荣，夹没夹一纸给老吕的短笺已经忘记了。我第二天就下乡参加夏收劳动去了。

从把稿件交给丁树荣那天起，恰好一周时间，《信任》便在《陕西日报》的文艺版面上刊出了，时间是一九七九年六月三日。这是我自有投稿生涯以来发表得最快的一篇作品。我听到了我周围的熟识的行政干部的议论，尚不敢完全轻信，以为可能有更多的鼓励的因素。又过了大约不足半月，我刚刚从乡下参加夏收劳动归来，又接到吕震岳一封信，意思说作品发表后引起普遍反响，已收到不少读者来信，让我到报社去看看那些读者来信的评说。

我心里便有点按捺不住，骑上自行车绕大雁塔那条路奔东大街的陕报去了。似乎是一种潜意识，我尤其看重读者的反应，想听听文学圈以外的各个阶层各种职业的读者的评说，直到今天依然是这种心理。这应该是我第二次和吕震岳见面，老吕对我似乎已经是老早的熟人一样随意了。记得我见他第一面留下的最深刻的印象，便是他说话的高嗓子大调门。这回在他的编辑桌旁，不仅依然着这种说话，笑声同样是高腔大声，用畅快用爽朗这些词来形容似乎总不到位。他的情绪很兴奋，完全是一种编发了一篇引起普遍反响的稿子的由衷的快慰。他一边给我述说着丁树荣怎样捎稿给他，他读后的感觉和抓紧处理稿子以促使其尽快见报；一边用右手频频做着手势。我是深深地被感染被感动了的。一个职业编辑，一位长我起码十岁的老兄，毫不掩饰他的兴奋之情，像年轻人一样手舞足蹈着高声叙说着哈哈大笑着，给我一种赤诚热心而不无天真的强烈印象，他随之把一摞读者来信取出来交给我，感慨地说，看看，刚发表十来天，来了多少信说这个作品。

我一封一封读着那些从全省各地发往报社的信，禁不住眼热欲泪。不完全因为他们对我的一篇小说说了怎样的好话，更多的是我太需要他们对我的"信任"了。因为那篇写反"走资派"的小说造成的不良影响，我企图以新的创作来挽回，挽回那些可能弃我而去的读者，重新建立我和读者的真诚的信赖。那一封一封热情洋溢的信向我证明了最基本的这一点，正是我最心虚着企望充实的一点。然而其中有一封信，以不屑的口气评说《信任》，更以不屑的口气讥讽着我，说我在"文化大革命"期间写过适应时风的小说，现在又倒过来写什么《信任》，等等。我以为他说的是基本客观的事实,他肯定读过我过去写的几篇以阶级斗争为主调的短篇小说。不屑的讥讽的口吻不是批评的关键,亦可促使我更进一步作人生和文学的反省。这些信后来由老吕选发了三篇,在《作者·读者·编者》专栏里,我也看到了。有趣的是,十五六年后,我躲在渭南一家招待所里写几篇应急的短文,有天晚上宾馆(招待所)经理来和我聊天,说那三篇被选发的读者来信中,有一篇是他写的。他写那篇读后感式的信的时候,正在渭南地区所辖属的一个县的水利局工作,接近基层农村,强烈地感觉到,因为几十年阶级斗争扩大化给许多无辜的群众和优秀的基层干部造成的伤害,在实施平反冤假错案的过程中,又出现了新的矛盾和对立,甚至出现简单的个人之间的报复行为。他对这篇小说里的主人公对待同类矛盾的襟怀十分感动,以为是化解阶级斗争造成的人为矛盾的有远见的途径,忍不住便写了那封信。其实,他平素只是喜欢读书看报,并不搞写作,后来几经工作调动,现在已是这家宾馆的经理了……听来真是令人感慨系之。

至今依然记忆犹新的是,由丁树荣把稿子捎给老吕之后,我就到西安北郊的一个生产队参加夏收劳动去了。按当时干部下乡的习惯,自行车后架上捆绑着被褥卷儿,车头上的网袋里装着洗漱用具。大约十天或半月的下乡期满回到郊区文化馆里,《信任》已经发表多日,我在紧如救火的夏收劳动中尚不得知。回到馆里之后才看到发表《信任》的版面,"信任"两字是某个书法家的手书,有两幅描绘小说情节的素描画作为插图,十分简洁又十分气魄,看着看着就觉得眼热。这是我第一次在《陕西日报》文艺副刊上发表作品,但不是处女作,此前已经有为数不少的小说散文在杂志和报纸副刊上发表,按说不应该有太多太强的新鲜感。我不由自主地"眼热",来自当时的心态和更远时空的习作道路的艰难。当时的心态已如本文开头所叙的反省和调整,这篇小说的发表无疑给我以最真实的也是最迫切需要的自信。更深层的感慨发自此前十八年给《陕西日报》的一次投稿。

一九六一年,正是后来被习惯称作"三年困难时期"最困难的那一年,我正在读高中二年级,无法化解的饥饿折磨着几乎所有人,尤其是正处于生理生长最活跃的中学生。市教育局为保护处于这个不幸年代的学生,采取了非常措施,取消晚自习自然也就取消一切作业,实行"劳逸结合"来对付饥饿,老师只需完成课堂授课而不再批改作业,学生只需接受老师的讲授而不再去做任何科目的作业题,消耗热量的体育课干脆废除不上了。我突然发现空闲的时候太多了,空闲得令人反而不习惯起来,自然就把课余的时间和精力全都用到阅读和写作这个爱好上头来。我和我的同样爱着文学的朋友常志文,找到了一个既省钱又能读到新书的办法。每天晚饭后,我俩悄悄溜出学校后门,抄田间近路步行到距学校十余华里的纺织城商场,直奔书店。靠在装满各种书籍的书架立柱上,抽出昨天正在读着的那本书继续读下去,直到大约九点或九点半钟商场统一关门,我再最后看一眼正在阅读着的页码,合上书装进书架然后离开书店。那时候没有"微笑服务",更没有礼宾小姐站在门口躬身欢语"欢迎光临"的礼仪,却不拒绝如我一类无钱买书的人连续阅读自己感兴趣的书。我和我的朋友便从来时的小路再走回灞河岸边的这所由孙蔚如先生创办的中学,我俩关于阅读心得的交流一直继续到校门口才收住。上床睡觉以前,先喝一大碗盐水哄自己入眠,因为饥饿早已搅得肠胃疯狂起来。在往来二十余华里的疾步运动中,本来就没有吃饱的晚饭早已被消化光光了。这样的课余活动的运动量和对热量的损耗，可能远远超出了做作业和一周只有两节的体育课。

同样在这一段没有功课压力的轻松日子里，我和常志文、陈鑫玉三位文学爱好者组织起来一个文学社。苦于喜欢文学而总是找不到创作的门路，文学社就被命名为"摸门小组"。仅这个名字就可以看出我们当时对于创作的心境和情态，不无猴急和彷徨。成立文学社的同时决定创办文学墙报，名字定为"新芽"，不无才露尖尖一角的小荷的含意。这是一个纯文学的墙报，不是那种为纪念各种重大节日所办的壁报。"新芽"发表小说、散文和诗歌，必须是文学社成员自己创作的，当然也欢迎同学投稿。

创刊号上，刊登了我的一篇散文《夜归》。陈鑫玉鼓动我把这篇散文投给报刊，我缺乏勇气，终未敢把它投出。我的朋友却把它另写下来，寄给了《陕西日报》文艺部。大约不到一月时间，鑫玉某天从家里来就兴奋地告诉我，说报社来信了，他兴奋激动的表情，自然传递给我某种希望，某种侥幸混合着的急切心理。信的内容是肯定了这篇散文的长处，也指出了缺陷，关键词是让我修改一下，尽快寄去。我到此刻才真正地激动起来，似乎真的就要"摸"到那个神圣而又神秘的"门"了。我很快做了修改，又寄出去了，此后便开始了急切而又痛苦的等待。等待来信通知一个几乎让人不敢奢望的消息。等待中天天到学校的阅报栏去看《陕西日报》，自然是发表文艺作品的第三版。这是我创作生涯中发生的关于投稿的第一次等待，第一次感受那种企望和失望交织着的急切和焦灼的心情。奇迹终于没有出现，我在随之到来的高考的紧张准备中把此种情绪排挤开去。

结束高中学业，高考名落孙山，我在最初的别无选择的痛苦中回到家乡，被公社选拔为民办老师，这才真正开始了我的业余文学创作。次年春天，我重新把《夜归》做了修改，再次投给《陕西日报》，不久又来了信，肯定了长处也提示了不足，仍然让我修改后再寄去。我又一次陷入期待的焦灼之中。久久的等待中，我终于忍耐不住，借着学校到西安举办什么活动的机会，找到了社址设在东大街的陕西日报社。我在报社门口踌躇着暨摸着，想不出进入报社文艺部该怎么开口的措辞，自卑和羞怯的浓雾挥斥不开。我终于硬着头皮走了进去，看见文艺部的几张办公桌前坐着几位编辑，我朝门口那一位发出了问询。关于我的这篇散文，均不在在座的编辑手里，便推测肯定在一位已经下乡锻炼的编辑手中，可他大约需要半年才能结束劳动锻炼。那位好心的编辑很诚恳地暗示我，凡是能发的稿子，肯定会交代给编辑部的。既然没有交代我的那篇散文，肯定是发表不了的了。这次投稿和第二次修改又失败了，我走出《陕西日报》社深长的院庭甬道时，直接的感觉是，那个"门"还遥不知其所在，任何轻易"摸"到的侥幸心理自然云散了，反倒轻松了，当然不可排解自卑。我至今无法判断当时在座的编辑之中有无吕震岳，因为我除了和那位同样不知姓名的编辑说话之外，几乎不敢乱瞅乱看别的人。我站在陕西日报社门口，回望一眼那拱形的门楼和匆匆忙忙进进出出大门的人，还是免不了自惭形秽的自卑。这是我平生第一次走进一家报社的大门，目的是问询自己投递的一篇习作，留下的记忆难以泯灭。在我被老吕邀请到他的办公室去看读者来信的时候，我心里涌起的便是十几年前头回进入时的复杂心理的记忆。我和老吕聊起这件事，老吕哈哈大笑着说他毫无记忆，那时候出出进进文艺部的各路业余作者太多了。我至今也无法弄清那位两次写信鼓励我修改后再投的编辑是谁，他每次写信都不署姓名，只缀着文艺部的落款。直到一九六五年春天，我把这篇散文打破原先框架，重新构思重新写作，名字改为《夜过流沙沟》，只是没有勇气投给"省报"而改投"市报"，不久就在《西安晚报》文艺副刊上发出了。这是我的变成铅字见诸报刊的第一篇习作，历经四年，两次修改，一次重写，五次投寄，始得发表。我在感激《西安晚报》那位发表它的编辑的同时，也感激《陕西日报》那位两次给我写信鼓励我修改的不知其名的编辑。在这篇散文漫长的修改过程中，我在"摸门"，或者叫作最初的探索；在从事这个容不得任何侥幸的事业的起始阶段，这篇处女作的修改和发表的漫长过程，实际上是我进行文学基本功练习的一个缩影。我和老吕聊起这件事，除了艰苦跋涉的感慨之外，还有一种心理补偿的欲望，我想那位给我两次写信的编辑最好能在此刻在这个办公室出现，我会向他致最真诚的问候和感谢。他的那两封信，是我写稿投稿生涯中第一次收到的报刊编辑的信。老吕也感慨着。

　　七月号的《人民文学》转载《信任》。那时候，《小说月报》等一类选刊还没有创办，《人民文学》辟有转载各地刊物优秀作品的专栏，每期大约一两篇。

　　八十年代的头一个春天到来时，《人民文学》编辑向前给我写来一封信，告知《信任》已获一九七九年度全国优秀短篇小说奖。那时候的评奖采用的是读者投票的方法，计票的结果一出来，前二十名便被确定下来。我当即将此事告知了吕震岳，他和我一样高兴。现在回想起来，无论是我，无论是他，当时似乎没有把这个获奖看成有什么太了不得的。倒是后来愈来愈觉得这种全国性评奖真是了不得的。一是这种奖项被看作一种标志，评职称升工资等等都成为一个硬件；二是这种评奖的竞争愈来愈趋激烈，单就每年一次的短篇小说评奖，已经取缔了读者投票的方法，改由评委投票，非文学因素影响评奖的事时有传闻。我并非超脱文坛，亦非淡泊名利。我从来不说淡泊名利的话。我至今以为，文坛本身就是一个名利场，淡泊不了的，除非你离开。问题的实质在于以什么手段去提高"知名度"和获取"利"，唯一可靠的途径只能是拿出自己独特感受的作品来，即以文学的因素实现文学创造的目的，任何非文学的因素都是无法奏到长久之效的。一个不足七千字的短篇获奖，不可能决定我未来创作的发展，未来的路才刚刚开始。我对自己未来的创作发展不仅没有十分的自信，甚至依然着自卑的惶惑。因为任何一位能被我们记住的作家，都不是凭一个小小的短篇而铸就自己的文学成就，证明自己的文学才能的，这是文学史的 ABC。作为职业编辑的吕震岳，更有丰富的经历和经验，早看多了作家创作发展的种种，所以更多地仍然是说着"多读多思索"的鼓励我的实话。颁奖的通知到来时，我的心里丝毫未动，我的农民夫人突发心脏病月余，我须陪她去医院看病，便请假缺席了。

作为新时期文艺复兴的第一项全国文学奖——短篇小说奖，这是第二届评奖，发奖仪式很隆重，我在报纸上看到了消息。之后某一天，我用自行车带着病情稍轻的夫人从城里看病回来，走到距家尚有七八华里的一个村子，迎面停下一辆小汽车，走出陕西日报的文艺评论家肖云儒来。他们开车到了我的村子扑了空，折回来时碰到了。他说报社文艺部领导很重视《信任》获奖，作为报纸副刊的作品能在全国获奖尚不多见，约我写一篇获奖感言的短文，老吕因身体不适而委托他来。我后来写成了一篇《我信服柳青三个学校的主张》的创作谈，这是我从事写作以来第一次写谈创作的文章。

这一年，《陕西日报》文艺部发起了"农村题材小说征文"，老吕给我写来一封信，鼓励我应征。我已经从原郊区文化馆分配到灞桥区文化局，被提拔为文化局副局长，兼文化馆副馆长。为了能避免琐细的事务性干扰，我住在灞桥镇的文化馆里，潜心读书写作。接到老吕的信，我写了短篇小说《第一刀》，不需叮咛便明白七千字的版面极限。这篇小说同样得到老吕的欣赏，以一周的最快速度见报。此后，又收到了一批读者来信，选发了三篇。这是写农村刚刚实行责任制出现的家庭矛盾和父子两代心理冲突的小说，引起读者的普遍关注是可以理解的。尽管在征文结束后被评了最高等级奖，我自己心里亦很清醒，生动活泼有余，深层挖掘不到位。然而关于农村经济改革的思考却由此篇引发，发展到我的第一个中篇小说《初夏》的最后完成。

一九八二年我的第一本小说集子《乡村》出版，在我赠送书籍的名单上自然不可或缺老吕。这本集子里有他鼓励催促下写成的三篇小说，且是在我创作发展的关键时期有着特殊意义的作品。这年冬天，我调到省作协专业创作组。在取得对时间的完全支配权之后，我的直接感觉是走到了我的人生的理想境界：专业创作。我几乎同时决定，干脆回归老家，彻底清静下来，去读书，去回嚼二十年里在乡村基层工作的生活积蓄，去写属于自己的小说。尤其是读书，需要弥补未能接受大学中文系专修的知识亏空和心理空虚，需要见识中外大家名著所创造的艺术大观，更深一步进入真正的艺术世界，揣摩真正的文学的本来内蕴，以彻底排除非文学因素和出于各种用意强加给文学的额外负载，接近再接近真正的文学的本义。我记得我到陕报去和老吕说了归乡的打算，他仍然高调门感叹着好好好，真诚地说，写作靠热闹是不行的，得拿出好货来。

回到祖居的老屋，反而有一个不长的适应期。偶尔有文学朋友和约稿的编辑找到村子里,都是我十分愉快的事,包括传来许多文坛最新的消息和趣闻。偶尔收到老吕的信,仍然是老文化人的个性明显的毛笔字,或问讯或约稿,读来十分温馨。中篇小说《初夏》在《当代》发表以后,接到老吕一封长信,说他对这篇小说特别喜欢,不完全是因为《第一刀》的缘由。到这篇中篇获《当代》文学奖时,我告诉了他这个消息,老吕像小孩一样拍着简易沙发的扶手大声慨叹起来,似乎验证了他的阅读感觉。他说他在什么报纸上看到《当代》的广告目录,专意到邮局的报刊门市部买来了杂志,读完便给我写了那封长信。乃至一九八六年上海文艺出版社出版我的以《初夏》冠名的第一个中篇小说集子,我拿到书后,从乡下赶到西安,找到老吕家里。其时他已退休,住在炭市街的平房住宅里。我送上这本集子,他翻着看着,说那本集子里收编的几个中篇大都读过了。他告诉我,凡是他在什么杂志上发现我的作品就一定要读,凡是他听说我在哪里发了什么小说就自己找来读。他坦率地说着对那些小说的感觉,好的和遗憾的诸多方面,已经远远不是《信任》或《第一刀》经他发表时的交谈深度了。这一次,是我更深地理解老吕这个人的重要接触。我真切地被这位老兄感动了。他已经退休,已经不再为报纸副刊和我打交道了,他关注我的作品和我写作的发展,至少是出于一种纯粹的关于一个与他打过交道的作者的关注,仅仅只是这个作者的作品他曾经喜欢过付出过心血,仅仅只是这个作者本人他比较喜欢,仅仅只是他希望自己喜欢的这个作者的创作更健康地发展。这就够了,这就足够我这个经他扶助的作者体会人世间那种被赞美着的真诚了;足够我再重新理解作为中国文学各类职业编辑的良苦用心了,任何时候要是还没有忘记这一点,我便相信自己的尾巴会紧紧夹住;足够我理解作为个人劳动标志很明显的创作，其实还有更丰富的社会的催人奋斗的那种力量。告别老吕，重新回到祖居的家园，《初夏》这本书也就划归明日的黄花。我必须以新的艺术形态给老吕这样的职业文学编辑一个见面时可以再聊的话题，包括更多的还喜欢着我的小说的读者。真正的文学意义上的友谊给我的就是这种冲击力。

听说老吕病了时，我很震惊，找到他的新居里，是在一个夏天的晚上。我已得知他得了一种今天的医疗水平很难治愈的病，便约了精于摄影的郑文华去拍一张合影。我们相交整整廿年来，竟然没有拍过一张合照，我不在乎这种照相，他也不在乎这种形式的东西，二十年里我们多次见面却没有谁想到照一张合影。我到邻近的水果店铺里买了水果，也应是第一次。二十年里我多次去过他供职的编辑部和他的家里，从来没带过一件礼物，一盒烟一瓶酒都没有过。那个时期里似乎不兴这一套，我也没有这种意识，似乎拿着这种东西会使他和我都尴尬的。他现在病了，是个病人，按我的心理和习惯，看望病人带上水果是礼仪成俗的。

他坐在一架轮椅上，因为病痛所致的骨头损害，不能坐太软的沙发。他说他出医院好久了，病情稳定。他比以往消瘦了，脸色尚好，仍有既往的红色，表面看不出太多的重病的疲倦和忧郁。他说话依然是朗朗的高调门大嗓子，几乎与我以往的印象没有任何变化和差异，也许是强性子的他自然显现的刚强。我和他聊了他的病情，他却更多地问我现在的工作和写作，不无惋惜之意，甚至启发我赶快离开西安，重新找一个地方去读书去写作。他那么感慨着对我的深层理解，写到这程度太不容易了，再浪费时间就损失太大了云云。我无言以对，也不想对他说出我的苦恼。如他一样的感慨我已从许多朋友口里听到，然而我不想让他再为我担这一份心。我尽量以轻松的话题和他交谈,包括回忆我们以往的趣事,他便大声愉快地笑起来。我给他留下我出版不久的五卷本《文集》,他问《白鹿原》收编在内没有。我说主要的作品全都收入了。他说他早已读过《白鹿原》,不断地感慨着从他编《信任》到《白鹿原》的阅读感觉。临到我出门时,他仍然鼓励我,什么都可以看轻,看淡,再弄出两本书来,弄到这程度太不容易了……

我收到老吕一封信,看小小信封上那很大的行书毛笔字就熟知了。打开信封,夹着他的一页短笺和一块报纸的剪贴文章,是他发表在《陕西日报》的一篇关于《白鹿原》的短论。我的心头一沉,读了短信再读短论,沉默许久都不知道该做什么。他已到骨癌晚期,忍受着怎样的痛苦,仍然还要写这样的短论,仍然还要对《白鹿原》一书获茅盾文学奖的事说他的看法和意见。其时,关于这本书和这个奖的热闹早已过去,我已不再接受关于这个话题的媒体采访。《白鹿原》一书自出版以来的五年时间里,我看到过许多评论家、作家、记者和读者的或长或短的评论文章,说长道短在我已经于心不惊平静听取了,然而老吕的这篇短文一下子把我推入情感的波涛之中,无论如何我都不能把它看作是一篇"评论"……这是我收到的老吕的最后一封信,那功夫老到笔力遒劲的毛笔字啊!

今年春天,我接到老吕家属的电话,是哽咽着的女声报告的噩耗。当晚我赶到老吕家里,只能面对一幅围裹着黑纱的相片了。我站在灵桌前腿就颤抖起来了,看着照片上那昂昂的朗朗的面容,泪水一下子涌流出来,想叫一声老吕也终于哽塞得叫不出声。他的夫人告诉我,他把我送他的那套《文集》,一直在桌子上用书夹裁着,而没有塞进他的书架,直到他去世。我又一次涌出泪水,却说不出任何话来。

走在夜晚的东大街上，五彩的霓虹灯光是这座古城的新的姿容。天上似乎落着细雨，我木然地走着。我的小说中那个被我赞美也被我批判着的白嘉轩的生命感叹竟从我的心里涌出来了：世上最好的一个文学编辑谢世了！

1999 年 11 月 9 日礼泉

舒悦里的亲情和友谊

过年在我的整个意识里，就是亲情和友谊。不寻常之处，是在一种特有的欢乐祥和的气氛里，享受亲人和朋友之间的情谊。

匆匆忙忙从年头奔到年尾，最想做的事最想观的景以及不可或缺的应酬，紧紧张张着，做成一件事高兴了，未做好的事遗憾了。乃至被生活里的垃圾事龌龊着心了，到年尾就意味着一概过去了。过去了就抖搂掉了，都成为"过去"而不含任何意义了，自然是身心俱为轻松舒缓的状态。此时，一种幽幽的情绪浮上心头，便是亲情和友谊的亏缺。

虽然生活在同一座古城里，交通也应快捷，然而常常是一月两月见不了儿子一面。他扛摄像机赶着追着社会镜头，偶尔回家来，我却出门了。如此等等。乡下的亲戚也都为耕庄稼和挣钱的生计各忙各的，无事就舍不得时间进城，进城来家或打电话来，肯定有事需要帮办，或孩子上学就业，乃至生病住院受到冷遇，也不管我能办不能办，反正就指望你这个"名声很大"的亲戚来了。而真正能在没有压力没有闲事的纯粹亲情和友谊的心境对面促膝，说说家道，谈谈儿女和孙辈，聊聊熟人，喝一杯酒，笑三五声，便觉得与过去的生活和曾经交过手的亲戚朋友又浑然一体了。至于儿女，那反而倒简单了，看一眼胖了瘦了黑了白了，接受一声最真实的问候，就看着他们在屋子里走来走去，姊弟间互相说话逗趣，孙子出出进进瞎忙着玩，就足以让心境涨满温馨。这时候吸一支烟，喝一口茶，甚至不说什么话，都是最踏实最平静最美好的心情。

尽管从理智上不想进入回忆，然而情绪总是无法闸断。逝去的父亲和母亲总是在心头徘徊，更多地带着那个时月的艰难，动我心怀的却是慈祥与温情。那种在今天想来不堪承受的艰难里的慈爱与温情，常常在烟雾缭绕和举杯啝饮之间令我心颤。父亲刚刚贴在街门上墨汁未干的对联，门外刚刚点燃的迎接列祖列宗神灵的纸火，扔到半空爆炸的雷子炮，母亲刚刚揭开锅盖的白面包子……尽管距今天的生活已经遥远，那气氛那欢乐那祥和那些难以言说的美好，却一脉相传到现在，以新的方式弥漫在我的这套城市里的小居室里。

难得一年之终结一年之复始之间的这几天轻松和舒缓。生命里不能缺失的温暖的亲情和友谊，滋养我有一个健康健全的心理，继续自己想做的事，面对人生，也面对良知。

2004 年 1 月 15 日 二府庄

父亲的树

又有两个多月没有回原下的老家了。离城不过五十华里的路程，不足一小时的行车时间，想回一趟家，往往要超过月里四十的时日，想来也为自己都记不清的烦乱事而丧气。终于有了回家的机会，也有了回家的轻松，更兼着昨夜一阵小雨，把燥热浮尘洗净，也把心头的腻洗去。

进门放下挎包，先蹲到院子拔草。这是我近年间每次回到原下老家必修的功课。或者说，每次回家事由里不可或缺的一条。春天夏天拔除院子里的杂草，给自栽的枣树柿树和花草浇水；秋末扫落叶，冬天铲除积雪，每一回都弄得满身汗水灰尘，手染满草的绿汁。温习少年时期割草以及后来从事农活儿的感受，常常获得一种单纯和坦然，甚至连肢体的困倦都是另一番滋味的舒悦。

前院的草已铺盖了砖地，无疑都是从砖缝里冒出来的。两月前回家已拔得干干净净。现在又罩满了，有叶子宽大的草，有秆子颇高的草，有顺地扯蔓的草，吓得孙子旦旦不敢下脚，只怕有蛇。他生在城里，至今尚未见过在乡村土地上爬行的蛇，只是在电视上看过。他已经吓得这个样子，却不断问我打过蛇没有，被蛇咬过没有。乡村里比他小的孩子，恐怕没有谁没见过蛇的，更不会有这样可笑的问题。我的哥哥进门来，也顺势蹲下拔草，和我间间断断说着家里无关紧要的话。我们兄弟向来就是这样，见面没有夸张的语言行为，也没有亲热的动作，平平淡淡里甚至会让生人产生其他猜想，其实大半生里连一句伤害的话都从来没有说过，更谈不到脸红脖子粗的事了。世间兄弟姊妹有种种相处的方式，我们却是于不自觉里形成这种习惯性的状态。说话间不觉拔完了草，堆起偌大一堆，我用竹笼纳了五笼，倒在门前的场塄下，之后便坐在雨篷下说闲话，懒得烧水，幸好还有几瓶啤酒，当着茶饮，想到什么人什么事，有一搭没一搭地聊着。还有一位村子里的兄弟，也在一起喝着扯着闲话。从雨篷下透过围墙上方往外望去，大门外场塄上的椿树直撑到天空。记不清谁先说到这棵树，是说这椿树当属村子里现存的少数几棵最大的树，却引发了我的记忆，当即脱口而出，这是咱伯栽的树。这话既是对哥说的，也是对那位弟说的。按当地习俗，兄弟多的家族，同一辈分的老大，被下辈的儿女称伯，老二被称爸，老三老四等被称大。有的同一门族的人丁超常兴旺，竟有大伯二伯三伯大爸二爸三爸和大二大三大到八大的排列。这里的乡俗很不一般，对长辈的称呼只有一个字，伯、爸、大、叔、妈、娘、姨、舅、爷等，绝对没有伯伯、爸爸、大大、妈妈、娘娘、姨姨、爷爷、舅舅等的重复啰唆……我至今也仍然按家乡习惯称父亲为伯。父亲在他那一辈本门三兄弟里为老大，我和同辈兄弟姐妹都叫一个字：伯。如此说来，这文章的标题该当是：伯的树。

我便说起这棵椿树的由来。大约是"三年困难"最困难的一九六〇年或是一九六一年，我正上高中，周日回到家，父亲在生产队出早工回来，肩上扛着镢头，手里攥着一株小树苗。我在门口看见，搭眼就认出是一株椿树苗子。坡地里这种野生的椿树苗子到处都有，那是椿树结的荚角随风飘落，在有水分的土壤里萌芽生根，一年就可以长到半人高的树秧子。这种树秧如长在梯田塄坎的草丛中，又有幸不被砍去当柴烧，就可能长成一棵大椿树；如若生长在坡地梯田里，肯定会被连根挖除晒干当作好柴火，怕其占地影响麦子生长。父亲手里攥着的这根椿树苗子是一个幸运者,它遇到父亲,不是被扔在门前的场地上晒干了当柴烧,而是要郑重地栽植,正经当作一棵望其成材的树了,进入郑重的保护禁区了;也自这一刻起,它虽是普通不过平凡不过的一种树,却已经有主儿了,就是父亲。父亲给我吩咐,你去担水。他说着就在我家门前的场塄边上挖坑。树只是个秧儿,无须大坑,三镢头两铁锨就已告成,我也就没有要替父亲动手,而是按他的指令去担水。那时候我们村里吃的是泉水,从村子背后的白鹿原北坡的东沟流下来,清凌凌的,干净无染。泉水在村子最东头,我家在村子顶西边,我挑一回水,最快也需半小时。待我挑水回来,父亲早已挖好坑儿,坐在场塄边儿上抽旱烟。他把树苗置入一个在我看来过大的土坑里。我用铁锨铲土填进坑里,他把虚土踩踏一遍,让我再填,他再踩踏。他教我在土坑外沿围一圈高出地面的土梁,再倒进水去。我遵嘱一一做好,看着土坑里的水一层一层低下去,渗入新填的新鲜土坑里,成活肯定是毫无一丝疑义。父亲又指示我,用酸枣刺棵子顺着那个小坑围成一圈栽起来,再用铁丝围拢固定,恰如篱笆,保护小椿树秧子,防止猪拱牛抵羊啃娃娃掐折。我从场边的柴堆上挑选出一根一根较高的业已晒干的酸枣棵子(这是父亲平时挖坡顺手捡回来的),做着这项防护措施。父亲坐在地上抽烟,看着我做。我却想到,现在属于父亲领地的,除了住房的庄基,就是这块附属于庄基地门前的这一小片场地了,充其量有二厘地。下了这个场塄,就是统归集体的土地了。父亲要在他可以自主掌控的二厘场地上,栽种一棵椿树。

  我对父亲的一个尤为突出的记忆,就是他一生爱栽树。他是个农民,种玉米种麦子务弄棉花是他的本职主业,自不必说,而业余爱好就是栽树。我家在河川的几块水地,地头的水渠沿上都长着一排小叶杨树。水渠里大半年都流淌着从灞河里引来的自流水，杨树柳树得了沃土好水的滋养，迎着风如手提般长粗长高。随意从杨树或柳树上折一根枝条，插到渠沿的湿泥里，当年就长得冒过人头了，正如民间说的"三年一根椽，五年长成檩"的速度。二十世纪五十年代中期以前，我的父亲就指靠着他在地头渠沿培植的这些杨树，供给先后考上高小和初中的哥和我的学杂费用。那时的小学高年级，我都是住宿搭灶的学生。父亲把杨树齐根斫下来。卖了椽子，七八毛钱一根，再把树根刨出来，剁成小块。晒干，用两只大老笼装了，挑过灞河，到对岸的油坊镇上去卖，每百斤可卖一块至一块两毛钱。我至死都不会忘记五十年代中期的这两项货物——椽子和木柴的市场价格。无须解释原因，它关涉我能否在高小和初中的课堂上继续坐下去。父亲在斫了树干刨了树根的渠沿上，当即就会移栽或插下新的杨树秧或树枝，期待三年后斫下一根椽子卖钱。父亲卖椽卖柴供两个儿子念书的举动无意间传开，竟成为影响范围很宽的事。直到现在，我偶尔遇到一些同里乡党，见面还要感叹几句我父亲当年的这种劳动，甚至说"你伯总算没有白卖树卖柴"的话。不久，农村实行合作化以后，土地归集体，父亲也无树根可刨了。我就是在那一年休了学，初中刚念了一个学期。不过，我那时并不以为休学有多么严重，不过晚一年毕业而已，比起班上有些结婚和得了儿女的同学，我是年龄最小的一个。这是解放后才获得念书机会的乡村学生的真实情况，结婚和生孩子做父母的初一学生每个班都有几个，不足为奇。

我在每个夏天的周日从学校回到家中，便要给父亲的那棵椿树秧子浇一桶水。这树秧长得很好，新发出的嫩枝竟然比原来的杆子还粗，肯定是水肥充足的缘由。某一个周六下午我回家走到门口，一眼望见椿树苗新冒出的嫩枝折断了头，不禁一惊，有一种心疼的惋惜，猜想是被谁撞折了，或被哪个孩子掐折了。晚上父亲收工回来吃晚饭时，说是一个七八岁的骚娃（调皮捣蛋的娃）用弹弓打断的。父亲说，娃嘛！就是个骚娃喀，用弹弓耍哩瞄准哩，也不好说他啥。后来就在断折处，从东西两边发出两枝新芽来，渐渐长起来。我曾建议父亲，小树不该过早分杈，应该去掉一枝，留下一枝才能长高长直。父亲说，先不急，都让长着，万一哪个骚娃再折掉一枝，还有一枝。父亲给骚娃们留下了再破坏的余地，我就不仅仅是听从了，还有某点感动。再说这椿树秧子刚冒出来便遭拦头折断的打击，似乎憋了气，硬是非要长出一番模样来，从侧旁发出的两根新芽更见茁壮，眼见着拔高，竞相比赛一般生机勃勃。父亲怕那细杆负载不起茂盛的叶子，一旦刮风就可能折断，便给树干捆绑一根立杆，帮扶着它撑立不倒不折。这椿树便站立住了。无意间几年过去，我高考名落孙山回乡当了民办教师，为生活为前程多所波折，似乎也不太在意它了，这椿树已长得小碗粗了。小碗粗的椿树已经在天空展开枝杈和伞状的树冠，却仍然是两根分枝，父亲竟没有除掉任何一根，他说越长越不忍心砍那多余的一根分枝了，就任其自由生长。这椿树得了父亲的宽容和心软，双枝分杈的形态就保持下来，直到现在都合抱不拢的大树，依然是对称平衡的双枝撑立在天空，成为一道风景，甚至成为一种标志。有找我的人向村人问路，最明了的回答就是：门口场塄有一棵双杈椿树。

到二十世纪八十年代初始，生活已发生巨大转机，吃饱穿暖已不再成为一个问题的好光景到来时，我已筹备拆掉老朽不堪的旧房换盖新房了，不料父亲发生了绝症。他似乎在交代后事，对我说，场塄上那棵椿树，可以伐倒做门窗料。我知道椿树性硬却也质脆，不宜做檩当梁，做门窗或桌椅却是上好木材。父亲感慨说，我栽了一辈子树，一根椽子都没给自家房子用过，都卖给旁人盖房子了，把这椿树伐下来，给咱的新房用上一回。我听了竟说不出话，喉头发哽。缓解一阵后，我对父亲说，门窗料我会想办法购买（那时木材属统购物资），让椿树长着。我说不出口的一句话是，父亲留给我的活物，就只剩下这一棵椿树了。不久，父亲去世了，椿树依然蓬勃在门外的场塄上。八十年代初，我随之获得专业写作的机会，索性回到原下老家图得清净，读书写作，还住在遇到阴雨便摆满盆盆罐罐接漏的老屋里，还继续筹备盖房。某一天，有两三个生人到村子里来寻买合适的树，一眼便瞅中了我父亲的这棵椿树，向村人打听树的主人。村人告诉说，那主家自己准备盖房都舍不得伐它，你恐怕也难买到手。买家说可以多掏一些钱，随之找到我，说椿树做家具是好材料，盖房未必好，可以多给一些钱，让我去选购松木这些上好的盖房材料，并说明他们是做家具卖的生意人。我自然谢绝了。这是绝无商议余地的事。我即使再不济，也不能把父亲留给我的最后一棵树砍了。这椿树就一直长着，直到现在。每隔一段时日抽空回到老家，到门口第一眼看到的就是这棵椿树，父亲就站在我的眼前，树下或门口；我便没有任何孤独空虚，没有任何烦恼，没有任何腌臜的事能够把人腻死……

我和我哥坐在雨篷下聊着这棵椿树的由来。他那时候在青海工作，尚不清楚我帮父亲栽树的过程。他在"大跃进"的头一年应招到青海去了，高中只学了一年就等不得毕业了，想参加工作挣钱了。其实，还是父亲在这时候供给着两个中学生，可以想见其艰难。我是依靠着每月八元的助学金在读书，成为我一生铭记国家恩情的事。"大跃进"很快转变为灾难，青海兴建的厂矿和学校纷纷下马关门,哥和许多陕西青年一样无可选择又回到老家来,生产队新添一个社员。哥听了我的介绍,却纠正我说,这椿树还不是最老的树,父亲栽的最老的树要算上场里地角边的皂荚树。那是刚刚解放的二十世纪五十年代初,我们家诸事不顺,我身后的两三个弟妹早夭,有一个刚生下六天得一种"四六风症"死去,有一个妹妹和一个弟弟都长到三四岁了,先后都夭亡了。家养一头黄牛,也在一场畜类流行瘟疫里死了。父亲惶恐里请来一位阴阳先生,看看哪儿出了毛病。那阴阳先生果然神奇,说你家上场祖坟那块地的西北角太空了,空了就聚不住"气",邪气就乘虚而入了。父亲吓得不知如何是好,急问如何应对如何弥补。阴阳先生说,栽一棵皂荚树。并且解释,皂荚树的皂荚可以除污去垢,而且树身上长满一串串又粗又硬的尖刺,更可以当守护坟园的卫士。父亲满心诚服,到半坡的亲戚家挖来一株皂荚树秧子,栽到上场祖坟那块地的西北角上,成活了也长大了,每年都结着迎风撞响的皂角儿。这皂荚树其实弥补得了多少空缺是很难说的,因为后来家里也还出过几次病灾,任谁都不会再和阴阳先生去验证较真了。这儿却留下一棵皂荚树,父亲的树,至今还长着,仍然是一年一树繁密的皂角,却无人摘折了,农民已经不用皂角洗涤衣服,早已用上肥皂洗衣粉之类。哥说了父亲的这棵皂荚树,我隐约有印象,不如他清楚,我那时不太在心,也太小。现在,在祖居的宅院里,两个年过花甲的兄弟,坐在雨篷下,不说官场商场,不议谁肥谁瘦,也不涉水涨潮落,却于无意中很自然地说起父亲的两棵树。父亲去世已经整整二十五年,他经手盖的厦屋和他承继的祖宗的老房都因朽木蚀瓦而难以为继,被我拆掉换盖成水泥楼板结构的新房了,只留下他亲手栽的两棵树还生机勃勃,一棵满枝尖锐硬刺儿的皂荚树,守护着祖宗的坟墓陵园；一棵期望成材做门窗的椿树，成为一种心灵感应的象征，撑立在家院门口，也撑立在儿子们心里。

每到农历六月，麦收之后的暑天酷热，这椿树便放出一种令人停留贪吸的清香花味，满枝上都锈集着一团团比米粒稍大的白花儿，招得半天蜜蜂，从清早直到天黑都嗡嗡嘤嘤的一片蜂鸣，把一片祥和轻柔的吟唱撒向村庄，也把清香的花味弥漫到整个村庄的街道和屋院。每年都在有机缘回老家时闻到椿树花开的清香，陶醉一番，回味一回，温习一回父亲。今年却因这事那事把花期错过了，便想，明年一定要赶在椿树花开的时日回到原下，弥补今年的亏空和缺欠。那是父亲留给这个世界也留给我的椿树，以及花的清香。

2006 年 8 月 31 日二府庄

毛乌素沙漠的月亮

朋友电话约写一点有关月亮的记忆。话尚未落音,我的心底便有一轮又圆又大的满月缓缓浮现出来。这是我平生见过的最大的月亮,在毛乌素大沙漠的天空悬浮着,也沉浮在我的心底,整整二十五年了。

那是一九八五年的酷暑时月,由路遥挑头在陕北召开"长篇小说创作促进会"。"促进"二字彰显着这次会议的主旨,却也明白不过地提醒与会作家,应该考虑长篇小说创作的探索了。客观的情况是,新时期出现的一茬陕西青年作家,正热衷于中篇小说和短篇小说的创作,尚无一部长篇小说出版,作协领导有点着急,需要促进一下。会议的第二阶段由延安转移到毛乌素大沙漠中的塞北重镇——榆林,作家们的兴致更高涨了,纷纷表态要把长篇小说的创作列入最近的写作计划,"促进"促得会上会下的气氛十分热烈。挑头的路遥无疑也很鼓舞,顿时突发奇想又别出心裁,要搞一场篝火晚会,就在荒无人迹的毛乌素沙漠里,这在当时无疑是一场浪漫而又颇为新潮的晚会。

柴火是向当地乡民购买的,一捆一捆干绷绷的沙柳棒子,见到引火便蹿起火苗,得着沙漠夜风的鼓吹,火势顿时便起一丈多高,把刚刚降下的夜幕现出一片光亮的空间。与会的这一茬作家正值青年壮年,又得着思想解放的时风的鼓舞,全都围着噼啪爆响的火堆几近疯狂地蹦跳起来,很难看到谁有规范的舞步,都是随心所欲地胡蹦乱跳,夹杂着平素很难发生的野性的狂呼吼叫,把静谧无息的毛乌素沙漠吵翻天了。我也夹杂其中，蹦着跳着，便有了难得的一次尽情放纵的生命狂欢。不料有人从背后抓住了我的胳膊，不容分说把我拉出狂欢的人窝儿，说，咱俩散散步去。依声音辨识，这是诗人子页。

我便随着子页走，几乎是漫无目的地无意识行走，却恰恰走在往北的沙地上。往北无疑是更为荒凉的沙漠腹地的方向。估摸不准走出多远了，篝火晚会的嘈杂的人声消失了，腾跃的火焰也看不见了，只有一片小小的略显红色的亮光标示着篝火晚会会场的方位。天上繁星点点，沙漠夜幕里仅有一丝微弱的亮色，我只能看见并排走着的子页的人形，完全看不清他的眉眼。凭着感觉判断，已经走得很远了，恰好脚下踩到了一道沙梁，两人不约而同停住脚步。他坐下来。我也坐下来。白天被晒得烫脚的沙子似乎还有余温。他说了些什么话，社会热点话题或文学写作什么的，认真的和不认真的，正经的或不正经的，现在竟通通忘记了，一句也没留下来。同样，我对他说了些什么话，也通通忘记了，一句都回忆不起来。我俩在沙梁上对面坐着，此起彼落地聊着（用西安当地话说叫"谝着"），仍然是谁也看不清谁的眉眼，依着说话的语调和口吻的缓急，感知对方的思想和情感。

无意间，我突然看见他脸上的轮廓了，不由一惊，瞬间就意识到月亮出来了。他几乎同时轻轻地惊呼：啊！多大的月亮！我转过身，就看见沙漠尽头地天相接的地方，浮现着一轮小碾盘那般大的月亮，惊得我一跃身站立起来。子页也站起来了。

多大的月亮。我忍不住赞叹。

没见过这么大的月亮。他也随口赞叹。

多大多圆哇。我忍不住再说一句，便想到当属农历的六月十五或十六。

难得看见毛乌素沙漠的满月。子页庆幸地说。

子页是一位颇具广泛影响的诗人。我也算得一个作家。诗人的他和作家的我站在毛乌素沙漠里，面对初升起来的一轮满月，反复赞叹的词汇里，只有一个"大"字和一个"圆"字，竟然再反应不出一个更生动更美妙的文字来。我俩站在沙地上，看那又圆又大的月亮缓缓浮升起来。沙漠里偶尔传来一声单调的野兽的叫声，我可以辨出是狐狸，城市长大的子页却以为是狼。月亮浮上天际大约有一竿子高了，似乎渐渐缩小了一轮，却更明亮更清湛了。子页突然对我说："我有一个提议——"却不说提议的内容。我也没有急于追问。只见他俯下身去，在月亮照亮的沙地上摸索，终于找到几根沙蒿秆儿，捋去枝叶，盯着我说："面对毛乌素的满月，咱俩发誓——"说着便跪倒在沙地上，把三根蒿草秆儿双手举起，反复三匝，插在沙地上，颇为郑重地发出誓言："我对毛乌素沙漠的月亮起誓，和忠实老哥肝胆相照，永不背叛……"我看着他突如其来的甚为庄重的举动，虽然始料不及，却没有任何犹疑，瞬即便和他并排跪下了，捡起三根替代香火的蒿草秆儿，照他的动作做起：双手握住蒿草秆儿，从胸前举起到眉心，反复者三，同样插在他插着的蒿草秆儿的一边，也信誓旦旦地对着毛乌素沙漠上空的月亮起誓，誓词自然和他的誓词保持一致。待我说完，两人相应地转过脸来面对面瞅着对方，两双手便紧紧地握在一起，然后便四仰八叉倒躺在沙地上，纵声大笑起来……

有人吼叫我和子页的名字，我俩当即应了声，料想篝火晚会要收场了，我俩似乎还留恋这一方静谧神奇的夏夜的沙漠，更有沙漠上空越升越高也愈加明亮的月亮。奔到我俩面前的两位作家虚张声势：还以为你俩被狼吃了呢！我俩都不在意地笑笑。有位作家颇认真地渲染说，沙漠里的狼可厉害了，常叼牧民的羊。子页随机应变，从沙地上捞起他和我插下的蒿草秆儿，说："我俩有金箍棒，什么样的恶狼都不怕……"

算不得结义，也算不得结拜，不过是面对沙漠上空一轮又圆又大的月亮，诗人子页诗性激情的瞬间生发的举动。我之所以毫无犹疑地响应，有一个基本的感知，就是子页弃政从文的人生选择。他在新时期文艺复兴的热烈而又神圣的文学氛围里，辞去了给一位重要领导当秘书的工作，自愿调动到文艺圈子里来，在作家圈里曾发生了好久的一阵议论。任谁都能预料，为一位重要的一把手当秘书多年，仕途上绝不会亏他的；他却舍弃了，毅然投身到文学圈子里来了，可见他对文学的痴迷和神圣。平心而论，我和他认识也有四五年了，来往屈指可数，他热衷诗的创作，我学习写作的兴趣却在小说，文学大圈子里还有不同文学样式的几个小圈子。再说他住在西安城里，我住在白鹿原下的乡村，平素难得相遇。我对他最直接的印象，便是他舍弃官场投身文坛的举动，一个如此痴迷文学也神圣文学的同龄人，大致该当是可以信赖的……我便和他并排跪倒在毛乌素沙漠上，面对那一轮又圆又大的月亮。

之后二十五年，淡淡如水，一年半载遇合到一起，我看着他虽依旧浓密却大半花白的头发，他瞅着我光亮的谢顶，互相先自笑了，竟然谁对谁都说不出一句客套的话，开口总是调侃。待喝过两盅之后，或他或我就会说起毛乌素沙漠里用蒿草秆儿作香火对月起誓的事来，仿佛就在昨夜。可见毛乌素沙漠上空的那一轮又圆又大的月亮，沉浮在我的心底，也在他的心底沉浮着。我便自然想到，如果谁有了无论大或小的苟且之事，沉浮在心底的那一轮又圆又大的毛乌素沙漠天空的月亮，就再也浮现不出来了。原本仅属于诗人子页兴之所至的一项提议，其实不无玩笑作趣的成分，现在倒感觉到一种人生的颇可珍重的情趣了。

2010 年 7 月 28 日二府庄

第五辑　生命对我足够深情

生命之雨

一个年过五十的人,某天傍晚突然警悟,他的生命中最敏感的竟然是雨。

秋日。傍晚。

细雨如丝如缕如烟,无穷无尽的前方和已经穷尽的身后都是这种雨丝,飘飘洒洒却无声无息。他沿着家乡的河水在沙滩上走着。一旦有雨或雪降下,他就有一种迎接雨雪的骚动而必须刻不容缓地走向雨雪迷蒙的田野。他的腋下夹着一把黑色雨伞,除非雨点变得粗疾起来才准备打开。

沙滩上的野苇子的茸毛已经飘落,蒿草和绿色无可挽救地变得灰黑而苍老了。他看见河的远处有人在涉水过河,辨不清过河的是男人还是女人,雨雾把雄性和雌性的外部特征模糊起来了。走过滩柳丛生的一道沙梁,一个看去和他年龄相仿的女人伫立在沙地上,看守着七八只羊。女人的右手攥着一根新鲜的柳枝儿,无疑是用来警示她的羊的武器;她的左腋下夹着一只金黄色的草帽,而让头发也淋着雨。她的生命中也敏感雨而渴盼细雨的浇灌和滋润吗?

女人满脸皱纹,皮肤黝黑而粗糙,骨骼粗硬而显示着棱角;她挽着黑色的裤脚,露出小腿如同庄稼汉一样坚硬的筋骨的轮廓。他瞅着她,又瞅着她的羊,瞅过去是七只,倒瞅过来却成了八只;数过了羊又瞅她。他瞅着数着羊是潜意识的行为,避免死呆呆瞅着她而引起反感。瞅了瞅她又去数羊,这回数过去是八只,再数过来又成了七只。

她却只瞅着她的羊，或者根本就没有瞅羊。她也不瞅他。他想，在她说不清是呆滞或是不屑的眼神里，他不过也是一只羊吧？他便走开了，踏上高踞沙滩的河堤。

母亲说生他的时候正是三伏天。母亲强调说他落地的时辰是三伏天的午时。母亲对他落地后的记忆十分清晰，落地后不过半个时辰全身就潮起了痱子，从头顶到每一根脚指头，都覆盖着一层密密麻麻的热痱子。只有两片嘴唇例外地侥幸，却暴起苞谷粒大的燎泡。母亲说整整一个夏天里，他身上的热痱子一茬尚未完全干壳，新的一茬便迫不及待地又冒了出来，褪掉的干皮每天都可以撕下小半碗。母亲说她在月子里就只是替他从头到脚撕揭干壳了的痱子皮……母亲对已经成年了的他遭遇灾难时便说："你落生的时辰太焦躁了。那天能遇着下雨就好了。"

他后来得知，他与父亲同一个属相：马。这根本不用奇怪，家族中两代人和两代人之中同一属相的现象屡见不鲜完全正常。奇异的是，他和父亲同月同日生，而且时辰都是午时。只是没有人说得清，父亲出生时潮没潮起那么厉害的热痱子，父亲出生时是否侥幸遇到了三伏天的雨。

他便猜疑，在他来到这个世界时便领受到的如煎如煮的酷热焦躁，在父亲来说早已领受过了，从而并不以为什么了不起。

关于他的父亲，他想写篇小文章来悼念那位如草芥一样无声无响度过一生又悄然死去的农民，然而终于没有形成文字。原因在于，那个念头刚一产生，如潮的记忆便把他齐头盖脑淹没了。他喘息着又合上了钢笔。父亲是一本书，不是一篇小文章。

现在,他只能说一句话,在这个世界上,他最熟悉最了解的是他的父亲,而最难理解的也是他的父亲。他深深地懊悔,直到父亲离开这个世界时,才发觉自己从来也没有太在意过父亲。起初他剖析造成这种懊悔心理的因素,是他既不可能对父亲寄托稍大点儿的依赖,更不可能发现以至研究他有什么伟大和不平凡之处;后来随着生命体验的不断加深,终于有一天醒悟过来,便是从来也没有想到过对父亲的心理设防,是一种绝对的心理安全的天然依赖,反倒不太在意了。

父亲死亡的情景永难忘记。一个自身生长的异物堵死了食道,直到连一滴水也不能通过,那具庞大的躯体日渐一日萎缩成一株干枯的死树……哦!生命中的雨啊!

他一个人坐在家乡的河边,天上洒下旱季里少见的蒙蒙细雨。他刚刚二十岁,开始了永远的没有限期的暑假,从学校走向社会了。他半是豪勇半是惶惑,怀着宏大的文学梦却又怀疑自己是否具备文学的天赋,自信与自卑五十对五十折磨着他,便有了一种孤自散步的欲望,尤其是在雨雾迷茫之中。

这条河不大却闻名于遥远悠久的历史,河有多长,河边的柳林就有多长。骚客文人折柳赠别也抛洒离愁思怨的诗句,成为一代又一代文化人寄托情怀的佳作。他坐在水边,一个琴瑟般的声音不期而至:"大哥哥你饿吗?"他转过头就看见了一只小仙鹤,是的,这个大约不过十岁的女孩像河滩草地上偶然降至的仙鹤。他苦笑一下摇摇头。处于整个民族的大饥饿年代,小孩子看世界的眼睛也是饥饿。他笑笑说:"我渴。"河堤上传下来一声笑,他看见那儿站着一位干部,这是一家大企业的党的领导干部,据说是一位出身富贾而又背叛了自己阶级的老革命，革命胜利了他已成为企业领导，却依然需要下放乡村锻炼改造……他很忠诚，不仅自己老老实实在农民中间生活，而且还利用暑假把小女儿也领到这炼狱里来改造了。

几十年后，在一次全国性的文学集会上，有一位中年女人向他走来："你现在是饿还是渴？"

"还是渴。"

"还是渴？"

"是渴……生命之雨。"

她说她后来随父亲到北方一个城市，又转过四五个城市。她现在在一家报纸主持着一个《婚姻与家庭》的专栏。她在年轻男女中名声显赫，几乎家喻户晓，当然是她坦率而又真诚地解答过来自全国各地青年男女关于爱的困惑，并因此而很自信："你比我写的书多，我比你写的信多；你只是在文学圈子里有名声，而我却在青年人心中是知音。"她的佐证是多年来收到和回复青年人的书信数以万计。她说她读过他的全部作品，当然不是因为作品好不好，亦不是要研究他的创作，主要是因为在他未成名之前她见过他一面，那时她不足十岁。她说："我至少给青年朋友写过两万多封信，而你的小说最多发行五千册。"

他很尴尬，随之反诘："我也来请你解答一下过去的问题，有一对年轻夫妇在'文革'中分属对立的两派组织，妻子向自己一派的造反队司令报告了丈夫的行踪，丈夫被抓去打断了一条腿。这位现在走路还颠着跛着的丈夫仍然和那位告密的妻子生活在一起。他向你写过信没有？如果他有一天写信给你要求解释困惑，你怎么回答他？"她张了张口却摇摇头笑了，竟是一副不屑回答的神气。

半年以后,他接到她从千里之外的城市打来的长途电话,说她今天收到一封信,信中所表述的精神痛苦使她陷入深沉的无言以对的心境之中,那人的遭遇与他所说的"文革"夫妇的故事大同小异,关键在于他们的故事一直延续到今天而且还有发展,类似于被打断腿的这个跛子丈夫,居然投靠那个抓他施刑的造反队头儿的门庭挣钱去了。造反队头儿受过几年冷落之后,现在是一位腰里别着大哥大的公司老板了……现在反倒是类似于那个告密妻子的陷入痛苦境地,据说是丈夫现在跟着那个不计前嫌的老板北上南下东闯西骗,出入星级宾馆酒楼歌舞厅,既卡拉 OK 又 KTV 还桑拿浴……她在电话中向他复述了这个故事,情绪很沉静,似乎没有了她写过两万余封回信的那种自信与得意,很真诚地说:"上次你讲的那对'文革'夫妇的故事我没有回答,我觉得那是你们上一代人的故事和困惑;你们上一代人所处的那个时代是一个不正常的时代,用今天正常人的思维是无法理解也无法解释的,因为他和她都是不正常生活里的不正常的人所演绎的不正常故事。现在,当他和她在今天正常的社会里继续演绎不正常的故事时,我竟然第一次感觉到我的肤浅,无法回答那个类似告密妻子的新的苦恼……"他反而宽厚地安慰她说:"是的,你不可能解除所有痛苦着的心灵的痛苦,也不可能拯救所有沉沦的灵魂。"她说:"我总得给她回信呀!情急之下,我用了你的一句话回复了她,就是'生命之雨'。"

他说:"这话太……"

她说:"我就想起你的这句话……恰不恰当都不管了,上帝!"

蒙蒙细雨依然。依然是如丝如缕如烟。依然是飘飘洒洒无声无响。他已经走到这一段河堤的尽头,河堤朝南拐弯伸展过去,顶头和南岸的山崖接住了；那一段河堤从山崖下开始延伸到雨雾迷茫的无穷无尽的上游。人生其实也类似这河堤，分作一段一段的，这一段到头了，下段又从这儿开始，一直延伸成为一个生命的河流。

　　河堤拐弯的内堤里，就圈住了好大一片滩地。滩地里有一幢孤零零的土坯房，房子的南墙和西墙上苫着一层长长的稻草，那是防止西风和南边的下山风卷来的骤雨对泥皮土坯的冲刷的，就像一位插秧的农夫身披的蓑衣。房前有一片偌大的打谷场，场角靠近房子的地方有一个黄色的麦秸垛。他猜测这是一个土地承包经营者仓促建筑的房子，从那简陋的建筑判断，主人完全是出于一种临时的考虑，不愿投注更多的钱财给这幢远离村庄的建筑。

　　一个男人吆着牛拽着犁在翻耕打谷场。打谷场已经完成了夏季打麦秋季打谷的用场，现在翻耕以恢复土地的疏松和绵软，然后撒下早熟的青稞或者油菜籽，赶明年收割小麦之前先收获了青稞或油菜，再把这块土地碾压瓷实做打谷场。男人悠悠地吆着牛扶着犁，没有戴草帽，一任细雨淋着。一个女人站在麦秸垛下撕扯麦草，撕下一把便弯下腰纳到一只大竹条笼里，动作也是悠悠的不急不忙的样子。只是那一件红色的衣衫像一簇火焰在迷茫的河滩上闪耀。

　　一男一女一低一高两个小孩在场地上追逐，他们从土屋里奔出来时就是互相追逐着的，大约是男孩抢走了霸占了女孩的吃食或玩具，争执便发生了。女孩追着男孩显然力不从心，在溜滑的打谷场上摔倒了，顺势在场地上打滚而且号啕起来。那女人扔下柴火笼飞跑过去，在滑溜的打麦场上跑起来闪动着两只胳膊，像是一种舞蹈。她没有扶起倒地打滚的女孩，一直冲到男孩跟前，一巴掌抽过去就把男孩打翻在地了。她随后转身走过来抱起女孩，另一胳膊挎上柴火笼走进土屋里去了。

他竟然大声喊起来，愚蠢你愚蠢！你是个愚蠢的妈妈！

男人喝住牛插住犁，慢腾腾走过去抱起男孩，也走进那间土屋里去了。

一头在套的牛站在打麦场上甩着尾巴。

土屋房顶的烟囱有灰色的烟冒出来。

他依然站在河堤上。几十年后，那个扯柴火打男孩抱女孩的愚蠢的女人肯定就变成那个放牧着七八只羊的粗硬的老女人了吧？那个受宠的女孩会不会成长为如那个写过两万多封回信的专栏主持人？

那土屋里暴起激烈的吵闹声，浑厚的男声和尖锐的女声。肯定那是关于应不应该打倒男孩的争执。他忽然想到她，如果把这幢远离人群的河滩土屋里的争论提到她的专栏上，她还会用他的"生命中的雨"这话来解释给这一对乡野夫妻吗？

1994 年

五十开始

一

孙康宜教授到西安来，走出机场见着面时开口就感慨：哦！我去年给你说想到西安来，现在真的就来了！这种感慨随后在从机场开往西安的汽车上又重复说了两次，那神情是连她自己都有点不可置信的惊喜。孙教授是美国耶鲁大学东亚文学系主任，去年四月我在美国东部海岸城市波士顿结识她的。她确凿说过很想到西安来看看，我自然知道她这样的人想到西安来看什么。现在她真的来了，而且驱车行驶在暮色苍茫的咸阳古原上了，我也有某种难以信真的惊讶，甚而至于生出"地球真小"那种中国的地球公民们的伟人意识式的慨叹了。

汽车在气度恢宏地韵沉雄的咸阳原上疾驰，连片的果林和墨绿的禾苗背后，掩映着一个个或大或小或远或近却一律苍老衰败着的皇家墓冢，久远的辉煌和昔日的威仪，终究被历史的风雨剥蚀得精光，只剩下一堆堆荒草盘结的黄土圪垯。孙康宜教授从窗外收回眼光，突然问我：你不再把五十看作是一个危机的年龄了吧？我不觉一愣，想不到她还记着这个话题，随之也就释然：去年基本达成共识了嘛！她依然很直率又很认真地说：不知你回来以后有无反复？

这是一个有趣的话题。

去年四月在美国时，孙教授和北美华人作家协会联手在哈佛大学办了一次文学讲座，包括她和我在内共有四人演讲，每人一小时，我被排在头一个。我讲完规定的一个钟点，从讲台上走下来直接走出讲演大厅，站在校园的草坪上抽烟。美国的公众场合和绝大多数家庭都不许抽烟，想过过烟瘾就得走出户外。

我刚点烟吸了两口，有一位留学生从讲演厅溜出来走到我跟前，自我介绍之后就提出他想和我单独聊聊。我说我出来仅仅是想抽口烟，很快就要回讲演厅去，还想听听他们三人的讲演内容，想聊得另约时间。他就笑着告诉我："孙教授正批判你哪。她上台开讲头一句就批。"我以为他开玩笑，并不在意。他更认真地说："真的批哪！批你刚才讲的五十危机的观点。"这时又有几位男女留学生相继从讲演厅里溜出来，和我在草坪上交谈，也都通报我挨批的消息。抽完一支烟，我便走回讲演大厅，免得更多的人溜出来影响这个讲座。

讲演全部结束，走在绿油油的校园里，孙康宜严肃地对我说："我刚才批判你一个观点了。"我说我已经知道了。她故作惊讶："我批你时你不在场呀，怎么会知道？"随之又释然了，"噢噢！有人给你告密了，这么快。"我也开玩笑说："听说美国人喜欢告密，谁家父母在家里打骂小孩，邻居知道了就要拨电话报警。这些中国留学生受美国人的影响了。"玩笑归玩笑，孙康宜接着认真地问："你怎么会有五十危机的感觉呢？我简直不可理解。我过五十岁时，整个感觉是我要重新开始了，我觉得过了五十才获得了完全的自由，可以做我想做的事了。"

她告诉我，她从台湾念书念到美国，博士帽戴上了教授也当上了，直到五十岁时，得到了耶鲁大学东亚文学系主任这样一个职位，这个奋斗历程谁都可以想见其中的艰难。正是在五十岁这个重要的年轮上，她有了一种全新的心理感觉，她不仅可以不再为生计忙迫了，而且可以不受别人的支配只按照自己的生存理想来支配自己了；孩子长大了，不再是家庭负累，而是可以获得情感交流和探讨社会的益助了；更重要的是知识的积累已形成了见解的独立，标志着一种成熟，自信能够发出只属于自己感知的声音了，所以在跨越五十年龄大关时，她说她的整个心理感觉是从未有过之好，整个是一种要有大作为的重新开始的良好心态……所以对我的五十危机论就"无法理解无法容忍不能不批"。

这是完全合理的，因此也完全可以理解的心态，尽管我并未询问她所经历的奋斗的全过程或者最关键的细节，却是以为任何成功者都必然兼备的先天的智慧和后天的艰苦卓绝的努力。谁都可以想到，在美国数一数二的耶鲁大学的东亚文学系的主任一职，不仅不可能靠裙带靠后门靠巴结谋权，稍微一点的平庸都是难以指望的。

然而，我的五十危机的谬论又是怎么一回事呢？我想说，我的那种心理感觉也是真实的。

二

五十危机的心理感受产生于四十五岁即一九八七年，亦即我刚刚完成了长篇小说《白鹿原》的基本构思即将开笔起草的时候。按照当时的总体把握，我觉得大约需要三年时间才能完成它的创作，如果预计的这个规划实施顺利，如果这三年中间不发生写作本身以外的各种意外灾变，那么到完成书稿也就挂上五十的虚龄了，而这两个"如果"的可靠性在我感觉里连百分之五十都勉强。

想到此后将一年一年耗过去直熬到五十，心里便有点恐惧。

在我的习惯性意识里，五十是一个很大的年龄区标，是进入老年的生命区段的标志,面对一个五十多岁的老人,我就想到这是一位做了爷爷或奶奶的老汉老婆了。这不单是乡下人的习惯性年龄区段的划分标尺,似乎一些国家(中国除外)的共产党领袖公开祝贺生日就是从五十岁开始的,那么也在一定意义上可以看出作为生命的老年区段是有国际公例的。我自然就回顾起迷恋文学的坎坷,少小年纪在作文本上写下头一篇小说似乎只是昨天的故事,然而眨眼就要进入老年行列了;至今尚未写出一部起码让自己满意的作品,怎么就晃过了人生最富于创造活力的青壮年时期,而"一不留神"就会变成老头子了。正是早在此前一年的一九八六年春天,为了进一步了解关中的历史演变,我查阅了《蓝田县志》又赶赴长安县城,住在一家旅馆里继续翻阅厚可盈尺的《长安县志》,朋友李下叔晚上来陪我闲聊,以解除那些糟烂的古本浸淫到我肌骨里的幽微阴腐的气息,记得那晚喝了酒,酒酣言畅之际,他很真诚地说,按你的生活功底,写部长篇还下这么大的功夫,有这个必要吗?我也坦诚相告,下这个笨功夫不是心血来潮,而是已经萌生了的那部长篇小说必须做的功夫,我想了解我生活着感受着的这一块北方平原的昨天,或者说历史,因为我只能依赖着这些古本县志感知这块土地的昨天究竟发生过什么,我辈以前的父辈爷辈老老老爷辈们以怎样的形态生活着,近代以来剧烈的社会革命历程中,他们的心理秩序经历过怎样的被打乱被粉碎和怎样的重新安排的历程……谈到动情时,便有自信和自卑胶着着的悲凉,少小年纪迷恋文学,几十年过去了,发了为数不少的中、短篇小说,奖也获了多次,但从真实的文学意义上来审视便心虚,因为连一部自己满意的作品还没有。我说,兄弟,想想已经晃过四十四了,万一身体发生不可救治的灾变,死时真的连一本给自己做枕头的书都没有。这是很真实的当时的心态，因为迷恋文学而不能移情的悲哀，从这一点上说来，是完全的内向内指的生存兴趣的悲哀，也是完全的个人生命意义的自私的悲哀。正是在这种纯粹的个人兴趣的自我指向的悲哀中，激起了为自己做一本真的要告别世界也告别生命兴趣时可以做枕头的书的自信。

直到完成《白》书以后，我又有了属于自己的创作之外的人生体验，人不可以完全自卑，亦不可以完全自信；处于无法摆脱的自卑状态，是根本不可能进行任何创造性劳动的，这是极易被接受的普通的道理；而一个人（尤其是进行创造性劳动的人）如果永远处于自信状态而从来不发生自卑的心理，这个人的创造智慧将不仅得不到最好的发挥，反而会受到损害，道理也很简单，没有一定的自卑就不会有自省，更不会有刻骨铭心的自我批判，因而就很难找准自己新的创造目标和新的创造的起点。自卑未必不好，只是不要一味地自卑；自信是所有创造理想的前提性心理准备，然而自信也必须是经由反省之后重新树立的新的蜕变之后的自信。

当我在自卑的深谷进行几乎是残酷的自我反省再到自信的重新铸成，《白》的构思已经完成。更切近地对五十岁的感觉的危机，似乎还不在五十以后算不算老头老汉，而在于能否安全抵达五十。三年是一个不短的时间，春夏秋冬寒来暑往萌芽落叶的自然景象交替三次，所可设想的意外事件都可以不予计较，不予理会，包括生计都可以咬牙承受而不吱不声，唯一畏怯的是万一身体发生某种无计祈祷的灾变怎么办？不单是那时的新闻媒体连续报道了几位中年知识分子英年早逝的消息给我造成的心理阴影。平心想来，人的生命里的神秘莫测的灾变的发生只是个常识性的存在，不单是中年知识分子英年夭亡者众，工人农民职员等各种职业的中年人死亡的数字，只是无人认真统计罢了。而五十岁上下属于危险年龄区段，据说是国际医学界的"最新研究成果"，被各类报刊的生活版反复转抄，无论真假都会造成一种心理影响。

我的固执和我的愚蠢既使我受害匪浅，也使我得益匪浅，受害多了也就没有了——道来的兴致，得益就得在可以做到不会发生听见风声便是雨的轻信。然而，危机的心理却是确确实实由此时产生了。我毕竟经历过几十年的创作，几十年的中国当代文学的风雨；也经历过几十年的社会风雨，几十年的属于自己的经验和体验，生活的体验和生命的体验，都警示着某种意外的可能性。这种可能性不管对我，对从事任何职业有着任何兴趣和追求的每一个生命都潜存着，仅仅只是有幸与不幸的莫可猜测臆断的事情。每个人都在企盼幸运永驻同时也逃避不幸，然而不幸每日每时都降临到那些熟识的或陌生者的头上。我的危机甚至恐惧心态的产生，便是对那些业已发生的不幸的畏怯，因为我还没有做成不幸突然发生到我身上时能够安慰自己的枕头。

当新的一年的艳丽的太阳把阴坡上的积雪悄悄融化的时候，对生理不幸的畏怯心理完全被汹涌着的创造欲望彻底扫荡了。把那种只属于自己的独特体验倾泻出来展示出来，自信那种生命的和艺术的深沉而又鲜活的体验只属于自己，强烈的创造的欲望既使人心潮澎湃，又使人沉心静气。当我在草拟本上写下第一行字的时候，整个心理感觉已经进入我的父辈爷辈老老老爷辈生活过的这座古原的沉重的历史烟云之中了。这是一九八八年四月一日。

三

北方乡村的冬夜寒冷而又漫长。然而在我即将跨上五十岁的这一年的冬天，最深刻的记忆却是孤清。这是一九九一年的深冬。

我已经在这间小屋里的小圆桌上爬行了四年。冬天里一只火炉夏天里一盆凉水，《白鹿原》上三代人的生的欢乐和死的悲凉都进入最后的归宿。我这四年里穿行过古原半个多世纪的历史的烟云，终于要回到现实的我了。掀开新的一页稿纸，便有一种"倒计时"的怦然。然而当每天的黑夜降临时，心里的孤清简直不可承受。

我的祖居的家园在一个不足百户人家的村子里。老祖宗选择这块南倚白鹿原北临灞河的风水宝地生息繁衍，在以纺车和石磨为生存的基本手段的农业社会是极富于眼光的选择。有坡地有河川水田，只要灞河不发生断流，河川里就不愁丰收，灞河水是滋润先辈血液的从未枯竭的乳汁。这里虽然距西安城区不足一小时的汽车里程，然而却是天然的偏僻，在兵荒马乱的年月倒是得天独厚少了一些骚扰（绝无桃源之境）。然而先祖们缺乏料知几百年后的子孙的生活前景，却因这个偏僻造成进步的滞缓和生活的诸多障碍。每一家的后院都紧紧贴着白鹿原的北坡，横亘百余华里的高耸而又陡峭的原坡遮挡了电视信号，我兴冲冲买来的电视机无论换上怎样灵敏的接收天线都无济于事，只能当作收音机收听每日的"新闻联播"……

即使在冰封大地万物萧瑟的冬天，只要不是漫天飞雪，农民们便不闲着，他们把鸡窝牛棚猪圈羊栏里的粪便挖出来，捣碎了再用独轮小车推到麦地或棉田里去，或者为小麦冬灌，或者为葡萄园松土翻地，或者挑着菜园里的冬菜去赶集，或者为已经成年的儿女选择配偶。忙是忙着，却是一种冬天里的自然的悠闲缓慢的做派，天黑吃罢夜饭就早早歇下了。整个村庄便沉寂下来，偶尔的几声狗吠之后愈加死寂。我在小桌的稿纸上折腾了一天，写作顺畅的欢悦和思绪不顺的忧烦都无法排解；又读不进去任何书，越是临近这部书稿的结束，越是不想读什么书了，也许是我有生以来阅读兴趣最低落的一个冬天。我似乎无法忍受那种挥斥不开的孤清。

我便在无边的孤清中走出屋院，走出沉寂的村庄走向原坡。清冷的月光把柔媚洒遍沟坡，被风雨剥蚀冲刷形成的奇形怪状的沟壑崾梁的丑陋被月光抹平了。我漫无目的地走着，走到一条陡坡下，枯死风干的茅草诱发起我的童趣。我点燃了茅草，由起初的两三点火苗哧溜哧溜向周围蔓延，眨眼就卷起半人高的火焰，迅疾地朝坡上席卷过去，同时又朝着东西两边蔓延；火势骤然腾空而起，翻跃着好高的烈焰；时而骤然降跌下来，柔弱的火苗舔着地皮艰难地流窜，我知道，那是坡地上枯草的薄厚制约着火焰的升跌；遇到茅草尤其厚实的地段，火焰竟然呼啸起来，夹杂着噼噼啪啪的爆响……我在这时候便忘记了一切，周身的血液也涌流起来，舞蹈着的火苗像万千猕猴万千精灵，孤清和寂寞顿然被野火驱逐净了，心里洋溢着畅美和恬静。

我坐在坡地上，点燃一支烟。

书稿就要写完了，最初的对于不幸的畏怯早已烟散了。不是最初设想的三年而是整整四年，因为纯粹的客观的因素而停止了两个冬天的写作，而秋天和冬天恰恰是我写作最适宜的习惯性时月，整个写作计划就拖迟了一年，我的耐性经受了锻炼。

这个时候，文坛上正在热烈地讨论文人要不要"下海"的新鲜话题。

我的眼前,可以辨识这儿那儿的一堆堆老墓和新坟。这个小小的村庄里的一代一代的男女死亡以后,他们的子孙邀集族人和乡党在山坡上挖掘墓坑,再把装殓到棺材的尸体抬上山坡埋进黄土,他们生前日夜煎熬着的事,由他们的儿子和孙子继续熬煎;他们平生累断筋骨力争着的生活理想,也只好交由儿子和孙子继续去力争;坡地上无以数计的老墓新坟里的那些到死也没有争取到生活理想的男女无法得知,他们的一代二代乃至八代子孙依然过着和他们一样的光景,甚至还保不住他们在世时的那两亩田地和两间旧房,时光在这不变的坡上和河川停滞了多久多久……

野火烧到了那面陡坡的坡顶,茅草断绝了,火焰也断断续续熄灭了。我又走下一道坡沟,掏出火柴,这条统直的大沟再次腾起野火的壮观景致。

我在沟底坐下来,重新点燃一支烟。火焰照亮了沟坡上孤零零的一株榆树,夜栖在树杈里的什么鸟儿惊慌失措地拍响着翅膀飞逃了。山风把呛人的烟团卷过来,混合着黄蒿、薄荷和野艾燃烧的气味,苦涩中又透出清香。我又一次沉醉在这北方冬夜的山野里了,纷繁的世界和纷繁的文坛似乎远不可及,得意与失意,激昂与颓废,新旗与旧帜,真知与荒谬,谋算与投机,红脸与白脸,似乎都是另一个世界的属于昨天的故事而沉寂为化石了。

十年以前的这样的冬天,我有幸作为专业作家调入省作家协会搞专业创作。我办完了包括户籍和粮油供应等所有关系,同时也就决定回归老家;我得到了专业创作的机缘,整个心理感觉就是进入生存理想的最佳境地最可心的状态了;这个机缘于我的全部含义只有一点,往后的时间可以由我自由支配了。

重温当年写《白鹿原》的感觉,《白鹿原》当年就是在这张小桌上写的

我几乎同时决定回归家园，仅仅只是自我判断后的抉择。我的自我判断又基于比较清醒的自省，没有机会接受文学的专业训练，自修所得的文学知识带有很大的实用性和不可避免的残缺性，需要认真读书以弥补先天性不足，需要广泛阅读开阔艺术视野；我在乡村基层工作了整整二十年，我所经历的社会生活和我自己的精神历程，需要冶炼也需要梳理，再也不能容忍自己描摹生活的泡沫而把那些青春和血汗换来的生活积累糟践了。没有拯救作家的上帝，也没有点化灵感的仙人，作家只能依赖自己对生活对生命对艺术的独特而又独立的体验去创作，吵吵嚷嚷自我标榜结伙哄炒都无济于事，非文学因素不可能给文学帮任何忙，文学的事情只能依靠文学本身去完成。出于对文学的如此理解和对自己的弱项的解剖，便决定回到故园老家去，寻一方耳根清净之地去读书去练笔。

　　在祖居的老屋老老实实住下来，连自己也觉得不可思议。自小学五年级开始上寄宿学校到后来参加工作再到这次回归，整整三十年里，只有礼拜天和寒暑假在这个村子度过，三十年后窝居老屋，重新呼吸左邻右舍的弥漫到我的屋院的柴烟，出门便是世居的族人和乡邻的熟识的面孔，听他们抱怨天旱了雨涝了太失公道的什么狗屁事啦……又是十年！到这一年的最后一个月份过去即将跨上一九九二年的元旦，我正好在这地理上的白鹿原北坡下的祖屋里生活了十年，小说由短篇写到中篇再写长篇，费时四年的书稿即将完成的怦然又发生了。哦！上帝，我终于把握住了属于自己的十年也拯救了自己的灵魂，迈进五十岁了。

四

孙康宜教授对我说的五十危机的理解显然有点误差。

尽管这样，反倒是这误差给了我一种启迪，关于五十的习惯性认识，老年年轮对人心理的某种威压，毕竟廓清了。我首当想到的是索尔兹伯里这位美国老头，八十岁时走完了中国工农红军长征之路，而且完成了《长征——前所未闻的故事》一书。这个壮举和这种创造活力，也应该是一个"前所未闻的故事"。八十岁的索氏敏捷的思维，理智而又深刻的论述，捕捉红军壮士个性细节的准确，对复杂的历史事件恰当而入微的剖析，令我感叹不已。应该说，这是我读到的写"长征"的最优秀的一部书，曾经忍不住发出惊叹，闻名于世的"长征"，怎么让一位美国作家写成了，而且是一位八十高龄的老头。面对索氏，五十算是青年。于是，我对孙教授说："五十开始好。我来写一篇文章，就用这句话作篇名。"孙教授说："写出来一定寄我看看。"

在西安的几天时间里，孙康宜走东线看了秦始皇兵马俑、兵谏亭和杨贵妃的浴池，顺路在半坡参观了仰韶文化遗址；去西线参观法门寺、武则天陵和汉武帝陵园，又在杨贵妃的墓冢前久久伫立。抽空又在西安的大街小巷转悠了感受了。我没有作陪，司机给我说，这个孙教授是他所送往参观的客人中最用心最费时的一位，不停地问着记着。在半坡遗址的村落里，在杨贵妃硕大无朋的浴池旁和她被缢死的马嵬坡，在另一个女人——中国唯一一位女皇高耸的陵墓前，孙教授感受到什么，无须揣测，任何人的任何感受都是合理的独自的。我只是觉得她早出晚归不知疲惫的劲头，整个就注释着她的五十开始的宣言。

最后一个参观景点是黄帝陵，我作陪。汽车驰过渭河，在渐次增高的缓坡上前进。从渭河平原到渭北高原过渡的层次一目了然，一方地域独有的气韵总是给人以独特的历史文化和现实格调的强烈感受，平原上的偌大的村落和高原区一排排窑洞，繁衍着延续着一个民族。从那平原上的村庄和高原上的窑洞里，曾经走出过一个又一个杰出的后生，有的甚至走进他们当时的封建政权的中枢，影响过当时的政局和时局。他们的最杰出的贡献和最生动的逸闻，依然在那些树木掩映泥泞遍地的村巷里流传，成为整个村庄整个县域内的子孙的骄傲，他们的精神和气性也就历经千年百年而依然流贯在乡民之中。我给孙康宜教授介绍说，历史上凡是有能力进入当时政权中心的关中人，祸国殃民的奸佞之徒几乎数不出来，一个个都是坚词硬嘴不折不摧的丈夫，这块土地滋养壮汉。孙教授说，试举一例。我说，太史公。若举二例，便有牛先生，他是《白》书里朱先生的生活原型。

……

直到最近一次打电话来，孙康宜教授说她还想来西安，上次来时太匆促，短短几天的感受，反倒引发起更为强烈更为直接的欲望……末了竟然还追问："五十开始"的文章写出来了吗？

1997 年 1 月

人生九问

问：请在一百字以内写出自己的特点、身份和成就。

答：从来似乎都没有总结过我有什么特点，至今仍然说不清楚。

我的社会身份是作家，家庭身份是儿子、丈夫、父亲和爷爷。我出版过二十八种版本的小说、散文书籍，其成色自然不能以获过多少次什么级别的奖项来评说，我更看重读者的阅读印象。我只是做到了截至目前的种种努力，包括社会、人生和文学的思考和探索。

问：你是怎样看待人生机遇的？

答：首先承认人生存在着机遇，且不止一回。

机遇应该是在较宽泛的社会层面上对一茬子人同时存在，才具有意义的。能否抓住机遇，首先是要有敏锐的思维和切实的判断。更重要的是实力，即成就某项事业的实力，才可能在这项事业上有所作为，有所创造，有所成就，实现自己的人生理想，体现自己的生命价值。不具备成就某项事业的实力，即使抓住了机遇，哪怕是天赐良机，机遇仍然会流失。

当然，这个实力自然包括物质的和智力的两个方面，未必都是一次性的具备齐全了的。物质有一个积累扩大的过程，智力也有一个不断发展的过程。尤其是后者，要不断地更新知识结构，要博览博采一切人类优秀的成果，以扩展自己的视野，开启思维疆域，不断地冲破思维定式，才能实现一次突破又一次突破，才能完成新的创造，取得属于自己的在某项事业上的成就。

问：你认为什么才算成功？

答：一个人对上帝赐予他的或多或少的智慧，通过不懈的努力而发挥到了极限，甚至超极限发挥了，都是成功。一个具备创造原子弹的智慧的人创造了原子弹是成功，如果创造一个普通的常规炮弹，就浪费了智慧也浪费了生命。

在正常的合理的社会环境里，能否走向成功，靠科学的方法，也要有科学的态度。首先是科学的态度，有了科学的态度才能遵循科学的方法。科学的态度在我看来还是一句老生常谈的话，实事求是。任何虚妄的投机的行为不仅于事无补，反而会耽误走向成功的路程，造成智慧的浪费。

问：你是如何处理身边的各种干扰的？

答：我用主动的方式坚决排除了一些干扰，譬如截至目前依然无止无休的各种媒体的采访，先是劝说对方，申明对我的宣传已经够了，没有再宣传的必要了。劝说不下就反诘一句：你总不能宣传到让观众（包括读者）一看见我的脸就想吐唾沫吧？十有十回就把好心的采访者噎住了。

我也选择比较被动的逃躲的办法，排除连续不断的各种挂着文化名义而另有所谋的研讨会、新闻发布会之类，我在这些场合仅仅只是一块招牌，连任何文化的气味也闻不到的，常有一种悲凉的心理感受，便在无奈时逃躲起来。

问：你向往什么样的生活？

答：以至诚和尊重为基调的生存环境，比物质的多寡更重要，比环境的污染更迫切。我无法承受一边工作一边又要提防老鼠偷咬脚后跟的境遇。

问：你喜欢的座右铭是什么？

答：从青年时代起，一直喜欢把"不问收获，但问耕耘"的字牌放在墨水瓶旁边。近十年以来，偏重于这样一种意思，只说自己想说的话，尽量不说自己不想说的话。用一句民间俗语来概括：自己的头由自己摇。对于我这样经历的中国人，能意识到自己的头由自己来摇，既是人生立世的启蒙，也是自己活人成事的基本之点。这句蕴含着哲理也蕴含着民间智慧的谚语，启示我努力地体验社会和人生，然后发出自己的声音，且不管它宏大或微渺，只求是自己的就足以心地踏实了。

问：你尚未实现的人生梦想是什么？

答：我无梦想，我只有文学理想。我的理想从来都是文学创造。我不喜欢"梦想"这个词，因为它太虚幻。我想以自己的新的创作不断展示自己的独立体验，直到拿不起笔的那一天。

问：你的业余爱好是什么？

答：独自坐下来喝茶，哪怕什么也不想，进入一种无思的恬静，是最有益于身心健康的。看体育比赛，我在那种激烈的竞争中感到的是一种无所企及的酣畅淋漓，心理舒展了，精神张扬了，情绪亢奋了，完全是一种享受。当然，在我看来，体育比赛是最公平的，尽管球场有过黑哨，其他项目也有过黑分，但总体来看，仍是人类所有具有竞争意义的活动中，最具透明度也最公平的一种。我尤其喜欢看高水平的足球比赛，但涉及国家队的重要国际比赛，涉及陕西队的命运的比赛，哪怕水平不高，我仍然喜欢看。在体育竞争中，我是一个民族主义者，甚或是一个地方主义者。当然，工作之余，与孙子逗玩也令人忘乎所以。

问：你是如何看待名利和金钱的？

答：坦率地说，文坛本身就是一个名利场，任何一个身在其中的人，都不可能摆脱名和利的诱惑。这情形有如磁场，除非你脱离文坛，兴趣转移甚至改作他途。

我向来不说淡泊名利的话，我以为这样说法总带有某些勉强或做作，或者如身在磁场内还要摆脱磁场的辐射一样。不断地过分地表白自己的淡泊，反而使人容易产生虚伪的印象。

作家写小说是给读者看的，喜欢读你的小说的读者多了，作家不可避免地就出名了，知名度也就高了。你写的小说读者不喜欢，或者读者很少，知名度自然就小，这是很自然的事，合乎情理的事。这个道理和演员的演出效果是一样的，赵本山和黄宏靠自己超凡脱俗的演技赢得了观众，被观众所喜欢，这是很好的事呀。他还有什么必要再三再四地表白自己淡泊出名这样的蠢话呢？反之，如果不是靠杰出的表演技艺，或者说不具备这样的技能，他们两人即使斥巨资在全国媒体上做一年自我标榜自我吹嘘的广告，也是难以凑到今天这样几乎家喻户晓的知名度的。

作家靠作品赢得读者，也体现自己的创造价值。作家依靠自己的作品造成了在读者中间的知名度，是顺理成章的，不仅无可指责，而且应该得到鼓励。中国早应该多出几位享有盛名的作家，像托尔斯泰之于俄罗斯，歌德之于德意志，马尔克斯之于拉美，鲁迅之于中国，这已经不是个人的名誉的事，而是一个民族的财富和骄傲。

文坛上时不时地流行一些自吹自捧的风事，他吹他捧的风事，更如早就有人讥讽过的哥们姐们互吹互捧的风事，确也能在文坛奏一时之效，然而一到真实的读者层里，就很难奏效了，更不要说严峻的文学史了。

同样，利与名是捆在一起的，作品发行量大，就可以获得优厚的酬金，可以改善生活也改善工作条件，这是合理的。我基本上遵从以自己的劳动（创作）获得生存和生活的物质。至于金钱，如果脱开名利中"利"的含义，而单纯去论述金钱，话题就太大了，超出这篇小文的范围了。

1999年10月18日礼泉
（本文为答《劳动早报》记者问）

三九的雨

这是我村与邻村之间一片不大的空旷的台地。只有一畛地宽的平台南头开始起坡，就是白鹿原北坡根的基础了。平台往北下一道浅浅的坡塄，就是灞河河滩了。我脚下踏着的平台上的这条沙石大路，穿过一个个大大小小的村庄，通往西安。

天明时雨止歇了。天阴沉着，云并不浓厚，淡灰的颜色，估计一时半会儿挤拧不出雨水来。空气很清新，湿润润的，山坡上的麦子绿莹莹的，河川里的麦子也是莹莹的绿色。原坡上沟坎里枯干的荒草被雨浇成了褐黑色，却有一种湿润的柔软。河川北岸是骊山的南麓，清晰可辨一株树一道坡一条沟，直至山岭重叠的极处。四野宁静到令人耳朵自生出纤细的音响来。

前日落了雨。小雨。通常是开春三月才有的那种"随风潜入夜，润物细无声"的春雨。腊月初二（二〇〇二年一月十四日）下起，断断续续稀稀拉拉下到今天天明，让整个村子里的男女惊诧不已，该当滴水成冰冻破砖头的"三九"时月，居然是小雨缠绵。太过反常的天气给农人心里一种不祥的妖孽征候。这是我半生里仅见的一次"三九"的雨，以及不仅不冻反而松软如酥的土地。

我脚下这条颇为宽绰的沙石大路是一九七七年冬天动工拓宽的。与这条大路同时开工的是灞河河堤水利工程，由我任副总指挥具体实施的。那时，我完成这项家乡的水利工程的心态，与我后来写作长篇小说《白鹿原》时的心境基本类同，就是尽力做成一件事。

我第一次背着馍口袋从这条路走出村子走进西安的中学时，这条路大约也就一步宽，架子车是无法通行的。我背着一周的干粮走出村子时的心情是雀跃而又高涨的，然而也是完全模糊的。我只是想念书，想上城里的中学去念书，念书干什么等抱负之类的事，完全没有。我再三追寻记忆，充其量只会有当个工人之类的宏愿，而且这主要是父母供儿女上学的原始动机。在乡村人的眼睛里，挣工资吃商品粮的工人是世界上最幸福的人。我在初中二年级却喜欢文学了，这不仅大大出乎父母的意料，连我自己也感到奇怪。通常情况下，爱好文学是被视为浪漫而又富于诗意的事情，怎么会发生在一个穿粗布衣服吃开水泡馍的人身上呢？许多年后我把自己的这种现象归结为一根对文字敏感的神经——文学的兴趣由此而发端。书香门第以及会讲故事会唱歌谣的奶奶们的熏陶，只能对具备文字敏感的神经的儿孙起反应起作用，反之讲了也是白讲唱了也是白唱。

　　背着馍口袋出村夹着空口袋回村，在这条小路上走了十二年，我完成了高中学业。我记忆中最深的是十六岁那年遇到过狼。天微明时，我已走出村子五华里的一条深沟的顶头，做伴壮胆的父亲突然叫了一声"狼！"就在身旁不过二十步远的齐摆着谷穗的地边上，有一只狼。稍远一点，还有一只。我没有感觉到丝毫的害怕，尽管是我第一次看见这种吓人的动物；不是我胆大，而是身旁跟着父亲。我第一次感受父亲的力量和父亲的含义，就是面对两只成年狼的时候，竟然没有产生恐惧。我成了一个父亲的时候，又在这条几经拓宽的乡村公路上接送我的三个念书的孩子。我比父亲优裕的是有了一辆自行车，孩子后来也有了，比当年父亲步行送我要快捷多了。我和孩子再也没有遭遇狼的惊险故事。狼已经成为大家怀念的珍稀宝贝了。

　　我的一生其实都粘连在这条已经宽敞起来的沙石路上。我在专业创作之前的二十年基层农村工作里，没有离开这条路；我在取得专业创作条件之后的第一个决断，索性重新回到这条路起头的村子——我的老家。我窝在这里的本能的心理需求，就是想认真实现自己少年时代就发生的作家之梦。从一九八二年冬天得到专业写作的最佳生存状态到一九九三年春天写完《白》书，我在祖居的原下的老屋里写作和读书，整整十年。这应该是我最沉静最自在的十年。

我现在又回到原下祖居的老屋了。老屋是一种心理蕴藏。新房子在老房子原来的基础上盖成的，也是一种心理因素吧。这个祖居的屋院只有我一个人住着。父亲和他的两个堂弟共居一院的时代早已终结了。父亲一辈的男人先后都已离开这个村子，在村庄后面白鹿原北坡的坡地上安息有年了。我住在这个过去三家共有的屋院里，可以想见其宽敞和清爽了。我在读着欧美那些作家的书页里，偶尔竟会显现出爷爷或父亲或叔父的脸孔来，且不止一次。夜深人静我坐在小院里看着月亮从东原移向西原的无边无际的静谧里，耳畔会传来一声两声沉重而又舒坦的呻吟。那是只有像牛马拽犁拉车一样劳作之后歇息下来的人才会发出的生命的呻唤。我在小小年纪的时候就接受着这种生命乐曲的反复熏陶，有父亲的，还有叔父的，有一位是祖父的。他们早已在原坡上化作泥土。他们在深夜熟睡时的呻吟萦绕在这个屋院里，依然在熏陶着我。

这是一个不可思议的冬天。我站在我村和邻村之间的旷野里。

从我第一次走出这个村子到城里念书的时候起，父亲和母亲每每送我出家门时的眼神，都给我一个永远不变的警示：怎么出去还怎么回来，不要把龌龊带回村子带回屋院。在我变换种种社会角色的几十年里，每逢周日回家，父亲迎接我的眼睛里仍然是那种神色，根本不在乎我干成了什么事干错了什么事，升了或降了，根本不在乎我比他实际上丰富得多的社会阅历和完全超出他的文化水平。那是作为一个父亲的独具禀赋的眼神，这个古老屋院的主宰者的不可侵扰的眼神，依然朝我警示着，别把龌龊带回这个屋院来。

北京丰台。我从大礼堂走出来。《西安晚报》记者王亚田第一个打来电话。选举刚刚结束。他问我当选中国作家协会副主席后首先想的是什么。我脱口而出：作为一个作家，应该始终把智慧投入写作。

他又问：还有什么呢？

我再答：自然还有责任和义务。

我站在我村与邻村之间空旷的台地上，看"三九"的雨淋湿了的原坡和河川，绿莹莹的麦苗和褐黑色的柔软的荒草，从我身旁匆匆驶过的农用拖拉机和放学回家的娃娃。粘连在这条路上倚靠着原坡的我，获得的是沉静，自然不会在意"三九"的雨有什么祥与不祥的猜疑了。

2002 年 1 月 17 日原下

六十岁说

四十五年前读初中二年级时,我在作文课上写下平生的第一篇短篇小说。这篇大约三千字的小说习作是第一次文学创作,不再属于此前作文的意义。我对文学创作的兴趣由此萌发。这种兴趣持续了四十五年。至今依旧新鲜而恭敬。即使"文革"扫荡一切作品和作家的时候,这种兴趣仍然没有转移或消亡,转变为一种隐蔽性的阅读。我说过我的人生的有幸和不幸,正是从在作文本上写作第一篇小说起始的;正是这一次完全出于兴趣性的写作,奠定了文学在我人生历程中的主题词。

近年来,多种媒体和多路记者几乎无一不问及我的人生感悟和文学创作的感悟。我也几乎无一例外地首先向他们解释,我不大使用感悟、悟道一类词,我喜欢启示。即人生历程中得到的启示,文学创作中思想和艺术的启示。正是这些启示,提升着我对历史和现实的思想穿透能力,也提升着我对文学和艺术本真的体验,完成一次又一次创造理想。在这个漫长的艺术探索过程和人生历程中,有两次自我把握和两次反省成为关键性的选择和转折。

一次是在一九七八年之初,当中国文学复兴的春潮涌动的时候,我正在灞河水利工地任副总指挥。我在完成了家乡的这个工程之后离开了,调入文化馆。我那时候对我的把握是,文学创作可以当作事业来干的时代终于出现了。第二次把握是一九八二年。这一年我从业余写作进入专业写作。我曾在一篇文章中写到过当时的直接的唯一的感觉,即进入我的人生最佳生存状态。我几乎在得到专业创作条件的同时，决定回归老家。一是静下心来回嚼二十年的乡村工作和生活，进入写作；二是基于对自己知识的残缺性的估计，需要广泛读书需要充实更需要不断更新，这都需要一个可以避免纷扰的安静环境来实现。我选择了老家农村。直到《白鹿原》书完成，正好十年。这两次把握，一次是人生轨道的转换，一次纯粹属于自身生存环境的选择。

两次反省。一次是一九七八年秋天。当新时期文学如雨后春笋般从解冻的文坛发生时，我很鼓舞也很冷静。冷静是出于对自身具体情况的判断。我以为排除"文革"中那些极"左"思想不难，而要荡涤自有阅读能力以来所接受的极"左"的非文学的观念不易。我选择了读书，借来了一些世界经典作家的经典作品，以真正的文学来摒弃思维和意识中的非文学观念，目的仅仅只有一点，进入文学的本真。这次反省大约持续了四个月，到一九七九年春天，我获得了文学创作和艺术表现的强烈欲望。我把文学当作事业来干的行程开始了。

第二次反省发生在八十年代中后期，即《白鹿原》写作的准备阶段。我那个时候的思维是最活跃的一段。尤其是文学创作理论中的人物心理结构学说，引发了我对自己以往创作的颠覆。自我的不满意以至自我否定，同时就孕育着膨胀着一种新的艺术创造理想。这种痛苦的反省完全是自发的。发生在《白鹿原》的准备和后来的整个写作过程中，对我来说是一个关键。

多年以后的今天回过头来看，在人生的两个重要阶段上，我把握了自己，主要是以自身的实际做出的选择。在艺术追求的漫长历程中，在两个重要的创作阶段上，进行两次反省，对我不断进入文学本真是关键性的。如果说创作有两次重要突破，首先都是以反省获得的。可以说，我的创作进步的实现，都是从关键阶段的几近残酷的自我否定自我反省中获得了力量。我后来把这个过程称作心灵和艺术体验剥离。没有秘密，也没有神话，创造的理想和创造的力量，都是经过自我反省获取的、完成的。

仅仅在半月之前的一个上午，我完成一篇五千字的散文，在原下老家一个人兴奋不已。仅仅在十天前一个晚上，读完畅广元教授的一本文化文学批评专著，进入一种最欣慰的愉悦。四天前的那个下午，我写完一篇万余字的短篇小说，竟然兴奋不已。两天前的晚上，在杨凌参加杨凌文联成立的会场里，见到残疾人作家贺绪林，听说他的一部三十万字的长篇即将由人民文学出版社出版，我感动而又感奋，同样愉悦。这样，我几十年来不断重复验证自己，文学创作才是我生存的最佳气场。

直到我走进朋友们营造的这个隆重而又温馨的场合，我依然不能切实理解六十这个年龄的特殊含义，然而六十岁毕竟是人生的一个最重要的年龄区段。按照我们传统文化和传统习俗的意思，是耳顺，是感悟，是悟道，是忆旧的年龄。这也许是前人归纳的生命本身的规律性特征。我不可能违抗生命规律。但我现在最明确的一点是，力戒这些传统和习俗中可能导致平庸乃至消极的东西。我比任何年龄区段上更强烈更清醒的意识是，对新的知识的追问，对正在发生着的生活运动的关注。这既是作为一个作家的生命意义所在，也是我这个具体作家最容易触发心灵中的那根敏感神经的颤动的。

我唯一恳求上帝的，是给我一个清醒的大脑。而今天所有前来聚会的朋友和我的亲人，就是怀着上帝的意愿来和我握手的。

2002 年 7 月 31 日原下

老陈与陈老

爬山或上楼梯时，会有好心的年轻朋友搀扶我的胳膊。那手上的温暖和力量同时传导过来一种意思，你老了。我一般不太乐意接受这种好心美意的扶助，便婉言谢绝，尽管知道自己已跨入老年划界，心里却在拒绝。

老朋友或新结识的年轻朋友，见面时偶尔会冒出一句"陈老"的称呼，口吻和态度更见真诚。然而这美好的称谓传导给我的意蕴却也是，你老了。我第一次和第十次听到这个称呼，每一次都有某种惶惶然的惊悚。已经到了可以被称呼"某老"的那种状态了吗？在我的习惯性意识里，一般在姓氏后面加一个"老"字的人，往往都是功德卓著或学富五车的老者，我自觉底虚内空，惶惶然不敢冒充也不敢领受；二般就纯粹指年龄和生理状况了，多是晚辈对那些老得颤颤抖抖的长者的尊称，而不计较文化水准的高低乃至有无的，乡村人也习惯把年迈的人称您老的。我的惊悚的感觉就发端于这一层，还是一种对老的拒绝。

我习惯于被称作老陈。我从三十几岁就被人称呼老陈，其实根本谈不上老，实际还是小伙子。我那时候被调到公社（乡政府）工作，乡村民间把政府机关的男女干部，不管年长年轻通称"老某"。机关院内也有称官衔的，却不普遍，多数人和多数时候互相称"老某"。我在区和乡工作二十年，乡村农民和机关干部差不多都习惯称我老陈。后来调到作家协会，和我年龄相仿的作家朋友都称呼名字，我也直呼他们的名字，连姓氏都省略了，感到自然和亲切。比我年轻一大截的小伙子称我老陈，倒也自然无奇，有趣的是，一些年龄大过我一轮两轮的老同志，也称呼我老陈，让我就觉得有点心理负荷了。但时日稍长，也就不在意了，在于我渐渐明白，这个作家协会的人际关系，单是称呼一项，就充分体现着群众团体的别致风俗，"老某"成为一种互相之间的代称。参加过"延安文艺座谈会"的文学评论大家胡风，年龄和革命资历以及行政级别都是这个院里的老夫，会议上和私下里都被人称作老胡。最早写出人民解放战争史诗《保卫延安》的杜鹏程和短篇小说神手的王汶石，也都是延安老区过来的离休干部，都是以老杜老王为通用称谓。长时间任作协党政领导的李若冰，年龄虽轻过上述几位几岁，在延安是红小鬼，进城后却是老革命了，又是影响广泛的散文大家，也是称为老李，因为人太随和太少架子，有时候还被年轻人直呼其名。在这样的环境气氛里，我被称老陈，比在基层行政机关叫着的老陈还更习惯。我几十年里早已习惯这个称呼了，自己往往也以"老陈"自报家门。

　　不经意间，老陈变成陈老，两个完全相同的作为我的称呼的汉字调换了排列位置，被谁一旦叫出声来，心里竟有惶惶然的惊悚，甚至如同发生一次内里的小震。

　　其实，我又何至固执到愚蠢得不承认衰老呢。我在即将六十岁的时候，曾看到朋友推荐的黑泽明的一组据说是经典的短片，名字已忘记了。其中之一演绎的是日本一个山村的老人过世了，村子里的男女盛装打扮，敲锣打鼓弹奏丝竹，唱着悠扬的歌曲跳着舒缓的舞步，从村庄进入田野，送其入土为安。我看到那场景颇为惊异，因为与我所经历过的丧葬的印象截然相反，无论乡村无论城市，都是白色孝衣孝布和白花，还有号啕的哭声和沉痛的悼词。我不知道黑泽明从哪个年代的日本的哪个小山村挖出这个题材，似乎在日本也没有多少普遍性。然而，我在黑泽明的短片里还是得到了关于生命的新的理解，尽管亲属和朋友难以割舍情感，难以摆脱永远的告别所意味着的感情黑洞的悲哀，而终老到死还是应该庆祝的。人不可能永远活在世界上，长生不老的药不仅秦始皇寻找不到，现代科学也研发不出来；如若真找到了或研发出来了，无法想象地球会是怎样一番热闹而又拥挤的情状了。这样从理性常识来说，以鲜艳的盛装让至爱的逝者告别这个世界时有一片热烈的色调，以鼓乐丝竹奏出一路祥和温馨的送别曲，以悠扬的轻歌曼舞颂扬其在世时的建树和美德，给逝者本已悲凉的灵魂添上欢乐的温暖……这个不知朝代的日本小山村的乡民，对待死亡的仪式，不仅更富于理性，也更富于人性的情感。我在那年看过黑泽明的那个短片，对于我以坦然的心态进入六十岁这个老年划界，确是一个理性的铺垫，而且有了颇为自然的接受心理。然而遇到好心的搀扶之手和美意的"陈老"的称呼，心理上却又在拒绝，看来我也是在理性和情感之间不断发生混淆的昏俗之人，四年前的六十岁生日感言里，我唯一的心愿，是希望上帝能给老年的我一个思维清晰的大脑。

其实上帝就是自己。要保持一个清醒的大脑，就需接触新的知识新的理念。我清楚老年人的固执，除了生理因素之外，多是在于对一生经验的依赖，以及对新的观念的排斥，容易形成心理和精神的死水，或曰赘肉。我是在看到罗纳尔多被一身赘肉累得施展不开素有的超凡球艺球技时，联想到人的心理赘肉的。人们以空前的热情关注着身体增肥的赘肉如何削减，也应该以同样的意识重视心理赘肉的形成和消解，尤其是如我一样跨入老年的人。

心理无赘肉，思维当会活跃，心里也会清爽，中国古人推崇的

"淡泊""明朗"等境界,不仅会抵达,而且会超越。我不太把自己困禁在老年圈内,争取多参加青年人的集会,也是想接受一种新思维的活力、一种新鲜气象、一种强烈的创造欲望,借以冲刷荡涤自己心里可能形成的死水和赘肉。

2006 年 6 月 22 日二府庄

接通地脉

约略记得那是麦收后抢时播种玉米的最紧火的时节,年轻的村长掮着铁锨走进我的院子,高挽到膝盖的裤管下是沾着泥水的赤脚。我让座。他不坐,连肩头的铁锨也不放下来,一副急不可待的架势,倒是不拒绝我递给他的一支烟。他说,你去把场塄下那二分地种上苞谷,到时候娃们也有嫩苞谷穗儿吃嘛!

我一时竟然很感动,却有点犹豫。我在两年前调入省作协当上专业作家,妻子和孩子的户籍也随之从乡村转入城市,刚刚分到手且收获过一料麦子的责任田,又统统交回村委会重新分配给其他村民了。专业作家对我至关重要的含义,就是可以由我支配自己的时间和生命行程了。几乎就在那一年,我索性决定从城镇回归乡村老家。我在祖居的屋院里读中国新时期文学一浪高过一浪的小说,读着刚刚翻译过来的陌生的世界名著,也写着我的小说,是一个不再依赖土地丰歉生存着的乡村人了。村里的乡亲有人送来一把春天的头一茬韭菜、几个刚刚孕肥的嫩苞谷穗子、一篮沾着湿土的红苕,常常引发我内心的微妙感慨,过去我曾拿着这些东西送给西安城里的朋友,现在我自己反倒成为接受者了。我在接过一把韭菜一篮红苕几个嫩苞谷穗子的时候,分明意识到我和这块土地依存的关系割断了,尽管还住在祖居的老屋里,尽管出出进进还踩踏着这方土地,却无法改变心底那一缕隐隐的空虚的发生。我对村长好心好意的提议之所以犹疑不定,是因为我已无资格耕种哪怕巴掌大一块土地了。

村长显然早已揣透了我的顾虑，解释说，村口场塄下这一畛子地，猪拱鸡刨，你交回的那二分地分给谁谁都不要，这几年都荒着，你种点苞谷谁也没意见……说罢转身出门去了。

我便种上了苞谷。这二分地在村子东头的场塄下。当年的新一茬的蒿草正长到旺盛时，比我还高出半头。我丢剥了长袖衣和长裤，握一把磨得锋利的草镰，把蒿草齐摆摆砍掉割尽，再用镢头把庞大的根系一一刨挖出来。因为天旱土壤干硬，也因为几年荒芜土质板结，牛拽的犁铧开掘不动，只能用双刺镢头开挖，再把大块硬土敲碎，点种下苞谷种子。大约整整干了三天，案头正在写作的小说或散文全部撇下，连钢笔也没有扭开，手掌上的血泡儿用纱布缠了几层，仍有血丝渗出来。又过了几天，于夕阳沉落西原的傍晚，我在湿漉漉的地皮上看见一根根刚冒出来的嫩黄的旋管状的苞谷苗子时，心底发生了好一阵响动。我坐在被太阳晒得温热的土塄上，感觉到与脚下这块被许多祖宗耕种过的土地的地脉接通了，我周身的血脉似乎顿然间都畅流起来了。

我在这二分地里间苗定苗，锄草施肥。三伏的大旱时节，村长便安排村民开动抽水机灌溉，轮到我的地头的时候，我便脱了鞋子，用铁锨挖开灌渠的口子把水放进地里，双脚踩着沁人肌肤的井水，让每一株苞谷都浇灌得足饱。眼瞅着苞谷拔节了，冒出天花和红缨来，绿色的苞谷穗子日渐肥大起来，剥开一条缝儿，已经孕出白色的一排排颗粒，用指甲轻轻掐一下，牛奶似的稠汁迸溅到我脸上。我掰下一篮，剥去绿色的皮壳，等待周末从寄宿中学回家的女儿，那是作为一个父亲最温馨的等待时刻。

我后来在这二分地里种过洋芋（土豆），收获的果实堆在屋角，有亲友来家，便作为礼物相送。也种过白菜和萝卜，不知是技术不得要领，还是种子不好，那白菜只长菜叶不包心，只能窝泡酸菜；萝卜又瓷又硬，熬煮勉强可食，生吃很不是滋味。只有栽种大葱大获成功，许是我勤于松土，那葱长得又粗又高，葱白尤其多，做料子菜自不必说，剥了皮生吃也很香甜，我常常是一口馍一口生葱吃得酣畅淋漓。我在务这二分地里的庄稼和蔬菜的劳动中，渐渐稀少了到河堤散步的习惯，或者说替代了。我在一天的阅读或写作之后，傍晚时分习惯到灞河边上散步，活动一下在桌椅间窝蜷了一天的腰和腿。河堤内侧的滩地里是汗流浃背忙于做事的男人和女人，河堤外侧的沙滩上是割草放羊的孩子，我往往在那种环境里感到不自在，很难生出古典和现代才子们赏山阅水的情致来。现在，当我在那二分地里为苞谷除草或为大葱培壅黄土的时候，满脸汗水满手土屑，猛不防会有一个我能闻声辨人的人发出的声音："还是把式喀！"然后就在地头坐下来，或者他抽我递给他的雪茄，或者我抽他的旱烟，然后说他儿子或女儿遇着什么难事了，需得我去帮忙交涉，我比他的"面子"大哇……我往往在那种时刻，比之在河堤上散步时的感觉稍好。

  这几年间，大概是我写作生涯中最出活的一段时光，无论是中篇《蓝袍先生》《四妹子》《地窖》等，以及许多短篇小说，还有费时四年的长篇《白鹿原》，我在书案上追逐着一个个男女的心灵，屏气凝神专注无杂，然后于傍晚到二分地里来挥锨把锄，再把那些缠绕在我心中的蓝袍先生、四妹子、白嘉轩、田小娥、鹿子霖、黑娃们彻底排除出去，赢得心底和脑际的清爽。只有专注的体力劳作，成为我排解那些正在刻意描写的人物的有效举措之一，才能保证晚上平静入眠，也就保证了第二天清晨能进入有效的写作。这真是一种无意间找到的调节方式，对我却完全实用。无论在书桌的稿纸上涂抹，无论在二分地里务弄苞谷蔬菜，这种调节方式的科学性能有几何？对我却是实用而又实惠的方式。我尽管朝夕都生活在南原（白鹿原）的北坡根下，却从来没有陶渊明采菊时的悠然，白嘉轩们的欢乐和痛苦同样折腾得我彻夜失眠，小娥被阿公鹿三从背后捅进削标利刃时回头的一声惨叫，令我眼前一黑钢笔颤抖……我在二分地的苞谷苗间大葱行间重归沉静。

记不清是哪一年了，陕北榆林一位青年诗人送我一小袋扁豆，这是夏天喝稀饭的好作料。因为产量太低，扁豆在关中地区早都绝种了。我倍加珍惜的一个缘由，是我生在三伏，又缺奶，母亲用白面熬煮的扁豆喂活了我。直到我的孩子已经念大学的时候，母亲往往面对牛奶面包而引发出扁豆救命的老话。我在重新品尝救命的扁豆稀饭之后，留下一部分种子，当年秋天种到我的二分地里，长出苗儿来，年龄在中年以下的农民竟不认识是何物。扁豆长得很好，绿油油罩满地皮，常常引来许多村民围观。扁豆比麦子早熟，在大麦成熟小麦硬粒的时候成熟了。我准备近日收割，自然跃跃，慷慨地答应过几个村民讨要种子的事。不料，当我提着镰刀走到二分地头，扁豆秧子竟然一株都不见了。我愣在那里，半天回不过神来。肯定是昨晚被谁偷割了。我其实也没有生多大的气，只是有点怨气，怨这人做得太过，该当给我留下一小块，我好留得种子。

那是至今依旧令我向往而无法回归的年月和光景。

2007年1月4日二府庄

饭事记趣

几位朋友聚餐，没有任何正经话题，全是随心所欲，即兴发挥，难免东拉西扯，却多为逗笑开心的生活趣事逸闻。记不得谁说到自己幼年时期经历的艰难生活，为争食半碗锅底铲下的锅巴，曾和长自己两岁的哥哥动手厮打。这种锅巴我也喜食，那是用很细的苞谷糁子熬烧稀饭时，大铁锅底留下的一层沉积糁子，被烙得金黄，用锅铲铲下来，多成卷儿状，味道甘美且不论，在"三年困难"时期，一天三顿喝苞谷糁子的情状里，吃不上面条，更见不到馍，这种半干的锅巴则耐得住饥饿；父母把这种稀罕吃食全让给孩子，孩子多的家庭，会分给每人半勺，或轮流吃……

由此引发出我有关吃饭的记忆，便凑热闹说了两三件有关吃饭的事，朋友们甚觉有趣，有人便说，你不妨把这些逸事写出来，挺有点意思。这话倒让我记住了，而且又触发出几则吃饭的事。我想，人一生要吃多少顿饭，吃过也就忘了；而吃过几年乃至几十年的几顿饭难以忘记，这几顿饭就在人生行程中留下印痕。这种多属饥饿年代的有关吃饭的事，会让今天以营养成分调配吃食的读者感到好笑，也不顾忌了，索性让大家笑一回，何妨……

确凿记得是一九六七年五月末的事。这是"文革"派性闹得最疯狂的时月。我供职的公社（即乡镇）农业中学早已停止上课，学生虽然也搞成两派造反组织，却在本公社社区无甚影响，多数学生早回家了。七八个教师也是去留自便，常来的人没有谁夸奖你坚守岗位，常常不来的人也没有谁计较你失职。到了五月末，"靠边站"（即罢官）的校长突然挺身而出，通知所有教师返校，他要安排学校收割麦子的事。农业中学属社办公助性质；学校搞勤工俭学，在学校西南边的荒坡上开荒种地，播种了几亩麦子，还栽下不少果树。这方坡地在白鹿原西头的北坡上，紧依着汉文帝的倚坡而建的陵墓，史称灞陵，因坡根下流淌的灞河得名，白鹿原由此也称灞陵原。灞陵的坡形，东西两边有着几处基本对称的凸出和凹进的地形，活脱如展翅飞翔的凤凰，灞陵的民间名称为凤凰嘴。就在凤凰嘴的东侧，有农业中学师生开荒播种的麦田。这方地域向阳，又因坡高缺水，麦子便早熟了。校长尽管作为当权派被冷置着，却操心已经基本黄熟的麦子，着急了。

且不说这七八位教师怎样汗流浃背地收割麦子，再翻沟过梁人背车拉运送麦子，以及人做畜生拽着碌碡碾打麦子，单说开镰之日的第一顿饭。教师们聚集在离灶房最近的一座教室里，炊事员老头把刚刚蒸熟的馍端到教室里，当众揭去大蒸笼里的垫布，一片冒着热气的白花花的馍晾现出来。校长宣布：大家割麦运麦要出大力气，这馍就随便咥（吃）。这个主意是我拿的，如果违反粮食政策被追查的话，我负责，处罚就处罚我，与大家无关。校长话音刚落，教师们便动手掂起纯麦子面馍咥起来，就着咸菜，喝着稀米汤。我也不甘落后，早掂来一个馍咬下去了，竟顾不得吃咸菜，白面馍本身香味的巨大诱惑，让我心无他顾，三下五除二就把一个馍吞咽下去了。大家几乎腾不出嘴来说话，自顾自地吞咬咀嚼着馍，教室里一片静寂，咀嚼馍块的或轻或重的吧唧声便突显出来。大约在大家吃到八九成饱的时候，才有人说起笑话，是以某位先生吞咬馍块的怪异表情为由头，随即引发笑声和互相调侃的轻松气氛。多少有点"文革"派别不同"政见"的隐性纠葛，在猛吃狂咥的放浪形骸的欢愉氛围里，暂且忘却了。

有人突然提议，各人自报咥了几个馍，并解释其意图，既不收粮票也不收钱纯属白咥，所以希望如实招来咥了几个。说完，此兄把眼光盯住了我，哈哈着命令：你先报！

我顺口报出：七个。

似乎稍有惊讶之音，却不强烈。随之一个个都报出数来，却没有一个超过我的，连持平的也一个没有，只有一个人报了六个。多数人都报了五个，男教师只有一个人吃得最少，四个。两个女教师都说吃了三个。我当了一回冠军，平生仅此一回。参加过几次篮球、乒乓球和象棋赛事，从来没拿过冠军；一顿咥七个馍的纪录，在农业中学教师的范围内未曾被人打破，我自己后来也未能再刷新。

饭后便提着镰刀到凤凰嘴东侧的坡地上割麦子。我感觉到胃里很撑，也很沉。那时候的馍都习惯以二两为规格，再加一碗稀米汤，我的胃里至少装着两三斤重的食物，馍的计量标准的二两，是指干面粉，和水蒸成馍，不会少于四两。当我挥动镰刀割麦子的时候，感觉到了难受，也就伴之而生悔意，吃得太多了。这种因为贪吃而发生的身体负担以及后悔情绪，在我却是久违了的别一番感慨。许多年来，吃饭已经形成习惯，就是抑制住饥饿便罢手也闭口，很少有吃到一满饱的机遇。每月三十斤粮食定量，我通常是以三四四来分配一天三顿伙食的数量的，计量单位是两。这样的配额，连半饱似乎都勉强，自我感觉就是仅仅"压住了饥饿"。尽管这样，三十斤粮票仍然维持不到月底，便从家里蹭来吃食弥补亏空……

我现在的工作点有餐厅，在我看到吃剩的大半个馍和小半碗干面条或米饭被倒入垃圾桶的时候，常常会泛出曾经咥过七个馍的往事来。且不说可惜了粮食这种陈年老话，我也不无庆幸，中国人不仅告别了如我四十多年前丑陋的食量和吃相，而且可以随意扔掉吃剩的馍、米饭和面条，连眼皮也不会眨一眨。

大约是我被抽调到公社（乡或镇）协助工作的第二年冬天，我跟一位领导到白鹿原北坡上的一个村子去驻队，还有当地驻军（军校）的一位教员和一个战士，四个人组成一个工作组，单项任务是重建生产大队一级的党组织——党支部。"文革"把各级党委和基层党支部全部搁浅了，现在要恢复重建。这个村子派性比较复杂，更深层的渊源是三大姓氏的由来已久的积怨。如何化解矛盾，争取在上级规定的时限内，完成党支部重建的任务，说来话长，不是本文的主旨，这里只说一件轻松有趣的一顿饭的事。

下乡驻队在我已经成为习惯性工作，且不说公社机关对干部下乡纪律的严格规范，单就常识而言，到农民家吃派饭不能有任何要求，农民日常吃什么，也就给我等下乡干部吃什么。其实许多人家在轮到为下乡干部管饭的一天，总要比自家平时的饭食做得更好一点，他们平时多吃汤水面条，给干部做一碗干面条；平时他们多以苞谷面做馍，给干部吃的馍里，总要掺进一些麦子面粉。这是当地传统习俗，不能慢待客人。每遇到这种优待饭食，我便对主人说，下顿不要这样了，却收效甚微。这回下乡搞建党支部的这个村子，地理环境缺水，每遇干旱便难保收成，村民的粮食多数吃不到新粮下来，我们工作组的几位干部也就更自觉地接受粗食淡饭了。

关中乡村自古一天三顿饭，与别的地区无差异，差异在吃饭的时间。农民天明便起身下地干活，上世纪五十年代中期农业合作化之前的个体经营时期是这样，农业合作化集体经营时期依旧遵循着这种生产和生活秩序，干活大约到九点十点（冬夏差别）回家吃早饭，午饭大约在两三点钟，晚饭就是天黑收工以后才吃的。我和工作组的人也是入乡随俗，改变了在公社机关早晨起来先吃早点之后才上班的习惯。这一顿记忆颇深的饭是一顿早饭。

我们四人分成两组，主要考虑农民家庭一次管四个人吃饭负担太重，我和领导为一组，从村子西头到东头一家接一家往过吃；两位军人为一组，从村子东头到西头一家接一家往过吃。无论吃得好吃得差，我们从来不议论，其实没有谁规定不许议论吃食的好坏，也没有人提醒，却都闭口不提，似乎是一种忌讳。那天早晨到早饭时，一位穿戴整齐的青年来叫我吃饭，干净整洁的中山装，浓密油黑的头发梳理得很整齐，谦和的笑容里显示着彬彬有礼，截然区别于农民，尽管难以判断其职业，却可以肯定是一位吃商品粮挣工资的公家人。在靠挣工分生活的绝大多数农民家庭中，谁家有一个能有固定月工资收入的公家人，就意味着这户人家在普遍贫穷的村民中优裕的经济地位。我和我的领导——工作组组长，跟这位公家人去他家吃早饭。

一个老式方桌，周围摆着条凳，我和组长坐下，陪坐也陪吃的就是这位公家人。组长说，让家里人一起来吃嘛！公家人说，你不用管，他们吃他们的。组长也不再勉强。我却有点敏感，大约是为我们做了好吃食，却不多，只供我和组长以及公家人吃，其他人包括他的父母和姐妹兄弟都不上桌了，是为着节省。这种情况遇见过不止一户人家，也确实令我吃着不自在。公家人先端来一大碟酸菜和一盘红苕，又端来两大碗苞谷糁稀饭，继之又为自己也端来一碗稀饭，热情地招呼我和组长，吃！快吃！天冷得很，小心饭凉了。我先喝稀饭，稀饭稀到筷子上挂不住苞谷糁。我再吃红苕，全是如同未剥皮的花生那样大的堪称袖珍红苕。吃红苕一般要剥去薄皮，这小红苕捏在指间，尤为难剥，我索性连皮吃了。这些未发育长成的小红苕，内里多丝，那丝如同纤维，韧性很强，咀嚼不碎，又不好意思吐出，我便囫囵咽下了。我吃饭的心情有点不好。我家也在农村，每个村子都种植红苕，因为红苕产量大，可以充饥，在困难时期的农村，每个生产队都扩大了红苕种植面积，家家都挖着一口储存红苕的地窖，从初冬一直可以吃到来年初夏即将接上新麦。乡民说，一年到头，红苕坐庄。更有说得损的话，红苕是救命的爷。生产队大量种植多产的红苕，不仅成为村民锅里碗里的主食，红苕的叶子可以窝制酸菜，红苕的蔓和根是喂猪的上佳饲料。我在公家人餐桌上所吃的袖珍红苕，其实是红苕根上不值得采揪的舍弃物，通常都是和根蔓一起晒干粉碎后喂猪的。我猜想这些袖珍红苕的来路，是从生产队分配给他家作饲料用的红苕根上摘下的，或是从挖过红苕的地里捡拾的遗弃物。可见这是一个很节俭的人家。公家人一直陪着组长和我吃饭，不断地招呼我们吃饱吃好。直到我们放下筷子说吃好了，他仍然礼让我和组长再吃几个红苕。

  出了公家人的大门来到了村巷，组长说要到老支书家说事，我便跟着他走，谁也不说这顿早饭吃得如何，已成习惯。走进老支书家的大门，迎面看见他正跷着腿坐在方桌旁，捉着一根烟袋抽旱烟，走近了又看到尚未收拾的碗筷和菜碟，还有一盘馍。未等组长开口说事，老支书抢先问：吃好了没？我和组长异口同声说，吃好了。老支书很惊讶地说，哎呀，算你俩有福。我能听出他话里的异味，却仍然说，好着哩好着哩。他哈哈一笑，说，自解放到现在，来到村上的干部，在这家管饭时，谁也甭想吃一顿好饭。组长也笑着说，好着哩。老支书说，不好你也不说不好——你有纪律哩。老支书说，曾经在某年有某个下乡干部在这户人家吃派饭，喝的是挂不上筷子的稀溜溜苞谷糁子，还没有馍，干部喝了一肚子稀汤，不到午饭就饿得撑持不住，跑到他家来，二话不说就伸手在装馍的笼子里抓馍吃。他说他曾经提醒过这户人家的主人，却不奏效，后来便不让他家给外来干部管饭，人家还不依。老支书解释说，干部吃派饭交钱又交粮票，仍怕村民吃亏，生产队给管饭的人家再发一份补贴粮，少则每天一斤，多则二斤，会有余头的，所以村民一般都争着给下乡干部管饭。说到这儿，老支书又问：有馍吃没有？我觉得既不好说没有，也不宜说谎说有，比我老到的组长笑着把话题转移开来，说起工作的事项。老支书还不尽兴，继续说，这户人家在村子里是日子过得相对窝逸的，家里大人都不少挣工分，又特别节俭，尤其是有一位挣钱的公家人，"文革"发生前的大学毕业生，月工资听说在六十块上下……组长再次把话题岔开。老支书末了还说，这是这家人的家风，我说了你俩就不见怪了。要是肚子饿了耐不到晌午饭，就到我这儿来拿馍……午饭和晚饭依旧，无须赘述。

　　顺便说一下这位老支书。这是解放后乡村里发展的最早一批中共党员，历任乡村各种干部和支部书记，刚刚进入中年，俗称老支书。老字不指年龄，而是指任期比较长久，"四清"运动整得死去活来，却没有任何问题，最后仍为支部书记。"四清"运动结束不到一年，"文革"又开火了，他又被当作"走资派"打倒了。这个人性格中有一种天然的幽默智慧，面对灾难善于自我解脱，便是自己调侃自己："四清"运动把我打倒了，又把我拽起来；我还没站稳哩,"文革"又把我日倒了……组长心里有数,这个村子的支部书记非他莫属,关键是化解派性,做好党员和群众工作……喝一顿太稀的稀饭吃一些过碎的红苕,算什么了不得的事嘛。

粉碎"四人帮"之后第二年,刚过完春节上班不久,我被公社(现今的乡或镇)派到一个生产大队(村子)去驻队,任务单纯,调查一个在"四清"运动中被打倒开除党籍的前支部书记的案情。调查小组由三人组成,我被任命为组长,另两位组员都是公社党委从农村临时抽调参与这项工作的,一位是一个村子的现任党支部书记,男性,比我长几岁,另一位是回乡高中毕业生,年龄虽小,有一定文字能力,是做笔录等文字工作不可或缺的人手。这个临时组成的专案小组,是受上级(市和区)的指示做出的,对"四清"运动中被整被打倒被处分的大批干部选几个对象,重新调查其案情,作为试点。这件事非同小可,我们三人小组刚刚入驻那个村子,便惹起一片风声,纷传陈某人要给"四清"中被打倒的某某人翻案了。任谁都能想到这村那寨"四清"中受到打击和处治的干部对这件事的关切之情。

就我亲历的上世纪六十年代农村的风风雨雨而言,一直留有一种也许是偏颇的印象,"四清"运动对集体所有制时期的乡村社会的破坏程度,不仅前所未有,甚至超过后来的"文革"。"文革"的矛盾焦点主要指向公社以上的政府机关,农村里村村都有造反队,首当其冲的自然是生产大队的党支部和大队长,而主管生产决定春播秋收和粮食分配多寡的却是生产小队,造反派一般瞅不上生产队长那个太小的官位。野心大点的造反派先夺公社的党政大权,野心更大的造反派头子再夺区或县以至市和省的大权，绝大多数男女社员依旧干农活儿挣工分过日子。"四清"运动之前，对乡村社会破坏最厉害的是"大跃进"吃大锅饭，直接导致"三年困难"民不聊生的惨景。然而经过中央及时而又务实的政策调整和纠正，农业生产很快得到恢复，到上世纪六十年代中期，多数生产队基本解决了吃饭问题，呈现出毛泽东此时写的一首词里所说的"莺歌燕舞"的气氛。然而，好景不长，莺尚未歌到尽情处，燕亦未舞到尽兴时，"四清"运动由试点到全面很快推开，大兵团的人马浩浩荡荡进驻到大大小小的村庄，生产大队和生产队包括会计出纳在内的干部全部被推上被斗席。历时半年的"四清"运动结束，生产大队和生产队的主要干部至少十有七八都被整下台去，撤职不算最重的处罚，更有被开除党籍，还有被经济退赔时连房子也折价抵账的惨事，且有人自杀。我后来看到了更为严重的后遗症，许多村子的生产遭到难以弥补的破坏和损失，这个时期被打倒被处罚的干部，尤其是生产大队的书记和大队长，多是从解放初锻炼成长起来的一批主宰农业合作社的优秀骨干，能力弱或品行差的人早淘汰了。"四清"运动的最后结局，用农民的一句话概括，把那些好干部"一竿子全扫光了"。农村比不得国家机关和工厂企业，可以调换领导干部，而一个村子要成长一个主要的树得起威望的领导干部，确非易事。我所看到的事实是，许多村子在"四清"后安排的新干部，因为能力或品行太差难以胜任而自动辞职；有的不甘辞职却指挥不灵，村子里的各项工作和生产搞得一团糟。这种局面不是一年两年所能改变，说遗患无穷似不过分。我到这个村子来复查那位被开除党籍的原支部书记的案情，在我确是一种踊跃心态。

这位复查对象，原是本公社的一位先进典型人物，到"四清"

运动发生之前,他早已是在本区和西安市都挂了号的模范干部。我做乡村民办教师那几年,已闻知他的大名,却难得接触,不料在他被打倒十余年后,由我来复查他的案情。我也明白,对此人案情的复查,是上级抓的一个"点",不仅关涉他一个人的命运,更关涉无以计数的"四清"运动中被处治的"四不清"干部的命运,我不仅踊跃,更为谨慎。正是在这次长达两三个月的驻队时月里,我吃了一顿至今难忘的饭。

在公社工作已有十个年头,每个村子都吃过派饭,无论吃得好或差的饭,吃过也都忘记了,我可以自信的是,我从来没有弹嫌过谁家的饭不好吃,倒是对有些特别照顾而做的好饭,我提醒主人不要为我浪费白面。记得有一次吃派饭,竹篮里盛着香气弥散的纯白面锅盔,男主人陪我吃饭,女主人和孩子却不闪面,我也不在意,关中风俗多见如此,自然属男尊女卑的封建遗风。喝完一碗稀饭,还想再喝半碗,陪我的男主人要去为我舀饭,我二话不说便自己闯入灶房去了,眼前的景象令我吃惊:女主人和两个未成年的孩子在灶房里围着一个小桌吃饭,手里拿着纯苞谷面的馍。我的心里就撞了一下,我舀了半碗苞谷糁子稀饭出了灶房,便把装着白面锅盔的竹篮再端进灶房,让两个孩子吃锅盔。两个孩子瞅着白面锅盔,又瞅着他母亲,又瞅着跟脚进来的他父亲的脸,却仍然不伸手抓锅盔。无论男主人和女主人怎样礼让,我已坚决拒绝再吃锅盔,甚至影响了我的食欲。我小时候亲身经历过这种完全类同的情景,轮到我家给下乡的某位干部管饭,也是由父亲陪干部吃专门待客的好饭,只有在干部吃罢告辞之后,我才得以分享剩下的白面锅盔或馍。似乎不完全是好面子的事,是说不清从哪朝哪代传留下来的乡风民俗,在越是穷困的生活里,总要尽力让客人吃得好一点……我说此事似有自我表扬之嫌。其实，不单是干部自律，还有我小时候的那种隐秘的记忆，却在这一户人家里重现了，竟有某种触碰的痛感。

又到乡村早饭时辰，一位中年男人来叫我们吃饭。进村不少日子了，这位男人却显得陌生。他家在村子东头，没有围墙也就没有门楼，敞院里坐西向东两间厦房，台阶上放着镢头铁锨等几样常用的农具。进得厦房，男主人招呼我们三人坐下，是三只粗陋不堪的小木凳，没有小饭桌，一碟自家窝制的酸菜和一碟辣椒摆在脚地上。我在坐下前，或者说踏进厦屋门的一瞬，便颇感惊讶：家徒四壁，一览无余，厦屋北头是连接着锅灶的土炕，西墙根有一个用砖块垫着的破损的木柜，再不见一样家具。锅台有一块案板，上边摆着几个碗和擀杖。男主人从操勺的女主人手里接过舀满稀饭的大碗，再一一端给我们三人，然后自己也端着碗在一边陪吃，坐在一块破砖头上。我把稀饭碗搁在不大平整的脚地上，先掂起馍就着酸菜吃，心里却在猜想，这家人怎么把光景过得如此恓惶？这是一个以蔬菜种植为主业的生产大队，绝大多数土地都是有机井保证灌溉的平地，种植着各种时令蔬菜，定点供应西安的某家蔬菜公司，尽管属于统购统销的计划经营，收入远非那些以粮食和棉花为主业的生产队所可比拟。粮棉队几十个村子，工分值高不过五六毛钱，差劲的许多村子仅只一两毛；而几个以蔬菜种植为主业的村子，工分值最低也不下一块，况且，这些蔬菜生产队由国家供应至少半年的粮食，不愁碗里的稀稠和有无。那些相对贫穷的粮棉生产队的女孩，托亲靠友多想嫁到优裕的蔬菜生产队。这户人家的惨淡光景，是我们进入这个村子近月以来最令人惊讶的一户。我一时想不明白，他们夫妻二人不残不呆，看模样也不会是偷懒怕干活的人，只要出工干活，就有工分，就会分红，怎么弄得这样一副穷光景？我便和他拉家常，问一句，他说一句，或者只说半句，后半句没说出来就不再说了。从木木的神情上判断，他不仅不善言语，确凿属于木讷短语的人，但这并不影响出工干活挣工分。我想问他的身体状况，刚开了口，他不回答，突然转过身，把端着小碗蹲在我和他之间的小儿子抱离开去，我看见小家伙蹲过的地方留下一摊稀屎。我不便再看，男主人的一个举动却把我惊住了，他顺手从墙根下抓过两只破旧的布鞋，从两边刮擦到中间，把那一摊稀屎刮到鞋里，三两步跨出屋门，扔到院子里去了。我瞥了一眼，用鞋刮过的地方还留着一些稀屎，刮在鞋上的稀屎滴溜在脚地上。主人的这种举动是少见也少有的，一般家庭里多有小孩随地拉屎的事发生，大人通常用一把灶灰掩盖，再用铁锨铲除，很干净的。这个木讷的男主人此时才想到用灰撒到残留的屎摊上……我已经感觉到胃里有反应了，隐隐有点恶心。我端起碗，把剩下的半碗苞谷糁子稀饭喝了下去，企图把胃里的恶心压住，似乎收效甚微。我当即采取断然措施，让那两位同伙消停吃，我已吃饱先走一步。

  走出厦屋门，很快便走进村子中间的主街道，胃里有了更激烈的响动，我越是用心压制，响动反而越是厉害，走到一个堆积牲畜粪的很大的粪堆旁，便爆发出声音很大的呕吐。刚刚吃下的一个馍和一碗苞谷糁子稀饭，全部倾泻出来。我擦了嘴，警惕地往四周看了一圈，倒是没有人，我才放心地走回房东家的住处。待那两位组员回来，见面问我怎么吃得那么少，我含糊其词地岔开了话题，更没有提呕吐的事。我担心由此事演绎出陈某吃不惯贫下中农的饭食，这可是感情甚至上纲为立场的大问题。

空着肚子工作到午饭时间,我们三人一起到那户人家去吃午饭,熟路熟门又是熟人,仍然是坐在小木凳上,盛辣子的小碟和盛盐和醋的小碗仍摆在脚地上,是纯粹的白面做成的汤面条,我连着吃了两碗,感觉到一种满足。出门的时候,似乎胃里又有隐隐的响动,我和两位组员说笑话,企图把注意力岔开,把胃里的不好反应抑压下去。在走到村中那个粪堆旁,胃里一阵天翻地覆的搅动,哇啦一声又倾泻而出,把两位同行的组员吓得一愣,忙问怎么回事。我谎称胃出了点毛病。待我定睛一看,正是早饭后呕吐的那块地方,早晨呕吐的残痕仍在。回到住处,两位组员担心我空着肚子耐不到晚饭。我说胃里空一空也有好处。关中农村的晚饭都是天黑时吃,两位组员提醒我该吃晚饭了。我推辞不用,并说胃需要再空一空。他俩不信。近月来三人一起吃饭,没发现我的胃有什么毛病嘛。连着追问之下,我便说了缘由,担心吃了晚饭再吐可受不了。他们便张罗如何解决我的晚餐,想到离此村不过三四里地有一家工厂,厂里有一家小门面的营业食堂,他们自告奋勇要去为我买两个烧饼,我坚决制止了。我怕由此惹出事来,说陈某人吃不下贫下中农的饭,吃了呕吐,到食堂里买饭吃。资产阶级作风和感情的帽子谁戴得起。我不仅坚决制止了他们去买烧饼的举动,而且提醒他们两人坚守秘密,不许把我两次呕吐的事道及外人。我开玩笑说,空着肚子再熬一夜不算什么问题,我已经有"三年困难"饿肚子的抗饿功夫了……

让我始料不及的好事接着发生了。公社一位和我年龄相仿的干部突然登门,说是周六放假回家顺路来看我。我这时才想到周末,为了赶规定时间办完此案调查,我们自觉放弃了休假。朋友闲聊间,一位组员向这位朋友说了我饿肚子的事。这位朋友不由分说,便拽着我到他家去。他家和我驻队的村子是邻村,不过两里路。我们三人装作到他家走闲的样子,进门便由他给老婆下令做饭。来不及发酵面团,用死面烙了一张饼子,我吃得确如狼吞虎咽。饭毕,大家约定,不向外人道及老陈吃饭的事,以免造成挑食的不好影响……

调查那位被打倒的"四不清"干部的案情如期完成。这位被冤枉了十余年的老支书被宣布平反,恢复党籍。此后不过两三年,"四清"被整被处分的干部几乎全部平反了。我其实在做了那项调查之后的第二年夏天,调离了工作过十余年的家乡,到西安南郊的文化馆工作。我已感知到文艺复兴的令人鼓舞的气氛,创作的欲望潮涨起来了。

许多年后,和那两位组员以及那位公社干部偶然相遇,便说我的吃饭的故经……

上世纪九十年代中期,受邀第一次访问美国,在耶鲁和哈佛有两次文学创作讲座,算得上正经事,其余时间便是游山逛景了。一个神秘了大半生的美国,在自东往西的车轮加脚步的匆匆一览里,自然说不上深或透的了解,神秘的帷幕却还是扯去了。姑且不说观后感,只说一顿难忘的晚餐。

这顿饭是一位姓杨的女士邀请的,我没有推辞,概出于她和陕西关中一种非同寻常的亲情渊源。此前一年或两年,她到西安时曾得以谋面,她说到来西安的意图时,且不说我惊诧之类的夸张的话,确凿是万万料想不到的。她说她是来寻根,更是拜祖。初听这些话时我毫不惊讶,国门打开之后已有多年,海外华人尤其是台湾同乡回来的人络绎不绝,在我已司空见惯。然而,杨女士说明她寻的祖宗时,我当下竟惊讶得回不上话来。她所寻的祖宗,竟然是隋朝开国皇帝杨坚。杨坚是五岳之一的华山脚下华阴县人,早已了无踪迹,墓葬在关中西府的扶风县。她虽然没有看到有关始祖杨坚的蛛丝马迹,却也未见多少遗憾,心里早有预料,着重在想感知作为皇帝祖宗曾经生活的一方地域的地脉天象。同在华山脚下的华阴县五方乡,却有为杨坚开创隋朝立下汗马功劳的文武全才的杨素将军的坟墓。杨素不仅善于统军打仗,且是一位诗人,隋朝建立后被隋文帝杨坚封为赤泉侯。然而,杨素和杨坚虽都姓杨,却无血缘宗族脉络,杨素的祖宗上溯到西汉时代的杨喜,曾被汉高祖刘邦封为大将军。五方乡的杨素氏族,现存十八座坟墓。这些有关杨姓两家的简况,是我后来获知的。我更惊讶杨女士的乡土情结,从隋朝到现在多少年了,他们一代一代祖传着关中华阴这个"根";单是她自己,从台湾再到美国,成为美籍华人,却终于实现了到皇帝祖宗诞生的华山脚下走一回的夙愿了。

我按时赴约,是一家中餐馆。我看一眼已经到齐的人,竟然全部都是女性,多为中年,自然都是华人。她先介绍我之后,便一一介绍由她约来的朋友,几乎全是从台湾到美国定居的文化人,多数都出版过散文、小说和诗歌集子,只是名声尚不及我认识的於梨华。都是喜欢写作的人,气氛很快便轻松活跃起来,有人说到她喜欢大陆某作家的作品,有人说到她结识的大陆某位作家,自然也免不了说到她们读《白鹿原》的事。在轻松的气氛里,不觉间过去了近两个小时,饭早已吃完了。在散席前发生的一幕,让我不仅出乎预料,而且惊诧了。

杨女士说了句"那就到这儿"意思的话,在座的女士们,有的翻手提包，有的掏口袋，把一张张美元掏出来放到自己面前的桌面上，杨女士自己也不例外地掏出钱来。我在短暂的发愣的一瞬间便明白了，这顿饭是由进餐者分摊其花费的，也就赶紧掏自己的口袋。杨女士坐在我右边，压住了我往桌子上放钱的手，笑说：你是我们大家请来的客人，你绝不能。在我据理辩解的几句话还没说完，她打断说，在大陆你可能不习惯这样分摊餐费的方式，在这儿（美国）却是通常的事儿，大家想聚会了，或是接待一位朋友，都是这样做的，唯有被请的客人不能付款，这种分摊餐费的方式，说明你是大家的朋友……

我在回到住处后，心里仍不能淡忘每位进餐者纷纷掏钱包的情景。除了杨女士说的"你是大家的朋友"之外，我又想到她们可能没有报销的途径。她是一个民间文艺团体的主事人，没有公款，她的会员可能只交象征性的一点会费，只能作公务性的开销，更多的却是显示对自己参与的这个文艺团体的尊重。我没有问她，仅是我的猜想。

这种猜想又一次得到了验证，是随后在另一家华文文化团体搞过一次创作讲座，讲完后听众就散去了，留下十来个团体的骨干人物，和我共进午餐。就在讲座大厅旁边的一个小屋子和通道上，十来个男女朋友纷纷拎来自己的提袋，从里面掏出早已备好的菜和面包，每人都带着盒装的菜，都是在自己家里做好带来的，几乎没有重样儿，一齐摆到桌子上，任由各人挑拣品尝，不时爆出某男或某女大声的惊叫，说某种菜太好吃了，虽不无夸张，却酿成一种即使高档餐馆也难得的融和气氛。我被重点照顾，让我尝一口这种菜，再尝那种菜……我很自然想到，这个文化团体同样没有经费来源，要搞什么活动而避免不了共餐，便是这种办法……回去的路上，我和同行的朋友说，还是社会主义好。

平生吃过多少回饭，粗粮野菜也罢，鱿鱼海参也罢，多不记得了。上述几顿饭却总也难以忘记，如实写来，供有兴趣阅读的读者一哂。

2011 年 8 月 25 日二府庄

白墙无字

熟悉的或初识的朋友到我的工作点来,看着屋子里不挂一纸的光光净净的墙壁,常有好奇者问,你号称文人,墙上却不见墨痕。有的甚至佯装慨叹,真可谓家徒四壁呀!我也不作解释,只说是习惯使然。近日因写有关斋号的短文,引发了这个话题。

自进入社会开始工作直到今天,不觉间竟有五十个年头了,无论换过多少单位的办公室,或是乡下和城里的住宅,还有现在工作的房子里,除了几样简单的办公和生活用具,四面墙壁从来都不曾挂一方纸页。想来似乎还不是有意为之,纯粹属于一种无意识的习性驱使下的习惯。上世纪六十年代初,高考名落孙山回到原下老家,应聘为本村初级小学的民办教师,同时开始了写作的自修,心诚且意专,很想把当下的心境表述出来,按中国人的传统方式,用毛笔书写一方古人或今人为学的精辟语录置于书桌前的墙壁上,以便时时警示。然而犹豫再三而没有去做,却又于心不甘,最后选择了一个变通的方式,找了一二指宽的硬质纸,把自己喜欢的"不问收获,但问耕耘"的格言写上,贴在墙壁和书桌的接触处,外人进屋不大留意这个小小角落,我在桌前坐着读书或写字时,抬头便会看见这个自己信奉的警句,添一分踏实。由此事开端直到今天的五十年间,无论工作环境和职业发生过多少次变化,所有住过的屋子都不曾张贴一纸笔墨,真可谓积习难改。

确有一次破例的事。那是在"文革"初起时,和"语录"热同时潮起的种种向毛主席表忠心的社会风气,不胜枚举,其中之一是家家都敬奉一尊毛泽东的石膏塑像，或贴一张标准照，连农民家里都普及了，作为公社农业中学教师的我也不甘落伍，在办公桌上敬奉着一尊毛泽东的半身石膏塑像。大约是中学教师都会写字的方便，大家不约而同都用红纸抄写了一段毛主席语录，贴在办公桌前的墙上。我也趁热写了一张，因为办公桌对着窗户，不能张贴，便贴在卧床上边的墙上，每天早晨醒来睁开眼睛，第一个看到的目击物，就是当时通用的词汇——"最高指示"；每晚上床落枕时最后看到的物象，自然还是这幅写着毛泽东语录的红纸；每天出出进进这间两人合居的宿办合一的房间，便会看到它，已经不是"吾日三省吾身"，而是几十次省身警示了。遗憾的是时过境迁太久太远，敲着脑袋也想不起来那句话的内容了。

新时期伊始，我迁居到古人折柳送别的灞河岸边的灞桥古镇上，有了一间一人独占的办公室，正热衷于刚刚兴起的农村改革题材的写作，墙上仍然不贴一纸。正当灞河岸边的柳絮如雪花漫天飘飞的某一天后晌，我敬仰的大诗人戈壁舟一行四五人不期而至，我屋子里的椅子都不够用了，着急处从隔壁同志房子借来安顿稀客坐下。戈老先生一行趁着关中绝美的春色出游，看过秦始皇兵马俑，接着在广袤的田野踏青，又在杨贵妃洗浴的临潼温泉净了身，回城时路过灞桥，便乘余兴来到我供职的文化馆。记得他的兴致甚高，满口地道的川腔不时引发大家的笑声，随意所说的话题我已无记，使我完全意料不及的是，他突然从提袋里抽出一幅装裱精美的书法作品来。展开之后，是他挥洒的自己的语录，自然是颇富哲理的诗性话语，他的同行和我的同志，纷纷赞赏他的诗句和他的书法，我却更为惊奇他在书法作品上竟然写着赠送给我的字样，可见他在起程之前就确定了要到我的住处。热心的同志找来钉子，当即挂在我的墙上，每天都可以欣赏他的个性化笔墨和个性化独到语言。大约不足一年，我又搬家另住，却把戈老的赠书存入书柜，墙上又依旧是四壁皆空。此后的三十多年间，我的乡下和城市的几处工作室，再没有贴挂过一张纸，有朋友赠送书画作品，欣赏之后便存入书柜；更没有自己题写座右铭之类的兴趣了。

想来大约是幼年所受的影响，那是父亲的行为规范。记不清我说了什么轻狂的话，随后父亲在一个恰当的时间对我说，不要先说话后做事，要先做事后说话；想做的事做成了，还可以不说话。他未做解释，我后来约略能够理解说与做的关系，先说要做的事如果做成了做好了，自然再好不过；如果说了要做的事（尤其是大事）而做不成功，就会造成吹牛（当地人说谝大嘴）的负面印象；一个人特别是年轻人，如果总是发生说大话而又总是做不到的事，谁也就不在乎你说的话了，可信度就在乡民中丧失了。如果更有某个说着好话而做着鬼事的人，乡民对其归结有一句俗话，嘴上念佛哩，心里咥活哩。咥活是当地方言，多指干坏事，是对某人心口不一的形象化写照。

这种幼年所接受的行为规范，竟然成为一种难以改易的习性，且不说说和做的语言和行为的先后，后来竟形成墙上不贴不挂自己欣赏的做人做事的格言警句，多少还有一点隐蔽着的心理，其实是为自己留着一条后路。格言警句贴在墙上，任谁都能看到，而自己一旦违犯，且不说别人会如何做出挂羊头卖狗肉的不屑表情，自己的尴尬也难以平复。想做的事和自己认可的行为准则，努力去做努力追寻就可以了，万一实现不了或发生错失，自己总结自我反省，也可以避免吹牛和言行不一的尴尬……我的墙壁依旧空白着。

2012年2月26日二府庄

回家　回家

　　祖居的屋院在白鹿原北坡根下的一个小村子里，距西安城不过五十华里。得着路程近的方便，有事要做很快就能回到那个小院，无事也常常想回去便回去了。其实，无论有事无事，就是想在那个曾经生活过五十多年的屋院里坐一坐，到门前的灞河沙滩上遛一遛，似乎心理上的某些亏缺就获得了补偿。这种感受只有在这一方小小的地域才会发生，回家走走就成为永无遏止、永无满足的欲念潜存心底。

　　近日我又回到原坡下祖居的屋院。车子在愈加稠密的高楼之间的公路上行驶，不觉间便驶上浐河大桥。我的心在那一瞬便发生微妙的变化，顿然亢奋起来，这是走世界上任何一条路、过任何一座桥都不曾发生的一种心理和情绪的反应；更为奇异的是，每次回归老家，车子刚刚驶上这座大桥，我的情绪便发生这种亢奋的变化，几乎没有一次例外。我至今说不准这是一种生理反应，抑或是一种心理反应？我唯一能想到的因由，大约在我的潜意识里，这是我回家的桥，或者说是离我家最近的一座桥，过了这座桥，便进入我大半生都跑跑颠颠于其中的一方地域了。

　　这条浐河发源自横亘在关中平原南部的终南山，自南向北从白鹿原西坡根下流过，形成一道最适宜人类生存的河川，新石器时代的一个人类聚居的村庄——"半坡遗址"就在河岸东边；晴朗无霾的天气里，站在浐河岸边，可以看到白鹿原西坡上绿树掩映下的白墙红瓦。过了浐河桥不过三四里地，就进入白鹿原北坡下的灞河川道了，北坡上和河川里排列着稠如藤叶似的一个个或大或小的村庄。无论作为乡村教师或基层干部，抑或后来有幸成为专业作家，我在浐河灞河两道河川和白鹿原上整整跑跑颠颠了三十多年，在进入传统习惯所划的老年年龄区段时进入西安城。在城里待过几年，在新世纪到来的时候，却也难以抑压灞河岸边家园的诱惑，决然一人回到那个祖居的屋院，读书写字，煮一碗妻子在城里擀成藏在冰箱的面条，日落的霞光里到灞河水边的沙滩上散步，不觉间竟有两年……

我后来才意识到，白鹿原西坡根下的浐河和北坡根下的灞河，真是天造地设鬼斧神工的好水滋润着一道好原。我有幸出生在这原下且在这里生活过大半生，先是为这里的乡村孩子教授识文断字，后来组织乡民造梯田修河堤，再用笔叙写对这原这川里的历史和现实的体验和感受，这样的人生经历就很难用通常所说的情感纠结来表述了，反倒是每次车上浐河桥的一瞬所发生的那种微妙的亢奋情绪，才是最真实最准确的难以分清生理或心理的本能性反应，这是在任何地方不曾有过的。

回到祖居的屋院，烧一壶源自村中深井的自来水，三五下清扫了院中走道上的积尘和落叶，坐在院中喝一口茶，在车过浐河桥时发生且持续到开锁进院时的那种亢奋情绪，顿然消失了，不觉间转换为一种沉静，既区别于在城市住室里的沉静，也区别于过去常住这里时的那种沉静，当属重新回归时独有的一种沉静。这种独有的沉静心境也是只有坐在这个小院里才会发生。在城市待得久了，少不得忙忙乱乱，也多有来来去去，有得意也难免懊丧，在走进祖居的屋院坐在小院里抿一口茶的时候，似乎"宠辱"被荡涤得丝毫不留了，任何欲望也都隐退无痕了……这种独有的沉静，就成为回归祖居屋院的诱惑，一种永难满足更难得淡化的念想潜存心底。

随意到村子里走走，就会发现变化，这里原本是两间窄小的厦屋和那边撑立了几十年的破旧漏雨的小安间房的房址上，都建起了颇为排场的两层楼房，迎面墙壁都是雪白的瓷片，却依然延续着关中乡村传统建筑的格式，大门门框上方镶嵌一方砖雕刻字的立家宣言，既有传统的"耕读传家"，也有时兴的"满院春光"等等。不觉间村子里全建起了水泥砖瓦结构的房屋，那些还保存着的土坯垒墙的破旧屋院，几乎全是迁居本省和外省的人家留存的空院。我总是会被勾起往时的记忆。在上世纪六十年代初之前的十几年间，这个村子只有一户人家盖起了三间瓦房，不仅成为本村人热议羡慕的"高档建筑"，甚至成为连邻村人都纷纷跑来参观的一道景致。这户人家的主人有一个在高寒荒漠做勘探工作的儿子，收入丰厚，这是任何一家农户(公社社员)难以望其项背的。在我能解知人事时所记忆的村子，竟然没有一户拥有三间瓦房的人家，且不说这个小村庄有几百或千余年的历史，自然可以理解村人对这幢三间瓦房的惊羡情态了。即如我这个有干部身份也有固定工资的人，也是挨到上世纪八十年代中后期才建起三间新房，也就再不用每到雨天便把盒盒罐罐都搬出来接房顶漏下的雨水了……现在，无论谁家盖房建楼，已经不会引发热议，更不会有惊羡的眼光和议论，在于家家都有宽敞的新房了。

我总是想到村前的灞河边上遛遛。走出家门再下一道小坎，便是村人赖以生存的旱涝保收的田地了。在我幼年的记忆里，河川田地有三道灌渠，引灞河水自流浇灌禾苗，如果不是百年一遇的一年两年滴雨不下及至灞水断流的特大旱灾，这方地域的庄稼总有收成。然而，现在的河川里几乎看不到麦子和苞谷苗了，整体变成了樱桃园。村子背倚的白鹿原北坡，凡是可以植栽树木的梯田和坡地，也满是樱桃树了。如果清明前后回家，沿路满眼看到的都是粉白的樱桃花；再过一个月到五月初，坡原河川的樱桃树上都挂满紫红的淡黄的樱桃，西安城里的居民，或扶老携幼或搭帮结伙到原上原下和原坡来摘樱桃，车拥人挤，盛况持续大半月。乡民喜不自胜地说，城里人给乡下人送钱来了……那一幢幢装潢讲究的两层住宅楼的开销，绝对一个多数是从樱桃树上获得的收益。无论在村巷无论在河川，碰到一位乡党，拉起闲话便说到樱桃，两棵樱桃树的收入超过一亩地麦子的价值。用乡党的结实话说，只要不是瓜（傻）子，谁都会算这笔账，自然就不种麦子苞谷全种樱桃了……我几乎每年五月都会上原摘樱桃，既为品尝这北方第一料成熟的鲜果，更在看那些乡党往钱袋里塞钱时生动的喜悦脸色……

  这是冬天，我又漫步在灞河边上，冷风飕飕，河水清透见底，我的心里愈加沉静。我走过一些名山大河，多是以观赏的眼光去看的，新鲜的惊喜是自然发生的，也曾把那种感受诉诸文字。然而，那些感受完全区别于面向眼前这条灞河的沉静心态。这是家园。回归家园所发生的沉静心态，是在家园之外的别处不曾有过的。

  哦，我的家园。

2013 年 1 月 20 日 二府庄